春申續聞

老上海的風華往事

陳定山——原著
蔡登山——主編

【他序】

吾人不幸，經過八年抗戰，流徙播遷之境，人共歷之，悲歡離合之味，人共嚐之。故一般讀者之心旌，必找新刺激。如在此間，則聲色犬馬之詞，始為人所樂聞；如在南洋，則行俠仗義之文，才為人所愛讀。然而亦不儘然。定山先生所寫此悲歡離合也，如其人，如其事，如其曲折奇異。讀之使人俄而喜，俄而哀，忽而驚，忽而歎，蓋其感人心脾，動人情趣，一以深入淺出之妙筆而繪摹之。可見同一掌故軼事，一經大匠之手，雖亦悲歡離合，便成為——若戰國時四公子及刺客等列傳之絕妙文章。定山先生固造五鳳樓手也，希讀者細心體味此一奇文奇事乃荷。

——陳孝威識

【導讀】詩、書、畫、文俱佳的陳定山

蔡登山

他是名小說家兼實業家天虛我生（陳蝶仙）的長子，他也寫小說，二十餘歲已在上海文壇成名了，他工書，擅畫，善詩文，有「江南才子」之譽。他和父親陳蝶仙，人們常以「大小仲馬」稱之。他就是陳小蝶（四十歲以後改名「定山」）。而陳定山一生也以其父為榮，他在寫於一九五〇年的〈桃源嶺十年祭〉文章開頭就這麼說：「父親：從您去世，整整的十年了。十年前，我們父子同在昆明，現在我一個人在臺灣。我記得世界第二次大戰勝利的消息，在雲南由羅家倫先生在司蒂威而公路上廣播，當時廣場上狂呼擲帽的有五萬餘人，而我的親愛的父親，你已含恨泉下，看不見了。你的下世，是中國社會的損失，不單是我們一家的悲哀。你用全力貢獻社會的工業，用精神貢獻社會的文化。直到今天我寵被著光榮，只要一提起『天虛我生之子』，人們就會對我另眼相看，甚至有肅然改容的，這不是敬我，而是敬我父親偉大的人格。我記得，有一次，坐飛機到重慶，機中有幾位學者，他們一致要我在手冊上簽名，我很慚愧說『不敢，不敢』。他們很不客氣的說，這不是為你，為你是『天虛我生之子』啊。最近在正中書局出版的高職國文，它在選了我一篇〈懷古家的新希望〉的作者項下注著『文學家天虛我生之子』，我真覺得何等可以自傲，我有這樣偉大的一位父親，甚麼名譽地位，人家都可以搶得去的，唯有父親是人家搶不去的。而我的父親是天虛我生。」

陳定山（一八九七—一九八九）原名蘧，出自莊周《齊物論》：「昔者莊周夢為蝴蝶，栩栩然蝴蝶也，自云適志與。不知周也，俄然覺，則蘧蘧然周也……」，因此又字小蝶。別署蝶野、醉靈軒主人，四十歲後改署定山。陳定山說：「我是杭州人，古籍錢塘，世居西湖……我的祖宅在瑞石山麓太廟巷口，相傳是南宋韓侂胄的南園一角，因此頗具花木泉石之勝。……我生之時，去古已遠，南園遺跡渺不可尋，但泉石的玲瓏、山林的位置，依然在目。先君把後園題名為一粟園，園中有個月波池，池畔有一座小軒，五色玻璃，朱欄四匝，迎面一巖，厓石壁立，有石竅，往往出云。先母燕室即依巖岫築，故號『嬾雲』。此軒據說原有趙子昂題匾，但早已失去，先君題名為惜紅軒，他第一部著作《淚珠緣》和《惜紅軒詩鈔》就在這裡產生，後來做了我的啟蒙書館，我常常對著一窗五色斜陽，靜聽姊妹們咿呀的書聲，為之忘倦。」

據曾永莉訪問晚年的陳定山說，他母親嬾雲女士（朱恕）在懷孕十二個月才生下他，母親也出自書香門第，亦能吟詠，父母親伉儷情篤。在陳定山的記憶中，父母結婚四十年間只吵過一次架，而且彷彿只為些家庭瑣事。「在幼小的定山先生眼中，父親是個傳奇人物。他的身材頎長，戴副金絲邊近視眼鏡，絲羅長衫外常加一件一字襟馬甲，手上輕搖一把灑金畫牡丹的團扇。小定山常想：待自己長大，必要像父親一樣的風度。」小時候，堂姊讀《幼學瓊林》，妹妹小翠讀《詩品》，陳定山卻能把她們的書同時背出。八歲時才華已然早發，塾師講解王勃〈滕王閣序〉，全文未講解畢，他已能朗朗上口。九歲已能提筆為文，自成風貌。十歲能倚聲，又喜歡唱崑曲，其父蝶仙常為他弄笛。

據學者趙孝萱的資料云：「陳定山十四歲入法政大學，聽聞教員瑣碎談論律師之訴訟等費，乃曰：『是非我所耐也。』之後赴上海另入聖約翰大學。入學後發現學生都捨國學而以英語相誇耀，又不悅而離去。當時其父蝶仙與父友鈍根正編《禮拜六》、《遊戲雜誌》、《女子世界》等，日日以小說家言相談。小蝶見而大喜，於是決定鑽研小說。先試譯著，仿林紓之法，由李常覺遍求英文小說，讀後口述。

定山取歐西小說本意，以文言譯出。譯筆極為快速，據說每小時能寫兩千字。惲鐵樵當時主編商務印書館的《小說月報》，愛定山才華，多次敦請他寫稿，時年十七歲的定山竟能與五十幾歲的惲鐵樵成為忘年之交。」

陳定山的作品當時散見在上述各雜誌，尤其是周瘦鵑所編的刊物，《自由談》上固然不必談，《紫羅蘭》和《半月》，亦像沒有陳定山的大作就會減少銷路似的。即那一本周瘦鵑一人所寫的《紫蘭花片》，亦時常的有些定山的畫和詩。曾經被人目為雛鳳清聲，說定山的妙筆，更有過於蝶老先生。鄭逸梅說父子兩人合作的有《棄兒》、《柳暗花明》，刊於《申報》，明星公司攝為影劇。還有《二城風雨錄》、《嫣紅劫》、《間諜生涯》、《秘密之府》、《瓊英別傳》、《勃蘭特外紀》、《旅行小史》、《妍媸鏡》、《各國宮闈》。陳定山單獨的作品有《塔語斜陽》、《香草美人》、《蘭因記》、《餘味錄》、《蟲肝錄》、《菊譜》、《畫獄》、《江上秋聲》、《定山脞語》、《書畫船》、《醉靈軒讀畫記》、《醉靈軒詩文集》、《湖上散記》、《消夏雜錄》、《蝶野論畫三種》等。

鄭逸梅又說：「小蝶有時署醉靈生，因在杭居醉靈軒，軒本為其外祖父朱滌卿的漱霞舊館，小蝶讀書外家，乃宿於其間，有亭榭，有梧桐，他撰《醉靈軒記》，述其概況，如云：『予居是軒，梧桐一樹，亭亭若車蓋。當暑即展席桐下，雜置書硯，臥而吟哦，每風颸花落，恬然入睡，起而拂衣，襟袂間皆桐花也。』厥境清絕似畫。至於醉靈，那是小蝶取唐羅隱別朱慶餘宅『除卻難忘是醉靈』詩意以名之。林琴南曾許小蝶繪《醉靈軒讀書圖》，病甚劇，強起致書小蝶，謂：『老人今生不能從事矣！然平生知己，壽伯茀，高子益，最後乃得君三人耳！』書竣封郵，擲筆而卒，成為畏廬絕筆。」

一九一七年，陳定山父子研發國產「無敵牌牙粉」有成。一九一九年，陳定山以積蓄下來的二千塊錢稿費，在杭州清波門學士橋旁，買下明末「嘉定四先生」之一李流方的「墊巾樓」遺址做為別墅。陳定山說：「因用畫中九友的真跡題名如：『染香』、『約庵』、『湘碧』、『思白』、『松圓』、『檀園』，來做了庭樹園囿的榜名。園成於民國二十二年，我已是三十八歲了。先君極愛此園，名為『蝶墅』，楹聯悉出手撰，日寇侵杭，廿載經營燬於一旦，重葺草堂於斷橋，先君已棄世六年。曾幾何時又流離海島，西望無期，可為慟心。」

陳定山被譽為「以詩、書、畫獨樹一幟」的。據熊宜敬的文章云：「一九二〇年，陳定山廿四歲，見三姨丈畫梅極佳，興起學畫之念，姚澹愚告訴陳定山『畫必自習字始，能寫好字始能習畫』，於是陳定山以所寫書法向其請益，姚澹愚一看，便說：『子不羈才也，梅不能縛汝，其山水乎？』於是便傳授山水訣，是為陳定山正式習畫之始。」而後來陳定山更以書畫名家，論者曾評曰：「其畫在蝶野時期，以冷雋勝，筆墨無多，盡得天趣。四十以後自號定山，其筆墨於洗鍊以後轉趨繁複，千巖萬壑，氣韻無窮，蓋收子久、山樵、香光、麓臺為一家。又身行萬里，胸貯萬卷，故能變化於筆墨之外。詩書雅度，醇然自足。吳湖帆嘗稱蝶野畫仙乎仙乎，吳子深云吾平生於畫無所畏，獨畏定山，每一相見，必有新意，其造詣蓋如此。」

一九二〇年，陳定山與張嫻君結婚。一九二二年，獨子陳克言生於上海。一九二五年，陳定山與父親、妹妹陳小翠、妻張嫻君偕同友人紫綃、周瘦鵑、丁慕琴、涂筱巢、徐道鄰、李常覺等至蘇州遊太平山，鄭逸梅首次認識陳蝶仙，由他和程小青、趙眠雲作東道主。鄭逸梅還因此寫了〈天平參笏記〉一文，以記其事，該文發表在周瘦鵑主編的《半月》雜誌上。

一九二八年，張嫻君勸陳定山納鄭十雲為二夫人，十雲戲唱得好，是唱老生的。在孟小冬沒有貴為杜月笙夫人，還在上海唱戲時，因孟小冬病，十雲女士是代過她的戲的。居然也同樣的客滿，同樣的受人歡迎。孟小冬是余派（余叔言）傳人，十雲女士有資格可以代孟小冬的戲，你想她在京劇上的造詣，會差嗎？

一九三四年，陳定山以世道紛亂，民不聊生，亟思對百姓生計有所奉獻，偶於浙江東陽之「定山」發現可以廣種桐樹以濟民，便擬定了種桐二千餘畝，以三年為期收成來改善當地農民生活的計畫，他的父親陳蝶仙認為此舉緩不濟急並不贊成，但卻對「定山」二字有感而發，對他說：「四十不仕，可以知止而後定矣。」於是刻了一方印章「定山一名小蝶」送給他。陳定山並於第二年在「定山」之巔築了一座「定山草堂」。

一九三六年，陳定山並在杭州西泠橋造「蝶來飯店」。蝶來飯店坐落在棲霞嶺南麓的低坡上，朝南的店門隔著馬路對沖西泠橋，飯店西邊緊鄰著古剎鳳林寺，東邊卻接著廣東勞氏的一大片松林墓地，四周透盡恬靜。飯店占地近三畝，客房卻只有28間，裝修一流。飯店整個建築結構像個中西合璧的莊園，西式二層樓的客房散落在坡頂上，南面沿馬路築有花式窗欞的矮牆，院中央植滿低叢和草坪，從店門大堂去客房要經過蜿蜒曲折、花藤朱欄的中式長廊。飯店開張那天，來了一場「蝶來秀」，專門從上海請來頂尖級的電影女明星蝴蝶與徐來，因為各取她們名字中的一字，正好是「蝶來」，一時整個杭城為之轟動，大家都追到西泠橋邊看「蝶來」。

一九四〇年初春，父親過世後，當時上海已經淪陷，陳定山和母親、弟妹、妻小住在法租界金神父路（今瑞金二路）金谷村；一日半夜，被日本憲兵偕同法巡捕及翻譯押至蓬萊市監獄，強指他為重慶分子。其二夫人十雲女士，連夜趕到蘇州，找到好友影星徐來，「標準美人」徐來當時已改嫁給唐生民，十雲請求徐來幫忙，徐來因此「命令」唐生民去向當時人也在蘇州的「七十六號」特工總部主任李士群求援，李士群礙於人情，「強盜生善心」，立刻寫了一封信給十雲女士轉上海「七十六號」的副主任夏仲明，歷經七天後終於被釋放了。出獄時，憲兵隊長告訴陳定山從此不許用「小蝶」一名發表文章，於是陳定山從此以「定山」之名行世。

熊宜敬在〈才氣縱橫陳定山〉文中提到：當時陳定山在獄中，一日忽夢身有雙翼，飛翔於杭州西子湖上，只見碧波浩渺，湖中一峰峙立，四面紅牆圍匝，頗似「小瀛州」，而其間碧坊上以金漆書「華津洞天」四字。夢中的陳定山由天而降，進入碧坊中，只見山中種梅百本，水流花開，泉聲淙淙，忽見一女子迎面而來，手執一卷，向陳定山笑曰：「待子久矣，欲一觀此卷否？」陳定山含笑應之，遂於石桌之上展卷並觀，原來是一卷〈吳梅村畫中九友詩〉，至此，夢境已盡，醒來仍如歷歷在目。出獄後，陳定山將此夢告訴好友王季遷，王季遷建議將夢中所見繪出，陳定山便回憶夢境以圖為記。畫完沒多久，當年在浙江東陽定山種桐的場長胡志傑來訪，知道陳定山有買山之癖，即告知陳定山杭州西湖南屏山蓮花峰有一洞，風景奇絕，而且價錢甚廉，只須黃金十兩，陳定山聽了大喜，立刻付了款項託胡志傑買下。過了些時，亂象稍解，胡志傑便領著陳定山、鄭十雲夫婦至蓮花峰一遊；到了那兒，確實彷彿夢境，只是不見碧坊紅牆，一片荒隰；登山峰頂，只見峰巒回合，襟江帶湖，別有天地；忽聽足底有潺潺水聲，循聲下尋，只見一古洞，陳定山忽然大驚，原來洞中有一摩崖石碑，大書「華津洞天」四字，竟然與夢境全書一字不落，奇異至極。歸家後，陳定山又將此事告知王季遷，王季遷不禁大喜說：「上回你依夢境所繪之圖，我親眼所見，可為公證，這奇地我是否可與你共有？」陳定山回答：「不然，蓮花洞已載於《西湖志》中，不可為一、二人私有，不妨就以夢境中所見吳梅村畫中九友詩為傚，亦尋今之畫中九友共享此奇境。」於是兩人就同赴嵩山草堂找馮超然商量此事，馮超然、吳湖帆知道後皆大喜，同意以九友為集，此時馮超然女弟子謝佩真也要加入，先未得同意，然謝佩真對陳定山言：「君夢中不是有一女子攜卷待君同觀嗎？這女子正好由我為數。」馮超然聽了頻說有理，於是定此雅集之名為「華津畫社」，共十人，除了謝佩真共有九位畫家，分別是馮超然、吳湖帆、汪亞塵、賀天健、鄭午昌、孫雪泥、陳定山、王季遷、徐邦達，並向杭州市政府註冊。成立後沒多久即國共分裂，華津畫社就只剩下奇異夢境一事成為藝壇韻事了。

一九四八年秋冬之際，五十二歲的陳定山渡海來臺。先居北市連雲街，再遷居新生南路，室名「定山草堂」。一九五二年六月，遷居陽明山，居名「蕭齋」。

陳定山說：「從三十八年（一九四九）到四十八年（一九五九）我一直住臺北。為了生活，第一個拉我重為馮婦的是老友趙君豪兄，那時他和范鶴言、朱虛白兄創辦《經濟快報》，也就是現在的《聯合報》，我擔任副刊編輯《臺風》。第二位拉我寫作的，是吳愷玄先生，拉我為《暢流》雜誌寫稿。第三位是葉明勳主辦的《中華日報》，趙之誠兄主編副刊要我寫長篇，而刊出了風行一時的《春申舊聞》和《黃金世界》二部。接著便是耿修業兄主辦的《大華晚報》，要我為他寫最長篇小說《蝶夢花酣》，這一下，我就在臺北寫作一年。住在陽明山，四時有花木之勝，早晚有良朋之遇，倒也逍遙的很。最快活的是，《中華日報》臺北版，本仰給臺南版，自《春申》發刊以後，北版銷數激增而南部版反仰給於北版的轉載。接著是耿修業兄不時報告《大華晚報》因連刊載《蝶夢花酣》而銷數激增，向我『致敬』。」

陳定山對於京劇素有研究，他在上海的時候，曾經和上海聞人杜月笙、張嘯林一同票過戲。鏘鏘在〈略記陳定山先生〉文中說：「他住在新生南路的時候，我曾聽過他的妙奏。這一夜是定山先生設宴款客，被邀的除了余派名票寒山樓主等人以外，還有後來跌斃於鳳林酒家『做鬼也風流』的梅花館主。梅花館主歌《搜孤救孤》，定山先生則唱《白門樓》。中氣十足，連他的孫女兒亦不斷地一面拍小手一面說：『爺爺好滑稽得來』」。一九五一年，陳定山在北一女禮堂主持「春臺雅集」，戲從晚上七點開鑼，票友唱到隔天清晨三點，觀眾才依依不捨地離座歸去。這次雅集，主要的特色是「唱反戲」：平常唱青衣的，改扮武生；唱花旦的，改扮花臉，別具情趣。陳定山的小生戲，是經過一番切磋琢磨的。因為他跟姜六爺妙香，私交甚好，像「叫關」裡的「十指連心……」等句的唱法，都是韻味中蘊藏著情感聲色，較諸「聖人」有過之而無不及。據當時的報導說，像《醉寫》這種戲，近十幾年來是很少聽到的。但在定山先生的花甲大慶時，不但聽見他唱了大段的《醉寫》，而且還聽到他清歌了幾段《長生殿》的崑曲。都能給人深刻的印象，都能使人傾心嚮慕的。

鏘鏘發表於一九五六年的文章中說：「初到臺灣時候的定山先生是和名票羅企園合住的，旋入做過上海魚市場經理的唐纘之先生之家。那時候他還沒有想到把文章換錢，祇是寄情於書畫上，一度曾在《經濟時報》編過兩年的副刊。後來因為要他寫文章的人多，窮於應付，乃亦如職業畫家之訂潤格，你拿鈔票來我寫。目前產量甚豐，報上有他的文章，雜誌上也有他的文章，遠如菲律賓和香港，都有他的文章。文章之吃香，吃香到無遠弗屆。一度以他的口述試用過請人速記，但終不及他自己寫好。因此，他現在又很有規例的每天早上起來，就埋首書案。文思潮湧，運筆如飛，快的時候，有一小時寫一千五百字的紀錄。通常是每晨七時寫到十一點鐘，很少有例外。照中國人的早衰情形而說，六十歲的定山先生很可能已有龍鍾之態，但他『嘴上無毛』，每天剃得光光的，依舊如當年的張緒，瀟灑飄然。大概就是這樣的緣故吧，所以他和七十歲的高徒秦子奇先生相對時，還會老興勃勃的高談風月。上年紀的人最容易使人討厭的，是老氣橫秋，定山先生的心情好像一直很年輕，於是人盡歸之，皆樂與之伍。而定山先生亦不以為煩，老少不拒，近我者都歡迎。因此不但秦子奇先生輒喜和他促膝談心，就是他的那個徒步未穩的孫女兒，也只要公公面不要爸爸了。」

一九五八年陳定山遷居臺中，（自此在臺中居住十八年，直到一九七四年才遷居臺北。）陳定山說到其中的原因，他說當時住在陽明山的情景：「這最有趣的：每當花季，載酒上山，識與不識，競來叩門相訪，於是我只好在蕭齋門外，貼一張告白：『主人不在』，但看花的人還是湧進來。有人在我的柴木門貼了一首詩：『何事主人常不在，柴門雖設莫長關』。於是我不得不下山，而搬到臺中。搬臺中的主動力，是一陣黛絲颱風，把我的蕭齋的直頂吹坍了，我抱著我的小孫女毛毛（學名舜華）從蕭齋走到國際飯店門口下山，一直下山。」

一九六七年三月間，有一天陳定山路過臺中自立街口，在一家豆漿店旁邊的平房門前，看到一幅對聯，上聯是「室比前人添一斗」，下聯為「樓觀對面起三層」，橫額寫的是「二斗軒」。這幅對聯，引用梁書「陶弘景有三層樓」的典故，而隱隱道出作者不受繁華所惑的心境。陳定山便寫了一首〈贈賣餅翁〉，請友人逢甲大學國文系楊亦景教授轉交給他，詩曰：

人間春到容高臥，門外車塵接轂長。
燈市春聲金鼓鬧，松棚火熄餅爐香。
牽門黃犬方為累，歷世紅羊換劫忙。
陋室何妨專一斗，看人四面起阿房。
閉門合署陳無己，也把新詞贈餅師。
日暖花鬚烘蜜蠟，天寒魚腦凍梅池。
喜聞鶯燕將雛至，懼致兒童積木危。
坐看東方青帝笑，種瓜得豆與春期。

詩前尚有一序：「鄰有賣餅翁，日炊一爐而止，日午則高臥不出。吾不知其名，字之曰道。丁未元夜，過其門，帖一聯云：『室比古人添一斗，樓觀對面起三層』。梁書：『陶弘景有三層樓』，翁固有道，且知書矣。」

沒想到這位賣餅翁收到陳定山的詩之後，詩興大發，立即用原韻和了一首〈餅師答〉：

天涯也有逢春日，柳眼垂青客路長。
啼鳥喚回金谷夢，勞人沽得玉壺香。
樓觀迴出三層傑，籠餅炊供十字忙。
二月玄都花怒放，謹將猿馬鎖心房。
貂裘不受崇高節，師道真堪作導師。
問字近鄰楊子宅，接籬遙見習家池。
太空詩境新開拓，小市生涯缺阽危。
容我逃秦淪賣餅，喜從空谷遇鍾期。

這兩首詩，一起刊於三月十九日《大華晚報》的「瀛海同聲」專欄中，傳為藝壇佳話。

陳定山來臺後，長時期在報紙副刊及雜誌上寫稿，筆耕不輟，出版多部小說集、詩集、掌故集、畫論、畫冊等等，均顯現他的多才多藝。一九七〇年左右，因當時任臺中靜宜女子文理學院中文系主任的好友彭醇士，身體不適，於是請陳定山代課，這是陳定山開始執教鞭之始，他在靜宜及中興大學教授詞曲課。一九七四年，在臺中居住十八年的陳定山遷居臺北永和，他說：「攜得晴空一片雲，來看臺北雨紛紛。」因居永和，自號「永和老人」，又因住在凱旋大廈七樓，所以別署「七層樓主」。同年，因弟子於大成任淡江文理學院夜間部系主任，他在臺北市金華街的淡江城區部執教　年。

一九七六年，陳定山作八十壽，好友張佛千特製二聯：

「小」米清才，身如彩「蝶」；
「十」分圓韻，響遏行「雲」。

「小」遊香國花迎「蝶」，
「十」畫眉山黛作「雲」。

巧嵌陳定山「小蝶」及二夫人「十雲」之名，並請黃杰及袁守謙書寫。黃杰還在第一首作跋：「定山先生今歲八十矣，賦詩作畫，顧曲飲酒，家情逸興，猶如少年，佛千斯聯，正所以晉不老之頌也。」陳定山讀此跋後大樂，曰：「有此一跋，吾雖老，亦顯此聯之切也。」而袁守謙所書寫者，以其特創之小聯，以錦緞精裱。陳定山對此聯情有獨鍾，壁間除其本人及十雲夫人之放大照片外，舊有字畫，皆不懸掛，僅懸此聯，並曰：「此聯雖小，但映照全面白壁，不覺其小。」

據張禮豪文章說，陳定山八十壽，「正逢張大千回國，二人相會，大千說陳定山看似六十餘歲而已，以後就稱『小兄』，而自言鬚白髯長，以後便叫『老弟臺』。知己重逢，自是歡欣，陳定山便作詩一首〈喜聞大千歸國〉以為記：『近聞歸國喜如何，雙袖龍鍾淚漬多。白頭兄弟存餘幾，青春鸚鵡尚能歌。廣留海外名千載，家在江南住永和。笠屐畫圖傳寫遍，無人不念志東坡。海外傳聞多病身，相看依舊健如春。蒼髯喜值蒼龍歲，白首重盟白水津。合具雙肩擔道義，獨留巨眼對乾坤。小兄老弟相稱謂，秉燭今宵最可親。』情意真摯，令人動容。」

一九七六年九月七日，陳定山元配張嫻君因病去世，失去奉獻一生的持家良伴，陳定山極為傷感。一九八三年八月三十日，夫人鄭十雲赴菜市場買菜，不幸發生車禍過世，享年七十三歲。十雲夫人與陳定山結褵五十年，亦夫亦友，死後陳定山甚念，集唐詩輓之曰：「多情自古空餘恨，報答平生未展眉。」一九八九年八月九日中午，陳定山以九五高齡在家中安詳過世。張佛千在〈故人情〉一文中說：「定老少時，即是十里洋場中的公子、名士，而又多才多藝，詩詞書畫、吹打彈唱、吃喝玩樂，無所不精；中年雖值多難，日本人來，遠徙昆明；共產黨來，渡海來臺，沒有受過一天罪，一生享福。但不幸到了八十一高年以後，十雲夫人竟以購菜遇車禍遽逝。定老有公子一，字克言，服務金融業甚久，定老於其婚後即命自建小家庭。今雖同在臺北，定省有時，但十雲夫人之賢慧體貼、出入扶持，相依為命之良伴，無可替代。朋輩宴會，我亦不敢相邀，老人受此寂寞孤獨的磨折逾十年，今乃以疾逝聞，享年九十五歲，殆真如佛氏之所謂『解脫』矣。」

筆者日前訪問臺灣師大附中美術老師陳薌普老師，她在一九七九年時因畫家歐豪年之介，拜陳定山為師，學習詩詞。每週日早上在永和家中上課，定山先生不講格律，要她先多讀書，並指定唐詩三百首、世說新語、白香詞譜等書，要她研讀，定山先生認為腹中要先有學問，再加上豐富的人生閱歷，方可寫好詩。中午時分，老師還要學生一起在家吃中飯。當時家中雖只有定山先生及十雲夫人兩人，但僕傭準備飲膳還是極為精緻，這也印證了定山先生是個美食家。這使我想起當年在上海他發起「狼虎會」（狼吞虎嚥的聚餐會）的情景，他在《春申舊聞》說：「尤其是發掘小吃館子，是本會的唯一工作。例如陶樂春發現時，僅為大舞臺對面一開間的四川抄手館子，靠扶梯三個賣桌，專賣搾菜炒肉絲，干燒鯽魚，和雞豆花湯。雅敘園是湖北路轉角靠電車軌道的一個樓下賣座，只賣油炮肚，炒裏肌絲，合菜帶帽帶薄餅，小米稀飯。小有天是小花園裡面的一家閩菜小吃，奶油魚唇，葛粉包帶杏仁湯，是他的拿手。……有許多小館子後來發現，直到勝利復原他們還保持著一開間門面的如：石路吉陞棧對面的烹對蝦，醬炮羊味。六馬路的魚生粥，石路上的肉骨頭稀飯，油條。德和館的紅燒頭尾，鹽件。泰晤士報三層樓的蟹殼黃，生煎饅頭。霞飛路菜根香的辣醬飯，浦東同鄉會隔壁的臭豆腐干大王等等，直到我們三十七年（一九四八）來臺，它還是保持著原狀。至於梁園的烤鴨子，雲記的臘味。喬家柵的湯團舖，在敵偽時期還有了偽組織，那是王汝嘉的冒牌湯團，不是真正金家牌樓的分店。」定山先生真不愧是個老饕。

陳定山的畫風被歸類為「名士畫」，筆墨酣暢，自成家數。他的書法，張禮豪認為「從二王入手，也研究黃山谷，再向上學虞世南、褚遂良、又轉米元章；民國以來，心折於葉恭綽的書風。事實上，陳定山不論字與畫都扎實地自古人來，而後從古人出，最後將書畫之道與人品、生活相融，而自成一格，逸興遄飛。」

陳定山著作等身，早年與其父陳蝶仙合編《考正白香詞譜》（一九一八）。他的詩詞集有：《蝶野詩存》、《醉靈軒詩集》、《定山草堂詩二卷》、《定山草堂外集》、《蕭齋詩存》、《十年詩卷》、《定山詞三卷》等。又酷愛寫掌故，寫有《春申舊聞》、《春申續聞》，因定公從父輩起，便長居滬上，嫻熟上海灘中外掌故逸聞，一代人事興廢，古今梨園傳奇，信手拈來，皆成文章，乃開筆記小說之新局，老少咸宜，雅俗共賞。至於小說集有：《留臺新語》、《五十年代》、《蝶夢花酣》、《大唐中興閒話》、《春水江南》、《駱馬湖》、《隋唐閒話》以及號稱「黃金世界三部曲」的《黃金世界》、《龍爭虎鬥》、《一代人豪》等。

目次

【他序】／陳孝威 3
【導讀】詩、書、畫、文俱佳的陳定山／蔡登山 4
「行動」唐紹儀 21
碟仙 24
地產投機的風雲人物 27
嚮導皇后金美娟 30
菱清女相士 32
任黛黛之死 33
陸連奎獻機祝壽 37
丁太炎神課 39
放橋樑與跑老戲 42
哀吳淞炮臺 45
小抖亂葉仲芳 48
曹夢蘭與賽金花 51
野雞拉巡撫 53
吳素秋三下淘金 54
詹周氏殺夫 57
趙君玉夫婦死難昆明 60
生意浪 64
長三命名之由來 65
鋪房間 66
包先生 67
做花頭 69
出堂差 71

開果盤與青龍堂差抄局賬……73
落相好……74
點大蠟燭……76
從青龍堂差到粢飯團……78
詩妓李蘋香……81
小四金剛……84
妓女諢名……86
卡爾登豔舞……87
義乳記趣……90
詩龍點睛……92
上海光復外記……95
七盞燈毛韻珂……99
領事館史話……104
阮玲玉廿年祭……107
金霸王本紀……110
新豔秋事補……117
奇女子傳……119
上海的慈善事業……123
麻雀總會……127
梁祝故事……132
甌湘餘韻……136
奇夢記……139
南方伶人的傑作……141
一個親眼得見的鬼故事……146
小生脞談……155
上海租界百年大事表……161
金小寶……168
老《申報》一萬號……174
林今昔與梁鴻志……177
玫瑰公寓……181

小梅……187
麻將經……194
雅騙……201
扮皇帝……210
徐文貞公墓……214
美總統訪華……215
小萬柳堂與《李文忠公全集》……216
來春……218
程黛香……219
愚園路的凶宅……221
的篤班……223
上海的西菜……225
中國戲與傀儡……228
張大千做和尚……230
鄭毓秀參加炸良弼……231
蔣志英殉職……233
樊樊山〈彩雲曲〉非詩史……235
上海三大亨二三事……238
郁達夫毀家詩……241
無職業會長王曉籟……243
紅眼四兒……247
雨窗話舊……249
三義傳……251
小阿鳳與小鳳仙……253
戲館裡的海報與戲單……255
老郎神是誰……257
再談老郎……260
中國話劇的三大流派……262
經林黛之死想到阮玲玉自殺……266
憶熙雲……269

補孫菊仙二三事……270
陳大悲與「人藝」……272
陳大悲與周璇……274
戲劇性的十八般武藝及其兵器……276
國慶談往……279
從九畝地新舞臺說到話劇文明戲……282
春申花酒話前塵……285
哀振飛……291
讀「伍大姐」書後……294
閒話孫派《朱砂痣》……297
義奴傳……300
粉墨春秋……306
特載　我的父親天虛我生
——國貨之隱者……341

「行動」唐紹儀

唐紹儀晚年居滬，寓西華德路，頗好古玩，古董商多出入其門，及為日寇傀儡組織大道政府，我方留滬地方工作人員，即開始行動，限一個月中執行唐紹儀。唐固昏蒙，恬然不知也。其寓有日本海軍陸戰隊一排，朝夕守衛，雖親信素識者入門亦遭盤詰。行動員急切不得下手，乃於唐公館對面平房開一小店，售五洋雜貨，以監視唐氏出入。唐深居簡出，丫婢僕婦平日皆不許出門，唯一飯司務每日清晨出外採辦小菜而已。行動員遂以飯司務為目標，每見出入，即派盯梢。其人好色，久之，偵得其人常到永安公司天韻樓白相玻璃杯。行動人瞷之譎，亦往天韻樓泡茶，與玻璃杯女郎盤桓，因與飯司務相識。飯司務方幸此青年用錢撒漫，與己同好，固不知其為行動員也。則引其至大世界三和樓對面國泰飯店開房間，同嫖同賭。行動員才開始問他「在何處得意」，飯司務亦自詡，謂在唐公館，做飯司務。因問「總理喜歡吃點什麼東西崽」，飯司務說：「總理只有一個小姐同住在這裡，僕婦丫鬟也不多，小姐經常自居一室，不大出廳。」於是漸漸談到總理的起居情況和嗜好，才知道總理時常獨居一室，一生癖好瓷器，只有朱葆三路一個法國人做他生意。行動員又到朱葆三路去裝著買古董，知道了這家法國古董店有三個華人，一個店員，一個西大帶勤工，一個穿白衣服的司機，有一部專門送貨的飛霞脫小汽車。

行動的佈置，是有程式的：①關係深入，②搜集行動資料。他們既然搜集到這許多資料，和得到的關係，行動員就開始行動了。第一，他們購置了一輛飛霞脫小汽車，汽車牌號，司機服式和那個古董店裡的完全偽裝得一樣無二。一方面又去聯絡那個職員，先在他們店裡買了許多小古董，和那個職員也熟識了。一面由行動主任暗練一把鋼斧，那斧頭是特製的，斧頭柄兒可以脫卸，合在一處只用一枚消息，就可把他裝在一處十分堅牢。他每日用銅元做練習目標，十幾個銅板疊在一處，只要一下斧子下去，那銅板便分為兩半。功夫練到純熟，才用重金去買了一隻真正的宋瓷均窯大罇，配上紅木坐兒，一柄斧子卸作兩半就裝好在紅木座兒的裡面，這才去找那古董店的職員，騙他出來上汽車，兩個行動員，一個副的穿上全身白制服，扮司機；一個正的，戴上兩隻袖套，充西崽把那個職員騙上汽車，司機立刻一根手槍將他抵住，叫他坐在自己身邊裝病不許開一聲口，凡事均由那扮西崽的行動員安排。他們就這樣的，開車到了西華德路唐公館門口。

唐公館門口日兵守衛雖然森嚴，見是常來賣古董的那部古董汽車，也就不深查究，那職員卻匍匐在前座上裝肚痛，由他對日兵說自己半路發上痧氣，只好由西崽代表送進去了。這是行動員在車叫子上教訓就的。日兵卻也精細，看後座上果有一隻寶瓶，由一個西崽抱著，雖是面生，卻也不疑有他，便叫他下車。這行動員抱瓶下車，日兵當將他全身連瓶子裡都搜查一過，卻想不到夾帶兵器卻藏在紅木雕花的座兒下面，看他兩隻袖子套著白布袖套，更知道他是當西崽人物，準沒有錯兒，便面孔一板道：「只許一人進去，車子連其他的人都留在門外頭。」行動員正中下懷，便抱瓶托架，走角門進去。一個僕人擋住，叫他等一等，等請示了主人再叫他進去。行動員又只得停住了。一會兒，僕人出來傳：「老爺叫你進去。」說著就領他穿堂上樓。他暗暗記清楚了進出的道路，樓上川堂也甚廣闊，僕人走到一間柚木雕花扯門面前，上去叩門。裡面喊了一聲進來，僕人推開門，自己就停住了。原來裡面是唐氏燕居之室，平常不許僕人走進去的。他為愛了古瓶，卻放了一個行動員進去。見他面窗坐著，並不回過臉來，口裡說道：「他們出店為什麼不來？」西崽說：「某先生是來的，現在車上發痧氣，所以叫小人送瓶上來。」唐氏聽說瓶到，就回身過來，叫他把瓶擺得遠遠的。唐紹儀看古董，何等眼力，遠一看就知道是一隻無上宋均寶罇，非常歡喜，便走近過來，把瓶身拿起，察辨年份、顏色，又俯耳去聽瓶子裡的空聲，覺得滿意，便問要價多少。行動員說：「這倒不曉得，要出去問一問出店員，才可以知道。」唐紹儀點點頭，他就出去了。和司機一接洽，關照十五分鐘準成功。他又回到樓上來了。日兵看他進進出出，更看熟了面孔，不去防備他。他回到樓上，見了僕人坐在門外，唐紹儀在裡面欣賞宋瓶，他就央那僕人道：「掌家，請你賞我一點兒茶喝。」僕人也不疑有他，自去倒茶。行動員就走到唐紹儀面前，一手托瓶，一手抵住紅木底盤，說：「總理，這瓶是要五十根條子，你看不但瓶好，座子雕得也好。」他說時已撥動消息，取斧入袖，紅木雕座卻入了唐紹儀手中，果然雕得精工，不覺取向明處，仰面細看。行動員在後面立時一斧下去。刃入一吋，這老人哼也來不及哼一聲，立時倒在厚絨地毯之上，聲息毫無。行動員立刻脫下兩隻染了血漬的白布短袖，拋在門角，將門帶攏，走到扶梯口。正好僕人取茶上來。西崽道：「你們老爺叫把寶瓶留下，老爺正在休息，你不用進去。」僕人聽說交易成功，知道自己又有一份豐厚的傭金可取，不覺大喜，便陪著行動員下樓，一直送他上車，和出店咬了一個耳朵，出店員點點頭，那假司機早已踏出風門，一溜煙，車駛如飛而去。

唐紹儀屍體發現，直到一小時以後。在辛亥革命南北議和時期，他是北方特派下來的議和大員，卻心向共和，對於民國建肇卻有過一番功勞；做過內閣總理之後，以古聖賢為標榜，不辭卑祿，不羞小官；又做了一任中山縣縣長，就有很多人疑他熱衷。敵偽之際，竟爾晚節不終，甘為傀儡，獻身大道政府，致遭顯戮，舉國稱快，奸讒喪膽，而我地下工作人員的行動秘密和神速，也就值得驚歎了。時余妻弟張俊傑在京滬行動總隊任譯電員，勝利後始略為余言之。

碟仙

上海曾有一度盛行碟仙，法以小碟口上劃墨線一條，另以白紙畫方格，小書數百字，置碟子上，兩人對立，以指推之，自然行動，視其墨線所止，錄其字句，如扶乩然。號為碟仙，而不知其昉自何所。

初，公債大王楊秋生為普益地產公司買辦，有子曰炳琥，好與俠林中人遊。其時公債信用卓著，投機家多捨地產而趨公債。遜百克律師總翻譯方升平尤有債癖，以大鐵箱貯各種公債，每夕，必出而數之，且鍵戶焉。債積案如山，人即睡於債中，一覺黑甜，蘧蘧然不知東方之既白。有楊壽生者亦具公債癖，借父餘蔭，擁房地產甚富，住宅在海格路大勝胡同口，廣廈渠渠，有複壁焉。壽生以為郿塢，積券其中，每夕亦出之，手操電氣熨斗，有襞縐折角者，皆以熨斗燙平之。或遭污損則惋惜累日，人以為癡。住宅地板皆金漆，必親自揩拭，日夕兩次。室洞空，不著一傢俱，漆光可鑒毛髮，不許客入，每出入則去履及襪，白足而行，及汗足沾垢，則俯伏荷荷，以口親地，袖拭之，終日以為恨，蓋其人有潔癖。然大勝胡同六十七號實為豔窟，聞香出入碧眼黃睛，大有人在。壽亦隨眾旅進，門上有鑰，投之自啟，啟則一櫃掛壁間，凡欲求春風一度者，可啟櫃，自納資於櫃中，凡十二槅，一槅一客，挨次遞進，無或爭夕。壽生之潔偽也，獨秘此室破諸戒體，方欣欣自喜，以為眾生無知者。而適與公債大王之子遇，秋生與壽生僅一字之差，子炳琥，與洪錫祺、鍾可成遊為密友，素鄙楊壽生，以為冒其乃父牌頭。既相遭於狹邪，則各炫其富。炳琥於北里有所暱者曰一飛，壽生亦暱之，然炳琥年少而壽生老矣，故壽生屢敗，乃慫其友曰謝培德者娶之。一飛小巧如香扇墜，工青衣，與秦通理、王吉莫逆，而洪錫祺有公寓在霞飛路，複室重帷，陳設淫巧，炳琥每攜一飛至洪室幽會。謝培德亦俠林中人，風聞其事，初不甚怒，謂一飛曰：「吾老矣，然非子不歡。子果悅炳琥，願秘之，勿在洪室，吾願足矣。此外任汝所為。」一飛佯諾，而不檢如故。謝始不能耐，以告秋生。

時公債方大跌落，交易所每日停板，銀行錢莊受公債影響而倒閉者紛紛。墾業銀行王伯元、何谷聲皆以公債受累而岌岌搖動。提取存款者門戶為塞。時尚用銀元，谷聲乃出奇計，自某錢莊發出銀元廿餘箱，啟其蓋，自前門抬入，後門抬出，繞弄堂，再通大門，如是圜匝不絕，若虞詡之增灶焉。提款者以是心安，竟渡難關。而楊秋生公債竟吃大虧，美豐銀行與普益地產公司有聯繫，因是擱淺。秋生正無好懷，而謝培德以中冓之穢事來訴，秋生大怒，拘其子，杖之數十。炳琥遷怒於謝，乃挾槍趨洪錫祺公寓，知謝必於其時在寓小憩。至則闃然無人，聞浴室有水聲，遽闖而入，一飛在焉，玉體橫陳，春色畢露，方與謝作水嬉。炳琥不能忍，遽向謝開槍，謝出身捕房，固驍捷，謝避而一飛翼之，中彈立殞。炳琥抱其裸體，大哭曰：「我殺汝，我殺汝！」亦返身自戕。案發，謝培德以俠林免，而心傷愛姬，數至余寓，道其哀悔。一日，曉籟、王吉、譚雪卿、蝴蝶皆在座，因述余廬山扶乩事。余固遊戲假託，而謝不信，固請余施術，道具不備，乃以小碟，下襯報紙，即以報上新聞指字為戲。一飛降乩，語皆慰藉謝者，謝大信以為真。諸人傳試，有驗有不驗。曉籟曰：「此小蝶弄鬼，可名之曰碟仙。」友人傳播，數日不脛而走。坊肆射利乃縛碟刷字，家家取以為戲。抗戰時傳入重慶，竟不識其所自昉也。

於時有木道人者，亦降亂時稱靈異。畫家樓辛壺、賀天健尤篤信之。樓以是得心疾，嘗貯紙滿室，懸筆空中，磨墨滿海而鍵戶焉，自伏於床下，及開戶，則龍飛鳳舞書滿白紙，淋漓盡致，樓觳觫床下，謂親見虬動而不見人。降者黃山谷、蘇東坡、趙子昂、黃香光皆有，字亦酷肖。他日，有友候之戶外，及行法，破門而入，則樓方瞑目搖首，懸筆疾書，狂若顛狂。問其所為都不省嘗記，蓋著魔矣。辛壺畫入能品，書法精絕，但未嘗能蘇黃，此異終不可解。又王一亭弟子許醉侯六亦以扶乩入魔，有白蘿仙女常與終夜唱和，其詩淫豔，與醉侯所作者亦絕異。二人皆不永年，以心疾卒。又白克路侯在里袁寒雲舊寓，亦闢乩壇，寒雲朝夕降乩，信者踵至。余往視其文，私謂俞逸芬曰：「真才子之作。」逸芬笑而不言。逸芬為寒雲得意弟子，時號倡門才子。

地產投機的風雲人物

鍾可成粵人，一口上海浦東話，說得和俠林中人一般無二。但他不是在幫，他是中國營業公司買辦。北伐成功以後，上海地產日漸膨脹，民廿左右更為飛黃騰達，真有寸土成金之概。投機家皆趨之若鶩，而外國人已在及時早計，很多久居上海擁資豐厚的英國人開始在售出他的產業而打算回國去享福。如怡和洋行住宅、辛家花園等有名地皮，都在此時乘機脫手。於是，地產公司乘時而起。中國營業公司、普益地產公司、通和洋行，更執地產買賣的牛耳。這三家地產商都由外國人組織，他們不但買賣地產，更做地產押款。你向他買地皮，他就可以貸給你六成或七成押款。利息低廉，長年七厘，最高沒有超過一分的。但有一個條件，就是非道契不押，押時必要過戶給他公司，到期不贖由他拍賣。他們又兼做建築，替你打樣設計，造房子，資金不夠也可以向他商押，由他們代為收租，而分期撥還。因此，有志於地產的，只要有三十萬資金就可以做到七八十萬事業。地皮的活動成了上海經濟的唯一泉源，新興的地產公司指不勝屈，而無不以三大地產公司馬首是瞻。中國營業和普益地產，都是美商，他們的經營方式都相當活潑；通和是英商，較為守舊謹慎。中國買辦鍾可成，普益買辦楊秋生，通和買辦應子雲他們都有一套；秋生投機公債，子雲盤算利息，唯鍾可成手筆闊大，性好豪賭，一擲十萬無吝色，盧少棠、朱如山皆其囊中物耳。尤好交遊，脫有頭寸不夠，向他開口，一諾從不還價。其實鍾可成自己並不有錢，出身很清苦，曾為某小洋行式老夫（一名跑樓），中國銀行招練習生，鍾可成被錄取，為讀報員。讀報者先將紅筆在各日報上認為應該剪貼之重要新聞加以朱圈，以候經理之閱目。時總經理為張嘉璈，忽見朱圈所乙，無不關係時事，且取捨精闢，大異之，以為有才，立即召見。可成面上經濟條陳，某當興，某當革。張擊節曰：「奇才，奇才」然終不能用。去遊東北，為張漢卿所賞識，亦曰：「奇才，奇才。」給他外幣數十萬叫他到外國去辦飛機。鍾竟買日本窳機十餘架，加以髹漆，運往關外，而自逍遙滬上，即以其資遍交闤闠名流，聲名大噪。張察之，大怒，拍案曰：「快把這小子電報打回來，槍斃。」人皆為鍾危，鍾夷然出關，往見漢卿。曰：「人皆請少帥心向民國，而自先購機，何也？」張曰：「我以防日寇。」鍾曰：「區區之數悉為精品，對日則召禍，對內則有餘矣。」張變色曰：「我焉有此心。」鍾曰：「此所以為少帥悉購窳機耳，以示不用耳。」張笑曰：「去你的。」

鍾回滬，即入中國營業公司。時外國人私產，以金蟬脫殼之計，已出賣得差不多了，而中國人擁有地產如程霖生、盛老四輩無不席豐履厚，志在遊荒。可成乃與之為長夜飲博，復聘李祖韓為中國營業公司地產部經理，其輸出道契，加入投機買賣。李為上海商業世家，恒字頭錢莊皆有李氏投資，祖韓更長袖善舞，工於心計，於是上海地產買賣，進出大盛，若大華飯店、張園、愚園、徐園等許多建築名勝，都經拆造，化為市廛。

吳清澄為安利洋行買辦，本湖州絲商，或勸其售出住宅，別購地皮，一加建築，則利將十倍。吳心動而地皮掮客已經登門。有猶太人甲願出資五十萬，先付一成定金。吳欣然定約。翌日又有訪吳者問：「寶產已售去乎？」曰：「售矣。」「多少？」吳偽曰：「六十萬。」有人大嘆惜曰：「此產明明可值八十萬，何以售得如此低廉？」吳心動，請他來談談，知是洋行老闆某乙，心益動。其人願出八十萬，以十二萬支票一紙付吳曰：「我願意付你一成半定銀，請毀前約。」吳念五十萬與八十萬相差固巨，遂決計毀前約。急訪猶太人甲，願照約倍還定金，猶太人初不肯，吳復以乙所簽支票炫之，願全數為酬。猶太人始怏怏，曰：「賣你面子。」因請吳加背書，毀前約而去。吳又訪乙，則其人已上登輪回國矣。

吳大驚，急訪甲，請續前約。甲正色曰：「此不可能。」並請吳付償背書支票十二萬金，否則當以律師相見。吳欲責任洋行而支票為乙私人所簽，洋行不承認。吳在上海身價地位甚高，畏訟，竟償其支票全數，實際損失七萬。始知甲、乙實為串通的騙局也。事為鍾聞，則大怒曰：「如此尚可以做地產乎？立以五十七萬收購吳氏地產。」聞者驚服。

鍾每出遊，遇到朋友必問你：「住在哪裡？」及友動身而一切旅館日用皆已由鍾付訖。泰康潤金號金梅先、趙仲美等十九人遊馬尼剌，遇鍾，同遊十日，鍾竟一人請客，且買飛機票送他們回來。故鍾之豪舉，雖杜、張亦為之遜色。民廿二年廢兩改元，道契抵押失效，銀行錢莊倒閉相望，地產投機家「一旦窮」者不計其數。地皮大王程霖生至於粥不繼，唯鍾仍豪賭不息，鍾娶南洋公司簡氏孀，故資金豪富，用之不匱。後鍾飛美，尚做投機，一張棉花、大麥，幾百萬美金出入，不為稀罕。旅美寓公多以鍾馬首是瞻。後失敗，傾家蕩產者不知其數，鍾亦稍斂，簡孀卒，鍾益消沉，港滬消息為之悄然。一九五四年冬，忽以一電報致香港徐士浩、邵景甫說，現在做一票正當生意，若成，則香港朋友都可以由他接濟。並戒士浩、景甫不要再做投機。電報早到，下午又來一電，則鍾已心臟病逝世矣。上午電報蓋為絕筆。

語云：「人之將死，其言也善。」可成有焉。上海有三條單紡綢褲，雖隆冬下雪皆不御袷。鍾可成、李祖韓、龐京周。

嚮導皇后金美娟

歐西旅行可雇嚮導員，追隨行李，導遊風景，述諸掌故而取給焉。其職業固甚高尚者。上海有嚮導社則始於民國二十六年，時抗日戰未起，滬市宴安熙攘，事業唯求其新穎而嚮導社出焉，社員皆女子任之。有號問皇后者曰金美娟，揚言為宣統小姨，人以好奇則電話召之，公館旅社諸所不往，與之言亦無甚奇者，為以清宮舊事則茫然，人皆目為可憐而已。久之，此金美娟者偽也。真金美娟出山僅十日即為所天引歸，而筱鳳囚鸞不可復出矣。其人確為宣統小姨，美丰儀，好著旗裝，長衣繡履見之疑非塵世間人。箕穎生嘗聞其名而求其跡，不可得，悵惘而已。

有律師吳序倫者好平劇，尤迷於言三，歌亦酷肖。言每蒞滬，必主其家。一日，言為余言，序倫富收藏，公何不一觀賞。序倫亦相慕，願稍為東道主盡半日歡。吳湖帆謂余曰：「吳序倫家確有明清佳書畫，半出故宮大內收藏，而吳不甚識，每以為贋品售之於人。湖帆嘗得其《四王冊頁》數帙，價甚廉。售輒告人曰：「吳湖帆又吃進贋品矣。」反以是為快。余請觀其所購，確然真王也。因相笑其為葉公，不好真龍赫。日偕言三往過，序倫設酒肴甚精，弦歌以往，並出收藏。序倫一一指目曰：「某也贋，某也偽。」一枝而赫皆為真跡。方詫異問，忽有拍余肩曰：「小蝶，幸會。」則粲然一麗人，婷婷而立。余愕甚不敢致答也。倫急趨入內室，曰：「汝又瘋出來了。」余局促甚，而序倫夷然曰：「內子耳，小有冒犯，勿怪勿怪。」

余退而百思不得其解，言三曰：「君不識耶，此金美娟也。」余大驚曰：『胡為在序倫之室？且外他有常見者，固不如此。」言歎曰：「孽緣也，吾為公語之。」

言三曰：「金確為清宮玉牒中人，其兄曰金某，末路王孫而性情高傲。妹美娟好平劇，序倫學若言者，而金小姐亦言迷。初相值於劇院，以愛言劇而進為知音，三海、天壇時見其遊跡。兄戒之曰：「汝金閶玉葉也，不得與凡夫俗子伍，否則吾必殺彼獠。」女亦兀傲，他日，見序倫，反激之曰：「訪子能而冠府耶，吾兄已備棠柴棍，前足入折前腿也。」序倫曰：「然則，我必往。」翌日果往。兄應於門曰：「金序誰？」曰：「訪金小姐者。」而美娟已出，應曰：「彼自我友，兄何阻為？」兄妹遂反目，兄固虎我為於者毆其妹，序倫亦反毆其兄。遂被扭入官，時旗人在北平尚有一部分勢力，序倫遂遭縲絏三月之久。美娟日日送飯探視之，舉示其身皆鱗傷，阿兄毆者。序倫垂淚曰：「小姐太苦。」誓後不復見。及出獄，序倫連夜乘車南下，而美娟已席捲所蓄候之車中。序倫大驚曰：「此如何可？」且勸之返。美娟執意不再返，且曰：「是中所攜皆為書畫，無一物為阿兄好者，彼不得謂我捲逃。」序倫乃安，返滬同居，而女已得心疾，每自喃喃曰：「兄困我，我必使之出醜。」嚮導社成立，而女竟以豔名大噪於其間。其時嚮導社尚未入下流，序倫以為大辱，偵騎四出，歸而鎖之複室，外間遂以李代桃僵，其贗者貌靡不及美娟，亦溫文，靦腆知禮，吳之屏律師娶之以為正室，生數子，朋友尚以皇后稱之。敵偽時，序倫遭槍殺，書畫狼藉，金女竟不知所終。

菱清女相士

上海之有女相士，創始於「菱清女士」。菱清貌不甚美，橢圓的臉，架著棕色的金絲邊眼鏡，和她的學徒蓬萊女士稱為兩大美人。其時上海的什麼「皇后」已經過時，而通行美人的徽號，如徐來稱為標準美人，陳競芳稱為病美人，菱清、蓬萊也就以「美人」來做標榜。蓬萊尚在雛年，比較本色，但她的風頭卻沒有菱清的十足，因此提起菱清女士，便會使一般職業男子的星相家某某山人、某某居士黯然無色。她印著時裝小影的卡片，在馬路鬧市逢人便發，她的命相香巢卻築在三馬路鍾雪琴兔窟的緊鄰，因此有雞兔同牢的雅號。《晶報》發表一百名人報，菱清和鍾雪琴都在其內。鍾雪琴做著彌子瑕的餘桃生意，雖為男士，亦出堂差，施朱敷粉，而骨瘦如柴，令人見之作三日嘔，然亦生涯鼎盛，洵市妖也。

菱清、蓬萊相面，亦可出門應徵，潤格加倍，但她們的香巢卻也出落得楚楚有致，和一般山人居士不同。上海人生性好奇，無怪其門如市。她時相術，亦知醉翁之意不在乎酒，來賓百分之百都帶著桃花運，因此故意矜而不與，讓來賓入其彀中，故意問長問短，挨得一刻好一刻，而菱清女士生財有道矣。

她的廣告品，索性雇著十三四歲的小姑娘，分到大旅社、妓院裡，這些小姑娘兼從菱清女士學藝，於是女相士其道大行。菱清女士的相術幾於「無微不燭」、「無孔不入」，後忽隱去，不知所終。

任黛黛之死

敵偽時期，揚子飯店忽有一度鬧鬼，事情是這樣的：

有個賭客，深夜從綠寶賭場回來，錢輸光了，眼睛就發花了，睡到床上，一個女客已先他睡下，只當是夜鶯，伸手一摸，竟是冰冷稀濕，滿手鮮血淋漓。不禁大叫一聲，女屍倏巳不見，手上也沒有血漬。茶房進來，問明情由，報告經理，經理張松濤是上海白相人，茶房、帳房全是狠天狠地，當把賭客揍了一大頓，說他造謠生事。

過了不久，又來一對蘇州夫婦。剛坐定，就見一個女鬼披頭散髮地進來，直入床下而沒。這對夫婦當下大叫一聲，雙雙暈厥。茶房上來，把夫婦救醒，如此這般一說，房間裡巳擠滿了看熱鬧的人。便有人主張把床底下搜一搜，看有什麼東西。寧波茶房長著臉道：「柴話，大大房間，也會出鬼？床底下阿拉日日掃過明白，啥地方有過赤老？」蘇州夫婦忽又驚叫起來：「勿好哉，棕棚下面黑魆魆格一段是啥格末事？」幾十對眼光立時注視床下，果見貼棕棚綁著一段東西。七手八腳翻過棕棚來一看，竟是個女屍，下體赤裸，還插著一口日本倭刀。經理也驚呆了。敵偽時期的人物，就是怕「皇軍」，這明明是「皇軍」幹的好事，還有誰敢聲張？閒人一哄而散，遺屍搬到驗屍所，晾了三天，也沒有屍親來認。既然是被日本蘿蔔頭殺死的，不管它是兇殺，是情殺，這件案子就馬馬虎虎地讓它過去了，世界上少一個舞女，有什麼關係？亂世人情心理，總帶著慘惡。揚子飯店有間鬼屋倒出名了，不少人去開房間打麻將，抽鴉片，叫妓女，自詡膽識超人，要見一見這個無名女鬼，但是，從此以後，鬼就沒有再出來。日子一久，社會上這股豪興也就漸漸地落下來了。

同在一個時間，米高梅有個舞女「任黛黛」失蹤，很多神經過敏的人，都會把二事連在一起。後來漸漸地傳出來，這個女屍確是任黛黛，當時不敢聲張出來罷了。消息一傳開，這件過期新聞，頓時又轟動起來。我的心裡頓時起了老大迷惘。民國三十一年日寇進租界，我被困在淪陷區，心裡憤悶得很，偶和朋友到舞場裡去借酒澆愁。朋友和我說：「有個舞女叫任黛黛，她要見你。」我奇怪道：「我不認識她呀！」

「她認識你，」朋友說，「而且她有一件要緊的事，要向你請教。」我更覺得奇怪，點頭答應。一會兒，任黛黛轉檯子過來，圓圓身體，活潑而文雅。她叫我「陳伯伯」。舞場裡叫伯伯，頗覺觸耳，她嫣然一笑說：「陳伯伯，不認得我了，我父親是××。」我吃驚道：「你——怎會墮落……」她夷然道：「墮落有什麼關係？人總是為生活而生活的。我有一個母親，兩個弟弟。」她的表示，非常大方而輕鬆，我倒覺失言。她後來又對我說明來意，她的祖父有許多遺作留下來，都沒有款，想賣恐怕沒人識貨，要我替她寫一篇介紹文字。開過一個展覽會，成績相當好，任黛黛從此回復她安貧的生活，不再上舞場。

不久，我被日本憲兵隊捉去，關了七天七夜，蒙難出來，心裡更憤悶得慌。友人勸我到米高梅去坐坐，一進門就見任黛黛和一個日本大隊長很熱烈地跳舞。我心裡一個作惡，坐不住了。剛出大門，任黛黛從後面趕來，說：「陳伯伯，我要請你再寫一篇文章。」我婉言謝絕道：「下次來再說罷。」過了一天，友人又來拉我去舞場，我說：「不去了。」他說：「你答應過任黛黛嗎？只要說一句話。」我覺得對一個孤女失信也不好，便和朋友同去。任黛黛越發光豔了，一件銀絲織錦旗袍，披上一對紅狐圍巾，她正從外面進來，我便在甬道立住。她說：「請進去呀。」我說：「不必了，你有什麼話對我說便了。」她見我堅決的樣子，忽正色道：「陳伯伯，我想請你再替我做一篇文章。」說著便往裡跑，我們不得不跟進去。坐定起舞，她低聲問我：「陳伯伯，你怎會到憲兵隊去的？」我忍不住道：「你也和杉原大隊長一樣，想請我到憲兵部去嗎？」原來和她一同跳舞的，正是捉捕我的那個憲兵大隊長，我認得。她默然不說，跳過一次，我就去了。臨走她又叮囑我一句：「陳伯伯，你答應我的文章，將來不能不寫。」此後，我就沒有再見到她了。

揚子飯店被殺的舞女就是任黛黛。我開始也不甚注意，一天，我妹妹小翠的沙發上赫然堆著一件銀絲織金旗袍，一對紅狐圍巾。我眼睛暈了一暈，忙道：「這是誰的？」翠妹說：「這是彩霞妹妹的。你當然不知道。」

我道：「她和任黛黛是朋友。」小翠說：「你還提任黛黛呢。她的死，你得要負一半責任。」我吃驚道：「你這是怎麼說？」小翠道：「她是重慶工作分子，她幾次要想和你談話，尤其是你被日本憲兵捉去。出來之後，你卻一直峻拒，使她無法得到機會。」我更吃驚道：「翠妹怎會這樣詳細？」小翠道：「她和彩霞無話不談，她的跳舞衣服，都是彩霞供應。彩霞今天在這裡，你自己問她。」

由於彩霞的一番詳告，我才知道任黛黛的二次下海，是為革命工作。她認我是同志，幾次要和我合作，但我卻頑如木石，一點也不覺得，反而用一種自命清高的眼光，去衡量她，只覺得她的墮落不對。米高梅甬道重逢，也就是她抱著不成功便成仁的決心，來和我預約要一篇傳。她要刺殺的大隊長杉原，也就是凌辱虐待我的杉原，她曾安排著，使我無意中邂逅，有個警覺。而我卻一點不生心，只有生氣。我哪裡配替她寫傳呢？勝利的來臨，使我回憶這樁離奇慘烈的故事，曾向有關機構提出口頭報告，他們認為證據不足。重慶工作者，重慶都有番號和尺籍，就查不出任黛黛的名字來。最近，報載某邦組閣閣員名單裡有一個叫杉原的，使我一連做了三夜的噩夢。黛黛英靈不遠，她還念念不忘我文章的諾言嗎？

按：勝利之後，米高梅茶廳舉行開幕之第一夕楊嘯天演說，有「該廳在抗戰時期為我地下同志聯繫之大本營」。又《力報》鄭泉《隨便集》：「按：筆者親眼得見，楊氏之言並非誇張。」則黛黛之死，固非無因也。

陸連奎獻機祝壽

毛邦初早年作戰甚勇，腰間掛傷，子彈迄未取出，隱隱作痛，時以鴉片煙為祛疾方，久乃成癮。抗戰前，南京禁煙甚嚴，毛輒僕僕至滬，時上海亦無公開售煙所，唯中央飯店六層樓有燕子窠。所謂燕子窠者，本為遮掩捕房耳目，煙民窮戶在閣樓屋頂間中施一小榻，據樑依椽而吞吐雲霧，如燕子之有巢，故名。今中央飯店老闆，即為英租界捕房探目，則六層樓之設備，實等於公開，堂皇富麗自六〇一號以至六〇六號皆為開燈私吸之安樂窩。六〇六號設備尤美，凡四室，浴室，宴息俱備。毛邦初每蒞滬，輒私吸於此間，邊幅不修，獨來獨往。毛固不識陸連奎，飯店中人亦不識為毛氏也。

一日，舊地重遊，方候電梯，有二男一女連袂偕至。一男挺胸突肚，氣概兀傲。一男短褂開襟，烏帽齊眉。女則身如楊柳，眉目含情。毛固舊相識，為北里名妓柳如玉，遂與點首，女亦巧笑報之。柳已嫁陸連奎，毛不知也。四人同入電梯，至三樓陸偕柳出，以目視短褂者，毛固不覺，及入六〇六號室，施榻未竣，短褂者入，且從二人。見毛擎槍高臥，便說：「小種！你下來！」毛方愕然，一人已以巨掌摑其頰，一人繼之曰：「爾敢調戲師娘，膽子真不小！」遂不容分說，挾之下樓，至帳房間，則陸已高坐堂皇矣。

上海許多的戲場、戲院、旅館，凡是包打聽開的，帳房後面都有一間黑室，以備捉到宵小，當場就可審問。新世界、中央飯店且有電椅。毛大驚曰：「不要動，不要動，我們都是自家人。」三個短打朋友，已經拳腳交加。陸聽他說自家人，便喝道：「你有哪個前人？」毛云：「我沒有前人，只有兩個朋友。」陸欺其無，便問：「你的朋友，叫得來嗎？」毛云：「我可以打電話。」陸遂令：「快叫來，否則定把你這種拆白黨處死。」

時上海市長為吳鐵城。毛遽電話求援，曰：「我是毛邦初，現在中央飯店帳房間。」陸見毛不喊對方姓名，只道他是裝胡羊，而吳市長即帶了八名衛兵趕至，先進帳房，問：「有一位毛先生，我要見他。」陸見是上海市長，大駭，不敢隱。毛已遍體鱗傷，吳大怒曰：「誰是老闆？」陸不諱。吳說：「好，把他帶走。」陸始誠惶抗議，說：「租界帶人，可沒有這樣容易罷。」吳不理，拿起電話便打給工部局總董范克森說：「我是吳市長，現在中央飯店，要把陸連奎帶走。」說罷便偕同毛邦初將陸連奎帶到上海市政府，一頓打，問他要死要活。陸始哭訴求饒。其時方值建設航空，民眾發起「捐機祝壽」。吳市長說：「好吧，罰你捐十隻飛機。」陸再三懇求，始允其捐獻兩隻，陸猶以為力量不及，乃捐獻一隻半云云。

日寇侵滬，陸投偽，甘心為日人鷹犬，其第七妾柳如玉阿九與溜冰專家沈維德結合，於靜安寺高士滿舞場後賃公寓為密室。陸後為重慶分子擊斃，阿九遂以公寓為神女行雲之所，生張熟魏，和酒連番。九每以陸所遺故物，出炫來賓，以示豪闊，自稱陸公館云。

丁太炎神課

上海算命先生以吳鑒光為最出名。當年有上海三個半大滑頭，吳鑒光是半個。設課命館於大馬路，每日香煙繚繞，算命卜課者踵相接。一日，有彪形大漢者上門求課，說要請一位財神，問吉不吉？吳固三教九流，女娼男盜，無不包容，當為之卜曰：「上吉。」是夜，遂有大漢上門綁吳鑒光去，且令更卜，曰：「何方最吉？」吳不敢拗，為卜曰：「中央方，吉。」盜遂以汽車載鑒光同行，至一家，大掠，竟委棄鑒光而去。吳鑒光大號，被盜者亦捧吳鑒光而大號，聽其聲，妻也。始知盜竟以吳鑒光為奇貨，而大掠其家。箱篋為罄，妻大罵之。吳亟掩其口曰：「勿聲！財去，可復得，一聲張出去，是絕我們的飯碗了。」妻竟以是與吳鑒光鬧離婚，海上傳為笑談。

後於吳鑒光者有張道士，設館於天后宮橋北挽，長鬚飄拂如仙，亦每日香煙繚繞，為人祈福攘疾，而雞鳴狗盜多出其門。員警廳長徐國樑被刺於溫泉浴室，其人即由張道士買來，偵者有疑之，張遂去如黃鶴。其後十年有丁太炎。

丁太炎初為欽天監，慈禧后示疾，命起課，卦兆「雙龍賓天」，以此得罪，受獄。及慈禧上賓而德宗先慈禧駕崩，由是知名京師。太炎畏仕途之險，棄官走江湖，至上海，設館於新聞路鴻慶里。其人文秀，談吐不似江湖中人，患夜盲症，猶能就燈下批命書，字亦工秀可觀。鴉片癮甚大，日進乃不足供吞吐，而談言微中，尤擅六壬課。余不信命而喜與太炎談《易》，每年元日必登其家，起一課以觀流年休咎，輒有微驗。廿六年春，太炎為余起課云：「驛馬星動。但不過三年，必還舊土。」是年冬抗戰事起，果轉輾西南，遍歷滇蜀。廿八年冬，先君忽動歸思，至滬示疾，召余。廿九年春還至滬，先君但微嗽耳。余忽思太炎課言，時值元宵，乃訪之復起流年一課。太炎瞿然曰：「君家宅不安。」余曰：「無之。」太炎曰：「尊大人安泰？」余曰：「然，微嗽耳。」太炎肅然曰：「此不可兒戲，君再禱一課，我為君查看。」亦見兆，憮然曰：「大凶大凶。」余驚曰：「無恙否？」太炎搖首蹙額：「請至二月半，再來起一課。」余心不樂，歸亦未告家人，以為卜人警言耳。而先君漸甚，至二月半嗽且益劇，西醫張近樞、何理中，中醫葉熙春、張益君皆束手。余始乙太炎課語微啟先慈。先慈駭然曰：「汝何不早言？」乃偕余重造課館。

太炎曰：「不必再卜，前兆固已見，時不至，故未敢言以駭聽聞。」尊翁壽至本月十七上午巳時(陽曆三月廿四十點鐘)。

先慈泣曰：「有禳否？」

太炎曰：「此江湖斂錢事，無所用也。」先君果於庚辰二月十七日巳時棄養。方彌留前，十六日夜午，極清醒，召余與翠妹至榻前，曰：「余明日十點鐘行矣。我以名士身來，還為名士去。」及歸道山，其時間與太炎所示不差分秒，可謂異矣。尤奇者，當太炎說明時日，先慈復問有延壽否。太炎掐指曰：「最多延至十九日下午申時。」及大殮，果十九日申時也。太炎座上求課之客亦復魚龍混雜。嘗有一次，余見一男子求課，問財氣，太炎曰：「汝財須在險中取得，得財而險亦愈甚。」及客去，太炎謂余：「陳先生，汝知來客如何人？乃綁匪也。」余曰：「足下不致為吳鑒光否？」太炎大笑。

太炎神卜，輒至不可思議。余有女友曰麗貞者，聞其異，曰：「陳先生，試為我往求一課。」余笑而允之。太炎正色曰：「課要虔心，須自禱，不可兒戲。」麗貞固以為嬉也，笑而禱之。兆見，太炎曰：「汝三日內必見血光之災。」麗貞愠曰：「老甲魚。」一夕，腹大痛，鼓起如覆釜，其家與江俊聲醫生緊鄰，夜促就診。江察之曰：「此宮外孕，必須開刀。」住院十日而出。太炎神卜多類此者。余嘗反告之太炎。太炎曰：「此非吾有神明，但解《易》耳。」其卜，每翻《易》書，囑余自解，余解之，太炎乃搖首以為不然，重解之，輒有奇驗。勝利後，忽神明內散，有求卜人，遇翻者輒告之曰：「吾不驗矣，君可勿買卦。」以《易》理心得重授其子，既而歎曰：「吾已盡心，如彼之不悟何？」未幾疾卒。

時有命者陳克武，湖北人，算命亦有驗，余嘗與杜月笙、邵景甫同往。陳曰：「異哉？公等皆可至千億，何巨富人之多也。」未幾而金元券發行，其言果驗。

放橋樑與跑老戲

上海流氓有文、武兩途，文曰「販條子」，販賣人口之類。武曰「差使」，強盜、綁票之類。二者流氓行當中均為巨擘。

其次者謂之「吃撩飯」，又曰吃壞飯。吃壞飯亦分兩檔，曰「放橋樑」，曰「跑老戲」。放橋樑為翻戲、賭博，跑老戲為鼠竊、硬靶。

放橋樑者，隨身皆有賭具，帶牌九牌者僅天、地、人、和四張，曰「開寶」。有帶三根竹簽者謂之「套扦子」，有帶撲克牌ＫＱＪ三張者謂之「飛花頁子」。其他如轉盤、骰子，各色皆有翻戲。

放橋樑必於較近鬧市，行人稠密之處，其行動人數必在十人以上，方可成局。賭臺以三根竹架，支薄板於上，東西南北，均有望風，巡捕至則報風收攤，然巡捕均取陋規，謂之「吸血」。任其兲逃四散，初不甚追。

賭局既設，則有男女數人先自下注，勾引賭客，謂之「屏風」。亦曰「棨局」。

外客至，謂之「低佬官」，亦曰「胡老碼子」。設局者能量其隨身財帛之厚薄，而與以勝負，謂之「量梢」，短者，下注即用手法，只吃不配。梢長者亦能小勝，必誘其盡傾囊橐而後已。若身有數百元，而賭不傾囊者，則於荒僻施以搶劫，無倖免者。故上海老白望見放橋樑，無不遠而避之，不敢惹火燒身。

跑老戲亦謂之「跑生意」，有跑早青、夜竊、落地靶、硬靶之分。例如，搶東西，打悶棍，背娘舅。以力取勝，行動必在三人以上，無獨行者。軟靶則以智取，雖小道有足觀也已。

術語，呼對方財物曰「靶」，偵人財物曰「浪靶」，竊人財物曰「摘靶」，至各有巧妙不同。軟靶類中以「扒兒手」最為猖獗，電車、公共汽車、茶樓、酒肆均高貼標語「謹防扒手」，或大書一「𢫬」字以為警告，而扒手亦即出沒於皇皇告示之下，施其神偷焉。扒手種類繁多，最神妙者為「掏口袋」。凡人往往於公眾鬧熱之場，群流擁擠之際，忽然口袋被竊。其人初不自覺，回家卸開長袍，始見短襖口袋已被快刀劃破一線，錢包皮夾不翼而飛，外面長袍毫無損傷，即冬日狐裘深厚，錢包藏在貼肉衫袋內，亦無能倖免。莫不口呆目瞪，稱奇不置。

此類「掏口袋」工作至少須有數人連檔，其行動在十八路電車上最為活躍，上車至少三人，其一人為「將軍」，隨身攜帶短約三寸小錐一枚，其細如針，手插袋中鋒利無比，伺隙而動。其行事，必取立客，在擁擠時，乃由一人上前浪靶，將其藏錢地位摸準，暗示將軍，將軍乃將利錐夾入中指與無名指中，以拇指掩護尖鋒，乘勢刺入，冬裘夏葛無不脫穎而入，只在貼身藏錢處掠鋒一劃，錢包已脫離其身而下。其時即有一人向地拾包，謂之「推靶」，遞出窗外，窗外另有人接包，謂之接靶。

大凡跑生意皆有地段，雖在同一車中，過了分區地界，即不能隨便出手，故其施技大賴神速。老上海坐電車，常見售票員於車行中途忽啟鐵門放人下去，便知車中必有胡老媽子遭了毒手，則相視而笑。蓋售票員多有與跑生意聯絡者。殺快馬，亦為跑老戲之一種，專偷腳踏車。行竊目的地必在跳舞場、戲院、電影院門口，其志之小者，身畔常帶一鉤，車停路邊後輪雖已上鎖，只將鉤子搭住後輪，離地寸許，將前輪推挽而行。至僻巷，乃將後輪鎖鏈撬開，騎之揚長而去。

其技之精者則衣履都華，御自行車，目注鬧市，見有價值高貴之新車，則尾之而行。伺其人之所止，將自己車輛並排放好，取得號牌。少頃復來，出牌示管理人，自入取其舊車，而暗中卻以銷強精滴入鄰車鑰孔之內，乃捨舊而就新，騎之而出。管車人固無暇辨有新舊焉。

落地靶專跑輪船碼頭生意，慣於出門的老客人，鑒於輪船碼頭扒手之多，住統艙，則橫身座臥於皮箱、鋪蓋之上，堅如石像，萬無一失。忽有一人鮮衣長揖，上稱「老伯，久違」，其人忙起立還禮，而身後皮箱鋪蓋已不翼而飛。因行李皆放地上，故謂之落地靶。

拋頂宮即搶帽子，雖小道，出亦數人連檔，而電車中拋頂宮尤妙。其人並不上車，候於站上，衣履筆挺而皆脫頂不冠。車停將開之際，則向車窗揚手高呼：「老兄，哪裡去？」必有探頭誤認者，頭甫臨窗，帽子已入其手，戴之而去。被竊者大喊，而車已開行如飛，車中人無不胡盧而笑。有候於黃昏黑夜間者，則必在三面通路之里弄口，搶帽到手，猶徘徊不遽去。蓋里弄暗陬，正有多人伏伺，等你進入則剝光，群毆，無所不為。黃包車夫往往與同謀，喜走小路，乘客遇此，皆有戒心。

大凡流氓行動，最注重合群性，無一人單放生意。故謂人「運檔碼子」，人必怫然，以為侮辱。然流氓地界，確能做到「有福同享，有難同當」，豈盜亦有道歟？

哀吳淞炮臺

民國廿一年「「一二八」」之戰，於閘北開始。二月三日，敵艦二十六艘密集吳淞口外，排成半弧形向我炮臺開炮，敵機十五架同時由川沙方面飛至要塞上空，彈如雨下。翌日，日方復以海空夾攻南石塘炮臺。鄧振銓司令血戰二日，卒以無防空設備，受挫敵機，炮位均被炸毀，參謀長滕久壽陣亡，炮兵殆盡。

我方更換要塞司令，重整炮位，而敵軍於二月廿日又全線總攻，益以陸海空三方面之威力，迫臨劫後支離之要塞。廿一日晨，軍艦卅餘艘，向吳淞炮臺轟擊，並同時圍攻獅子林炮臺，邇後數日無一刻不有飛機轟炸，自蘊藻濱經吳淞鎮要塞以至獅子林炮臺，我要塞炮位摧毀過半。獅子林方面，戰至廿五日，已只四門炮可用，至廿六日則僅二門，至廿七日乃完全損壞。三月一日敵再全線總攻，我要塞雖已為百戰之殘壘，但仍為寇艦之死敵，我軍以野炮代司其職。三月二日我軍退守第二道防線，翁照垣旅宣言：「臺亡俱亡，孤軍堅守，死戰不退。」但於三月三日上午，即撤向月浦嘉定而去。日軍進佔，備受蹂躪。

至是年五月，始退出戰區，《新聞報》曾兩度派記者前往巡視憑弔。其第一次報告云：「司令部、守備營、旗臺、探海燈檯等房屋悉數倒塌，各炮位西歪東倒，殘缺不全，地上深穴百餘，裂痕數千條，實無一片完整之土。記者前曾參觀要塞，氣象莊嚴，今已不堪回首！」第二次報告云：「……至吳淞炮臺遺址視察，支離破碎，已至不可收拾之地步。查吳淞炮臺地面遼闊，長凡一里有半，計分南北二炮臺，舊有大小炮座二十尊，北炮臺有大炮五尊，南炮臺為小炮十一尊，今完全破壞，無一倖存，其在戰事中未被轟毀者，亦俱於日軍佔據後肆力破壞，除炮身被毀外，復用化學藥液，將各炮頭口徑削斷。當吳淞要塞戰事劇烈之時，敵方海空二勢力雖雙管齊下，但敵艦火炮之射程，為一萬二千米遠，往往超越炮臺後方四五里，而始落下。反之，我方最大之炮，射程僅八千米遠，但我方炮手，亦不乏瞄準精確之人，故敵艦屢被巨創，唯敵機居高臨下轟炸準確，故戰後遺跡各炮臺及火藥庫、營房之被轟炸，創痕累累，不堪目睹」。

筆者嘗於劫後登臨，望風憑弔，接收炮臺之接管會特派員林同興暨兵工廠代表劉建新報告：「南北兩炮臺各地：計為二點二寸口徑者四尊，彈重四十六磅。四點七寸口徑者五尊，彈重四十六磅。六寸口徑者四尊，彈重一百八十磅。其十二點四寸口徑者四尊，彈重八百磅。其中尚屬完好炮為二點二寸口徑與四點七寸口徑者各二尊，但已為日軍搬運而去。」

炮臺既毀，儲彈室亦完全炸去。臺後兵房棟折樑傾，千瘡百孔。兩臺彈穴甚多，間積成潦。彈殼俯拾即是。而炮徑中亦多有留存未發之彈，足見我軍當時撤退之匆促。

按：吳淞炮臺大小五座。「東炮臺」建於康熙五十七年，鴉片之役，首先毀於英人之手。「西炮臺」建於順治十七年，為吳淞最古炮臺，俗稱老炮臺，經鴉片一役之後，漸知海防重要，迭有興築，占地二百零八畝八分一厘八毫，設有明暗炮臺各一座，安置大小炮位二十三尊，炮門一律東向，遙對吳淞口外三合水海面，以扼制南洋入口。「南石塘北炮臺」建於光緒十年中法戰役之後，與西炮臺相犄角，兼扼北洋海口，臺分三面，設炮八尊。「獅子林炮臺」在寶山縣城西北，建於光緒十五年，距南石塘約二十里，設炮六尊，扼守由海入江之門戶。「南石塘南炮臺」建於光緒二十五年，設炮七尊以扼南洋。然《淞滬抗戰畫史》說：「吳淞各炮臺均成於遜清之季，臺基悉用灰沙，殊不堅實，炮身又給多年之風雨侵蝕，幾已不可一用。最大的炮，射程本僅萬三千碼，而火藥炮彈多為三十年前舊存，藥力已經過性，這就毋怪擋不起日人的飛機炮艦，在「一．二八」之役全部殘毀了。

小抖亂葉仲芳

上海三小，其名起於民國十五六年間，曰：小東洋黃文農，小麻皮沈吉誠，小抖亂葉仲芳。而小抖亂聲名尤著。其祖父葉澄衷，本為黃浦灘搖舢舨者，嘗渡一西人過浦，遺錢篋於舟中，葉坐守而候，候其返，乃奉錢篋還西人。西人大喜，酬以錢不受，益以為敦厚，乃裨以職司，洊升買辦，以紗業起家遂致大富。悉以私財興辦學校，澄衷中學成績尤為斐然。仲芳聰敏絕頂，而清狂不慧。家豪於資，遂為袴絝，日夕趨車走馬，與市井狎媟，其行事類搗亂，不以規矩，而往往奇詭可喜，故目之為小抖亂，小抖亂益聞而自喜。嘗與小東洋、小麻皮結為兄弟，設禮堂於大西洋，往而賀者幾五百人。小抖亂設宴其堂，時當隆冬，至者多狐裘皇皇，飲湯，小抖亂特施以薑桂，又進烈酒。火爐熊熊，無不如遊陸渾之山，汗流浹背。小抖亂乃短衣喧囂，促賓客解衣盡醉。及席散，索狐裘者皆不可得。小抖亂手揚「當票」一疊曰：「今日諸君未出份子錢，特假寶裘，付諸長生之庫矣。」灑其當票滿室作蝴蝶舞。賓客錯愕，小抖亂已挾其盟友，登自駕汽車風馳電掣而去。

翌日，賓客失裘者皆得新裘，身材大小長短無不適合，其俶詭有如此者。小抖亂好馳快車，自御之，左坐舞女，右插一長柄雞毛帚，風馳電掣而過五都之市，遇紅燈皆不停。巡捕知為小抖亂，亦目之而不敢誰何。明日捕房傳單，一時雪片而至，皆控小抖亂違章馳車，一日之間，罰鍰百金，無吝色，且以為樂。

時印度巡捕肆虐鄉人最甚，小抖亂左手御惠而盤，右手執雞毛帚，見有巡捕虐待鄉下人或黃包車者，立從車上與以撻掠，夾面迎頭驟落風雨。及巡捕驚覺，小抖亂車子已去得無影無蹤，然巡捕亦能審其為小抖亂所為，明日傳單又遝至矣。

小抖亂又好與乞人遊，敝衣垢冠，效其所為，巡捕趕捉小叫化，廁其中同入捕房，入夜大呼餛飩擔請客。會冬令大雪，小叫化多有凍死者，小抖亂齎金遍巡街頭，施以棉絮、湯飲及白麵，全活無算。又嘗入么二妓院，喊移茶妓女近百，盡召之而集諸廣廳。諸妓競拉小抖亂入私室，鶯啼燕喚，不可開交。小抖亂自褫其褲曰：「孰能舉我者我入之。」妓多掩面逃去，尚留五六人皆王文蘭的先覺者，作風大膽，遍摩戒體，呈諸媟褻，小抖亂竟變了老和尚，垂頭喪氣，奇軟如棉，歷炊許，終不能起。小抖亂大笑而起曰：「我的亂尚抖不起，你們還想你們的幣嗎？」仍各與之百金，揚長而去。又嘗馳車，值火警，例禁通行。小抖亂竟馳入火燒場，盡載被災婦稚而出。其做事若慧若狂，類如是。嘗於西湖起別墅而快車繞道湖濱如故，員警阻之，小抖亂遂施以雞毛帚，撻員警。警眾大憤，至於罷崗。警廳逐小抖亂永不許其蒞杭，而小抖之亂亦稍殺。終以嗜好太深，染嗎啡癖，每日引針自扎，股肉累累有如蜂房。妻為之泣而求去。小抖亂亦泣，誓戒絕嗜好，牽妻袪請留。

仲芳以抖亂而傾其家財，嗜好終不能袪，妻亦離去。孑然一身，疲至不能舉步，日坐一小樓，寢食飲便，皆在是中。余嘗訪之，則見其房門啟閉，送茶搬飯，無不有機關線索，不煩起立而可自移動，一紐操縱，得心應手。余歎曰：「葉仲芳有才如此，何以自暴自棄，而甘以抖亂終也。」

仲芳瞿然曰：「如我替，尚可蘇乎？」余曰：「人畏不能自立，苟有志，則更生豈待於天助？」葉仲芳執余手曰：「請與我期，我當面君於杭州。」余固笑而不信也。中日戰起，仲芳忽戎裝至杭，曰：「看我如何？」余握其手大喜曰：「子誠奇人也。我今而後不復敢相天下士。」仲芳隨賀揚靈渡江，入天目山中打游擊。

余入滇聞仲芳在西南邊陲，作戰甚力，其後轉入印緬竟以戰死。抖亂而如葉仲芳者，誠奇士矣。黃文農以漫畫著於當時，與沈泊塵齊名，而深刻微顯，沈不如黃。不幸，亦短命死。葉淺予、張光宇皆為後起，私淑文農者。沈吉誠嘗辦一《誠報》，不久，即隱去。三小中沈為最弱。其後有徐奇仲者，為上海富室徐冠南子，頗模仿仲芳所為，自名蘇州小抖亂，抖亂猶是而風雲豪宕彌有不及。

曹夢蘭與賽金花

姑蘇名妓傅蘭雅，即庚子著名人物賽金花，樊樊山為作〈彩雲曲〉，以是假傅彩雲知名，無人審其舊名，當其嫁洪文卿侍郎，易名曹夢蘭，洪出使德國，攜夢蘭隨行。列國使臣無攜妾者，洪夫人以命服與之，故洪列使歐邦，夢蘭魚珈象帔儼然命婦，與英女皇維多利亞共照，時有彩鳳山雞之喻。隨行途中，與僕通姦，洪恐玷官聲，知而未發。歸國後，老病乞休，旋卒珂里。夢蘭不能守，洪夫人許其盡攜鈿重細軟而去。夢蘭挾貲至滬，則日夕遊於張園，時張園方舉行賽珍會，珠光寶氣，人影花光，氤氳交織。夢蘭日御亨斯美馬車，炫耀其道，過者側目，夜則踞坐戲園包廂，神光四矚，狂且狡童，皆利其囊中物，夥頤沉沉，冀為入幕之賓，一親香澤，更可人財兩得。有郭蝶仙者，唱梆子花旦，自詡翩翩，每日薰香剃面，追逐於斜陽道上鞭絲帽影之中；而天仙茶園伶人孫三兒已秦宮先入，伺妝臺矣。

孫三兒貌不甚都，而於王婆五事之中獨得第二、四字，朝夕追歡，夢蘭雖久閱多人，至此亦欲仙欲死。會值新年元宵，夢蘭以侍郎大毛缺襟袍子，貂馬褂，忠孝帶，為孫著扮，攜之登車，在四馬路麥家圈一帶兜喜神方。見者大嘩，指為崑曲和番中之老韃子。按：《大清會典》，貂褂非二品以上不得服，忠孝帶亦非五品職官不得僭用。於是報紙痛詆其醜，且涉及洪公。淞滬兵備道且預備移文，驅逐出境。孫三懼不敢出，夢蘭乃與相偕北上，入京易名賽金花。庚子事起，賽以能諳德語，嘗乘馬出入德聯帥瓦德西營中，有所關曾說。孟樸撰《孽海花》遂渲染其事，謂賽在柏林固與瓦德西有染，樊樊山〈彩雲曲〉亦附會其事，賽名以大噪。其實瓦德西入京已七十餘，傅夢蘭尚不過三十許人。婁豬艾豭，事固予虛不足信也。旋以虐待養女致死，被罪，遞解回籍。孫亦尾隨南下，患急痧死於鄭家木橋之長發棧。

野雞拉巡撫

清季，開軍港之議興，載濤與薩鎮冰連袂而下，察勘象山，浙江官吏例須出境遠接。浙督韞增，先一日至滬，暫設行臺於長發棧。入夜微服私行至福州路一帶閒逛。經小廣寒、天樂窩書場。樓上鑼鼓喧闐，弦歌雜起，樓下則揚幫雉妓，搔首弄姿。韞增旗人，素喜皮簧，不覺駐足觀望。時韞增鼻架闊玳瑁邊眼鏡，方袍大袖，形若鄉曲。雉妓見是主顧，群雌蝟集，老鴇助陣，或推或挽，竟將韞增拉入雉窠。增不知所措，口中大罵：「萬目昭彰之地，爾等竟敢有傷風化。」心裡又怕遇著女革命黨，惶急萬分。雉妓見其操北語，知非好相識，請索茶資一元，即放之行。增摸身邊，竟未帶一文。老鴇欲剝其外衣，增大呼曰：「跟我衙門裡去拿，衙門裡去拿。」妓派龜奴隨至長發棧帳房，增面赤心急，汗流浹背，頻呼：「賞他一塊錢！」帳房見跟者為胡家宅撈毛的，無不掩口胡盧而笑。明日，《申報・尊聞閣》揭載其事，全滬傳為笑柄。

吳素秋三下淘金

吳素秋二次來滬，與老供奉王瑤卿偕，王住老金公館，吳住中國飯店。羅玉蘋在我家裡磕頭拜瑤卿為師，吳素秋為之引見。素秋第一次上演中國大戲院，以《紡綿花》一炮而紅，二次來滬，帶回細毛大衣十八多件。三度淘金之後，即下嫁於青島呂超凡，滿載而歸，郎呼得寶令人羨煞。於是童芷苓，繼其後，從四兩綿花裡紡出金條來，唯童芷苓一度為丁默邨禁臠，來去未能如吳素秋自由。走紅之驟，隱退之先，亦未能如吳素秋這樣見卯辨色。故偽敵時期之坤伶，不得不數吳素秋為祭酒焉。

吳素秋的好，好在一雙眼睛，鶻伶伶地全是水分，而且長眉入鬢，神采飛揚。有人說李玉茹水分多，比到吳素秋是望塵莫及的。

她是北平戲曲學校的革退生，在校的名字叫吳玉蘊。那時，她是個黃毛丫頭，扮扮戲裡的宮女，可是私下已得母教親傳，對男學生已知道談戀愛了。她母親小山東吳溫如。不過素秋並非小山東親生，倒底是哪裡抱來的，小山東不說，連她家裡十多年老做的劉媽也不敢說。吳溫如的老姘頭朱福昌略知底蘊，但是，他也不肯說。吳素秋的心裡，始終認為是一個謎。

吳素秋被戲校革除的原因，是為的她愛上了老生王和霖。吳溫如得風氣之先，便把王和霖招來家裡，收為義子。有人說吳溫如也愛上這小子討人歡喜，所以讓他過門招親，日後可做半子之靠。一面替女兒聘師教戲。

素秋麗質天生，本是一個絕頂聰明的女子。人愈聰明，做出事來便越糊塗。媽媽明明放著和霖，等他長大成人好派用場，這位鶯鶯小姐卻偏偏等不得，瞞著老夫人待月西廂，就此珠胎暗結。感情熱烈得兩個打成一餅，眼見得沒有散兒。吳溫如沒有崔夫人那麼傻，立刻替兩小宣佈訂婚，待產之後，擇吉成婚。素秋第一次南下出演中國戲院，正是《天門陣》唱過未久，兩情熱到難解難分。可是上海的物質，淫靡奢侈誘引著她。這時有一個煙臺張裕釀酒公司的小開張緒詁（其弟緒譜曾娶李麗華），在上海陶醉了她。每日價定座捧場，送行頭，買鑽戒，請吃飯，兜汽車，中央飯店每夜有張小生的足跡（時吳氏母女下榻中央），吳素秋的芳心打動了。回到北平，王和霖的老生作風，已不為小姐鶯鶯所喜愛。可是張緒詁打動了她的心扉，又不能隨她北上，吳素秋春情蕩漾沒處撩撥，一時就愛上了一個青年學生，那就是後來的槁砧呂超凡。由於召超凡的入幕，和霖素秋感情破裂，煙臺小開聞此消息，喜心翻倒，特製全堂評金守舊，預備到北平去，送給她。消息傳來，吳已另有新歡，不禁氣忿填膺，把一堂守舊完全撕做蝶蝴兒片片飛也。借酒澆愁，鎮日在舞場裡買醉，後來討了一個貨腰女郎回去，慰情聊勝於無。吳素秋二次南來，張緒詁視之如路人，自仗金夫以為吳素秋定會移樽就教，誰知素秋的紡、劈竟瘋狂了整個的上海都市。

老供奉躲在金老公館說：「如今的年頭，什麼都變了。我活了六十三歲就沒看見過《紡棉花》，有人說是小馬五的，那也是男人做。哪見過女人做這般浪勁兒。」因此帶著羅玉蘋悄悄地回北平去了。後來，老供奉把畢生藝術傳授玉蘋，玉蘋限於天賦，嗓門不夠，出不得臺。就在老供奉家裡，幫他授徒教藝，替了大師兄程玉菁的職，而且做了鳳老二的媳婦，永遠做了王家門的賢妻良母。而吳素秋二次淘金歸去，便和王和霖宣告解除婚約，和霖也和言慧珠鬧上了桃色新聞，雙方把一個私生女扔給小山東撫養。如今算來，這個小可憐的也就二十三四歲了。

素秋三度應約黃金，風頭愈健，客滿牌子無日不高掛鐵門。葉盛章屈居其下，蓋叫天用老頑固的性格和她爭頭牌，費了多少閒氣，才掙了一個雙頭牌。引當年老譚屈居劉喜奎之下以自解嘲，說：「如今的年頭，真是女人世界。」唱了一個時間，便回到杭州金沙港，杜門不出。

吳素秋第三度淘金，為數著實驚人，單是鑽戒一項，就有十幾隻之多，數量當在一百克拉以上。大家都覺得這妮子是天上放下的嫦女，特地來攪亂花花世界的，誰知她急流勇退，淘金北返就嫁了呂超凡，克守婦道，夫妻感情彌篤，對於小山東吳溫如也極盡了報答養育之恩。迄至今日，言慧珠童芷苓都尚在紅氍毹討生活，連得雪豔琴、新豔秋都不免於重為馮婦，吳素秋獨能隱去如神龍之見首而不見尾，此豸亦非常女矣。

當劉喜奎盛極一時，人亦以九天嫦女視之，及嫁與財政部參事，亦悄然隱去，無復消息，勝利後北平有盜入崔姓家，一婦人茹素事佛，撫育三兒者，報紙揭載，始知劉喜奎尚在人間，其夫崔承熾下世已久。十步之內，必有芳草，如劉喜奎與吳素秋亦可傳矣。

詹周氏殺夫

在臺灣每日翻開報紙，可以看到許多男女情殺或酗殺案。最近還有女子厭恨丈夫叫他去自殺，而丈夫不肯，妻子把他兩手向後捆綁起來，用很長的竹釘，釘他腦袋的，丈夫大聲求饒，驚動里鄰，可謂第一奇聞。上海租界百年，五方雜處，萬惡淵藪，但這種逆倫案子，還很少遇。偽敵時期有一個詹周氏殺夫案，也曾轟動一時。大凡殺夫案件，總是殺中有姦，奇的是，詹周氏這樁案子是確確實實沒有姦夫，她親口供認，怎樣地把她丈夫綁起來，怎樣地分為八塊，侃侃而談。結果判決死刑，但是，她沒有死。在臨刑的前夕，日本人無條件投降，接著勝利大赦。這個斬夫八塊的詹周氏竟釋放出獄了。

詹周氏的丈夫是個殺豬屠，操業鄙，而名甚雅，曰：詹子安，可惜他沒有潘安一般的貌，子建般的才，而生著一身肥肉，終日醺醺，愛酒賭博。賭輸了酒醉回來，不是打老婆。就是翻檯子。他們住在新閘路醬園弄一家二房東的樓上。房東討厭這個酒醉屠夫，自住客堂，把門關斷，叫詹氏夫婦自在後門出入。但是，樓上的嗥吼和哭泣常常震透了樓板而使樓下的二房東眠睡不安。

詹周氏年紀三十多歲，是個瘦尪尪的婦人，平日對丈夫百依百順。二房東太太常常可憐她，說：「一個女人，服從丈夫到詹周氏，也就很少的了。」但是，一頭馴羊受到了太多壓迫，它也會得回過頭來向你呦地咬一口的。事情就這樣做出來了。

一天清晨，二房東太太在客堂間掃地，忽覺樓板縫裡有點點的血水滴下來，還當是詹子安帶了賣不完的豬頭回來了，便仰面喊道：「詹嫂子，你們樓上滴下來的是什麼呀？」

樓上詹周氏的聲音應道：「是豬血，是豬血。讓我揩一陣就好了。」二房東太太心想，詹子安雖然打老婆，帶回來的豬肉，倒是鮮血直冒的。不由嘴饞，想上去光光眼界。便道：「詹嫂子，我上來看看好不好？」詹周氏很安靜地說：「好呀！現在子安剛出去，被窩都沒有整理，你等幾分鐘上來好了。」二房東太太忽然想到，詹子安才出去，豬都未殺過，怎會帶回鮮淋帶血的豬肉來。便想要上樓，客堂門後面也反鎖的，敲了一陣，詹周氏才下樓來開門。看見二房東太太便埋怨，「你這位太太，敲門怎是這麼急，把我心都跳出來了。」二房東太太說：「你又不做虧心事，怕什麼。」說著二人上了樓，只見地板抹得金漆一樣亮，被褥也整理了。

床帳後掛著詹子安一件外掛一頂帽子。詹周氏說：「你看，子安今早就走得這樣急匆匆的，連外掛也沒穿去，帽子也沒帶去。」二房東心裡惦記著鮮豬頭肉，便道：「你丈夫替你帶回來的豬頭肉呢？這世界，儲備券把我們壓得整年時透不過氣來，莫說吃豬肉，連豬八戒的面孔也忘了怎麼樣子的了。」詹周氏聽說問她要豬頭，不由臉上紅一陣，白一陣。二房東起疑道：「這又什麼沒見世面的。拿出來看看，我又不奪了你倆夫妻的吃。」猛見床邊有一個藤箱子，底下還有點血滲滲的，便道：「啊！在這裡了。」立起來要看，詹周氏已陡地變了臉色，一把拖住她，可她已把藤箱子打開，原來還沒有捆上，裡面血淋淋一個頭，哪裡是豬頭，竟是詹子安的血頭。

二房東太太忙中有智，立刻奔到臨街窗口大叫：「詹周氏殺人吶！」低門淺戶，立刻哄進來許多人，員警也來了，發現詹子安整個肥身，已被他妻子用殺獵的鋒刃，解做八塊，一齊裝在藤箱裡，預備乘機運出。

詹周氏一點沒有懼色，隨屍到了警察局，她就承認，說：「丈夫是她殺的。」為什麼要殺他。她說：「他待我太凶，太殘暴了，我憎厭他，所以要殺他。」原來詹周氏還讀過書，說話很有理智，但是，警局認為無姦不成殺，當時就把她吊起來，迫問刑供。社會輿論，報紙新聞也一齊指責這件事，說詹周氏後面一定藏有小白臉。刑警要她現場表演，她倒慌了，哭得非常慘厲。她說：「我和詹子安沒有別的仇恨，只是他每天酗酒，殺豬。兩隻眼睛紅絲拌滿的就像一隻豬。我每天陪他到屠場，我怕殺豬的死相，他偏把我綁在一條板凳上，要我看他殺豬。我越怕，他越樂。久而久之，我不怕了。他酒醉回來，每夜打罵我，打罵完畢，睡在床上，就像一隻豬。我每次想把他殺了，和殺一隻豬一樣，可是沒有機會。昨天，他帶了一把屠刀回來，他口口聲聲的要殺。到天亮，他睡熟了。我忽然想起他殺了這許多牲口，我殺殺他也只算替豬報仇。我要試一試我歷年來見習的屠宰方法。我就用他支解豬體的方法把他支解了。地上血漬也是我沖乾淨的，我在殺豬場，常常幫他這樣洗刷血漬。」

這一陣招供，並不能夠滿足好事者聽新聞的慾望，地方法院開庭，旁聽湧至水洩不通，但她的招供還是照前一樣說不出一個姦夫來。看樣子，她不像是熬供。只能說她是神經有病，看他丈夫殺豬，得了一種幻想的恐怖病。但是，謀殺親夫是社會道德問題，不能因為神經患病而加以恕條。詹子安也可說是「擇業之不善」而得到的因果。詹周氏判決監候槍斃。在送進大牢的一天，把她綁在一部送貨卡車（時尚無十輪卡）上面，一個打小鑼的，八名刑警押著，從閘北一直遊到租界，又繞老北門、小西門、大南門而到十六鋪，到虹口，送入提籃橋監獄寄監候決，所到之處，打起小鑼，叫她挨城門唱歌。和刁劉氏騎木驢一樣，還替她在卡車上面位置了一條木馬。跟著看熱鬧的真是人山人海，有的說：「可惜，她沒有刁劉氏那樣好看。」這確是敵偽時期的一樁荒唐奇聞。勝利的來臨，詹周氏竟逃出法網沒有抵命。

趙君玉夫婦死難昆明

趙君玉，幼名大大奎官，學大面，邱治雲幼名小小保成，學丑。譚鑫培末次南來，為民國四年，出演於九畝地新舞臺，徇其兩婿王又宸、夏月潤請也。孤身南下不帶配角。新舞臺向名養老院，為譚配戲者皆老朽伶工，如湯雙鳳、許奎官之流年均望六，而閬苑奇葩，一枝獨秀，為譚大王配《珠簾寨》二皇娘者即幼名大大奎官之趙君玉，時已改旦行，一登龍門，身價百倍，聲光所被，江南無不知有趙君玉矣。君玉，武生，名趙小廉子，學藝於馮子和，舉動顰笑無不畢肖。子和名春航，與梅蘭芳爭名於大江南北，曰：南馮北梅也。趙君玉成名而春航黯然失色。君玉之唯一佳處，即為扮女人絕對是女人，而溫柔體貼尤為女人絕塵所莫及。故名姬秀媛，排夕捧場，旋挑大樑於老天蟾舞臺，環包廂者莫不為大家閨秀，寶氣珠光與臺上之競豔交織。而靜安寺路盛公館方以豪賭聞，君玉亦好賭，遂為入幕賓，千金一注無吝色。杜月笙嘗云：「天下美男子、美婦人的菁華都在趙君玉一身。倘為女子，我必娶之。」呼為弟。君玉亦呼之為「大哥」，呼杜月笙為大哥者趙君玉一人而已。

梅蘭芳數度南來，皆視君玉為勁敵，至如尹邢之避面，從不同臺。梅出演天蟾，君玉為之休息一個月以表示謙讓。當時君玉之紅，亦可謂燙到炙手。

君玉之私生活，固不能如梅、程之嚴肅，月貌花容竟敗於煙、賭、色。三斧交伐，年過三十，便顯現憔悴，然出演於天蟾，座客仍為之滿。君玉固絕頂聰明人，乃時演小生戲，全本《呂布》即為君玉所唱紅，《白門樓射戟》，尤為拿手，銀袍白鎧，依然錦人。其小生戲得諸朱素雲，故崑亂皆擅。北伐以後，聲色愈衰，煙癮益大，愛君玉者望望然而去之，曰：「君玉可惜。」廿六年抗戰，君玉年近望六，幾淪第三流小生，昔日繁華，泡如一夢，上海幾不能存足。趙如泉在雲南辦昆明大舞臺，召之，君玉遂往。有名妓高彩雲者聞之，曰：「君玉行矣，我往嫁之。」亦追踵而起。

民二十間，花國有三姝蜚聲，且皆善歌。長曰高弟，擅青衣。次曰彩雲，幼曰美雲，皆擅老生。而彩雲尤以美名，纖穠得中，明潔有如玉人。其歌，鳳鳴鸞噦，響遏行雲。美雲嬪余，余為之改字曰「十雲」，蓋其姊妹十人，高弟行七，彩雲行九，美雲行十也。余取沈約詩「十雲非一收」以為之小字。彩雲亦自改其名曰「九雲」，問余有典否？余曰：「《雲笈七簽》：太霞之中有雲氣彭彭而立者是曰九雲。」九雲喜，屬余畫玻疏為九朵彩雲，以虹霓綴之，懸北里以為芳幟。其穎慧如此。

君玉六十，九雲僅二十四，及聞其將效陳姑追舟，姊妹間皆大驚愕。沮之曰：「君玉一老禿翁，若何所歡而追之，自苦如此。」九雲曰：「君玉當年盛極一時，名媛閨秀無不以為禁臠，今老衰，遂棄之溝洫而無人顧恤。我今年廿四，再過五年，亦如君玉之捐於秋扇耳。我固自憐而憐君玉，故願嫁之，以羞天下之女子。」時余將轉赴後方，十雲則紿之曰：「姊先隨我往重慶如何？」九雲首肯，遂於杭州同車動身，轉輾宣漢，九雲微有芙蓉癖，十雲私謂余，「姊於君玉益引為同調也。至渝，請留勿遣他往。」至渝果留之，九雲曰：「可。」遂於渝都，復懸牌應徵於小梁子，芳譽大噪。積金珠至無算。余夫婦入滇，九雲反留而不去。曰：「我還要在重慶多住住。」余入滇，君玉方在昭通一帶唱水路班，潦倒益甚。十雲方幸姊之不來，而重慶大轟炸，小梁子毀焉。廿九年余以親疾，遄返上海，忽得九雲自昆明來函，曰：「我已嫁了一個人，結婚照片，掛號另寄，你們猜猜是誰？猜著了一定要生氣。」及照片寄到，新郎赫然是六十幾歲的趙君玉。背底寫上一行道：「請你們恕我，一生羨慕正式結婚，現在是正式結婚了。」

九雲佚宕花間，十餘年量珠請聘者不計其數，皆卻之，曰：「我要嫁一個正式肯娶我的。」君玉喪偶十年不娶，九雲以為義男，六十而嫁之。淺見之流皆以九雲有心病，余獨歎息之，以為花國畸人，如九雲者人固不易識也。十雲屢寄書屬其南還，九雲置不答。珍珠港事起，滇滬斷絕。噩耗傳來，消息不一。一夕，其母哭而醒，謂十雲：「汝九姊死矣。我夢見之，且召我。」十雲姊妹慰之。母仍哭，得疾，逾月而歿。

朱瘦竹嘗於電臺報告趙君玉消息，謂「在昭通被炸」，又說「九阿姊也死了」。十雲悲泣，余慰之曰：「亂中消息皆不真，勝利終是我們的，到時，我們再到後方去看她。」久之，勝利果至。趙如泉回上海，帶來確實消息，始知君玉和九雲竟堅守後方，同死於大時代的患難中，使我們去而復回的感到異常慚愧。而九雲意志詼奇，尤足使人馳想。原來我們到昆明，她留在重慶不走，就是要避過我們對她的阻擋，所以我們一離開昆明，她就從重慶飛到昆明和趙君玉結婚了。她更知道君玉現在太窮，所以她要在重慶做一陣，搜積金珠，她到昆明去結婚，還有三個鑽石大戒指。昆明大轟炸，一陣子把她僅有的私蓄也化為烏有。趙君玉才到昭通去唱戲，無情的飛機又炸昭通，君玉被犧牲了。九雲趕到昭通去，從焦臭的叢屍裡認出她丈夫君玉來，發展到昆明，趙如泉替她在黎園義塚找了一口墓穴。九雲無家可歸，就在大舞臺的前樓，搭了一張板鋪。

她一生錦衣玉食，阿芙蓉必吸大土，現在連川土都買不起了。趙老闆勸她，何不出去唱唱群芳會？得錢也可以買點雲土吸。九雲才到金碧公園去清唱，引吭一聲，還是那麼珠圓玉潤。近三十歲的人了，稍一修飾，依然光彩照人。滇戲名旦王守槐黯然為之失色。但她表示，不要錢，只要每日給她一兩雲土。她就這樣，除了登臺清唱，終日裡吞雲吐霧，把自己毀成一個鳩盤茶。人的勢利就是看表面，不重真藝。任她唱得比孟小冬好，衣服一隨便，人又不修飾，上座立刻就衰退下來。趙老闆勸她，稍為抹點兒脂粉再出來。她把煙槍一摔道：「要我唱，我就是這個樣。」茶園老闆也來回生意：「不想再勞動九小姐了。」九雲盡躺在大舞臺前樓挨餓，黑白二糧俱絕。一天，聽見虞洽卿來了，她才略有喜色，洗洗臉，梳梳頭，換了一件藍布衫，去看洽老。洽老說：「嘖，嘖，阿九，你怎弄到這個樣子呀！」掏出二十塊錢來給她。她還是忍氣謝了。走出門去，身子就發抖，一直抖回去，朝床上一睡，琅琅散擲一地。趙老闆聽見了，連忙趕進去看，一代飛揚的高彩雲，已經氣死在大舞臺前樓的板鋪之上。

九雲和趙君玉一起葬在昆明黎園公所義塚地，我和十雲幾次商量要到昆明去一趟，替她們盤喪回來，葬向西湖。不幸的龍雲叛變，接著大陸再度淪陷，這樁心事，不知何日始能償願？

生意浪

海船初來，蓁蕪未闢，夷場尚無妓女蹤跡，唯黃浦江中時有紅船載酒，逐艦而行，佶履蠻衫，多為粵姝。久之，捨舟登岸，發祥於十六鋪後稍蔓延至洋涇濱東新橋一帶，乃粵嶺之蛋戶俗稱鹹水妹。

繼文王而興者乃為書寓，其香巢多在城內虹橋，銀燈珠箔，比院笙歌，錦榻明簾，勾留人處，則生小吳娃，琵琶善才，檀板仙姬，固姑蘇之尤物也。後且雜入揚州煙花，而蘇揚兩幫勢若冰炭。於是軟語吳儂稍負時譽者，皆遷至魚行橋、南唐家弄，以示涇渭不與同流。未幾，南唐家弄又為煙花寨所占，更稍遷至宣梅使弄。同光之際，書寓猶集中於南市，而長三代興於北里，則盛於四馬路東西薈芳，么二則聚集於四馬路萃秀里，厥後，長三西漸，由四馬路而拓至跑馬廳，復蔓延於五馬路之百花里，石路之普慶里，六馬路吉慶里同春坊，及東西畫錦里等處。而樂餘、福致出又稍後。

四馬路西段，俗名胡家，宅尤為曲院房櫳、弦歌薈萃之地，後乃淪為雉窠，枇杷門巷咸改市廛，而小有天閩菜館、一品香番菜館，垂楊門市，猶存板橋風月楚楚可憐之色，而小花園、民和里、新會福、三元坊、群玉坊，競起其間，益為時髦倌人之淵藪。清和坊在浙江路四馬路，新清和在五馬路、湖北路。二十年前悉稱冶遊勝地。抗戰以來，新清和已無神女廁跡，老清和改建菜市，而城內虹橋早已荒頹一片，所謂虹橋亦填平馬路，滄桑花底杳無遺跡可尋。他年歸去，前度劉郎更不知作何感想？

長三命名之由來

娼門階級，夙分四等，曰書寓、長三、二三、么二，而雉流不與焉。書寓資格至嚴，時京劇未興，唱以彈詞為主，必能彈能唱，且善說白，其藝與說書先生可為頡頏，故曰書寓。妓稱先生，書寓規矩嚴格，有如日本之藝妓，只能侑酒，不許留髡。同治初年，士大夫競尚風雅，故書寓盛行。城內鄉紳，目租界為夷場，不肯輕廁，故書寓薈萃於虹橋。每年春秋佳日，例有會書。先生出座，小撥彈槽，一曲清歌，競為逸調。諸紳老輩則瞑目怡神，品茗而聽，至其迴腸盪氣處，向空中圈點其頭不已，如評八股文。其不預會唱，或唱而不精，精而不能說白者皆黜之，不得列為書寓，退入長三。

長三亦稱先生，擅唱者居十之六七，唯不善白，其芳標但書「某某寓」，不得僭稱書寓，其品格亦差次於書寓之純技藝性質。當時定制侑酒三元，茶圍三元，故曰「長三」。與么二之裝乾濕一元，侑酒二元，取名命義相同。二三者，清光緒初年，侑酒三元，夜度三元，品級介於長三、么二之間，庚子以後，二三名目無形取消。么二、長三僭稱書寓，二三僭稱長三，么二乃有六跌倒之名，謂裝乾濕（水果）一元，乾濕一元，住夜兩元，下腳兩元也。

鋪房間

娼門組織，謂之「鋪房間」，房老謂之「主政」。由妓女世家，成年逾花信飽經風塵之先生及房侍主之。香巢租自二房東，傢俱或向北京路木器店租賃。房間一堂，在民廿左右，尚不過十餘元，有自購，或恩客購送者，則稱其資財之豪儉，或貴至二三千金不等。

娼門有「大場化」與「住家」之別。大場化主人，即娼門之二房東，對於賃出房間，電燈伙食，俱由主人供給，並設大廚房，每逢設宴，菜由大廚房出，若客欲自備，則主政須另貼大廚房柴火錢。

狎客設宴，謂之做花頭，花頭以十二元為一份。大場化每個花頭須提出四元，以待總拆賬盈虧再行攤派。其平日飯菜每窳至不能下嚥，有許多紅倌人，每日粉裝玉砌，花貌豐腴，而不知所進饔餐，多為黃齏淡飯，洗妝之後有憔悴不勝憐者。故附於大場化之娼門，多為車馬冷落，節省開支者，花叢豪客乃多薄大場化而趨住家。

住家亦轉賃於二房東，或一樓，或兩房而門戶自立。有賃全宅者，花國大總統徐第、牛奶總統琴寓、王熙鳳嫂嫂、含香家阿姨，其盛時皆能力賃獨宅。上下十餘房，遍藏鶯燕。廚房出菜，名著全滬。亦有特標新異，離開北里花都而自樹幟於過衢巨巷，氣派豪華貌如公館者，則張宗昌下江南時，粵妓肖紅又其翹楚矣。

娼門主政於每節調頭汛前，租定房間，包先生，請做手，捐照會，節後數日乃懸牌應徵開始營業。

包先生

包先生有如戲院之「邀角兒」，以紅為主，其貌初非上乘而應酬周到，手檔上客人多來些亦在紅倌人之列。先生唯一重任，為出堂差，花符召至，雖風雨載途，亦必赴應。紅倌人堂差，有一夕至二百以上者，其扶梯上下，已非精力過人，不足應付，當筵一曲，無論生張熟魏，至必引吭高歌。一曲終，則問：「阿要再唱？」客每道言「辛苦」，或搖頭示意，以示體恤，若工於唱者座客必拍手促之，每至二曲而不已。故堂差太多之紅倌人，輒以未帶烏師為辭，曰：「先生勦來，下次多唱一折，好？」客亦憐香，不以為忤。亦有倌人雖紅而不善歌，由房侍代唱者。

倌人稱先生，房侍曰阿姐，先生以養女充任者曰「小本家」。包先生有大小之別，大先生每節五六百元（戰前一百元相當於黃金一兩），小先生每節二三百元，均須先付定洋，於調頭汛裡進門則付足之。先生為紅倌則於包鈿頭之外更須講拆賬，三四成不等，視先生手檔裡客人多少為標明，有過五成者則先生自鋪房間，無須依人門戶矣。主政對先生講拆賬，亦各自視其能力而定。主政客人多，當然不要先生多拆賬。其初出茅廬，或芳名不熾的先生們則往往專拿包頭鈿，而不帶拆賬，因一經講定，先生即須擔負每節「花頭」若干，不足，由先生賠墊，故非紅倌人，亦不敢拆賬也。

主政包有先生二人以上者則以芳幟為公稱而下加幾媛幾媛以別之（如：蟲二閣大媛，蟲二閣二媛），有排行至八九人，狎客飛符必於局票注明（二）（三）等數字，以免鶯燕誤投。

做手稱阿姨，年輕者稱阿姐，無包頭鈿。而專講拆賬，大概一份至一份半，亦不專拿工鈿，不講拆賬者則稱娘姨、大姐，不在娼門組織之列。行語謂之「揩房間」，揩房間久，亦能有戶頭，則可進為做手，而論拆賬。

房間裡除了先生、做手之外，尚有帶檔娘姨，亦居股東地位。則固鋪房間者經濟不足，而娘姨中積有私蓄出借，與以投資此種帶檔娘姨，自較普通娘姨地位不同。她亦有自己的老客人，可以排花頭，拆分頭了。

做花頭

做花頭，為狎客獻納本家，報效先生之唯一之重頭戲。花頭以「和、酒」計算，舊例一和，一酒，碰和頭錢每場十二元，酒一席抵於一和，另外開銷下腳四元，故身邊有鷹洋廿八元即可在堂子裡請客充大少爺。其有不碰而單吃花酒者，謂之赤腳酒，生意浪最不歡迎，因當時一桌魚翅席正價也要八元至十二元。而客來如有跟班，尚須開發轎飯賬，加以茶煙水果，一場赤腳酒，例須賠本，故做花頭，寧可和而不酒，絕無酒而不和。有酒有和，謂之「雙敘」，有和無酒謂之「和敘」，客為見好本家，做到花頭，至少必為兩和一酒。一席十二人，鋪開場子，三和一酒固亦綽綽乎有餘地。故朋友接到請客票而不預備叉麻將者，必另行「買票」。

做花頭，客人買票乃為天經地義的義務。當年一和十二元，故買票即為三元，後漸倍之。民十五六年間，買票已不依花頭計算，有出十元二十元者不等，亦有不出錢者，則謂之「吃鑲邊酒」。

俠林盛興，花叢和酒之例全被打破，至則抽頭豪賭，往往一場頭錢可打到二三千金，則做花頭的場花，例得千金，其餘分散於座客的相好堂差，自二三百至五六百等。故一場花頭，滿臺鶯燕無不皆大歡喜。普通狎客無此豪舉，則一場和酒至少亦須獻納花稅二百金，而客人買票，各視來客與先生之交情，可多可少，可有可無，與堂差錢同為具文矣。敵偽時期，幣值銳落，而投機之風盛熾，一場花頭，開出支票有至百萬者，亦足駭人聽聞，明日兌現乃不足以補進一瓶白蘭地。

凡至生意浪吃酒碰和，不論自備車輛與否，妓家例有「轎飯賬」之分配，大致用局票圈上兩個圈，當初代表二百文，後來從兩角小洋，代表到中央幣兩元。亦有妓家，別用銀製，桃形、花朵，如小兒面牌者，極為瓏玲可愛。敵偽時期則由五洋雜貨店發行一種「紙幣」，大小印刷與市上流行之紙幣相等，持此錢票可向煙兌店購買什物，其幣值漲跌亦與儲備券同其速度。

昔有空心大少，只該一自開汽車（當時舊汽車，五六百元即可購備一部）到處吃鑲邊酒，每到一處收入轎飯賬兩元，一天十多處，月入可得千金。以此悠遊，夜即以汽車為逆旅，並可邀妓兜風，誠上海百業之外，一行獨門生意。

出堂差

長三定義，堂差三元，茶園三元，堂差人人可叫，茶園則非熟客不能搴帷而入。故狎客問津，必以叫堂差為第一步手續，花間酒市，一紙花符飛去，不論生張熟魏，但能舉其芳名，無不應時而至，其本不相識，叫來看看，謂之「打樣堂差」。

打樣堂差，生意浪每為討厭，故往往由副牌小先生，或做手代庖，說一聲「俚先生遠堂差去哉」，客亦不能認真，但不能「放生」不出，客如性情暴戾，或遇俠林中人，則打房間，尋吼勢由此而起矣。

堂差錢三元，後來由林黛玉作俑，減至一元。差錢現惠，請客主人往往以簇新銀餅堆疊案上，每一堂差，開銷一元，雖紅倌人亦當面受謝，不以為侮。自賜登賬，由客人逢節抄賬，三節分清，而蘇州船浪，曾有行之者，至民十間亦絕蹤矣。

妓家備有堂簿，記明某少叫堂差若干，謂之堂差賬。其叫過打樣堂差從此不開簿面者，謂之「丹陽客人」，並此一元而亦不付者，謂之「接眚堂差」。

老於花叢者，雖叫打樣堂差，人亦歡迎，蓋「某少」、「某少」其聲灌耳已久，素欲巴結而無由，故「打樣」亦親自出馬。但花叢老舉亦每思避免打樣，則目有所遇，每倩朋友介紹，或於席次轉局，則謂之「轉堂差」。

轉堂差，娼門最為歡迎，其一席邂逅，進而熱絡，則由打茶園而做花頭，漁郎問津，漸漸桃源深入矣。

堂差愈多，越顯得倌人之紅。民國初期有一夕出堂差至二三十者，已為紅極一時，至民國二十年間，則一夕出堂差至二百以上者亦不為奇，蓋轉堂差之風氣盛行。娼門本有規矩，一席不做兩客，至民廿以後，風氣淫靡，凡紅倌人坐堂差，幾於無席不轉，客亦欣然，以平分春色為誇張，行同逐鹿，迭為賓主，而娼門月進乃至巨萬而不已。

民廿以前，客逢節尚抄堂差賬，其付堂差錢，已不依賬支配。有叫十餘個堂差而付百金，叫上百堂差而付千金以示闊者。作俠流為之首倡，蔚為海風。民廿四金融變動，物極必反，堂差錢乃至無形取消，豪闊者一席數千金，阮囊貧乏則幾於裹足不前，妓亦薄此一元之堂差錢而不以為意，但相幫登賬，還是每天下午捧著簿子到先生房間裡來上帳。

開果盤與青龍堂差抄局賬

妓家自大除夕到元宵客至，則由龜奴鮮衣纓帽，捧果盤而出。客南面坐，先生、做手圍客而立，晉以吉語。曰「大少，交交南方運」，是敬南瓜子，曰「稱心如意」，是吃寸金糖，「青青熱熱」是青果、橄欖，團團圓圓，是桂元、胡桃。其善於頌禱者，可招出花色名目數十種之多，客亦樂聞吉語，大擲纏頭。少有吝破慳囊，挨過元宵而後去打茶圍者則謂之「十六大少」。

於大除夕，後半夜接到局票謂之「青龍堂差」。妓家欣然畫客姓於水牌，登入堂簿。如客姓陳，則寫兩陳字。姓朱，則寫兩朱字以為吉兆。堂差錢亦由客數倍開銷，以示豪闊，有至百金者。

堂差亦名出局，本為娼門主要收入，一局三元，後來從二元減到一元。民二十年以前，狎客每逢年節尚派僕人到生意浪抄局賬，按局付洋，民二十年後，則以客之手面闊儉為標準，大凡生客而有意於做某先生者，則抄局雖少，付金甚高，有不足十局而付百金者，下節必受先生之青眼，不以常客遇之。亦有積欠局資而打賴不付者，則謂之漂賬。當金融安定時，上海一切生意皆可掛賬。花叢、和酒、堂差皆記入堂簿，無付現者。若客表示決絕，則命僕人前往抄局賬。不按年節，立刻付清，此後雖在席間邂逅，亦如路人。自民廿以後，冶遊和酒，多開支票，當場現付，而抄局賬尚為一種表示決絕手段，仍可應用。但妓家以和氣生財，逢到大小抄局賬，設非不共戴天，總是婉轉辭謝，托人轉圜，苟客非存心跳槽，終至言歸於好。故抄局賬雖已成為具文，而告朔之餼羊，余獨愛其尚存古意，所謂：爾，我愛體「愛其羊其」是已。

落相好

余十四五時，猶見時髦先生出堂差者，皆坐轎，轎上雙槓，一根藤長有八尺，謂之軟抬，轎頂流蘇，風吹蕙幰，香氣襲人。途見熟客，必搴帷云：「大少，啥場化去，宴息來叫噓。」民國初年，此風已歇，而小先生出堂差，尚坐龜奴肩上，招搖過市，人已習見不以為異。龜奴肩上搭大手巾一塊，有繡花者，小先生即坐繡巾之上，髫齡秀靨，任人看殺。足下雙趺，膚圓致致，不用花間笑把，已令見者魂銷魄蕩。龜奴一手護肩，一手提琵琶。見之，每想到花魁劇中，丑念：「倷在吾肩上搭格一搭，抱仔琵琶回去罷。」此情此境如在湖塘。輒思一做秦小官後身，接受美人香吐也。

語云：爛污長三板么二。謂長三雖丁娘十索，但無準價行盤，不若么二之「六跌倒」為貨真價實。但長三身價固自高華，客雖和酒報效，連綿亙夕。妓苟無意留髡，亦得多方推託，拒人於千里之外。既發生肉體關係，則謂之落相好，但亦有明暗之分。工部局定章，長三號稱書寓，妓院例不留髡，而借乾鋪則在所不禁。故狎客問津，每從借乾鋪入手，及至夜深人靜，夢回燈滅，則縱懷入抱，媚豬自呈者，大有人在。明日，房侍必向客會心而笑，從此和酒連綿，自動報效。對於房侍做手，亦犒賞從豐，而對外仍為否認，他客風聞有自，房侍必為之包荒，曰：「俚先生是清清爽爽格。」亦有先生自行留客，即在生意浪住夜者，則彼此公開，一班客人例不得兼做兩客（轉堂差除外），而每逢初一，月半、彈仙、打醮，客亦按時報效，責無旁貸矣。有相好不落先生而落做手者，則開銷可省。但對方如有要求，客亦不得拒絕。

落到相好，花頭和酒之外，尚有所謂「條斧」，即對方需索珍飾、衣裳，如玉堂春所謂先造前廳和後院，又買金瓶白玉盆者，如今固無此寬桶，而鞠躬盡瘁之外金錢報效，固為無底之壑，除了決絕回頭，更無填止之策。

落相好不在生意浪者則假旅館幽會為多，進而兩情膠漆，不可分離，則租小房子，進而互論嫁娶者有之，其嫁人而復出者，謂之「淴浴」，然亦有擇一而終，家庭美好者。至今魚珈象服為命婦夫人，寓臺前輩，比比尚有。蓋久歷風塵者見多識廣，熟習人情，火中之蓮翻能出污泥而不染，不似現代新人物，稍習社會，便爾輕狂不可一世，則凶終隙末，脫輻頻占，視離婚結婚為家常便飯。涉筆至此，於世道人心可為三歎息焉。

點大蠟燭

女兒家一生最寶貴的，最值得紀念的一日，是「新婚之夜」。生意浪小先生最痛苦，最忘不了的一夜是「點大蠟燭」，文言「梳櫳」，俗語謂之「開苞」。大先生落相好，雖目的為了金錢，大多數出於自己情願，小先生開苞，則百分之百出於鴇兒逼迫。有資格拿出很多金錢首飾來梳櫳一個小先生的，不是大腹賈，從前便是軍閥、達官。在姐兒愛俏的條件之下，當然不會願意，但她寶貴的初夜權，就這樣遭遇到蹂躪而犧牲了。

開苞的條件價格，也看小先生的身份而定，美不美，紅不紅。一般的價格，老鴇開出條價來，大約是一隻鑽戒，一付金釧，四季衣衫，多少下腳，若干花頭。這多少和若干裡，就看貨討價了。客人願者上鉤，還價不是生意經。擇好黃道吉日，樓下一班清音，吹起將軍令，房間裡，銀臺上紅燭高燒，小先生打扮得新娘一樣，做花頭的客人填滿了前後房間，堂差來了都向當事人道一聲恭喜。客人也拿些《笑林廣記》裡的粗話，來駭小先生，什麼嫂嫂養驢子呀、燈草和尚呀，駭得那位女婿大倌哈哈大笑，小先生面紅耳赤，樓下放起大串百子鞭炮，酬神完畢，酒闌客散。小先生的一生事業也就在此犧牲之下開始。

小先生點過大蠟燭，便是某客禁臠，謂之開苞客人，明裡不得再接別客。但小先生自有情郎，則往往於此機會，挨城門而進。老鴇愛錢，亦有借此兜攬別人說：「俚阿媛剛剛開過苞，大少，倷阿要挨城門？」挨城門者不須很多破費，有好奇心而懶於耕鑿者往往樂就。但為開苞客人知道之後，必一怒絕裾，鬧出抄局賬、漂賬，跳槽種種事來。但開苞客人對於小先生開苞，是一種殘忍性虐待狂，事後，往往移情別戀，故生意浪沒有一先生和開苞客人有始有終者，職此故也。

從青龍堂差到粢飯團

一年之計在於春，北里姊妹，於每年除夕之夜，燭觸高燒，天將黎明，則盛妝對鏡，大姐以匜盤捧山茶花，阿母則開箱助妝。當民初時，此典尤為矜重，於時閨閣服制，極重穿裙，妓女唯正月初一得穿之，紅裙百襇，繡以生花，綴金玲，微步珊然。裙亦花繡，裝裹錦人。頭上珠翹，妥施鬟雲，髮光珠氣，掩映生輝。梳沐既畢，房侍進元寶茶，憐心羨，含笑微稱「小姐恭喜」。於時天色黎明，六街爆竹，萬家鑼鼓，則有桃符飛至，樓上相幫高呼「堂差」者，房間做手啟文窗，挽筠篕，拈局標以呈先生，引為一年吉兆。是謂「青龍堂差」。

出青龍堂差者，自是好客，或約上鈿車，兜喜神方於十里洋場，或雙攜還入香巢，開果盤以聽吉語，而丁娘十索生意浪種種花頭，名目繁多，一年之計，亦從此開始。

妓家每逢年逢節，必移動其香巢，自某里搬到某里，或在一弄之間，一宅之內，亦必大掉房間，學生、做手、東家、娘姨，皆可邀客，做花頭。花頭越多，牌子越紅。仍巢原處者，排場熱鬧，亦與搬進場等。先生要求戶頭請客，輒曰「替伲撐撐面子」，客亦無不因面子關係，而樂於從命，有連綴累月而花頭不絕者。新年正月謂之開抬酒，端午、中秋謂之節酒，其實皆進場花頭也。其舉行於七月新秋者則謂之「打醮汛」。

生意浪迷信極多，而好祀鬼，初一，十五必祭，至夕，花街柳巷有叫「賣長錠」者，其聲慘厲，妓家買以燒之門角，謂可生意興隆。而七月打醮，北里中人尤視為大典。大場化打醮，例由老闆總辦，老闆所設立之門口不止一處，而聯合其所總轄之門口，擇一道場而舉行之。醮壇大抵設於茶肆，各門口則貼黃紙符籙，以資標幟，各門口即以此標幟向客人開口，大做花頭，大場化之老闆亦以此分肥斂錢。醮期或三日或五日，有延長至十日者。住家本無老闆牽制，營業可以自由，但亦利用此一機會，而舉行打醮。則聯合同一門口之樂戶，而舉行打醮。狎客被邀，花頭無能倖免，於是樓上歌酒，樓下經懺，香煙繚繞，脂粉氤氳，上下五氣，鬧成一片。功德圓滿之日，和尚必至妝閣，持香繞行一周。至時，狎客皆避，有躲入馬桶間者，然非至審之客亦不得享受此一權利也。其他如每月朔望，十月朝，冬至夜，苟為恩客熱客，花頭亦無倖免。而儀典隆重者則為「冬至飯」。

俗諺有云：「冬至大於年，皇帝老倌要過年。」故妓家重視冬至，亦有前清大內遺制。其實狎客多闤闠中人，每逢年關將到，無不勞形賬務軋緊頭寸，無復閒暇涉足花叢，故生意浪特重視冬至。當其古制，冬至請客，不過兩場，即冬至夜與冬至日，為耶穌聖誕之有「衣芙」與「豆」，此種報效，例由最要好之客人負擔，尋常涉足者可以不必盡此義務，擔嫖客發魘，自我陶醉者多。於則冬至請客，亦列入花頭，連綿而不絕。凡例，冬至擺酒，下腳必須雙倍，蓋冬至早夜，例由一家包辦，故吃冬至飯而有留髡滅燭之特權，遂為熱客爭奪之目標。妓家乃放寬日期，使之皆大歡喜，雙倍之例亦無形取消。狎客一為入幕之賓，則報效終身，唯有吃私菜，例由先生請客，不須狎客破費分文，其最落位者則為「吃年夜飯」。

私菜之來由，實起於大場化。大場化雖亦烹龍庖鳳，每日價酒肉如陵，但其供應飯菜，則菲薄異常。故生意浪雖嫁後光陰，豪侈不減，而一碗茶泡飯仍可甘之如飴，蓋習慣已成自然。大場化為補報先生之長年菲食，乃於年終，由大廚房特製私菜四色，以孝敬先生。四色私菜，例如鹽水蝦，鹵四件，紅燒海參，白斬雞。先生受之，不肯自私，則更邀恩客，同餐共飲，謂之吃私菜。故和菜之始，即為吃年夜飯。濫觴而至每逢節上亦有和菜，而狎客無不以吃和菜為榮。既入而出，則自詡曰：「先生厚我厚我。」於是，潘鄧之流，爭欲入幕，和菜亦放寬尺寸，雖非逢時節，亦常作供應。四色菜目，亦推而廣之，珍錯備陳，客且進客，報效和酒，乃為不成文法之花頭，和菜古意，墜失無遺。

民國廿三四年，名妓富春樓、楊蘭春輩結合手帕姊妹，復盛行「吃年夜飯」，其事乃不公開，在旅館，或在小房上裡，輪流做東，吃年夜飯。蓋生意浪冬至一過，年近歲逼，客到者稀。蟲天嬌子暫時還我自由，乃亦瓊樓坐花，始邀「小舉」，開懷暢飲。其佚宕風流，殊不下於我輩金迷紙醉時也。其常備面首者，厥有三三。楊蘭春嬖徐三，探春嬖醉翁暱汪三許三。群狐綏綏，謔浪笑傲無所不至，於是，有被邀吃年夜飯者，人輒謔之，曰：「你是哪一個三呀？」而吃夜飯之風，亦因之稍殺。

年節將屆，則狎客尚有一項「吃粢飯團」之開銷，平時涉足娼門、客室，例由龜奴絞上手巾，及扶梯而至，例由房間娘姨交傳呈遞。到年逢節則由龜奴親絞上樓，隔門簾而遞，絞似麻花，白如粢飯，熱氣蒸騰，故謂之粢飯團。狎客此時，必犒以手巾錢，熟魏生張視客人資格而自定豐儉。當年不過十元，後有犒至二三百元者，海風淫侈，大亂旋亦隨之矣。

有逢年一節無暇親往者，亦必派人賚去，不得規避，有怕出手巾錢，逢節匿影者。端午謂之荷花大少，中秋謂之桂花大少，年節不至，必帶漂賬，直是「接眚戶頭」，不復為其「大少」矣。

詩妓李蘋香

光宣之際，北里有詩妓李蘋香者，詩名之盛，幾與吳蘋香之《花簾詞》抗衡。廉南湖、潘蘭史皆亟捧之，南湖且為出專集，於有正書局發行。時余尚幼，亦能誦其「蜘蛛也解留春住，著意添絲挽落花」、「最是薄涼人醉後，滿身花影要人扶」。後至滬，尚見之，則已改名黃曼茵，談吐蘊藉，有大家風度。高麗吳孝媛挾瑟海上，潘蘭史丈特開剪淞之閣，延賓坐花。坐唯先君子、南湖夫婦、黃曼茵及主客數人而已。是日，潘丈特以時大彬壺烹鐵觀音，壁懸五畫，余尚憶之，為顧媚、馬湘蘭、李因、陳書，而冠以黃媛介山水。文席倭几，主客皆席地，吳孝媛跪而進瑟，彈崔孤雲遺製《靈山會像》，黃曼茵賦詩，余僅憶其起句：「倭几畫錦香靜焚，古瑟曳玉延蕤賓。靈山會像五百尊，令人想見崔孤雲。國亡人在西入秦，二十五弦徒紛紛……」蓋其時高麗亡於日本，仁人志士亡命海外，皆有高漸離悲歌燕市之心，而曼茵投老秋娘，自有萬般棖觸，不期言之哀感蒼涼也。余先疑曼茵詩有捉刀人，至是乃信。酒酣以往，聆南湖述曼茵小史，則伶玄談往，又曾親見樊嫕淒然擁髻時矣。

曼茵本姓黃，字靜儀，先世桐城，與南湖夫人吳芝瑛同梓里，桐城本文章窟，黃父亦習文，而荒帖括，十年不能青一衿。乃棄為賈，輾轉至雲間，遂家焉，悉以所學授其女，曰：「吾桐城自姚惜抱先生以來，世以文章鳴世，代有人傳，而無繼其詩者。」指其女曰：「此吾家不櫛進士也。」人皆聞而竊笑之以為狂。

未幾父歿，女年十四，已許劉姓為媳。鄰有潘小安者年與靜儀相若，門閥甚賤，而貌白皙，自幼嬉遊，過從甚密。靜儀既為才女，多思善想，十四，人道已通，遂與潘私，且數與母勃谿，不願屬劉。母知女大而不可留也，則促婿迎娶，學養子而嫁者也，婿家固勿知。三月，腹漸有徵，母大懼，乃攜女赴杭州燒香，至杭，母乃市一棺，逼女自殺。女跪泣曰：「今母僅欲以女屍歸婿家耳，則女請有以自處。」母憤曰：「諾。」女遂出潘拜母，蓋母女藍輿，行動於六橋三竺間，潘實步步相隨，母勿知也。潘乃具金壽母，請以空棺實瓦礫，寄柩蕭寺馳電報劉氏，謂靜儀暴病死。劉婿得耗，果信，遣人迎喪，歸葬於佘山，固樹之曰劉某亡妻某也。

靜儀遂與潘偕亡，流寓蘇州。潘固無賴子，無所覓食。時伶人何家聲，方以丑角蜚聲吳閶，識潘，知靜儀能翰墨，遂以素箑屬靜儀寫詩，市之玄妙觀，又親至坊肆為之揄揚。潘固無賴子，見靜儀足以為錢樹子，乃攜之來滬，鬻諸么二妓院。靜儀遂淪為妓，初隸老王記，曰李金蓮。狎客有知其能詩者，視為奇貨。時洋場十里尚有慕名風雅，妓而能詩已奇，詩妓而在么二，則尤奇，不出數月，詩名大噪。洋場才子，方斗名士無不爭前恐後而求一見，女亦漸高身價，於娼門鬻詩，訂潤格，凡求其一詩扇者潤一金。南湖居士憐其墮溺，乃加拂拭，移植長三，易名「李蘋香」，且為刊印詩集，吳芝瑛夫人親署眉簽，無錫孫寒雲為之作序，畫家吳觀岱為之圖。一時大人先生皆以西樓一訪為榮，蘋香妝閣乃座無虛席，有擬之為李易安者，名重可知。

蘋香既以詩鳴妓，則摩登伽女，遍散天花，入諸媱室者無不撫摩戒體，一視同仁。某翰林公眷之尤篤，而公之子若孫，無不沾有肌膚之親，而封翁孫情好尤篤。封翁聞之大怒，撻其孫無算，又召蘋香至公館，罰令長跪，曰：「你不該敗壞我家門風。」蘋香大為狼狽，既釋出，乃語人曰：「我家是窯子，誰管得瓶甕罐頭的賬兒。我豈能於來客之間，一一索具履歷三代耶？」一時傳為笑柄，而蘋香之詩譽，亦為稍殺。蘋香雖為翰苑名公所噓拂，但婁豬艾豭，各擇精粗，潘氏子固未嘗飽也，潘亦施然食其黃靜瀞餘，曳尾於泥塗之中，怏然自樂。會有客欲納蘋香為妾，潘聞而大懼，乃走雲間，告劉氏子曰：黃靜儀固未嘗死，往日所歸乃空棺也，今為妓曰李蘋香。劉以家醜不必外揚，且已別娶，事不干己。潘乃以利誘之謂蘋香多金，可以朋分。劉心動乃控之公堂，且挖墳開棺為驗。官司亦有惜花之心，袒護之，乃判蘋香不得為妓，杖潘氏子而遣劉氏子焉。蘋香一度走寧波，曰「謝文漪」。寧波固商人藪，不解風雅，不得志，乃還滬，閉門謝客，以詩畫自給，曰「黃曼茵」也。余見曼茵，已四十外人，蕭然有林下風致。

小四金剛

自林黛玉、陸蘭芬、張書玉、金小寶四金剛風流雲散後，民十七八年間復有紅千、探春、綰春、雲蘭芳崛起花間，豆蔻年華，含苞欲放，又如依人小鳥，婉轉嬌啼。時為《晶報》最盛時期，包天笑、畢倚虹品目花間，懸為月旦，龐病紅復選《紅脂識小錄》以張之，號為小四金剛。紅，綺麗；探，明慧；綰，靜好；雲，俊奕，以紅樓中人喻之，則紅千為寶琴，綰春加岫煙，雲蘭芳似湘雲，而探春名副其實，絕似二姑娘。不久，紅千嫁去，則以賽春小老虎補其缺，虎為錢寶珠雛妹，有兩虎牙，愈見其美，賞者尤眾，後為楊嘯天量珠聘去。而雲蘭芳則歸叉袋角朱老十（如山），朱多內寵，如孫武將兵，能使釵營珠陣，所將雖多，進退如一。每出而觀劇，或至娛樂場所，皆一色衣裙，珠光寶氣，使人目眩。而雲蘭芳圓姿替月，滴粉搓酥，宿有小湯糰之雅號，萬人屬目，足為班首矣。綰春嬪越南謝碧江，從謝未久，以不愜重洋遠涉，旋復下堂，張一軍於群玉坊頭，顏曰留春。探春頗為穆老爺湘玥所眷，伸臂求愛，至為之跪地不起。探春玲瓏似香扇墜，而智珠在握，小四金剛中比為最黠，旋易幟於日新里，曰「一笑」，奔一葉姓客，冥鴻飛去。當《晶報》品目為小四金剛時，皆豆蔻含苞，奇葩未放，有如出水芙蕖，麗映朝日。曾幾何時，而各自成陰攀折矣，故天笑生改歎於「花間年譜以五年為一世紀」，彼金剛不壞之身固亦曇花一現耳。但嬌鶯雛燕，因以其時為小阿媛極盛時代，與小四金剛爭芳鬥豔，同一世紀者有文樓、抱月、天麟、張素雲、蔡紫紅，而「曼千、香女、美秋、小芙蓉復起於「一・二八」之後，為尖四金剛。曼輩皆一度嫁人復出，而後噪名故不諱為尖先生。品題者亦從而尖之，後亦相繼散去。小芙蓉老九，貌最映麗，劉志陸將軍以七千金納為簉室。九摒棄鉛華，日從師習中英文，偶與曲院姊妹遇輒避，雖戲院酒樓亦不常涉足。蓋出污泥而不污者，青樓中實大有人，詎以一時墮溷為終身榮辱哉？

妓女諢名

語云薰蕕不同器，唯北里之中良莠錯雜，而莨者自莨，莠者自莠，初不以耳濡目染，漸習薰陶而易其志，然亦有放蕩風流，蓄白養小，面首之多，一時有白板開槓之穢者，曾不一而足。入幕之賓流品雜遝，出而自炫於人，則為所私題種種諢名綽號，傳播花間，聞者亦不以其穢而津津樂道之。其諢名有匪夷所思者，如：火爐老二（黛語樓），黑棗子（秦株），蛋炒飯（雲蘭芳老六），搖糖鼓（翠芳老七），絲弦家生（豔冰九），小剪刀（賽昭容），撲落老五（錢寶珠），三門街（驚鴻老五），撲克檯子（高雅雲），沙利文麵包（龍簃阿九），小叫子（雅秋妹妹），落蓬阿金（王熙鳳嫂嫂），小鞀鼓（翠芳妹妹），其中以「撲落」、「絲弦家生」尤令人想入非非。馮超翁嘗訪一北妓，諢名「海底漂」，及席，見床邊堆草紙盈尺，翁詫問：「何用？」曰：「海底塞漏。」翁大驚，立捧腹大叫肚痛，妓令人扶之而出。翁後每為人言，輒闔座軒渠大笑不置。

卡爾登豔舞

卡爾登舞廳為大光明電影院前身，鏡檻回花，銀燈瀉月，座交金織，地布明湖，堂皇典麗，與靜寺安路之大華飯店，在伯仲間。而裙屐之盛，此間猶勝於彼，蓋大華完全為英國紳士派，臨餐起舞，仕則燕服，女則袒胸，舞則屏聲，食則屏息，動止皆中禮法。裼裘緩帶之中國人，以不修邊幅為自然，爛漫箕踞為高貴，習俗不同，入者頗以為苦。故夜遊神皆好趨卡爾登而捨大華。卡爾登主人為猶太，善於揣摩心理，其供張設備之盛不亞大華，而禮法弛慢，行動自由，舞池施以鏡磚，琴臺映以足燈，薄醉起舞，履舄交錯，目眙不禁，握手無罰，中西仕女，各盡其樂。舉觥互祝，香檳酒乃瀉似龍黎，開瓶之聲，砰砰有若新年百子炮仗，而全廳舞客盡入醉鄉。

時則夜已闌，燈漸灺。賓客興闌，扶醉欲起，則有禮服工人，登場肅客，邀更小坐，樂臺施重幕，華燈全熄，獨有一道月光，起自臺角瀉入，薄如銀霧，幕漸啟，座客呼吸漸沉，則有羽扇仙姬，綽約於雪月交光之地，翩翩漫舞，作諸妙態，輕樂曼聲，觀者促息。羽扇隨人，時開時闔，倏息之間，若有可睹，而驚鴻一瞥，即之逝矣。

久之，大華亦有此娛客，卡爾登乃有黑燈舞，舞時全場皆黑，唯臺上略有藍光，垂幕啟時，一崑崙女躍出，全身似漆，致致有光，豐隆之點，僅貼以金葉，而墳起窪溝，凸凹舉現。樂隊奏為蠻鄉之曲，女則自臺而下，盤旋舞場，留連客座，粲齒一笑，目若流星，紅唇軟吻，著人朵頤嘖然有聲。肌膚之膩，徐志摩之稱為「濃得化不開」，畢倚虹謂之「要死」。投懷乳燕，似有熱氣鎔人腑肝，而滑不留手，即之已杳，於是座客頤洏交流，目惛神蕩，而淑女回眸掩扇矣。

場主人復次登臺，明燈致辭，疏散賓客，雙飛之蝶，禮法自持者漸漸退出花叢，淳於之徒則倚醉佯狂留而不返。主人乃閉門下鍵，侍者白衣如雪，捧銀匜，進雞尾酒，一樽之值，等二十金，客亦厚犒，無吝色焉。於時座客已稀，鴉雀無聲，臺幕復啟，則一少婦，倚枕觀書，室裡靜悄悄的，只有一縷黃色燈光，照著她的金絲一般的頭髮，全身側臥，只有一隻皚皚如雪的手臂，伸出在衾外，那衾是栗色的絲絨配著黃光，越發把那隻手臂映得瑩白。人人心目中都急於要看一看她的絕代花容，可是她總朝著裡床，孜孜地看書，再也不回過臉兒來，每一秒鐘過去，人的心都跳得厲害。若大座卡爾登舞廳，完全入於寂靜。徐徐地連那只看書的手，也縮回去了，在被子裡一動一動，不知她在搔抑些什麼。垂幕漸下，大家挾著一顆失望的心，幾乎歎出氣來。忽然鈴聲一響，少婦頓時展開一個愉快的姿勢，掀衾翻身而起，臺角上的水銀燈也跟著一亮，全場的人立刻逼得連氣也透不過來。原來那少婦，竟是全裸的。可惜她動作迅捷，早從床角拽過一襲輕綃霧縠的晨衣，遮了玉體。她迅步出去開門，動行之間，雖也有些地方隱約可見，無奈到底隔了一層。接著一陣雷雨，那水銀燈原來代表閃電，早就滅了。全場空氣愈加壓緊。鈴還是在響，一看，原來是只鬧鐘，不是有什麼人來敲門。她感覺到夜的空虛，把滿室的燈開了，發出一種柔和的玫瑰光，將枕邊書取到沙發上，映著玫瑰的燈光，一頁一頁地讀。那時代還沒有《查泰萊夫人傳記》，但她讀的也不是《金瓶梅》，這覺她一種等人不到的心焦，和書裡面的誘惑交織，兩腿在輕綃的晨衣裡面，漸漸起了摔纖的作用，十枚玉趾時時交互的苦動，晨衣也漸漸地從肩上褪了下來。

她實在忍不住了。她回復到床上，伏著去看她的書，一手揉她的晨衣，臀波儘自空虛地簸動。她沒法消遣她的漫漫長夜，她又起來了，她率性除去了晨衣。大家幾乎跟著她的解放而找到目的，可是她裡面還有三點嚴妝，和埃及古美人一般地封鎖著。於是，大家又感到失望了。她不住地看鐘，不住地看書，書裡的描寫，種種從她的情態裡表現出來，而得不到一個結煞。看的人恨不得獻身舞臺，替她去盡了安慰的責任，但是，人人心目中有此想，而人人有一道無形的堤防，使他瘋不出來。而臺上的少婦已是等耐不得，她找了一隻高背的椅，椅背向著前臺，人跨椅後，她就這樣地又看起書來，可是這一次的看書與以前的不同，她已盡情入於浪漫，她的手，一刻不停，在椅子背後，做她所需要的工作。臺下雖看不出她在做什麼，但比專唱紡劈的吳素秋、童芷苓，卻要具體劇烈而義帶著溫靡。臺上臺下本來是鴉雀無聲，到此無不勃然而起。臺上也到了手倦拋書，全個玉體全憑一張椅背支撐的時候，黃金發散滿了汗流的粉面，肩上綃衣完全委棄在地。畢陳裸相，已呈眼前，臺下忽大放光明，厚幕重重也緊跟著垂了下來。

良久，座客才相繼地立起來，蹣跚地散出去，幾番回顧，尚有戀戀不捨之意。出得門來，東方已白，朝曦射在隔宿的客面，人人似帶酒紅。

這一幕的動作，歷時三十分鐘，全配合著音樂輕重疾徐，無不動中窾要，所以英界租捕房，雖做足紳士面孔，也拿不著它的把柄。後來，只以半夜違禁買酒的違警法，把她禁了。這位少婦卻出了名，她後來專跳西班牙舞，化身卡門，紅遍了上海和青島，她的名字叫「阿迷」，但能真見其色相者，白髮伶玄，今生存者亦無幾矣。

義乳記趣

時代女乳，胸圍不夠，無不借助義乳。好萊塢哺乳動物珍羅素，亦借助於束胸，若在上海人審美目光中看來，乳必豐盈入握，蓓蕾菽發，斯為上品。若珍羅素者，乃江北大袋奶，品為最下。瑪利蓮・夢露亦為敗柳殘花，觀之，每作三日嘔，美國人不懂審美，於此等處最為暴露弱點。然義乳之製則確在進步，由棉絮進而為橡皮，再進而為軟性的「舶來司的克」，小大由心，入手豐滿，此之束胸婦人，有如裝甲兵團者，固漸近自然矣。

當義乳在上海未流行前，得風氣之先者固有二姝，曰徐來，周煉霞。煉霞為女詞人，才華漫爛，雋語如流。上海嘗因一度防空，而使六街盡入黑暗。素心人每乘此夜，御車同行，別臻情趣。煉霞為小詞云：「但使兩心相映，無燈無月無妨。」其膾炙人口，不下於朱淑真之「月上柳梢頭，人約黃昏後」也。煉霞幼小多姿，才華如月，嫁後才名藉藉尤盛，人稱之為煉師娘。與丁慕琴之老畫師齊名。文酒之會，曼舞之場，無二人皆感覺寂寞。但老畫師遇起舞時，輒避煉師娘。或以為畫師自矜持，畏煉師娘的高峰耳。老畫師曰：「我畏靠近火山耳。」一日，徐邦達與煉師娘亦汗流交臂而下過曰：「熱得我吃不消。」煉師娘嗔曰：「我不過是兩團棉花而已，有什麼大驚小怪的。」煉師娘用義乳，由此知名。

徐來之美是實勝蝴蝶，而儀態華貴，徐不及胡。蓋蝴蝶待人接物，盎藹如春，完全大家風範。徐來為口沒遮攔，完全女孩兒天真。徐來身裁修潔，纖穠得中，而玉並雙峰，亦乞靈義乳。嘗如新仙林加冕為皇后，蝴蝶頗蘄之。徐來訴於杜君，杜為支持，乃成禮焉。時束匆忙，忽亡一乳，掛冠登座，忽有人發覺喜馬拉亞原為平原，但有烏石一峰，夐然獨峙。觀禮者鼓掌狂笑，徐來退席，為之泣不成聲，怒撾黎錦暉，謂其伺候不周也。時蝴蝶徐來皆為余蝶村房客，朝夕聚首，事後每引以為笑樂，今則天地南北，人各一方。念之憮然。

徐琴芳舞於百樂門，亦嘗失乳，引起哄堂，若在今日，義乳人人會用，裝配安全，固無此失矣。

詩龍點睛

取古本詩一句，而藏取其中一字為覆射。例如，「清明時節○紛紛」而配以雨、雪、月、淚、怨五字，為鵠，任人懸揣，且有彩錢，中者三倍其注，謂之「詩龍」。五字唯雨字可通，然所配五字，亦必有古本可對，不可杜撰。詩龍既流為賭具，則所配之睛，必奇詭百出，例如，上列五字，固人人知其為「雨」字，但無一人肯下注「雨」字者，以其太熟太易。及揭曉，果為「雨」，負者皆無言認輸，若開他字，則負者可請翻對古本。於是詩龍黑幕，乃有「梅花古本」之設，取冷僻詩集四種，各抽去其中一頁重印而以加杜撰之句，所出五字，除「雨」在《千家詩》外，其他四字亦各有所本，負者乃無服帖，蓋以吟詠為市道矣，故通人不談。

半淞園水木清華，園本沈氏別業（沈鶴年、沈松柏皆本園幼主），畫家姚伯鴻葺治之，售門票以延遊客。每歲端陽，龍舟競渡，則於茶亭水榭之間，設詩謎攤以娛賓，即詩龍也。詩條多出詩人、畫家手筆，五字配搭，皆極雅馴，銖兩悉稱，然亦間出生澀怪字，負者亦拍案叫絕，如「柳絮飛來一片『紅』」，其上句固為「夕陽返照桃花塢」也。

詩雖雅道，一為賭具，則好賭之客，亦復津津有味，故半淞園詩謎攤，設自端陽，必荏苒至重陽秋後而始收攤，時則柳殘荷敗，遊者稀疏，詩謎攤畔擁鼻推敲者亦漸漸絕跡。新世界乃繼之而興，時新世界北部未闢，詩攤僅在南部，久之，乃蔓延至大世界，詩攤盛時，一世界中乃有一百四五十攤，則撰謎者非出名手，配字都由杜撰，賭客多不識一丁字，但以詩晴五字編號，走押一、二、三、四、五、六，有如押寶搖攤專劃路線者。詩句之通與不通，固不必問，而梅花古意亦失。

然亦有故用僻典而失敗者，余嘗遇之，如「〇夫人即李夫人」，詩晴五字配以周、吳、鄭、王、馮。余遽以全盤重注，傾移「王」字，攤主失色，揭曉，果王字也。彼蓋未讀《漢書》，不知帳中李夫人，固為王夫人之傳訛也。他如此類，時能遇之。時詩謎攤皆以香煙設彩，不賭現金。余固不吸煙，而書室廚壁中茄力克三五牌，乃堆積如山。然余僅能中比冷鏑，而任樹南、陸澹庵、李新甫，皆以民立中學教員而好為此戲，任樹南猴臂善射，發無不中。主其事替見任樹南來無不聞風喪膽。黃楚九公子鍾甫，乃設樂社於大世界對面愛多亞路以延佳賓。香煙注彩，一變而為現金。陸澹庵、任樹南且由攤邊詩客進而為合夥攤東。一局輸贏，亦以千計，而表面仍以香煙下注。時陸澹庵方捧青衣黃玉麟，乃以白金龍香煙為注碼。白金龍、黃玉麟克屬巧對，各小報有談玉麟豔事者，皆以白金龍隱其名，而白金龍香煙名譽大噪，幾與茄立克抗衡（按：茄立為張嘯林姬人）。

大世界詩攤以曹斌臣稱雄一時，全場詩攤，由曹斌臣一人，托拉斯經營者幾占三分之一，共和廳、財神殿（均在大世界內）兩攤，輸贏尤巨。而謎條率由李雋青一人包辦。製條之佳，號為「詩謎大總統」。

李亦自辦總會於靜安寺路曰「春江詩社」，俠林中人則辦長春總會於廣西路，一夕輸贏乃至巨萬，始引起英法捕房注意。而捕房探目陳世德亦辦觀雲詩社，其他小總會繼之而起者如雨後春筍。好景不常，盛極則衰，終遭禁閉，雲散風流。而縉紳之家，以詩龍豪賭者，轉而益盛，其選句之精，配字之工，進出之大，固非坊間市井所能企望背項者矣。謎局為輪莊式，每人一局，出謎十條，製謎之難，雖才具八斗，每至九條而竭。其第一條無不一瀉傾囊，鮮克保全其勝績者，蓋一人精思，數十百人攻之，必有伺隙蹈暇，攻其弱點，潛師而出者當者乃無能倖免。於時製謎聖手，乃有「張作霖」與「吳佩孚」

交綏疆場，時人喻之為奉直戰爭，「張作霖」原名章兆麟，「吳佩孚」原名盧佩武，亦可謂之巧合。文章有派，製謎家亦分派別，有宜興、揚州、安徽、紹興。張作霖宜興派，吳佩孚為安徽派，而徐哲身以紹興派周旋其間。製謎皆食俸祿，專主製謎，而不負贏輸，然放龍者，即是此輩。故遇製謎時，亦為前清考試之瑣院，將製者禁錮一室，彌封出條，其條出盡，局散而出之。徐哲身本山陰宦胄，早年騰達仕途，晚乃侘傺，與張心蕪、李左民齊名滬瀆，後以小說為生涯，著《宦海香夢記》，自道一生，復與徐枕亞、吳雙熱、許嘯天齊名，然生性落拓，乃以製謎者終其身。敵偽之際，潘三省尚未得發，亦於愚園路設詩謎曰「詩文集」，乃兼有夜總會氣派，詩條皆製以玻璃之燈，輝懸四壁，射者據皮沙發，啜龍井茶，復有女招待白衣如雪，執小鉛筆，拍紙簿，殷勤周匝詩客茶榻之間，客射某字，則書之而去，勝負皆由女招待挾注奔走。座客安閒，但沉思而已。先是，縉紳家設謎局，每條皆限千金，所有吃配，移注，旗桿，皆以此為限。潘三省設局，乃破此限，萬金一擲無吝色，乃日鎖徐哲身於密室，孜孜兀兀，以製謎為業，海上賭徒稍談風雅者，張葱玉、譚禾安輩，排日為座上客，三省後營賭窟戈登路六十五號，既擊大鮮，遂親詩文集為蚌蛸，不復措意。王吉嘗一度親自主持之，旋即閉熄。詩龍盛況於此亦告段落。

上海光復外記

辛亥秋光復前夕，武昌發難，上海尚未光復。城裡已有小兒，三三兩兩，手裡拿著傳單，逢人分送。大致報告：「民軍起義消息，並勸同胞竭力囊助，有勇從戎，有智獻策，有錢助餉，購買軍票。」每到傍晚，有十三四歲的學生成群結隊，口唱革命軍歌，遊行街市，站崗員警熟視無睹，或且目逆而送之，面現喜色。九月初六，華租兩界同時發現一種印刷品，是江南公民上江督、皖撫、蘇撫的文告，全文甚長，其中警句有：「公等皆漢人，適當江南之重任，誠我江南人無量之幸福，然安全之福，繫於公等，而危亂之機亦繫於公等，公等如能默察天心，靜觀人事，響應革命，則江南安。如懷疑莫決，欲敵革命軍而力有不濟，欲背滿政府而意有難決，一朝變起，終必集矢於公等……今為公等計，則莫如明建義旗，宣告獨立，人心即可大定，市面即可流通……公等之利害所繫，即我江南全民安危所繫，可不審哉？」

上海江海關道劉襄孫也同日接到一封露布，叫他將道尹公署即日讓出，否則，大軍到日，難免齏粉！有人說這露布是有人捏造，專和他作耍的，因為劉道平日貪墨，行動顢頇，故出以戲謔。但劉已飽受虛驚，即日帶印而逃，匿入租界戈登路一號住宅。

先是閘北巡警各區官，齊集總局，請示辦法，謂「各區巡警，均勢將有變」。局長即傳馬隊隊官陳某進見。陳隊長說：「現在各省回應民軍，滿清大勢已去，識時務者方為俊傑，請局長酌奪。」局長不允，陳即出手槍向天花板轟擊，聲震屋瓦，外面巡士聞聲，亦即持槍向空放射。局長大驚，立自後門逃逸，一時槍聲大作。有五六人扶掖之，局長始得出險。各巡士遂將總局左右縱火，一時烈焰飛騰，人聲鼎沸。拘留所內押犯乘亂將大牆推到哄出。各巡士即將肩章扯去，臂纏白布，齊集局門，並將餘火撲滅，至下午四時，有往閘北探視者，見巡警總局，已將白旗掛起，上有「光復」二字，革命軍已得手了。

革命軍佔領閘北警局之後，即舉巡邏隊兼預防隊管帶陳漢欽為臨時領袖，八時後，城內有巡警一人，無肩章，由小東門大街起，經新北門，至老北門一帶，遇有崗警，即招以手，代為除去肩章，從腰間取出白布條，親為紮於左袖。道旁觀者，鼓掌連呼：「好！好！」營勇旁立而視，無一人阻撓。各城門仍大開，各店亦如常開市，並不上排門，店夥相顧而嘻，人人面現喜色。九時後，各城門樓均高懸白旗，城中遍貼中華民國軍政府告示，出榜安民，萬頭攢動，聚讀榜文，至痛快處，輒大聲鼓掌，歡忭如雷。易代失城，人歸天與，亙古以來，未有如是輕鬆奇妙者。

十三日晚十一點鐘，始集縣署，民眾擁入大堂，將銜牌、印架、公案搗毀。知縣田寶榮尚未出署當民軍入內，田尚表功，曰：「本縣蒞民數載，尚無虧心，監獄改良，尤費苦心。今唯有請於諸君，所有禁押人犯，皆為凶逆亂民，萬萬不可輕放，以致擾亂居民。」眾允之，田始攜其孫由後門逸去。民軍佔領縣署，錄囚，釋放其一部分，女犯一體開釋。提營參將楊伯衡，繳獻炮械，僅存窳敗洋槍十餘支，海防公署查燕緒，關道劉燕翼皆事先逸出租界，劉且以上海失守情形，電稟江督蘇撫。

十三日民軍起事時，下午四點半鐘，別分一隊，分兩路往攻江南製造局。一從斜橋馬路直趨西柵，一由滬軍營經望道橋，均攜快槍，炸彈。攻局時一軍士投彈失手，傷同伴數人，送回醫院。局方守軍亦施放排槍，炮火甚烈，傷民軍七人，時民軍共約一百四十餘人，以眾寡不敵，暫退望道橋，一面飛報總司令處，調吳淞炮臺營兵四百人，協助反攻，此十三日晚間事也。

十四日黎明，民軍再攻製造局，先從滬軍營入手。營兵望見民軍，忽大歡呼，各將白布分纏左袖，管帶洪遹聲遁去。民軍衝入製造局二門，迨至內柵，忽遇蘇統領埋伏，排槍自柵內發出。民軍敢死隊三百餘人，衝鋒突進，銳不可當。但蘇軍槍炮劇烈，以致受傷三十餘人，隊長王國輔殉難。民軍知勢不敵，改從炮彈廠後面短牆躍進，引物縱火，焚燒洋槍樓、機械廠，於趨製造局內秩序大亂。蘇統領急遁出局後高墩，乘小汽艇逸去。民軍傳令懸升白旗，大書「光復」，將當局存槍械分俵民軍，至炮隊營，亦懸白旗，為民軍造飯所。

當攻戰激烈時，有十六鋪新舞臺戲班亦集合參加，武丑夏月恒，親身躍登木柵，連擲炸彈二十餘枚，身受重傷，又有一伶自後門緣竿而入，斬開旁門，民軍始得入。或謂是小連生潘月樵，故攻製造局梨園伶人之功轉多。後夏月恒投身民軍，歷升團長，潘月樵以伶人終，而激昂慷慨，戲白多新名詞，以革命自居，非無因也。

又有江北小車夫一人，亦往助戰，冒險直進，奮不顧身，猝中炸彈而死，血肉狼藉，僅剩血衣一件。事定後，欲酬其家而不可得，遂將遺體血衣，具棺盛殮，特為開追悼會，自都督以下皆往祭奠，出殯日，其棺載以炮車，覆以五色國旗，所過處，道旁皆脫帽致敬。身後哀榮，盛極一時。

又商團幹事張沛如，皖人，以十四日黎明劇戰受傷，延至十六日傷逝仁濟醫院；商團榮九松，無錫人，戰時槍傷殞命。二人同日舉殯，商界執紼者亦填塞道途，過者歎息云。

各業商團，苦無槍支，製造局攻下時，群往領槍，當時秩序稍為紊亂，以致地痞流氓亦有混入，臂纏白布，冒作商團爭往儲械所，有一人而取槍數支者，事後檢點，計失新式快槍一千六百餘支。當時以大局未定，未能嚴查，乃懸賞令，繳還槍一支賞洋十元。數日之內繳還快槍八百餘支，其餘竟無下落。

當時上海士民，以國土光復，不可無主持軍政民政之人，乃於九月十六日開會於海防廳公署，推定陳其美為滬軍都督，李鍾玨為民政總長，吳馨為民政長，沈懋昭為財長。凡辦理交涉一切，則公推伍廷芳擔任。民政總長李乃出告云：「父老苦滿清苛法久矣。百貨落地有捐，籌防有捐，自本日起，立即革除。南卡向有捐冊等項一律收回，附設自治公所內之房捐局亦同時撤去……」商民相告，謂：「讀民政總長父老苦清苛法久矣一句，何殊漢高入關。」是日，蘇浙閩三省同鄉假西門浙江旅滬學會會場，特開臨時協會，到者二百餘人，推劉東軒為主席，嗣聞蘇撫程雪樓宣告獨立，遂提出緊急議案，一、取消資政院，撤銷議員從前議案，一概無效。一、協助軍政府，推張菊生、李敬強、陸規亮三人，立刻往謁李平書（鍾珏）條陳本會意見。

滬軍都督陳其美亦通告軍民，即日宣佈軍律，以陳漢欽為總參謀長，統領滬軍，駐紮高昌廟。通告軍民，下署中華民國黃帝紀元四千六百〇九年九月。

以李燮和為總司令，設立吳淞軍政分府，籌餉練兵，與滬軍政府劃清界限。嗣後，滬市安寧秩序，由滬軍政府擔任，蘇杭鎮寧設有戰事，吳淞軍政分府主持。合原有營兵及續練新兵三千人，曰「光復軍」。江督嘗派龍濟光軍一千人移防來滬，滬市光復，濟軍進退失據，亦編入光復軍，別號「濟軍」。淞滬風氣早開，有女子向光復軍投效，請願開往南京殺敵者，編成一隊，號為女子蕩寧軍。吳淞炮臺原有守卒二千名分紮吳淞，獅子林原處，號為水軍，十月，北伐金陵，光復軍三千人，濟軍一千人，女子敢死隊三百餘人，統名吳淞軍，歸黎天才督率，會師攻張勳於南京，奪取幕府山、烏龍山、孝陵衛、堯化門諸要隘，血戰十三日，全城光復，吳淞軍之力居多。

十月十三日，李燮和至南京犒軍，各界自動捐款至十萬元，外交總長伍廷芳亦籌募十萬，並由李總司令攜赴前方，三軍鼓舞，時財政總長沈懋昭辭職，公推朱葆三為財政總長，犒銀捐募之速，朱有力焉。十月十六日，北伐聯合會在上海開會，促北伐軍乘勝渡江，掃滅滿胡，光復大陸。而南北議和已於十一月初一日正式開會，清總理代表唐紹儀與民軍總代表伍廷芳已相會於上海市政廳矣。

七盞燈毛韻珂

在梅蘭芳未到上海以前，梨園行中有二位名旦，紅極一時，一個是小子和馮春航，一個是七盞燈毛韻珂，毛韻珂出身梆子花旦，和小子和同臺於十六鋪新舞臺時均為童伶。但他絕頂聰明，不但梆子、皮簧、花旦戲他應有盡有，三生（老生、武生、小生）也一門抱。當時電燈尚未大明，名角出臺則添掛煤氣燈一盞，伶人藝名有號一盞燈者，即原因於此。毛韻珂出臺，臺上乃掛煤氣燈七盞，一時光耀奪目，臺風之健，可想而知。韻珂面微凹，吃舌，而一裝粉墨，神俊煥發，兩個大眼睛，烏黑溜溜的，一齣《陰陽河》，足下蹺工，肩上燈擔，配著一雙鶻伶睩佬的溜溜大眼珠滿臺飛轉，真有迷陽城、惑下蔡的本領。其時孫菊仙當領班，後臺子弟都管教得非常嚴肅，對於毛韻珂、馮子和尤其愛護備至，二伶亦束身自好，文質彬彬。我常隨侍先君到新舞臺後臺去，那時是個大熱天，有兩個眉目俊秀的童兒，雙打著熱手巾，替我父親擦背，後來才知道就是小子和與七盞燈。

毛韻珂幼受薰陶，長而馴雅，在梨園行中是最有私德的一個。民國三年，我們住在霞飛路大安里，左邊緊鄰正有一家住宅，在大興土木，美輪美奐的毛公館。等到搬進來，才知道就是七盞燈毛韻珂。伶人以包銀積攢，而能造這樣華貴的住宅，除了梅蘭芳在北平的綴玉軒之外，在南邊除了毛韻珂就無有第二人了。

其時名已不叫七盞燈而叫毛韻珂了，新舞臺搬到九畝地，他和馮子和還是很紅，但已改唱小生的時候多，馮子和唱秋香，毛唱唐伯虎，夏氏兄弟的華大華二，唱《新茶花》。馮子和的茶花女，毛韻珂的陳少美，連臺十幾本，真把城裡的鄉紳、洋場的才子、名閨秀媛、北里花枝全看迷了。新舞臺得風氣之先，他們排了不少的新戲，《拿破崙》一劇尤為叫座，毛韻珂飾約瑟芬，輕紗霧縠，一舉一動，真乃儀態萬千。毛後轉隸大舞臺，新舞臺約瑟芬一角由馮子和承乏，已稍遜色，後歸趙君玉應工，美則美矣，但儀態大方，更遜於馮，正如羊欣草書，不免有些兒婢學夫人的樣子。

毛韻珂在大舞臺也是很紅的，但《陰陽河》、《紫霞宮》、《紅梅閣》一路，都歸賈璧雲應工。賈的美媚，也是風靡當時的，有北梅南賈之稱。當年的青衣戲是冷門，毛韻珂索性擱起旦行不唱，專唱連臺本戲裡的駱宏勳。扮相美俊，身手俐落，和《三笑唐伯虎》的風流蕭灑，一味書毒頭脾氣完全兩路。連臺二十四本《宏碧緣》，亦因之大紅。但毛已漸過中年，後來，連小生戲也不常唱，而唱老生戲的《空城計》，老旦戲的《釣龜》、《行路》。藝術是個全才，終因為唱慣花旦的人，孔明、康氏臉上多抹了一點粉，叫人看了，有些兒雜。毛韻珂名氣，有如日過當中，有些兒漸漸夕陽西下了。

毛韻珂有個兄弟毛仲琪唱老生很不出名，膝下二女一子，長名劍佩，唱花衫，扮相極似老父當年，青衣戲學的是梅蘭芳。中郎有女，毛韻珂是非常慶幸的，但他管束愛女，還是用舊禮教，而時代的推衍，青春少女，不是一條戒尺，幾本死書所束縛得牢的了。其時電影教育，正陶鎔著愛河裡游泳的男女。電影名星阮玲玉服安眠藥自殺，踏上第一條情死的新路，出殯之日，男女學生去送花圈，瞻仰遺容的五千餘人。毛劍佩受到感動，覺得舊家庭的圈子，實在寂落枯燥得無味，她就暗暗地吞了安眠藥，步了一代情人阮玲玉的後塵，而做了第二個犧牲者。

毛韻珂的老境是寂寞的，他不願多吃梨園飯，閒在家裡，又耽不住，馮子和改行做了交易所的經紀人，他也在投機方面試試手氣，可是交易所投機，就是大賭場，毛韻珂唱戲是行，投機就虧了本。再以愛女新喪，中情傷感萬分，看得世界上的事情都沒意思，一口氣把大住宅賣了，後來由狄平子、關炯之太虛法師一班吃素人把他改了「覺林蔬食處」，毛韻珂也拿串念佛珠跟著他們念佛。他愛穿一字襟的馬褂，紅緞子小帽子平平正正地戴在額際，臉還是那麼雪白，但已顯得蒼老，眼角上起了魚尾紋。他對周鳳文說：「我們都老了，誰相信我們都是當年的唐伯虎呀！」不過，唐伯虎這一角也真被毛韻珂唱絕了，除了周鳳文有些影子，其他全是草氣。好在現在也沒有人唱，就唱，我也要提出反對，不許他們唱。

毛韻珂老境頹唐，生了個兒子毛燕秋，唱武生，也唱不紅，倒是二小姐毛劍秋唱紅了。她在大世界共舞臺與王椿柏同臺，王椿柏的玩藝兒是學麒老牌周信芳的。學麒者沒有一個不是賣《大晚夜報》的沙殼子，唯有王椿柏是人材，戲是戲料，唱做念打無一不好，一齣《投軍別窰》，更是青出於藍，蓋罩乃師。毛劍秋的《王寶釧・別窯》一場更要十足唱到三刻。臺上假戲真做，王椿柏一隻手，臺下觀眾萬目睽睽之下，在毛劍秋的胸部，五爪金龍大摸其彩。臺下噓聲四起，臺上卻摸得更起勁。由此王椿柏榮膺「摸奶老生」之雅號。毛韻珂在家裡聽見了，只氣得直跳，等二小姐回來，正想一頓戒尺，花佛前將她教訓，誰知二小姐的脾氣卻不是大小姐，她立刻雙眼圓睜，罵了一聲：「老鱉蛋，我的事，不要你管！」就實行情奔，和王椿柏雙雙跑到青島度蜜月去了。毛韻珂因有大小姐前車之鑒，怕二小姐再走上自殺之路，只好歎口氣道：「冤孽。」眼開眼閉地，把事情推出不管。

王椿柏毛劍秋雙走青島，依然很紅，一去六年，直到民國三十六年才回來。共舞臺聽見王椿柏夫妻回來，卻甚表歡迎，他夫婦住在大中華飯店六樓，提出條件要回共舞臺，須掛雙頭牌，另編本戲。共舞臺件件答應，樣樣依從，約定先支包銀，秋涼上臺，戲是連臺整本《七劍十三俠》。

這十八載回來的薛平貴，帶著代戰公主，正預備大登殿，誰知王椿柏家中還有個受苦受難的「陳雁」。陳雁確是王椿柏的結髮妻，王椿柏為了要討毛劍秋，才寫下一紙休書，叫她「我走之後，任憑改嫁」。陳雁倒也負氣，自離王門，到電影公司去當從業員。偏偏王椿柏的母親在上海故世，他父親年老，無人侍奉，想著從前孝順的兒媳，便把她接回來了。等到王椿柏毛劍秋雙雙回南，才知「家中還有結髮的妻，王氏寶釧」。這位毛劍秋代戰公主猛不防人家走在頭裡咧，說不得，上前見個禮兒去。王椿柏卻攔著說：「理她呢，我已把她休了，誰叫她賴在我們家裡的，死不要臉！」

陳雁的回家，是經過張伯銘一班朋友勸好勸歹，才回來的，在婆婆靈前披過麻，戴過孝，名正言順，她才不怕毛劍秋呢。聽了風聲，就要打上大中華六樓，興師問罪。王椿柏的父親可急死了，連忙先去，跪在王椿柏的面前說：「少爺，你跟我回去一趟罷。」

梨園行是當不住一個「孝」字，老子一跪，王椿柏立刻覺得頭痛，跟著老父就走。毛劍秋也未阻攔。誰知王椿柏一去兩日不回，萬歲爺駕落西宮，害得毛娘娘終日淚痕洗面。誰知一波未平，一波又起，王椿柏好容易是回來了，並由朋友出面調停，在西宮住三日，在東宮也住三日，留著星期日讓王椿柏自己決定哪去。錯就錯在這裡。

《審頭》中的湯裱背說得好：「大人要斷末，要斷個水落石出。」只因留著這個「星期自由擇日」，家宅就不得安寧。過不得兩星期，陳雁就帶著馬桶豁筅，打上毛劍秋門來了。毛劍秋當然也不是好惹的，好好一齣《大登殿》，改了《汴梁圖》，王椿柏唱劉咬臍本來拿手，這番被二位皇娘，東一扯，西一扯，只扯得王椿柏左右打躬，東西作揖，口裡只叫：「叫孤王好為難呀！」結果，倒底陳雁鬥不過毛劍秋，王椿柏被毛劍秋一把耳朵拉住說：「你倒底要哪個？」

陳雁也道：「我是你家裡披麻戴孝的媳婦，公公跪在地下，把我請回來的，我不能讓那個野女人。」

毛劍秋也道：「我不是你的結髮妻子嗎？王逸公律師寫的結婚書，小楊月樓做的介紹人。結婚證書，不是紅綠花紙頭，她有嗎？」

這一下可把陳雁難住了，她一口氣奔到范剛律師那裡叫王椿柏，逼著要他寫和毛劍秋的離婚書。毛劍秋也請王逸公打電話給范剛，說陳雁沒有權利可以干涉王毛婚約。蓋王毛久為正式夫婦，陳雁不過是王椿柏父親請來陪伴陪伴的女客。這一場官司打起來，陳雁確是打不贏的，只好見風轉舵，悄悄收兵。陳雁還是住在王椿柏家裡，王椿柏也藕斷絲連，時時回去敘敘舊情。毛劍秋已取得正式名分，也就放抬一手，讓他們去廝混廝混，不過看到良人的無良，她要皈依老父，吃素修行。毛韻珂卻不管這閒事，雙扉緊閉，竟不許他女兒進門，毛劍秋只得哭了一場，去了。一代藝人毛韻珂老先生卻從此染病在床，不久逝世，只留著林森路（即霞飛路）一所「覺林蔬食處」，尚有旁人指點，說是「毛韻珂當年的住宅」。

領事館史話

上海租界開闢，首先設立領事館的國家是英、法、美。但在開闢幾年之後，洋濱南北還是一片荒涼，一條一條的河渠流水能誘多少外僑來呢？到了一八四九年，才有少許西人來開埠經商，黃浦灘和幾條重要馬路都建築了，其時共有洋行二十五家，西人一百餘名，內有婦女六名。生活相當悠閒，夏天晚涼，乘一輛羊角車，到泥城橋外去打獵。到了一八五二年，才有四個國家繼英、法、美三國來設立領事館，那是德國、奧地利、西班牙、荷蘭。

總領事館設在黃浦路九號，第一次世界大戰，停閉三年，戰事結束，遷至北京路二號怡泰大廈二樓辦公。不久回復原址，但二次大戰開始，這個領事館就毀滅了，民國三十一年以來，上海沒有了德國領事館。

丹麥領事館是一八五五年設立的，二次大戰，丹麥曾一度屈服於納粹德國。等到丹麥從納粹魔掌獲得解放，而日寇已佔領上海，丹麥與日本絕交，下旗歸國，直至聯合國全面勝利，日本無條件投降，丹麥領事館始行重開，館址仍在黃浦灘原址。

比利時與瑞典是一八六三年設立領事館的。比利時領事館設靜安寺路一〇一號，戰前兩年搬到辣斐德路，一九四一年十二月廿一日日本人進租界，該館即遭封閉。因為該館在滬八十多年，在領事館界中頗有地位，做各國領袖領事的年份也最長，和我國當局折衝也最多。如果你提薛德福，恐怕現在還有很多人能夠記憶，所以日本人一進租界，就要把他封閉。

一八六七年，義大利來滬設領事館，起初不過派個領事，到一九〇二年才正式設立總領事館，館址在靜安寺路。二次大戰，中意斷絕關係，意領館一度搬場。勝利之後，中意關係好轉，意代辦安齊洛蒂重至上海設立辦事處，但領事館則迄未恢復。

日本領事是到一八七二年才設立的，他的館址屢有遷移，可說是隨著僑民的人數而逐漸龐大。在滬僑民美國當然居第一位，其次便是日本。在未設領事館以前已有僑民七千二百餘人，到一九二〇年，日僑人數是一萬零五百二十一名。一九三四年，日領署搬到黃浦路廿五號A字，館址龐大，幾乎超出美領事總署。勝利後，為我海軍第一基地司令部使用。據一九三四年華東社的統計報告，旅滬西僑總人數為三萬六千八百八十七人，而日本卻有二萬六千七百六十二名之多，因此野心勃勃。日本駐滬總領事館也就成了一個特殊的組織機構，但是，大戰的結果，它終於在太平洋戰火之中毀滅了。

葡萄牙是一八八〇年設立領事館的，他在上海有一種特別的勢力——上海流氓，大多數掛葡萄牙籍，但他是世界一環裡最幸運的。每次的戰爭，都使他商業有利。直到一九四九年，他的業務還是照常進行，迄未停頓。

其他小國如挪威、瑞典，最初是合設一個領事館，一九〇六年才分開了。波蘭領事館系在一九一九年成立，三年之後一度撤裁，改為代理名義，戰爭期內停歇，勝利後始正式重設於青海路九〇弄五〇號。

瑞士直到中華民國九年（一九二〇）才設總領事館於善鐘路（後遷霞飛路），他是一個永遠中立國，所以戰爭期內並不停歇。再後一年是北歐的芬蘭來滬設立領事館。民國二十三年（一九三四），善造槍炮的捷克也來設立領事館了，但他只派一個參贊來執行代理領事業務，勝利後未見重設。

一九三四年在上海領事團裡出現兩顆小明星而有著新的光輝，那是伊朗（即波斯）和希臘。波斯在四百年前即已和我國通商，而他的使節卻要遲到上海領事館裡最後報到的一個，也是歷史上很有趣的事蹟。

最後，我們還是提一提蘇聯。舊蘇俄究竟何時在滬設立總領事館，已不可考，大概設得很早，最遲也不會後於日本，但他的名義卻不叫領事館，而叫「俄僑通商事務局」。招牌掛在圓明園路一號的門牌上，後來改掛到黃浦路上。一九二四年才改稱領事館，而到了一九二七年又宣告停閉。一九三三年復置，一九三九年二度閉歇，一九四五年再行工作。這個領事館始終在神秘裡閃爍進行，在蘇維埃十月革命，白俄逃到上海，全是買肥皂的癟三，沒有人把羅宋阿大看得起。日本無條件投降的前夕，上海忽然大打羅宋（撲克賭的一種）嚴冬臘月，人人忽又戴起羅宋帽來真妖讖矣。

阮玲玉廿年祭

二十多年前雄視藝壇，以擅演悲劇著名的我國電影女明星阮玲玉女士，於民國二十四年三月八日在上海服食安眠藥片自殺，結果一瞑不視，玉殞香消，迄今已整整二十個年頭。此事當時震悼全國，比較政治舞臺上大人物之死，更惹人注目。中央電影事業指導委員會致電阮女士家屬弔唁之：「閱報驚聞阮玲玉女士之訃，不意平時喜演悲劇，竟自蹈之，今念電影明星孰有出其右者，其為痛惜，何可言耶！」一個電影工作者死了而能得到政府機關這麼痛惜的，在記憶裡似乎還找不出第二人，現在我們偶然聽到〈一代藝人〉這首粵曲，還不難想像到當時人們那一股情緒吧！

阮女士的自殺，純粹基於情愛的糾紛。當阮在崇德女校念書時，和中山人張達民結識。張是有錢人家子弟，曾在本港當一艘外國輪船的買辦，而阮則因父親早已物故，家境清貧，在學校讀書，還得靠母親出外傭工，賺些工資來供給。有一個時期，阮母被雇主辭退，生活窘迫，張慨然予以資助，故阮乃以終身大事相許。當兩人開始同居未久，婚禮還沒有舉行時，適遇張母病逝，阮為自己未來的身份計，乘機入張家共同服孝，所以兩人雖然終未有舉行婚禮，可是實際上已成夫婦。民國二十三年，張到福建做事，阮留在上海拍電影，交際場中，漸漸跟華茶公司經理唐季珊打得火熱，後來索性攜取衣飾各物暨和張所生女兒，脫離張家，正式從唐。這麼一來，情海中便翻起絕大波瀾。在阮唐方面，以阮張兩人從未舉行婚禮，名分未正，自無法律責任可言，但張則以所愛被奪，心有不甘，返滬後遂委託律師，致函唐季珊，指其侵佔衣飾，竊取財物，不得不從事法律解決。唐接函後，以張所指各點俱非事實，馬上延聘律師向法院控告張達民虛構事實，妨害名譽。一場官司便由此展開。當然，這件案子表面是為了衣飾財物，實際則不外爭奪玩玲玉。張達民於一氣之下，索性反告唐季珊一狀，控唐與阮通姦，妨害家庭。官司打起來，阮受到莫大的刺激。

那時阮玲玉已經走紅，事情爆發，社會人士無不資為談柄，其中自然不少閒言冷語，傳進她的耳鼓裡，有些報的刻毒諷罵，更令她大大不堪，結果她在「人言可畏」（遺書所說的話）的心情下，遽爾服毒輕生。

阮服毒時是三月八日黎明，事先毫無厭世表示，七日晚上遂應聯華公司某君之約，跟公司裡幾個同事吃晚飯，席上喝了一點酒，談笑自若，而且擁抱著黎鑒和同席女友親吻，表示親熱。大家看見她舉措有點不平常，還以為她喝醉了酒，哪裡曉得這時她已決心一死意在和友好訣別呢！

那天晚上，阮回到家裡，和唐季珊談及訟事，表示必可勝訴，不過自己要上法庭，很覺難為情。深夜托言肚子餓，囑女傭替她煮碗麵，並叫唐先睡，她要記好近日的零碎帳目。唐睡後，阮即執筆寫遺書，用那一碗麵夾著大量安眠藥片，吞進肚子裡。

八日早晨三時左右，阮被唐發覺服毒，即請醫生急救，並送到醫院施用人工呼吸，輸送氧氣，醫生最後還把她裸體浸入浴盆中救治，只因服食安眠藥過多，返魂無術，一代藝人溘然長逝，這天恰是國際婦女節，聞者無不歎息。

阮玲玉的表演天才，是一時無兩的。據電影界朋友談起，在二十年後的今天，中國影壇上，也難找出一個演員來和她相比。她是廣東人，小名阿根，臉上有兩點小痲子，但細白而薄，無損其美。與張達民結識後，由張的胞兄慧沖介紹至明星公司充演員，處女作是《掛名的夫妻》，由卜萬蒼導演，但成績未如理想，鬱鬱不得志。民國十九年聯華公司成立，阮脫離明星，加入聯華，與金焰合演《野草閒花》，一舉成名，不久再度和金焰合演《戀愛與義務》，成績更為美滿，聲譽扶搖直上，與蝴蝶女士同屬當時女演員中的佼佼者。生平著名作品，還有《故都春夢》、《一剪梅》、《桃花泣血》、《三個摩登女性》、《城市之夜》、《人生》《新女性》、《國風》等。

經過了二十年悠久的時間，人們都把她淡忘了，筆者舊事重提，特追述這一當年影壇大事，略表憶念這位一代藝人之意。（按：本節為永生君稿，排字房誤行排入，不敢掠美，附記致歉）。

金霸王本紀

昔太史公為項羽本紀曰：「其為人喑嗚叱吒，才氣過人。然羽非有尺寸土，乘勢起隴畝之中，分裂天下，號為霸王，何興之暴也。」羽生於西元前二百年，二千一百餘年之後，而復有金霸王。金少山乘時崛起於梨園行中，喑嗚蓋世，民二十間，以淨角頭牌，直奪生旦之席，其興之暴，殊不愧為霸王矣。少山父曰秀山，以淨票下海，與何桂山、裘桂仙齊名。而梨園中素輕票友，號為羊毛。時孫菊仙、德珺如亦以票友下海享一代盛名，與秀山合唱《二進宮》，時人號為三羊開泰。

金少山生卒殊不可考，但光緒二十八年麻花胡同繼侍郎宅堂會戲單（見周志輔《京戲百年瑣記》）有金少山《黑風帕》，論其年齡與郝壽臣同時（郝生光緒十三年）。世傳金秀山父子唱《白良關・父子會》為一絕，則少山早年固露頭角矣。顧小時了了，大未必佳，秀山逝後，少山遂湮沒無聞。民國十五六年，上海盛行《狸貓換太子》。常春恒得於振廷秘本，排演於天蟾舞臺，自飾程琳，以淨角劉永春之子劉筱衡飾寇承御，並搬元曲之《抱妝盒》於連臺本戲中，紅極一時。時顧竹軒為天蟾老闆，常春恒雖梨園世家，亦系出泰興，固不畏強禦者，以《狸貓》上座之盛，屢以挾持增加包銀。顧怒曰：「你自家開戲館去罷，我這裡就是這個包銀。」時沈少安組班丹桂，聞之，以為奇貨，竟邀說常春恒過班，以芙蓉草劉娘娘、王靈珠寇承御為生力軍。常春恒且加入三分之一的老闆。定於十五元宵開戲，正好接著新年熱鬧場子。十四日夜半戲散，常春恒特自至丹桂第一臺大鐵門外，看金字海報。見懸牌截齊，燿燁輝煌，心中大喜，忽手槍一響，自後而來，已中常春恒背心，遂倒地臥血泊中，送仁濟醫院，當時氣絕。一代伶人，以遭暗殺收場者，尚為梨園史中之創見，事後緝凶，鴻飛冥冥，事亦遂以不了了之。唯沈少安戲院，海報均已貼出，明天勢非開門不可，環顧本行生角，文武足當此重任者，非麒麟童莫屬。語云：救場如救火，乃夤夜登門，周亦慨然應允。周固伶人，讀腳本卻有過目成誦之能，但獻計曰：「我非懼怕顧四老闆，但四本《狸貓換太子》是常老闆的戲，咱們不能動他的。他現遭非命，我們應該停鑼三天，而紀念他一下。十八開鑼，我從五本演起，《大審郭槐》。我負責編劇，絕對錯不了。」麒麟童編本戲是拿手出名的，而且對活著的顧老闆不傷和氣，死了的常老闆也有個交代。心中大喜，這條安龍伏虎之計，就此琢磨下來了。這也是麒麟童絕頂聰明處。

誰知五本《狸貓換太子》上臺，別的不唱紅，單單唱紅了一個金少山的郭槐。郭槐是一個倒楣被審、受刑拷打的囚犯，他的身份不過似《大登殿》裡的魏虎，誰知一開出口來，聲若洪鐘，一句「在金殿，打得我，三魂魄散」直比《清官冊》的潘洪御審，還要叫座，麒麟童腹智心靈，當晚就替他加了大段垛板唱工，第二天再唱，竟是一句一個礚堂好，從此郭槐成了《狸貓換太子》裡的主角，排到第十本，這郭槐還是死不了，那人非別，便是十八年倒楣，淪為底包的金少山，現在又紅起來了。

一個人時來運轉，北風向南，便要推開，也推不開了。巧咧，「九一八」之後，各地募捐，東北勞軍。馮占海、馬占山，在山海關外抗日本鬼子，打得起勁，後方義演募捐，鑼鼓也敲得起勁。當時初逢國難，熱血沸騰。滬杭路上一切捐款義演均由杜月笙、張嘯林二人領頭主持。杭州市長周象賢也是個熱心公義的老市長，便約梅蘭芳到杭州旗下第一大舞臺去唱戲。上海聞人從虞洽卿、杜月笙起，一直到沈田莘、孫蘭亭、邵景甫、趙培鑫，這些票友都在其內，一行人眾總有二百開外。其時章遏雲正在杭州和高維廉唱《梅玉配》，她和邵景甫是在這個時候初次見面。景甫生得白皙，少年有標勁，夏天一件雪青長衫，手拿灑金扇子，除了說話有寧波口音，喉嚨粗些，其餘賣相真是一等。誰知道二十五年之後來到臺灣，卻被朱鏘鏘在《華報》上稱他「老東西」，又說他是章遏雲拉胡琴的。景甫一清早打電話給我說：「《華報》為啥搭我難過，登我老東西，說我拉胡琴倒是一代藝術之宗，和周長華一樣，不算坍臺。叫我老東西，我可傷心極了。」後來朱鏘鏘替他登轉來說：「我和邵先生沒有什麼冤仇，我為什麼要叫他老東西？我寫稿是『老來西』，排字人卻排錯了老東西。」

這無論是「來西」、「東西」，反正這個老字，便使我們的二阿哥傷心。他確是不老，皮膚還是和當年一樣白，就是頭髮發黃了，如今寫到金少山，我就想到他在杭州的趣事。

再說梅蘭芳到杭州，原定唱十天，唱到七天，周市長忽然心血來潮，說要請蘭芳唱三天《霸王別姬》，票價可以從五元提高到十元。和蘭芳一商量，蘭芳卻婉言謝絕道：「《霸王別姬》，當年叫《楚漢爭》，是楊小樓編出來棒尚綺霞的，連臺演四天才完，叫不起座，後來才節成一天演完交給我和他合作，算把這戲唱紅了。可是，戲是楊大叔的，我不敢動他。再說沒有楚霸王，這齣戲又怎麼唱呢？」

伶人們就有這一工，心裡不願意，口裡卻能推三阻四說得很好聽。這一下子，卻把莽張飛張嘯林這個主兒激怒了。他一敲旱煙袋，哇哇大叫道：「他媽的，楚霸王就死完了嗎？叫阿四開我車子到上海去，把金少山接到杭州來。入你活的皮帽兒，看霸王別得了雞，別不了雞。」

金少山來是來了，卻是心裡怯，說：「這是楊宗師的絕戲，況且，楊派走的是武生路子，自己是個大花臉，一定唱砸了，怎對得起人？」

張嘯林一橫眼睛道：「叫你唱，你就唱，我就不歡喜楊小樓那個死樣活氣的瘟霸王。你唱，我一定捧足你輸贏。」

金少山這才萬分無奈地上場。誰知一揭門簾兒，就是一座黑塔，站出臺上，臺下就似錢塘江上潮水一般起了彩聲。十刻鐘唱完，直把喑嗚叱吒的楚霸王唱活了，好似二千一百年後重生的一般，從此奠定了他金霸王的基礎，嗣後，梅蘭芳要唱別姬，就非他的霸王不可。梅蘭芳在上海的票房價值，也就奠定了十元一票的亙古未有之驚人高價。金霸王卻開出一個條件來，唱一齣楚霸王，非另拿包銀五百塊大洋不可。

這一次的義演，不但杭人口碑載道，連上海人都趕到杭州來看戲了。邵景甫因為年青漂亮，很多人把他當做梅蘭芳而演出了，票怪沈田莘被孫蘭亭捉弄，在六聚館麵館請客的一幕趣聞（事見拙著《春申舊聞》）。梅蘭芳金霸王雙上六聚館，可真把六聚館擠坍了。梅蘭芳還在樓上粉壁題了幾個字，後來像呂洞賓三醉岳陽樓一樣成了古跡，麵館主人用一塊玻璃框子，把它鑲起來。只因義演的成績太美滿了，大家高興，準備最後一天，來一齣《大𧈢蜡廟》，派定梅蘭芳、杜月笙雙演黃天霸，金少山的金大力，張嘯林的費德恭，邵景甫搶著要扮張桂蘭。這齣戲真個轟動了杭嘉湖，半個浙江省，都趕來看戲了。張嘯林唱花臉，是金少山教的，趟馬、垜泥，處處有譜，唱兩句也喑嗚叱吒，不過嗓子稍為沉悶些。杜月笙的黃天霸就不同了，他的行頭全是姑蘇定繡，鬧廟是淡鵝黃色的，羅帽、褶子、豹衣，又鮮豔，又文雅，可是他的袖子就不俐落，工架更不用說來。臺下分了兩派，杭州人未免竊竊地笑，上海人就拼命地喝彩。轉堂下來，他覺得有點吃不消，便央梅蘭芳接上去唱。誰知許多票友扮零碎的，見杜先生不唱，也全卸網巾，不唱了。張嘯林見朱光祖、何路通一個個在摔頭，費德恭大發脾氣道：「你們都是鬼，只曉得杜先生，杜先生，老子難道不是票友嗎？老子說不唱，就不唱。」說罷，摘下網巾就走。一場戲竟弄得無結果。邵景甫扮好了張桂蘭卻被張嘯林攔住出不得臺，只好另外找一個二路武旦墊上去。費德恭也改了班底。前臺不曉得後臺的事，一齣《大𧈢蜡廟》還是看完散場。但是金少山的金大力也沒有上，被張嘯林攔回去了，苦的只是邵景甫，和梅蘭芳做夫妻，到底沒有做成，如今他在香港，看了我這一段紀實，一定也要想起前情，覺得好笑。這天戲碼，我還記得，開鑼是邵景甫《黃金臺》，裘劍飛的《獅子樓》，十雲和王吉的《寶蓮燈》，杜太太姚谷香的《哭祖廟》，接著便是《大𧈢蜡廟》，這一天沒有《霸王別姬》，金少山是拿三天包銀，唱兩天戲。

金少山不再是《狸貓換太子》裡的郭槐了，他是張嘯林的御用教師，每日蹲在一八一號輪盤賭場裡抽大煙，玩女人，一齣《怒鞭督郵》十足教了一年零六個月，張大帥的毛豹脾氣他全學會。可是人家不叫他金大帥而叫他十三點，一斤少三兩，不是十三嗎。洋場上叫人家十三點是罵人的，因此金少山又成了十三點的隱語，說：「你這個金少山。」就是罵你，和戶口米、電話聽筒、老K一樣發生效力。戶口米是十三筆，電話聽筒有十三個洞，老K則是撲克牌裡的標準十三點。其實在梨園行話裡，他是個「狗戎」。金少山的玩藝兒確實有一手，碩大聲宏，體格魁梧，《連環套》的竇爾墩，《二進宮》的徐千歲，他都行。尤其《白良關‧尉遲恭說夢》的一段道白，形容潮水發足，豁拉拉一聲吼起，真有千軍萬馬奔騰之勢。父子見面，幾聲「娃娃」，更似泰山壓頂。他於是奠定了舞臺上霸王基業，淨角掛頭牌，除了金霸王，平劇一百年的歷史裡就亙古沒有過第二個。可是他的狗戎脾氣也就發足了。

從前譚鑫培譚大王唱戲有個誤場的毛病，前面的戲墊到馬後不能再馬後了，他還在鴉片鋪上高談闊論。金霸王則變本加厲，有時竟找不到他哪裡去了。他好嫖，又好跳舞。大熊似的穿著一套中山裝，上面光頭，腳下皮鞋，抱著一個花丟丟的虞美人，人家急得臭汗直淋，好容易把他找回去，他不比譚大王唱老生，扮戲容易，他是唱淨，還要勾臉，可是他有一絕，十幾個人服侍他，上邊盔頭，下邊粉靴，當中替他打腰包的打腰包，穿靠紮旗忙個不了，他卻拿起油彩粉筆，向當面一豎，頭動腕不動，只這麼地幾勾，還你個張飛、牛皋、孟克昌，今天唱那個黑臉，準是那個黑臉，一點兒不會錯。

但是，誰要替他談公事，他的條件就麻煩了，他有三不唱，這個不唱，那個不唱，包銀不到數兒他尤其不唱。但是，他天不怕，地不怕，只怕張嘯林，只要張嘯林一句話，後臺經理叫他倒夜壺他也去。張嘯林罵道：「入你活的皮毛兒，你樣樣好穿，為什麼去穿這二尺半，你充軍長，我馬上就斃了你。」金霸王立刻會矮下來半截，甚至叫他跪，他也鐵塔般挫下地來。金霸王還有狗馬之好，好養動物。他有個猴子，服侍得比爺娘還要孝養。那猴子也真乖，金霸王上炕，它會遞煙桿子，外面來了電話，它會拿聽筒，聽電話，金霸王睡了，它就縮在腳邊替金霸王捶腿，可是金霸王並不帶它出門，自己上戲院，便把它鎖在屋子裡。它會撥電話號碼到戲院裡去，對著電話筒子吱吱地叫。捉狹鬼便說：「十三點在叫十三點咧。」可不能讓金少山真聽見，否則他就捶你一個死。

金霸王雖掙了大包銀，但是奇窮徹骨，他的銀子真不知道他是怎麼用的。歡喜吃魚翅，一個人上館子他一頓可以吃十碗魚翅不抹嘴。賭起來也是一疊一疊的大鈔票，春天不問路，橫塘轉角六門齊押，高興起來還要在莊家手下看個樓上樓下。不但是贏了錢他就飲酒，滿園的苦哈哈，都可以伸手問他借錢，所以他就沒得錢存了。沒了錢便向張嘯林去借。張嘯林卻也真是肯借，八百一千的從不打回話。有一次，張要帶他回杭州去，他要求一個人坐一輛汽車。原來他還抱著一隻狗，卻比猴子還要歡喜，他寧可和狗同車，卻不願和旁的人共坐。張嘯林也依順他。這一次是秋日遊山，大隊人馬，浩浩蕩蕩有如山賊。滬杭公路沿著海塘足足有二三十輛黑牌汽車接成長龍。金少山帶著他的愛狗坐在第七部，忽然他向司機用手一招，司機馬上煞車，後面二十多部快車，一部一部蜻蜓接尾全停下來，只當前面車子出了什麼岔處，誰知車門開處，金霸王抱著他的一隻愛狗走下來，原來他的狗要撒溺。

到得杭州，清客們全把這樁事當做笑話，張嘯林卻一豎大拇指說：「這狗戎養的，真有種。他能教老子停車，福分就不小。」

說到金少山的狗，也真是個稀罕物兒，它不但生著金絲絨般一身毛片兒，它還會得唱戲呢。只要胡琴一拉起來，它便跳上一隻沙發，豎直前腿，汪汪汪地叫將起來，有板有眼。後來這條狗，在敵偽時期害病死了。金霸王直哭了三日三夜，有人說大花臉唱哭頭，最是酸鼻子。金少山唱《斬馬謖》，一句「家中還有年邁媽」，真是繞樑三日楚酸。張嘯林做漢奸，被保鏢一槍打死，金少山雖則受恩深重，倒哭得沒有那般傷心刻骨。不過張嘯林一死，他的財源路絕，加以鴉片癮大，奇懶出骨，金霸王漸漸倒楣，成了煤球大王了。他一度回到北邊去，雖也唱過一陣，總沒有上海紅。他乃有「人思故土馬思鄉」，回南的意思非常濃厚，恰好皇后大戲院開幕，請他來掛頭牌，金霸王重振旗鼓又回到南邊來。一齣《白良關》，〈詳夢〉一場就沒有海潮那樣氣派實力。加以童芷苓的一紡二甥，妖媚一世，又有丁默邨一班漢奸替她撐腰，把個金少山竟唱成了《千金記》裡的跌霸了。金霸王既知難而退，潦倒上海，他的狗戎脾氣卻並未因此而減少，尤其是他的終身桃花運，滾浪一般地跟著他。你別看是個唱大花臉，黑塔一般的關西大漢，北里嬌蟲就有專吃奇貨的。當年筱雙珠從姑蘇移幟上海，真是一個水團兒般吹彈得破的小先生，虞洽卿、杜月笙、盛澤丞以至朱如山等等哪一個不想得到這塊無瑕的美玉。誰知筱雙珠眼高於頂，偌大的洋場聞人大亨斗量車載，她都看不中，卻暗地裡向金霸王獻了無價之寶。

所以戲臺上的楚霸王，總跟著一個如花似玉的虞姬，可見大花臉的三生豔福，並不下於小花臉了。勝利的來臨使金少山愈趨沒落，算年紀也該有五十六七了。這時候舞場裡出了一個尤物，小北京衣雪豔。她也和筱雙珠一樣，看中了金少山。小北京衣雪豔真生得嬌小玲瓏，風吹欲倒，單論手姿，很有點像現在臺北車案的李宗芝。她偏偏要學唱黑頭，向金少山磕了三個頭，當晚十二點鐘在金少山寓裡學戲，一直學到第二天早上九點還沒有出來，據有人在隔室聽見的，據說衣雪豔在金少山屋裡學了一夜鼻聲，學得很像。但是連《白良關》都唱不動了的金霸王，再要他在愛河裡滅頂，他也有些力不從心，知難而退。金少山倒底捨了最後的一個虞姬，回到北平去，小北京在皇后戲院二樓直哭得淚人兒一般，為的是金霸王不肯帶她走。吳性裁接辦天蟾舞臺，又派李炳奎北上，接金霸王南下，金霸王仰天討價，又說了什麼一趕三不賣。李炳奎臊了一鼻子灰回來，金霸王就從此溘然奄化，不再返江東來了。有人說金霸王的這次不回來，倒不是狗戎，為的小北京衣雪豔熱戀葉世長，葉世長卻被吳性裁關殺在天蟾舞臺。金霸王怕白板對倒，因此忍心唱了一齣「別姬」，從此人間天上，再會無時。葉世長被太太盯牢，衣雪豔鴛鴦活活拆散，後來跟一個姓張的紙商到杭州西湖住過一個時期。

新豔秋事補

曩寫《春申舊聞》，凡人與事，均詳於上海而略於他埠，因為書的體例是應該如此的。現在寫《春申續聞》，亦復如此，唯前記新豔秋事，至今仍有嫌我寫得太少，來函要求續記的。新豔秋確是個好女子，她的命太苦了，自古紅顏多薄命，新豔秋的確可以算得一個。據何競武兄告訴我，小道士繆斌和新豔秋的認識，尚在「七七」事變以前，繆斌以中央候補委員滯留故都，無藉藉名。隨眾觀場，至王玉華家裡去白相，客戲為介紹說：「這是新豔秋主席，你得好好地侍候侍候。」繆斌得此夤緣，常為新豔秋座客，競武已由中央調任他職，繆斌留滯如故，及蘆溝橋事變將起，繆斌大為走紅。新豔秋自南京演出，載譽北返，曾仲鳴更以美人重托繆斌，繆斌遂為入幕之賓，居之不疑。東安市場吉祥戲團演《玉堂春》，時為星期日下午，新豔秋和繆斌太太本來很要好，特地送了二十張票去，請她捧場。繆斌不知道太太有票，也特地定了一個包廂，十多個池座，邀友捧場，繆斌自己坐在第三包，前包為曾討黑貓王吉的秦通理，時王吉已嫁潘三省，而秦在北平做偽硝磺局長。他有一個姓關的朋友，廣東人，做醫生，和繆斌一樣的光頭禿頭，戴近視眼鏡，肥胖臃腫。他是在上海新討了一個舞女叫秦樓月的一同到北平來度蜜月的，他和繆斌竟生得一模一樣。

繆斌太太本來不想看戲，走過王府井大街忽見繆斌汽車停在那裡，便想起了新豔秋今天在東安市場唱《玉堂春》，便叫自己汽車開市場北門，到了吉祥園。繆斌正在樓上，忽見其妻施施然從外來，大驚，連忙拔腳溜了，繆妻也是個大近視眼，四下找去，見有條黑影從包廂裡溜走，好像繆賦，便仍復回下樓去。正在這個時候，樓梯上卻來了兩人，便是關醫生和他新娶的姨太太。這個姓關的合當該死，他是秦通理請來看戲的，應當坐前包廂，卻見第三包座位空著，貪近，便坐了下去，好在和秦通理一廂之隔，談話方便。其時新豔秋正好出場，一句「來在都察院大……」全場轟起了彩聲，冷不防第三包後面上來一個藍衣怪客，對準姓關的背心，立刻發射。槍聲一響，關還起問何事？語未畢，自己已倒在秦姬懷裡，血汩汩出不已。秦姬始驚極狂呼，全園大亂，而開槍人已早逸去。事後推測，刺客的目標，一定是為了暗殺繆斌，卻不道射鹿得獐，關某做夢也想不到，上來就做了他的替死鬼。

因為新豔秋出演之前曾經向繆妻贈票的緣故，繆妻便一口咬定新豔秋是有預先計畫的。她一定串同重慶分子，要她夫妻雙雙的命，所以日本憲兵把新豔秋提去，還著實施刑，吃過苦頭。

當時事發，東安市場進出大門，立被日軍及員警封鎖，大肆搜捕，逮去數百人，新伶來不及卸妝，逕避江朝宗家裡。江是偽北平市長，日憲兵數度偵查，江終不敢隱，將新伶獻出，吃了一場莫名其妙的官司。

有人說，關某每天吃過中飯是要午睡的，本擬不應邀觀劇，其妾再三催促，關午睡夢回，已是日色將西。關說：「只有一齣《玉堂春》了，不去也罷。」秦姬卻非要去看《玉堂春》不可。一個惡時辰，剛剛趕到，做了枉死城裡的替死鬼。繆斌因為怕大太太，臨陣脫逃，卻救了他一命。姓關的是怕姨太太，卻趕去送命。所以，當時故都人士戲語，都說「姨太太討不得」，「大太太倒底有幫夫命」。但是，勝利來臨，小道士繆斌到底還是伏法槍斃。罪人難逃天譴，縱僥倖於一時，到頭來還是逃不過的。

新豔秋後嫁偽煙臺市長郜中樞，勝利後以漢奸入獄，新豔秋還是被累吃官司。何競武探監去看她，她哭得淚人兒一般。《長恨歌》說：「玉容寂寞淚闌干，梨花一枝春帶雨。」新豔秋的遭遇是比《玉堂春》要慘過萬倍，此事雖不屬於上海閒話，但是，上海人談起來，至今仍不勝惜玉憐香之念。

奇女子傳

北里有世家曰「含香」，其主政曰「老大」，與日新里蔡家、王熙鳳嫂嫂、牛奶總統琴寓，號稱四大妓閥。然老大南花北植，設班於宣外胡同，其豸曰「含香阿五」，在北平有四金剛之目，固一代尤物也。「九一八」之後，北部花事，漸露落寞，含香老大乃攜王以俱南，初張豔幟，遊驄繫滿。初，徐志摩將南歸，何競武送之車站。志摩忽謂競武：「有南花北植者曰：含香阿五，可得見歟。」時志摩方與陸小曼熱戀，寫《愛眉小札》的時候，凡人在情場倘恍迷離之際，每思得殊色以寄其不能直達之綺情豔思。競武笑而諾之，遂同造含香妝閣。香五嬌小如香扇墜，而宛轉盡如人意，固北里世家子也。志摩大悅，信為尤物。南來以小札抵小曼，尤加渲染，小曼亦傾慕之，於是南北交舉，幾無不知有含香阿五者。

香五既南，而志摩亦與小曼結婚，雙偕南旋，遂與競武雙雙揄揚。競武且設宴於冠生園特室為余及十雲介紹，是日賓主，五人而已。已而，花符召去，含五姍姍而來，容光煥發，一室為奪。香五南音北語，其美如鶯，好施黃脂，有袁寶兒一技迎輩之態，余謂：「香五是含笑花，不獨含香矣。」

然其宛轉嬌柔善伺人意，固非寶兒一味戇態者所可及矣。於是含香豔名大噪，謝蘅窗以航煤業鉅子第一為入幕之賓，繼之者乃為杜月笙。

月笙以遊俠之豪，主盟花寨，羊車所至，纏頭一擲，春逝水流，頗少留戀。遇香五，乃不能遽去。

然杜自言，平生所遇設有渥注，必為蓓蕾未放之葩，一經拂拭，則必百斛迎歸，納之金屋，觀其內寵如夫人者四，固皆來自荊山，璧如和玉，杜氏之言為可信矣。及遇香五，乃不自持，為卜香巢於梵而登花園之蔭，綠樹成陰，且生子矣。香五曰：「杜出也。」杜固不承，曰：「我與小虞，固冰清玉潔之交。」酬之金珠無算。香五皆卻之。

且曰：「我與杜先生，固道義之交，前言戲之爾，需金珠何為。」小虞，香五小名也。五卻贈，情好仍篤，杜亦數呼小虞，每有釵釧之會非小虞不樂，而相見之際則又落落，每為余言：「我與小虞，天日可表。」何競武嘗私詢含香：「寧馨兒，固誰氏子？」香五笑曰，「你說我不會養伲子，我特為養一個儂看看。」蓋競武與香五一度論婚娶，而競武年少方欲娶妻生子，香五腰肢纖細，不盈一撚，於相法為無子，遂寢此議，故香五在「這兒等著他」用為反唇之譏，其作風膽大亦見一斑。

「八一三」事變初起，滬人皆急難赴義，對於日寇侵逼有滅此朝食之概。抗敵後援會成立，杜氏奮身自任籌募委員，軍事旁午，夙興在公，酒食酬酢一切停止，香五數欲見，皆不可得。會赴杭州撫視傷兵，征車在途，忽有紅裝嬌女騎匹馬，飛奔於龍華道上，逐車塵而馳者，望之香五也，杜為悵惘久之，曰：「不料小虞勇敢至此。」乃憑窗揮手曰：「小虞，你回去罷。保重，保重。」火車時方捷馳，香五馬速不能及，乃漸漸後退，猶見其竭力向前馳騁不已。余時在火車中，親見之。杜悵惘久之，謂余曰：「君以我為無情否。我自獻身社會，不敢再有荒唐事。為了小虞前途，我們也是疏澹一點的好。」余笑而未對。

上海淪陷，余轉輾西南，杜亦棲遲香港，未有西意。二十九年春，余赴港，因謂：「公為人望，不宜留滯在港。」杜笑曰：「君能為我送一件東西到上海去了回來，我一定跟你到昆明去。」余笑曰：「你要叫我送小虞回上海去嗎？」蓋香五其時亦滯港，有與杜偕行之意。余笑曰：「諾。」會先君在滬邸示疾，急電促余返。杜曰：「君真行耶。我送你上船。」船為義輪「康的浮悌」。至則香五已先在，曰：「杜先生叫我跟你回上海去，你不討厭罷？」遂與月笙黯然而別。

五至滬仍張豔幟曰含香，而余以丁憂，閉門讀禮，不復出，但聞香五飛揚跋扈，已為敵偽時代之花叢奇女子，其顛倒偽政府大亨，初不亞於黑貓王吉，旋嫁偽教育局長袁殊，袁固當年之文化人，與唐生明頗通聲氣。及勝利錄囚，袁殊入獄，有兩子女非香所生也，香撫養之如己出。久之獄解，則袁在偽組織中，初亦重慶分子，後袁不得志。香與之絕，而撫其子女如故。顧嘉棠嘗欲領其前子，稱為杜出者育之。香曰：「人既有言，我不以私情累杜公盛名。」事遂罷。而江西主席王陵基方悠遊滬上，見含香驚為天人。論嫁娶。含香曰：「王主席是清宮耶？」詢之潘七爺。七爺曰：「然。」七爺亦平津遊俠者，年近七十悠遊上海，含香父事之，七爺鍾愛香五如女。七有言，香無不聽也。香遂嫁王，而王放江西主席，旋轉四川主席。王在兩任皆清廉，含香固起居優裕如王侯者歷有年所矣，至是竟撤其環瑱，以布衣自好，雖在滬寓亦屏跡不復出入，偶邀小姊妹叉叉小麻將，亦不過董雲英、謝弟老九、秋月閣等素心三五而已。

重慶再度淪陷，王陵基被俘匪手。飛機北上，囚於燕京。含香攜王氏孤兒，與前所生，及袁出者前後凡五兒，家累之重，食指至繁，含香盡變質其環瑱私蓄，以為撫育資，又欲自往幽燕，如李師師之訪宋徽宗於五國城故事。時余在臺灣，聞而哀之，為賦〈高山流水〉一闋云：

〈序　王郎北虜，銅雀香分，繁華事散矣。客來談五娘近事，霍玉情癡，至欲典釵賣珥，效李師師故智，追所歡於冰天雪地者，世有伶玄聞而悲之，賦拈此闋〉：

長城窟雪暮煙封。剪西窗蠟淚堆紅。車馬頃城東，霜眸冷射酸風。當年秀，旭日芙蓉，而今住，湖墅塵封別館，缺月微濛。歎晴秋萬里，只翼逝長空。吳儂。幽香採芳徑，更一舸換目移宮。五湖深，遊情似霧，無限推篷。夢誰通。枉費春工。任年時，肩語難傳恨眼，鏡在嬌慵。倘金徽故在，十指寫春蔥。

其時，含香遷流湖上，飄泊不定，而五子之母，見者傷情。杜氏頗感舊，欲助之徙港，含香謝曰：「往日且不可，而今可乎？」時杜方有孟夫人，遂寢此議。而香亦輾轉至港，自為生活。

俞佐廷以四行儲蓄會總經理歷任上海市商會會長，弟佐宸亦銀行業鉅子，長寧波市商會，兄弟聯秀，蔚然人望。後佐廷孑身寓港，旅中寂寞，頗移樽含香妝閣，未既，即論嫁娶，含香不能決，就商於姊妹淘，姊妹行曰：「佐廷之既富且富，初不下於杜先生與王主席也。然其年近七十，體質重，逾二百磅。姊今撫五子以自給，誠亦太苦，嫁一俞氏，以待殘年，固亦得計。其他不知所可。」

香五笑曰：「事且急矣，我為五子母，寧再能擇人。」遂嫁佐廷。未及半年，佐廷竟以消渴疾卒，遺命以香港住宅一所，上海道契數十畝，金珠鑽石在港者皆贈含香。佐宸聞而大恨，急機飛港，護理兄喪，索諸遺物。含香悉出之以還俞氏，但留一結婚鑽戒曰：「此固我有也。」佐宸遂悉返故物，並欲索回住宅。俞氏故友皆曰：「不可。」始留住宅為佐廷發喪，喪畢，含香亦離宅而去，分寄諸兒，撫育如故，而自居半島酒店，迄今數年，有見者皆謂風姿嬌小，明豔如故。噫，亦足為奇女子矣。

上海的慈善事業

老人的天堂

上海有個「安老院」，是天主教的養老事業，創辦以來，已有一世紀的歷史。天主教普設世界各處安老院，共有三百餘院，上海設院則在光緒三十年，院址在南市徽寧路，這裡面收養六旬以上的貧苦老人，有男的，有女的，有中國人，有外國人，待遇一律平等，凡三百五十名，年齡最高的有八九十歲，最小六十歲。據說，曾有過幾個一百多歲的。他（她）們都閃著銀絲似的白髮，面色紅潤，每人多有輕手工業的操作，顯出康健。這裡沒有基金，一切由女修士躬親勸募刻苦服勞，職員也是女修士，誓志終身的他們一律每天吃二粥一飯，身上穿了勸募得來的衣服。有許多孝子慈孫，長輩故世，多把遺下來的衣服捐到安老院裡來，也有積德之家節食儉用，把省下來的錢米，捐到院裡來。所以安老院不是天主教個人的，而是全上海所共同擔負的一個安老事業。孟子說，老吾老，以及人之老，在安老院裡可以看見這些白髮如銀的父老們，一年四季過著很有規律的平安生活。清晨散步，膳後休息，體力健康的則幫著女修士洗衣服，灑掃房宇。又有紡車的，踏縫紉機的，編毛絨錢的，也有發探他們的天才而作畫或也做一點美術手工的。這些成績品，有時也開一個陳列或展覽會而充做籌款的一部分。但這是老人的消遣、遊戲，而不是絕對的工作。所以到了民國時代，院務成績，越發卓越。新普育堂成立，共有院舍三百餘間，其時為民國二十四年，教育部第一屆全國美術展覽會便借的新普育堂會址。那一次的展覽，是相當偉大而合乎理想的。三百餘室完全陳設了全國的美術出品，分門別類，美不勝收。西畫部門，歐洲、日本美術家均有參加。

給我印象最深卻是日本出品的油畫中國故事，一幅《蕭翼賺蘭亭》，一幅《懶殘煨芋》。那蕭翼的情神，竟是活的。《懶殘煨芋》，炭盆裡的火光，也是活的。據說，他們是古衣冠，模特兒來畫的，這個忠實於美術的工作，我至今覺得可佩。美術會一共十天，每天均有戲劇表演。

殘貧的福音

程硯秋、尚小雲每人分任一天，我記得尚小雲是《思凡》（崑曲），程硯秋是《罵殿》（二簧）。梅蘭芳卻一共唱了三天。其他五天是地方劇，則記不得了。

新普育堂裡也有五六十位老人養老，他（她）們並不一定是貧寒出身。其中有一位杭州老翁姓周的，據說是前清道臺；還有一位將軍，很感慨激昂地對人說：「他從前也經過金戈鐵馬，建功立動的勾當，可是他因戰事而家破人亡了。」

養老是人人應該做的責任和事業，所以養老堂後來也不限止於天主教所辦的安老院，在常德路有一個孤老院，是佛教同仁會所籌辦的，內容流亡孤老六十餘名。

上海除了養老堂之外，還有殘廢院。新普育堂收容殘廢常在五百人以上。聾、瞎、跛、啞各有專科，教以技術。上海殘廢院為王一亭在民國八年所創辦，收容名額亦常在三百人以上，惜「八一三」戰時被毀。勝利後，竭力經營恢復，收容人數仍不足八十名。

上海殘廢養老院，院址在西康路，創辦於民國二十年，收容人數常在百人以上，勝利後加以改組，規模益具，有宣傳、福利、書報、學校、醫院等組之籌備與設立，院長李竹庵。

比殘廢院設立更早的，則有棲流公所。《洋場繁華小志》，便有一首詠棲流所的：「異方落魄實憐貧，教養營成廣夏新。八市吹簫奚有客？沿門托缽漸無人。雲山故國睽千里，衣食他鄉穩一身。露宿風餐非似舊，二天覆庇頌斯民。」這棲流所便是卑田院，專收容叫花子，教以作業成材，再謀自立的一種慈善機關。據棲流公所的碑記，「光緒乙卯，陳寶渠司馬憫蕩子之飄流，謀貧民之棲止。」稟陳滬道，會同廳縣在新聞大王廟領到公地一方，而鳩工建設的，常年經費全賴公堂罰款撥充。到民國初年，時歷四十寒暑，教養遊民不下數千名。據《上海市年鑒》說：「重要職員，王震，沈周。王震字一亭，他是南市紳董，中日馳名的畫家，他的辦慈善事業，名聞全國，僅僅次於朱子橋將軍的辦華洋義賑會。

婦女苦海中的綠洲

棲流所經常設立貧病施醫給藥外，還有個救生所，專門撈救江船失事浮屍。這個公所，中日戰時仍舊存在，而且規模好像還擴大了一些。類於棲流所的一項慈善事業，則有勤生院，由滬紳郭懷冰、姚文稱、葉桂堂、黃錫綸等於光緒三十二年創立，民國元年改名貧民習藝所，十四年改稱普益習藝所，設立工廠，分科授藝，出品優良，主其事者為徐乾麟。民國二十六年中日戰起，停頓。此外，江灣有個遊民習藝所，漕河涇也有個上海習藝所，均於戰時停辦。

上海到了冬天，還有個貧民庇寒所的臨時設立，以救濟那些街頭無告的饑寒人。太陽廟、潮州會館，每年都借用開廠施衣施粥。空場上搭了竹棚子，讓他們過夜。可是西北風一起，街頭凍死的叫花子還是數十，同仁輔元堂推了小車，帶了鋤頭，把他們一個一個搬進杉皮棺材，到義塚地裡埋了。這幕慘景，就在眼前，不忍回想。

上海慈善事業裡，還有一個救濟婦女的苦海中綠洲，它是民國元年，由紹興、寧波兩同鄉會聯合發起的，除聯合團體十餘單位之多，並由虞洽卿、顏惠慶、王一亭、徐乾麟等負責組織，定名為中國救濟婦孺會。原來，以前租界，拐匪販賣婦女出境，中國官廳無權過問，自從該會成立，取得各國航輪的同情，可以隨時登輪檢查。因此收效頗為宏著，最初只有閘北森康里樓房一所，留養婦女，斜橋永錫堂收養難童，後來留養婦孺日多，遂租江灣玉佛寺空地一百二十餘畝，於民國二年興工，同年十二月開成立大會，設立分會於大連、奉天、營口、天津等埠，經常收留婦孺達一千數百人。

到民國二十年，它的整個機構，可分為四大部：總會（北河南路洪福里），留養院（江灣），工藝所（江灣），出品所（民國路），歷任理事為徐乾麟、顏惠慶、宋漢章、謝蘅窗、王曉籟、杜月笙、黃金榮、朱子奎、斐雲卿。它的附屬機構有縫紉、鐵工、印刷、刺繡、毛筆等部。

濟良所創於民前十年，原係美國女教士請願工部局及總教會，把它設立的。專收志願從良的妓女，及貧苦不能自給的青年女子，用宗教儀式，加以陶鎔，所中兼設學堂，教以識字和習一切女紅。學成家政，為之擇配從良，但除與教會中人結婚，並不得充作妾媵。

所址在虹口西華德路，後遷北浙江路，並陸續擴充於江灣鎮，白利南路，勞勃生路，牛莊路，而其最早原址乃為福州路九六——九八號，分所則在江灣鎮和天通庵路。

該所最初創立的本意，是專門收容妓女之不願為娼者，加以教養，擇配從良，上海竹枝詞有云：「濟良女所備從良，賣笑生涯不久長，蕩婦色衰無可托，特留去路入天堂。」它裡面自有法律，妓女有受鴇母虐待者，一律加以庇護，可是日久玩生，由捕房警局送來的女子日多，其中良莠不齊，濟良所中乃時有桃色新聞之演出，當局因管理困難，擬與以隔離，以防傳染，而日本太平洋戰爭發動，海外捐款來源斷絕，分址各所大半結束，其收容人數，最少時期乃僅一百五十餘人云。

麻雀總會

麻將是國賭，上海是賭國，七八歲的小孩子，家庭教育所及，已經叫他上桌，湊一腳了。上海的賭，五光十色，設阱陷人，以至於傾家蕩產的不知凡幾？麻雀只是一種文賭，雖也有活手、亮眼、抬轎、紮局種種惡賭，但為害之烈，尚不至於成為禍水，所以家庭之間，四人一桌，叉上八圈，衛生消遣，尚覺無傷大雅。

麻將的叉法，看來好似很容易，但有百分之百的國民，七八歲已經會叉麻將了，又到頭髮雪白，還是技術平常，不見高明，和圍棋一樣分個三段四段固然辦不到，便是斲輪老手，運氣不來，要在初學手裡稱霸無敵也往往辦不到，甚至翻船，全軍覆沒。但也就是為此，可以童叟無欺，雅俗共賞，無論識與不識，四人坐攏，便可手談，而且輸贏互見，老的並不吃得掉小的，小的也並不一定欺倒老的，除了活手、紮局，那是例外了。

麻將究竟起於何時，有許多考據家，多沒有把它考出來。有的稱它為葉子戲，其實葉子戲是紙牌，流行於江浙的有王和、花和、十和、挖花、銅旗。上江人的挖紙牌、吃豆餅也是葉子的濫觴，而麻將牌不是。

也有稱它為馬弔的，因為宋李易安有《馬弔譜》，其實馬弔是擲骰子，走圖徑的，例如現在的西湖圖、升官圖之類也可說是紙上一種跑馬比賽，而不是四人坐著的手談。

那麼，麻將來源，到底從什麼地方發生的呢？據我的考據，這麻將來源當起於舟山群島一帶的沿海漁戶，而後從船上跑到岸上，所以寧波一府的人，叉麻將，的確最精，至今人稱「寧波麻將，寧波麻將」。

要談麻將來源，先得解說麻將牌上的圖案，為什麼叫「洞」、「索」、「萬」呢？說準了一洞應該稱為一筒；一索應該稱為一弔，一万則是萬的簡寫。原來它只是漁戶記數的籌碼，而不是什麼賭具。

漁戶在海上捕魚，一網一網的魚裝成了筒，去交給船上的牙儈，牙儈便給他籌碼，交一桶的便給他一根上面刻著◎的竹簽，交九桶便給他一根九筒的簽。那為什麼沒有十筒呢？那是逢一進一的演算法，到十便給他一根一弔的籌碼了。筒是貨的計數籌，弔是錢的計數籌，一弔便是一千，所以九弔進十便是一萬，累進而到九萬。便成了三種不同的籌碼。賭乃人之天性，漁戶賭錢，便把這三種籌碼來互作輸贏，而賭博的命運，還是乞靈於兩隻骰子。

進一步的賭法，是把這些籌碼，和在一起，採仿葉子戲的賭法，而把它一部分拈起來加以組織，然後有了現在麻將賭博的雛形（葉子戲是二十張，麻將是十三張）。

至於「東」、「南」、「西」、「北」，為什麼又稱它為風呢？這是漁船上的四面扯風旗，漁戶們也把他象形，採入了賭具。可以說，麻將牌由竹籌而截成方牌，還是從東、南、西、北風加入以後，由旗形的方，而想到麻將牌的方。也可以說在由船上岸之後，船上沒有桌子，賭是蹲著的，所以長籌來得便利，上岸之後，就由坐著的人在桌子上賭，所以短方的便利。而「中」、「發」兩張的加入時期，在東、南、西、北同時，抑在其後，則頗難考據。中是船上碇桅的象形，發是船旗出發的符號，而白板為什麼又不稱它為白風呢？在我們幼時，白板還沒有加入中、發、白三大仙之列。原來它是一種預備牌，一盒賭具，例有四張或八張的，預備壞了什麼牌，拿他來補刻的。

由於筒、弔、萬的本身是竹製，所以麻將牌第一個是竹製的正身要犯。牌九牌發源於骰子，當初只用牙製，所以稱為牙牌，後來受到麻將牌的影響，才有了竹背鑲的。

麻將登桌，由籌碼而成為賭具，則行賭的人，不得不找另一副籌碼來代替賭博的金錢，現在我們都是用圓形的膠木片，那是脫胎於民國年間用銅圓、毫幣來替代籌碼的原故，在麻雀桌上的原始時代，那副籌碼卻是象牙長形的天、地、人、和小籤子。這種籌碼現在臺灣古董人家也還找得出。那可以說是葉子與麻將的合流。

葉子戲來源甚古，據說發明於南宋賈似道。我看見過一本南宋人的小說，書名卻是軼了。它裡面說到鬥葉戲，也是四個人對坐，三人玩牌，一人做夢，卻把牌砌成三面以像湖堤，各人先把籌碼放下湖去，誰成了牌，把全部籌碼贏去，謂之一湖，那籌碼卻又不是天、地、人、和，而是一隻隻的象牙小船。所以，成牌叫和，說古些，還是叫「湖」而不是「和」。輸錢的也不叫輸，而叫「沉了」，便是翻船的意思。

麻將當初也是三個人玩牌，一個人做夢的，後來變本加厲才有了四個人玩牌，一個人做夢，雖則現在此例已很少，但葉子戲的遺規，還是可見的。

麻將當初叫麻雀牌（見《上海風俗大觀》），因為那張一弔，形狀不雅，把它刻作麻雀，麻雀和一弔的轉語，也和十三點就是金少山一樣的促狹，歇後。所以這副賭具就名為麻雀牌了。又因他與馬弔諧音相近，就此相傳勿替。我的考據雖不見於經傳，但在寧波沿海一帶的父老，都有這種說法，也不是我全出杜撰的。

麻將在上海風行之盛，歷近百年而勿替。不但不禁，而且是非常公開的賭博，不但是家賭，而且有總會的組織。總會是賭博俱樂部的別名，初由三五西人發起，專打撲克，後來麻雀盛行，始由中國人自行組織「麻雀總會」，入賭者以會員為限，先買籌碼，局終，仍持碼向會計處抽頭兌現。總會對於賭客亦如妓院老鴇之對待嫖客，以輸贏大小，分其等第。大約一百塊底的是普通房間。五百底較優，一千底更優。抗日戰前，總會籌碼例以一千底為限，以示賭有節制，但豪賭之客暗中加碼則各以隨身莊票、支票為出入，亦以逃避總會的頭稅。

總會也有設輪盤、牌九的，麻雀總會則限於麻雀和撲克，商界鉅子公餘消遣，華人設立，須先向工部局納捐照會費廿五兩，設立最早的當在民國以前二十餘年，有：

長春總會：廣西路七十二號
華商總會：南京路巡捕房隔壁
滬商總會：牯嶺路
適廬總會：大慶里沿馬路
群商總會：北四川路六號半
工部局公務總會：北京路八號

總共不下二十餘處，而開設最先的，卻推寧商總會，其次為長春，滬商。出入者均為鉅賈縉紳。他如公歐，多學界，適廬多軍人，華商多洋貨業。廣東俱樂部（寧波路）純為廣東幫。要皆分門別類，秩序井然。民十以後漸見龐雜，小總會亦於此肇興。

小總會的氣氛便和大總會不同了。開設的人，大都是白相人和流氓，他們只要有幾十塊錢，便開起來了。借一間亭子間，來幾張紅木方桌，幾把靠椅，幾副賭具，生財齊備，便可開張。小總會是私設的，沒有捕房執照，光顧的賭客，三百文一劃的麻將，也可以賭，但是不許賭攤和牌九。白相人切口叫它小檯子。

小檯子只要不賭牌九，巡捕房可以不捉，但是白相人卻以吃大菜，敲洋銅鼓視為常事，小檯子上吃一莊高粱，不算稀奇，有巡捕上門，串大閘蟹，視為常事了。

後來有成為一種暗倡也擺起碰和檯子來，有賭有花，與淌白、雉流雜陳，於珊家園，白克路一帶，流品愈低，便不得稱為小總會了。

梁祝故事

有人勸我寫一點紹興戲，這是近十年來上海新興的戲妖，我不願意寫它。尤其袁雪芬那一種愁苦的面容，慘厲的叫聲，說她在唱，不如說她在哭。我有一個朋友楊一知，最怕紹興戲。每到晚間，無線電開動，一家一家的屋子裡傳出那一種幽深慘號的聲音來，他總皺眉對我說：「你聽罷。這種亡國之音，不久便有大亂。」我也覺得毛骨悚然。不久，果然渡江事起，一知是肺病第三期，聽說我去臺灣，睡在床上打電話說：「你去得好，我還是走不動了，但是我決不會被他們清算的。」果然我走後不久，他便溘然長逝了。臺灣紹興戲也很流行，這是蓬生麻中，不扶自直的忠貞分子，我雖不聽紹興戲，我對於在臺的忠貞藝人還是敬佩的。

紹興戲演員我們不談，但紹興戲裡卻有一齣以此起家的《梁山伯祝英台》，這個民間的故事，真是太流行了。它是我們中國的《羅密歐與茱麗葉》。包括各地的山歌、地方戲、傳奇、評話、彈詞、梆子、平劇，一直到話劇和影戲，是千百年藝術界所公有羅曼史，現在共匪又把它採為己有，在那裡編造梁祝新傳了，所以我得把這個故事，表敘一下。在它有千百年的歷史普通流傳裡，不但江浙兩省，遠到黔、滇，連南洋、韓國也有梁祝故事的流傳。

現在我們先說一說朝鮮的梁祝故事。他們把梁山伯改了張福，祝英台改了王禮，他們求學的場所，還是中國的學塾。她除了乳大，和蹲身小便之外，還在河邊洗浴，而被男性窺破，加以追逐。結果的不佳，和我們中國故事是一樣的。不過中國是化成梁山伯、祝英台兩隻蝴蝶，而在朝鮮是化成一紅一綠的相思鳥。

最近接到李古翁從巴黎寄來一封信，他說：「邇來法國有三種中國把戲在演出……其一，凱旋門附近有一電影院，演中國五彩電影《梁山伯與祝英台》，全部紹興演唱。報載：彩色配音可以媲美好萊塢。其二，巴黎Sarah Bernard戲院演平劇，團員葉盛蘭等七八十人，演《白蛇傳》、《鬧天宮》、《祝英台》等齣。法國文藝界捧之甚力。一名伶言：『自中國戲劇演出後，歐洲戲劇藝術已等於零。必須從頭改造』云云。票價合美金一元至三元，半月前預售一空……弟忝為中國人，此種把戲義不忍聞，只覺哭笑不得」。

古翁兄所報導的這兩種把戲，當然是大陸匪徒出國去演出的醜劇。但我覺得我們政府，每把文化與藝術宣揚到國外去，認為一件大事。為什麼至今尚寂然。連僅僅保存的一點平劇也視等無足輕重，不與振興，讓匪類把這種非驢非馬的俚劇去佔據國際地位。由此更可以看出世界眼光，全是盲從，只要你會宣傳，人家就會跟著你跑。甚至發生了自卑感，而發出「歐洲藝術已等於零。必須從頭做起」的歎詞。反觀我們自己卻把自己的藝術謙卑得一文不值。謙虛固是美德，但在現在的國際上用不著。譬如最近：章遏雲拍了一齣王寶釧電影，就有人說：「戲倒還好，就是出不得洋。」他們那裡知道王寶釧早已由熊式一宣傳而得到外國人崇拜，他的地位要比梁祝哀史還要高得多，資格老得多。

話又說回來，梁祝哀史為什麼會受到法國人這樣歡迎呢？原來，他正是受韓國的《誓言》這篇故事小說宣傳過去的。《誓言》便是朝鮮的梁祝哀史原文，當年劉小蕙譯這本書，就是從朝鮮文譯成法文的法國本再譯成漢文的。可知梁祝故事的傳遍海外也不是一朝一夕的事了。

據《宜興縣誌》，梁山伯祝英台的故事，是發生在晉永和時代，梁祝同在宜興「碧蘚庵讀書」。《上虞縣誌》則說祝英台是上虞人，到杭州去讀書，道遇梁山伯同行。而《寧波府志》則又說梁山伯曾為鄞令，早年與祝英台一處讀書，祝女扮男裝，畢業分手，約他來家相訪。及至見面，祝已改裝還女，與梁相見，蘿扇障面，一揖遂入。梁知祝已許配馬氏，哀悔成疾而卒。及祝出嫁特繞道梁墳哭奠，梁墓忽開，祝隨入墳墓而沒，家人持其袪化為蝴蝶。此一故事在臺灣也是盛傳，歌仔、弟子、布袋、皮影子戲都會演這一椿中國的「鑄情」——《茱麗葉與羅密歐》，但始終沒有過像莎士比亞這樣的好腳本。

共匪佔據大陸，曾一度禁演《梁山伯與祝英台》，但是民間的熱情，並不是鐵幕的冷手可以遏制得住的，所以他又提倡著「梁祝哀史」的溫情主義來麻醉民眾。連古京朝派平劇的程硯秋也叫他演祝英台，香港人錄有唱片，有一句唱至二三十字者，蓋程硯秋已向紹興戲投降。

古詩裡有一篇《孔雀東南飛》，全篇二千多字，治詩的專家認為是中國最長的詩，但不知道牯嶺有一篇梁山伯祝英台的山歌，卻長達一萬三千五百多字，這和莎翁的詩劇有什麼分別。它裡面除了七字唱句之外，還包含著《十想郎》（祝唱）、《十歎》（梁唱）、《十送郎》（梁祝互唱）、《十二月相思》（梁臨死唱）、《十哭郎》（祝祭墳時唱）、《歎五更》（梁祝均有獨唱），而在祝英台棄異而敘的時候，有一段：

見過爹娘進繡房，打開箱篋挽衣裳。
上身穿起紅綾襖，八幅羅裙色薑黃。
梳頭還把光來光。

這和《木蘭辭》的「開我東閣門，坐我西閣床……當窗理雲鬢，對鏡貼花黃」措辭傳彩，有何軒輊？紹興戲我沒有看過，不知是採取牯嶺山歌不是？

梁祝故事也可以說淵源於《搜神記》的「韓馮化蝶故事」，也就是古樂府裡的〈華山畿〉，而後逐漸逐漸編成梁祝故事，其他著名的山歌，除了江浙地方是本山出產外，其他如廣東五華、翁源，福建漳州、福州，都極盛行。

甌湘餘韻

上海商業世家，子孫鼎盛無逾鎮海小港李氏。李氏昆仲五人，雲書為長，次為薇莊，早歿，子輩尤為秀發，祖韓、祖夔、祖模、祖範皆負盛名於時。而祖韓及其女弟秋君尤好書畫，喜近文士，祖韓與余創中國畫苑，秋君亦與余妹小翠創中國女子書畫會以相抗衡。祖韓雖好書畫，但以地產事業為中心，故不專近，而秋君則為吳杏芬老人高足，得宛米山房汪仲山為之潤色，山水卓然成家，頗近吳秋農、陸廉夫，畫仕女則兼採張大千意法，以寫生法作古裝美人，神采生動幾奪大千之席，故大千亦為之磬折不已。每至滬上輒客李氏甌湘館。甌湘館者，秋君之畫閣，調朱殺粉，縹緗滿架，大千以一髯而奇傲其中，固亦南面王不易也。秋君才高目廣，擇婿苛，年已數倍標梅，猶虛待字。初賞杭州唐雲，以為才子。唐雲長大白皙，自視甚高，謂為唐寅復生，畫法新羅，字宗清湘，曾畫《赤壁夜遊圖》，貌余為東坡，自貌為秦少游，貌石瓢和尚為佛印，皆杭人也。而著鄭過宜於其中為吹簫客。鄭，潮州人，世業土販，為癮君子，見者無不大笑。雲之不羈如此。

雲畫亦兼竊大千之緒餘。一日，為秋君獲其原稿，始知天壤間唐雲外尚有張大千。而大千適喪偶，館於秋君家，患消渴病，藥爐，茶灶間，秋君必親拂拭之。醫戒病家食糖及諸油膩，秋君為之亦看護維勤。食必共案，某宜食、某宜禁食，細心當值，而大千賦性如小兒，見油膩物則食指大動，輒於枕邊偷食之。秋君搜得之，必盡棄盆碗，而交謫如勃谿然，人皆謠言，一個是仕女班頭，一個是文章魁首，論嫁娶必矣。

有葉銘佩者善彈琴，垂髫少女，年僅十五，固秋君弟子，大千畫，秋君輒令銘佩彈琴座間，為平沙落雁之操，大千拂髯吮毫，欣賞靡已。銘佩亦傾倒大千，事之為師。於是，雖大千不畫時，銘佩亦為之彈琴。南薰一曲，鶴夢蘧然，大千倚榻鼾起，銘佩猶為之鼓弦不已。既而，大千西行入蜀，銘佩竟隨乃師而去。秋君簾捲黃花，亦唯自歎遲暮而已。

共匪亂華，大千挈眷而東，銘佩竟陷匪不出，大千頗苦憶之，輾轉投書，促其東歸，銘佩報書，竟斥大千為「專利御用的墮落畫家，從前皆被其所誤，將來必要向你清算。」大千愕然，曰：「想不到這個小妮子，竟會這樣糊塗。」銘佩少女梳雙辮，彈琴時，低鬟掩抑，若不勝情者，而其一旦受匪唆弄，竟怙毒如此，匪豈能有迷人方，使一輩青年噬臍而無悔耶？書事銘佩為之惕然。

祖韓與余善，嘗謂少自孤露，受鞠育於大伯雲書先生，因自比為榮國府之賈寶玉而以雲書先生一房比寧國府。然祖韓闤闠之耀，初不解於溫存者也。先君嘗知鎮海，會小港李氏遇盜，先君親往勘視，見祠堂中古銅錫燭臺高逾尋丈，裘珍琛物漫不收存，歎曰：「漫藏誨盜，厚藏必亡，有一於此，而能令盜不生心乎？」後得盜者果鄰右人耳，因薄責而遣之。時李徵五先生方家居，以先君為賢能，馳書海上，欲薦之，先君謝焉。徵五為雲書先生第五弟，早歲傾心革命，辛亥之役，五先生頗建奇功，豪俠疏財，故為名流。當其起家，上海尚無三大亨，故一言然諾，亦足為租界重輕，於諸子弟中獨喜祖夔祖模。徵五雖以革命起家，頗不喜功名，退居青島，挈祖模以俱。張宗昌固以馬賊起家行伍，初隸老統領革命軍團，老統領者效坤以尊徵五先生者也。效坤旋改編馮國璋軍後乃入奉依張作霖數戰，官至山東督軍，奉老統領盡禮一如往日，故徵五為青島寓公，而祖模任俠好事，大有叔父風，時杜月笙方起於滬濱，李祖模遂亦有青島杜月笙之號，徵五輒撫其背曰：「此吾家跨灶兒也。」

祖夔行二，為祖韓之弟，祖模之兄，徵五尤鍾愛之，曰：「吾家千里駒也。」李氏皆長大，祖夔尤偉，好古董，嗜田黃石，聚之數百方，值可巨萬，然不解書畫，不解名士，而好與顯者交遊，各省督軍，省長與之函札往來無虛日，求欲為宦，而薄參佐。及張宗昌南下，李徵五為之先行，兵不血刃而上海垂手以得。宗昌遂以上海縣知為祖夔酬庸。李氏世業商賈，無為宦者，先一日，習儀禮。或戲之曰：「老爺升堂，當先咳嗽。」至日，祖夔果大聲咳嗽而出，滿堂哄笑，竟不成禮。作縣三日，以十萬金貨之五木開泰。五木開泰者上海鴉片商人范開泰也。當時以官為兒戲如此。張宗昌菈滬日挾兩妓，富春樓阿六與肖紅遨遊於賭窟，所至之處，堂差滿前，皆坐矮凳，矮凳缺則以成捆鈔票為之墊座，其豪闊如此。顧不旋踵，而蘇浙兩軍躡其後矣。狼狽遁去。徵五名亦稍殺。

祖夔雖一任為縣長而家固富饒，積貲最巨，李氏諸季靡不及焉，共匪渡江，李氏多隨國遷家，共志抗暴者，祖夔自以無大事業在外，不慮青算，猶豫不能遽去。卅八年秋，共匪陷滬，有三五短衣人夜入祖夔宅查抄者，登樓久之，家人皆禁不敢聲，及賊去，入室偵視，則祖夔被穢襪塞口，死矣。先君昔言「漫藏誨盜，厚藏必亡」，至此斯應，可不儆懼乎？祖韓於共匪淪陷時，亦未能先幾而去，自祖夔之亡，始生畏懼而不能脫身矣，以此憂危，頭髮盡白，與人言，每「呸」、「呸」，口沫濺襟亦不自覺，竟以怔忡得疾而歿。薇莊一支，至此削弱殆盡，而雲書先生後裔多在臺滬，世業不衰云。

奇夢記

謝文凱為余言一夢曰：「在東北時，嘗作長夜手談，有友初不好賭，而喜袖手旁觀。倦極，則倚椅而寐，忽夢至一處，堂閎宏偉，一老人導之入東廂下，珠網塵封，老人啟門，導之入，揖之，向壁指示，則塵壁上懸三小影，左右為男女二老人像，男即導己入者，二像中間，後掛一像，則為少婦，容色端麗而眉目撩人。老人指其像，向友長揖不已。友駭然而夢已醒矣。觀手談者尚未完圈，不忍遽去，袖手復觀，而老人又來引之入夢，夢如故，友驚而醒，醒又復夢，如是者四。友大惡之，乃牽文凱肘，令罷賭。文凱不知其有夢，以為沮興，不尤其請。友乃具告所夢，同局者皆以為此屋不潔，殆遇鬼矣，竟為之罷局而散。然友率無他異，嗣後亦不復夢。

他日友與文凱南遊。文凱當時固豪公子，六街鶯燕無不遍識，以為凡豔不足盡興，有導遊者云：某巷中有春色暗藏，其祖固京官，煊奕一時，鼎革後中落，子不才，遊蕩死，遺一弱媳，乃操此業，出自大家，固不同於里巷凡俗。文凱與友偕而往。入門，友已瞿然四顧，以為舊遊曾到，至廳房，忽見東廂，塵軒蛛絲一若夢境。少婦出迓客，大家風範，容色端麗。友忽憶夢中所見，但彼姚冶，此顰蹙耳。友急牽文凱衣，反身欲出。文凱固未覺，少婦堅留小憩，若不勝羞怯者。友曰：「信小坐，能啟東廂一觀可乎？」少婦曰：「客愛東廂耶。」便呼阿香沏茶到東廂來。少婦啟門，友人先入，則壁上掛兩照片，一如夢中兩老人，獨無少婦像。友問：「先前尚有一照片懸此乎？」曰：「無之。」友人陡念此必老人預先示兆，欲其「弗犯清門」耳，頓覺汗流浹背，引文凱反走而出。至寓，尚喘息，始告所以。文凱責之曰：「何不早言，吾儕當賙助之。」友曰：「夢中老人似未嘗欲吾儕加以賙助也。」他日，友人逕往訪少婦，欲告以所夢，而少婦已盡室他遷矣。文凱近亦在臺灣。

南方伶人的傑作

談戲的名士，開口必談京朝派，好像除了京朝派就無戲可談了。我是上海人，當然在上海看的戲多。雖然很多京朝派都是到了上海才紅的（連梅、程、荀、尚都不免），一個成名伶人，除了譚（鑫培）、楊（小樓）是例外，可說有戲都好，其餘賢似余、梅，要齣齣精彩，毫髮無憾，也是很難。但是一個成名的伶人，至少要有一齣拿手傑作，而為任何大名角所趕不上的。在上海，就確有好幾個了不起的絕戲，在我記憶之中二十多年，而忘不了的。把它寫出來，以實《春申續聞》，在戲壇寥落之際也可以算得畫餅充饑。

羅筱寶《捉放曹》

筱寶的造詣，為譚派第一傳人，可惜他死得太早，如果多十年，別說譚（富英）、馬（連良）沒有地位，連余叔岩也怕要退避三舍。但是他身體太壞，臺上太瘟，臺下不對他叫好，他什麼也不起勁，一顆將明的巨星，便從此沒落。但他的《捉放》，卻任你瘟到如何程度，臺下也是刮目相看，這是從他幼工裡出來的（他雖是梆子花旦中途改行，而譚派老生卻是從小學習），任你如何瘟，也瘟不了。唱的神化，如《草堂》的瀟脫，《殺家》的驚惶，《行路》的狐疑、憂懼，《宿店》的反覆悔恨，他能在唱腔中將神情處處表現。道白之美妙變化，和他臉上的逐漸緊張情形完全吻合無間。尤其曹操逼他上馬時，三個「走、走、走」將一切懊悔同行，萬分無奈的情形，完全逼出，其音沉著而帶顫。《行路》對呂伯奢所唱一段反西皮，低徊往復，有如游絲碧落，沉悶萬分。哭呂伯奢不起嘎調，至「一家」始下一鑼，《喪劍》始起哭頭，從「陳宮一見……」三句連一口氣唱下，表出陳宮意外的驚駭與悲痛，尤為沉鬱，直至曹操說出「不可天下人來負我」方始挖襟一「啊」，將滿腔鬱憤，噴薄而出，聽眾亦於此時方始舒襟吐氣。所以，我嘗謂筱寶：「你唱戲懶得連頸都不肯動了，獨上《捉放》，便連臉上的小血管也根根會動，這是什麼原故呢？」他笑著說：「你多捧。哪裡有這種事呢？」原來他於此戲已神而化之，做到深刻處，連他自己也忘記掉了。

王益芳《收關勝》

王益芳早年是個紅武生，被人嫉忌，誤吃噾藥，藥啞的，啞了，才改唱武二花。他天生神力，一把大刀，耍得盤頭蓋頂，神出鬼沒，但他不能開口，只能在武戲裡充配角，唯有輪到唱《收關勝》，就非他主角不可。關勝雖是草莽英雄，也要帶點壯穆氣象。益芳的武底子，當然不必說了，我尤愛他被擒的一聲大吼，就可以抵得人家十幾句唱，真解癮，真過癮。《收關勝》是武戲裡最整齊、最費力的一齣戲，有水戰，有馬戰，有步戰。被擒時從三隻臺上翻下來，連摔二三十個殼子，你說京派裡有哪一個辦得了。益芳的兒子王小芳，「翻」也是一等，林樹森唱京戲，離不了他的馬夫。另有一個唱老生的王少芳，和譚富英搭檔，東西不壞，那是白眉王九（王玉芳）的兒子，王九齡的孫子，有人也把他當王益芳的兒子，那是錯的。

楊瑞亭《逍遙津》

楊瑞亭個兒高，武工也不壞，唱《拿高登》、《鐵籠山》都有他一份，《潞安州》也出名。他偏歡喜唱文戲，《空城計》、《釣金龜》真不敢領教，但他的《逍遙津》卻真是一記殺手鐧，他亦自以為絕唱，每次登臺打泡，必貼《逍遙津》，但他唱的不是漢獻帝而是穆順。受詔時一段二簧，能夠唱得一句一彩，他天生左嗓，唱老生本不合適，而穆順是個太監，楊瑞亭唱來在老生老旦之間，所以人家不能學他。出宮被詰與曹操一大段對白，斬釘截鐵，忠義之氣，噴口盎面，雖常山舌、睢陽齒，義烈不過如此。被害時，曹操一跺足，穆順就勢一個屁股坐子，頭上摔髮衝冠直立而起，真不知他如何練成？但他也珍視此戲，非老雙處（獻帝）、馮志奎（曹操）不唱，雙、馮作古，他就掛了，後來很少貼演。

老雙處《魚腸劍》

雙闊庭學孫菊仙，老鄉親說他是驢叫，闊庭引為終身之憾。沉淪於丹桂第一臺十年，僅唱開鑼戲，但自視甚高，逢到貼《逍遙津》，他就非大軸不唱，且加雙份兒包銀。晚年雙目已盲，連《逍遙津》都不能唱了，僅唱《魚腸劍》、《雪杯圓》，上臺必由值臺人扶掖而出。但一上場，即能步伐自如，蓋場子經驗，熟極胸中，自能左右逢源，不怕傾跌。而《魚腸劍》之淋漓悲壯，尤其唱到「把父母的冤仇提一提」，頓足捶胸，聲淚俱下，蓋其自感身世之悲涼有不期然而然者。雙處晚年潦倒新世界唱大京班，日日貼此戲，我亦日日往觀，看他唱到沉痛處，我亦心酸難忍，為之珠淚滾滾矣。

張德俊《伐子都》

張德俊為老伶工張順來子，與蓋叫天為堂房兄弟。楊宗師評德俊，藝在蓋五之上。但不走運，與蓋五同臺丹桂，往往唱開鑼第三齣，但貼《伐子都》，蓋五亦必讓席。其身段之美妙靈活，神形之風颯嚴厲，扮相之英俊秀發，活演出一個被穎考叔討命的美子都來。索命時，一個「雲裡鑽」從三隻臺上，面朝臺外，然後倒仰躥高，翻騰而下，面不紅，氣不喘。環視南北，無與抗衡。子雲溪亦以武生著名，但不敢演《伐子都》。李盛斌為富連成高材，其《伐子都》全竊張德俊，而火爆質野，全是莽夫所為，再傳於賀玉欽，幾與三本《鐵公雞》為鄰。張德俊信南方之絕也歟？

陳嘉麟《販馬記》

陳嘉麟是小生陳嘉祥的哥哥。一生只唱硬裡子，比京朝派的張春彥不相上下。而他的崑曲底子卻比裡子老生都好。《販馬記》本來李奇是主角，從前貴俊卿，後來馬連良都唱，但都比不上李壽山，梅蘭芳南來唱《販馬記》，李奇只用大李五。有一次大李五病了，才墊上陳嘉麟，誰知笛聲一起，在一「滿腹含冤……」四個字裡就得了迎頭彩。後來父女監會，父子公堂，直到團圓，這齣戲算全給他唱了。這齣戲有個最難唱的地方，便是監會，公堂老生兩大段唱詞，前後完全一樣，和旦寫狀的一段也是犯重。但旦有旦的環境，花梢易唱，老生兩段全是跪著唱，要把這兩段唱出個味兒來，已是為難得緊。李壽山唱，也只唱個痛快，唯有陳嘉麟能把兩段唱法的情緒完全分別開來，前是被婦人盤詰，無可奈何的冤訴，所以他唱得渻如木雞，面部無多大表情。所唱尺寸甚慢，只將冤憤，從無可如何的情緒之下訴出。後來在公堂唱，則尺寸甚緊，有求都天大人快快明冤的急道申訴。所以聽監會，臺下的人替他著急，明明擺著你的女兒，你為何不說個明白。聽公堂，到念「五老投井已死，老犯人的冤枉是真的了」，臺下人都替他心裡落下一塊石頭。演技之神，可謂南北無偶，但是知音太稀，名角兒唱《販馬記》，都有自己的和房，李奇南北門戶之見甚深，梅蘭芳自大李五死後，乃用王少亭，演此角真豚犬耳。

一個親眼得見的鬼故事

我平生不怕鬼，也不信鬼，但是，我確曾遇見過鬼，那是十六七歲的時候。我久已要想把它寫出來，可又屢次擱筆，不是避嫌於迷信，而是怕寫將出來，人家說我是向壁虛造。如今已不是閱微草堂的時期，我又何必費此唇舌呢？

這幾天的蕭齋，忽然朋友來的很少，寂寞中我又懶讀正經書，專取幾本談狐說鬼的書來遮眼，偶然看了一本影戲，又是「羅生門」的鬼話，我覺得在這文明人的世界裡，還是丟不開鬼話，文明任自文明，胡說還是胡說。甚至於你不信仰「胡說」，人家反而要笑你不夠文明的資格。那我又何妨倒翻一下陳舊的字紙簏，來說一個鬼的故事呢？而且，我起誓，這是我一件親身親遇的鬼故事。

民國二年，距離現在已經四十年，但是，我一回想那一夜的景象，那空洞的院落，那花陰，那月疏疏的窗櫺，映出那一個鬈髮時妝的鬼影時，便如在目前。她是一個鬼，到底還是一個人？是虛無？是真實？至今我還是在懷疑。事情是這樣發生的……

民國二年，我父親代理鎮海縣知事，我們都住在縣公署，而那時還是叫衙門。有一天，縣署後面失火，鎮海沒有正式的消防隊，立時延燒到上房，我們全家搬出縣署，連夜在花園弄租到一所民房。那是一所故家院落，房屋相當進深寬大，我們只借了一座花廳，便是一排五間三進，前後都有假山湖石和玲瓏的花木。我父親、母親帶著我的妹妹小翠、弟弟叔寶，住第一進，那時我妹妹才十一歲。

我年紀雖不算大，膽子卻大，我歡喜第二進，天井大，有一個葡萄架，葡萄也大，正當著窗檽，垂垂結實，上面還有松鼠，竄來竄去。這一進雖也是一排五間，房東卻留下左邊二間堆什物，當中串堂公用，只讓右邊二間給我住。我母親怕我膽小，便叫一個在鎮海雇的女傭人，住在我隔壁的一間。她已經三十多歲，人很誠實，我們依著寧波的風俗，叫他丁家姆。她住右邊貼牆的一間，而我則住靠近串堂的一間，這時候我已經寫文章，在上海投稿了。我便在臥房裡擺了書桌，桌子緊靠西窗，正在葡萄架綠陰之下。床是老式的，寧波式雕花的梨花木大床，掛著印花白夏布的帳子，靠床有兩隻古老式的紅木單靠椅，中間嵌著一雙紅木四方茶几。臨睡以前，丁家姆照例進來，替我趕蚊子，放下花夏布的帳子，將美孚油燈移到靠窗的寫字臺上。我因為膽大，歡喜黑頭裡睡，有了燈反而睡不著，但不知何故，自從搬到花園弄以來，總是有點怯，反反覆覆，不能安枕，便央丁家姆，只把美孚燈滅小一點，而不要全滅。那一種黃黃的火油燈光，暈罩了全室，隔著夏布帳子望出去，卻又有些兒不調和，因此我往往挨在母親房裡聊天，挨到渴睡得很了，才回房去睡。

我從來沒有向左邊關鎖著的空房張望過，當中一間也少走，因為我的房，有落地窗開向天井，可以自由出入，不必走串堂，反而繞路。丁家姆燒飯洗衣，則要走串堂，因為第三進的一排五間，才是我們的廚房和柴房。

我們住的，正是花園弄的大花園，從大門進來，要走過很長的甬道，兩邊院落很多，由房東分租給其他的租戶，而洗衣井，則在甬道盡頭一片較廣的海石板天井裡。因此我們進出，必要走那井邊過。井邊聚著各租戶的洗衣的、燒飯的，亦有自己下廚房的少奶奶和小姐。她們看見我走過，必聚目遙送，接著嘁嘁喳喳的起了談論。那時我年輕、自傲，看見有人指目我，便走得更快，從不留意他們說些什麼。

有一次，忽然聽見了一句：「這個小彎可惜。」

小彎是寧波人普通稱孩子的土語，他們竟拿來做我的代名詞，我覺得有糾正的必要，便立定了。

我說：

「阿姆，你們在說我嗎？」

一個中年的便接嘴說：「沒有，沒有，少爺——不過你們是怎麼會住到這所屋裡來的，而且……」

「空屋？而且？」我用問句的口氣。

她們立刻互相使個顏色，停著不說了。我一路走出大門，一路想，她們的說話有些蹊蹺。空屋，這五間三進的大花園，在我們夜遭回祿，匆匆搬入的當兒，我們確是急不擇屋。在鎮海，人人都說花園弄有一座凶屋，難道我們竟住進了凶屋裡來了嗎？

不過，我也不怕，我不相信世界上是有鬼的。如果真有鬼，我也真想見見，而且更想和鬼談談，它們到底是住在哪裡，怎麼樣生活。我一路想著，腳下卻不由自主地去找我一個最相熟的鎮海朋友。

我的朋友聽了，卻縱聲大笑：「你也相信世界上真的有凶宅嗎？花園弄這間屋子，在洪楊時代確曾打過『長毛館子』，很少有人敢去住。令尊老伯大人毫不考慮地住了進去，我們正在欽佩，他真是中華民國頭腦最新的唯一開明的縣知事，親自作則，破除迷信。你，你倒……」他指著我又縱聲大笑起來了。

我內心慚愧得很，我真不是一個有為的青年，我怎麼也相信凶宅。我訕訕地回到了花園弄，母親已領著弟妹吃夜飯了。父親照例在縣公署辦完公事，要起更後才回來。我幾次想把我井邊所聽著的，和我朋友所說的告訴我母親，但是我沒有說。

妹妹雖只有十二歲，她已能幫著父親寫小說，寄到上海去投稿，弟弟正在認方字。美孚油燈的黃光，照著我母親，我感覺到她的高貴，我不敢將這種無稽之談，褻瀆了母愛的聖潔，又恐駭了我的妹妹和弟弟。這一天，我提早我的時間，也想回房寫作，這是一篇杜撰的外國故事，題名「塔語斜陽」，是說一個回教的公主，被他父親關在古塔的高層，她盼望著斜陽的盡處，有一個騎馬的勇士來救她。這是民初時代的一種流行小說體裁，也是我年輕時的幼稚心理（但是好萊塢的宮闈神話，至今還保留在這一個水準）。我寫得很津津有味，直到精神十二分疲倦時，我才上床去睡，一枕黑甜，睡得很熟。

一忽醒來，忽覺月亮曬得滿地慘白，美孚油燈不知何時熄滅了，葡萄樹的黑影子，隔著窗子，簌簌在動。花夏布的帳子，本來眼花的，月亮一白，燈一黑，愈覺黑魆，滿帳子花紋變了人物，或竟是鬼影。再一看時，卻正有一個女子的背影，靠著寫字臺，向外望月。我初疑或是丁家姆在我房裡，她這時候為什麼還沒有走出呢？我一疊聲地叫：「丁家姆……丁家姆……」但是，她沒有答應我，好像沒有聽見。我陡地好像有一勺冷水，直從背腹澆來，十萬八千毛孔，颼颼地直站起來，我下意識地大叫了一聲：「呔！」

那個靠窗的女子，倏地沒了。我意識到她是一個鬼。月亮還是慘白，葡萄樹影還是在搖動，一個微細而帶著歎息的聲音，起在窗外，它「妙」了一聲，跟著便是一個黑影躥過去了。我不由地暗笑起來，窗外那原來是隻貓，可能剛才那個女子的影子，就是它。而我被夏布帳隔花了眼，加著日間井邊那股氣氛，境由心造，疑心便生出了暗鬼。這一思索，自己得了解答，便覺身心泰然，不一刻功夫，呼呼入睡，再忽醒來，已是日高三丈。丁家姆已在後廊下掃地，母親拿著一管黃楊梳子，正替我妹妹小翠打辮呢。他們都笑我今天起得宴，我也訕訕地說不出我昨夜的所以然。

我從外面回來，已是暮色將合，花園弄一條永巷，黑魆魆的陰氣森森，蝙蝠從黑暗裡撲出來，打著我的頭，井邊的聚談會已經散了，只有一個姥姥，我們叫她金嬸的還在淘米。我不由駐足，想在她身上找一點故事新聞，以證合昨晚所見遇的，是幻，是真。金嬸也望著我，看看左右無人，便幽幽張著癟嘴說：「陳少爺，你們還要住下去麼？住到幾時才搬回衙門去呀？」

我說：「說不定！」

「哦！」她說，「不過，我想你們還是早些搬，不然，你們會得……」她說到這裡，聲音更幽了。她說：「會遭遇不幸的！」

我說：「你這是什麼意思？」

她向四面看了看說：

「原來你還不知道呢。不過，這裡的人，多在替你們擔心事。你們為什麼不搬別處，要搬到這裡來呢？」

我覺得她的神秘情形，甚是可憎，想不理她。

她反拉住我的袖子說：「少爺，你不要把我的話，說開去呀。這裡面有……」

說到這裡，井邊便有人喊她說：「姥姥，你又在嘮叨些什麼？」

我立刻覺應到昨夜的幻覺，我說：「什麼不幸呵！」

「會見鬼！」她說。

我立時覺得有一勺冷水，向我背上澆來，我要徹底瞭解昨夜的事，我要從這姥姥口裡知道這一件事的真實性。我和姥姥在井邊坐下來了。她一家子只她一個人，飯燒不燒，沒關係，她卻歡喜嘴碎，我們在朦朧暮色裡，聽著蝙蝠颼颼地飛過，夾著她幽幽談話。她述說了以下的一樁可怕故事。她說：

「這是長毛時代的故事了——這座花園的主人姓汪，是向榮向大人手下的參將，跟向大人在外打仗，長毛卻陷了鎮海，汪參將的老幼全家都跳在這口井裡殉難了。獨有小姐，被一個小長毛救起，他們就共同生活，佔據了這所大宅子，他們非常恩愛，他們從井裡撈起了全家屍體，還到祖墳上葬了，這位小姐還替那小長毛生了一個兒子，他們還替姓汪的保全了這所房子。可是人事的變遷是無常的，不久，長毛失敗了。寧波鎮海克復了，汪參將回來了，小長毛當然是死了。汪小姐卻抱著外孫去見外公，一見面哭得淚人兒一般。汪參將卻大怒，說她有玷家聲，敗辱門庭，她為什麼不隨著家人死在井裡？一口氣，將她母子活生生地釘在那口畫箱裡，那口畫箱至今就在你們住的花廳第二進，左雙間裡，即是永遠鎖著的。汪參將在世時仗著他的功名和威嚴鎮壓，還沒有什麼，傳到他侄兒手裡，鬼就現了。鬼的意思，自己被父親釘死，是咎有應得，參將沒有兒子，卻白白地被侄兒得了繼承權，即是她和小長毛所掙扎下來的財產，所以她要出現。你不信，那畫箱裡至今還鎖著她們母子的骨殖，而沒有人敢去動一動！」

姥姥像講故事一樣地，說過了這一場冤獄，拍拍手她就走了，她一點沒有表情，原來她們已背熟得成了一個譜兒，在這花園裡住的人都會說，只是我們新來晚到的人不知。由於我們是官的緣故，他（她）們都不敢來說，連丁家姆也許知道得很詳細而不肯說，不敢說。我訕訕地趁著暮色，回到上房。母親正等我吃飯呢。我說：「有點兒頭痛，吃不下。」我就回到第二進去睡。西下的殘陽，一抹地照在五間一帶的大玻璃窗上，我不由自主地走向那左雙間，我想窺探一下裡面的究竟，這間鬼屋，到底是什麼樣兒。斜陽從塵封的玻璃格子反射進去，很烈，我找了一塊破玻璃隙，果然看見了裡面，即是兩間統的空房，堆著許多塵封的什物，什物當中，果然一隻畫箱，朱漆的，長長的，已經黯淡得分不出紅黑，它真像一口棺材。右壁邊靠著一隻扶梯，可以走到樓上去。我想像那個樓，也許是汪小姐生前的妝樓與臥室，我不由對這位不幸的小姐發生了同情心，她的結局，很像我在寫而未完稿的《塔語斜陽》裡的公主。我倒消失了恐怖，我回到我的屋子，拈起筆來，叫丁家姆送進一隻美孚油燈，我想把她的一段歷史，融入我的《塔語斜陽》裡去。母親卻隔著院子在說：「丁家姆，你叫少爺不要再寫字了，他在頭痛。」我聽得母愛的慈音，我便吹熄了美孚燈睡了。

從這次起，我走出天井來，總要向左室塵封的玻璃望望，我的小說也寫成了，寄到上海去發表了。日子過得很快，已經是第二個月的十五，我睡在夏布帳裡，一醒來，月亮又是曬得滿地慘白，美孚油燈不知何時熄滅，葡萄樹的黑影手竟移近到我的床前。我陡然看見靠近我床前紅木椅子上坐著一個婦人，我看見她白色的上衣，藕藥色的裙子，紅菱的小腳。我立刻叫一聲，將頭蒙入被中，全身都抖動了！丁家姆在隔壁房裡聽見我的慘叫，立刻到了我的房裡，父親，母親，都驚起來了。

他們攏著燈，都來圍著我。父親說：「琪兒，琪兒，你怎麼了？」我和發寒病一樣，只急出幾個字來：「爸爸，快搬場，搬回衙門去。」

我們搬回縣署，我便寒熱交作，囈語似的把這件遇鬼的事報告我父親。父親撫著我的額角說：「琪兒，你相信有鬼嗎？」

「不相信，但是我看見鬼。」我說。

「這是你心理的矛盾。我再問你，你相信這具畫箱裡，經過這樣遠的年代，而還存著陳死人的骨殖嗎？」父親說。

我愣了一愣說：「我不知道。」

我父親笑起來了，他說：「那就好辦了，你快些病好，我們可以請汪紳同到那裡把畫箱打開看看，如果裡面是有屍骨存在，你的鬼是證實了，如果是空的，你的兩次遇鬼，只是一個心理上的幻景。你要知道藍印花的白夏布帳子是很容易發生幻象的。你今年十七，還是孩子，孩子就更容易上這樣一個大當，古人的杯弓蛇影，就是這樣發生的，你說是不是？」

父親這樣一解釋，我的病霍然好了九分九。過了一天，汪紳請我們吃午飯，酒席就擺在我住的葡萄架下的西軒，左邊兩間也打開了，五間統敞，朱紅漆的畫箱，塵封什物，依然原樣，一動也不動。我更發現了許多蛛網和蛸蟻糞，但我在陰暗裡卻發現了有幾個被貓鼠兒擾亂的足跡。汪紳的年齡，和我父親差不多，舉酒勸得很殷勤，他對我父親說：「世界上的謠言，是信不得的，我現在可以告訴你的，我雖是先伯父的繼承人，但我的先伯卻沒有子女。這兩間房是我先伯父的上房，我為紀念我先伯父的遺澤，所以永遠封著沒有動，現在什物的位置，還是他老人在世時的原樣，而這畫箱裡的東西，卻是先伯父最最心愛的一箱古畫。我是生意人，不通文墨，不懂古董，所以更一直把它鎖著。民國以來，我們家道稍稍中落，我才把我的大宅子，分組地租出去，先人的巨構，到我手裡成了大雜院，我是很慚愧的。自從此間住戶一多，就起了凶宅的謠言，我也有所聞，但他們都避著我才談論的，我也無法向他們去糾正。後來就聽說這間房子常有響動了。難得陳縣長來借這個房子，我想正好借縣長的開明，來破除這些謠言的迷信，不料令郎也見了鬼。如今我們可以把畫箱打開來看一看，是古畫，還是古屍，這就解決了。」

這時院外天井裡，探頭探腦地滿擠了人，隔著花籬，和騎著牆頭看熱鬧的都簇簇私語，睜大了眼，期待古屍的發現。兩個長工，走過去，很容易地把畫箱打開了，原來竟沒有鎖，裡面空空的，哪裡有古屍？連古畫也沒有，只有幾幅已經破壞黴爛的《申報》紙，倒還存在著。

全宅子裡看熱鬧的人都起了哄哄的議論，汪紳也愣住了，我父親卻很自然地站起來了，他用演說的方式，對著大眾：

「眾位父老，」他說，「這事很容易明白。這箱子裡既不是古屍，也不是古畫，可見一切的謠言，都是虛無縹緲，我的兒子小蝶（說時他按一按我肩），他只是寫小說，寫迷了，境由心造，才發生了這一幻狀。現在證明，不但小蝶的見鬼是幻想，連汪紳士所說的一箱古畫也是幻想了。這幾間大屋子空著，實在是可惜，我想要求汪紳士來做一所平民習藝小學，讓鄰近的子弟們，既讀書，又習藝，習藝的成品便可以賣來做學校的經費。諸位高鄰，以為如何？」

在一陣熱烈鼓掌的聲浪下，解釋了這一座凶宅之謎，後來父親告訴小港李鴻翔先生，鴻翔欣然捐出一筆款子，就在花園弄六號辦了一所平民習藝小學，並延了我前次去請教的那位鎮海朋友做校長。

後來，這位朋友告訴我，經過他的確屬調查，汪家確有一位小姐，死在長毛時代，但釘死畫箱是大花園變了大雜院之後才起的，那些不肖的住戶想借著鬼故事的恐怖來掩護，偷這所塵封房子裡的東西，畫箱裡的畫當然就是這樣不翼而飛的。你們搬了進去，礙了他們的手腳，所以增造恐怖，好把你們及早哄出去，而繼續他們詭計的行竊。說不定那兩次的鬼出現，就是丁家姆所扮做的！

「但是……兩次，都是在一霎眼間，那鬼不見了，而丁家姆總是從外面進來，她的化身哪裡有這樣快？」我反詰他。

「但是……但是……」他眨了好久的鬼霎眼，但是他沒有把這一問題解答出來。

小生脞談

自從江南俞五投共，返回上海，小生行一時興起「四顧無人」之歎。其實俞五的戲只是崑曲好，論到平劇小生，他的身上，嘴裡都差。平劇小生的幼年練工，文武底子，俱不下於老生和花旦。俞五出身世家，唱崑曲是當年姑蘇爺臺們最出風頭的事，俞五的老太爺俞粟廬先生就是一位崑曲爺臺們的祭酒。俞五幼年受到庭訓便是唱曲子，俞老先生數一把鵝眼錢放在桌上，翻開曲譜，自己吹起笛子，教兒子唱，唱一遍，數一個鵝眼錢，這樣把桌子的錢數完了，今天才算放學。你說振飛的用功還算小嗎？至於他的平劇小生，就只算得羊盤，而全不是相家。說到武的，在崑曲裡他也有一點子，我聽過他的《起布》、《問探》和崑曲全本的《宛城刺嬸》。《問探》是龐京周的探子，《宛城》是徐凌雲的曹操、徐子權的典韋。都在康腦脫路徐園唱。徐園是徐凌雲的別墅，當年水木清華，亭臺位置媲美愚園。崑曲傳習所就是凌雲和穆藕初發起辦的。最近有人在談《販馬記》，說俞五不算好，當年仙霓社裡有個顧傳玠，也就是現在臺灣的顧志成，顧傳玠唱紅的時候，俞五尚無藉藉之名。這可說得不對了。俞五崑曲名輩之早，不在袁寒雲後。

崑曲傳習所乃是仙霓社的前身，《春申舊聞》裡有一篇〈闌珊燈事話仙霓〉，把仙霓社的歷史說得非常清楚。顧傳玠就是顧志成不錯，可是俞五在徐園客串時，顧傳玠尚是傳習所裡的子弟。雖和俞五提示不到顧傳玠，但傳玠至少也得叫他一聲師叔，因為他們對於俞粟廬先生都是尊稱為「太先生」的。

談到《販馬記》，這戲根本就不是崑曲而名為弋腔，一名吹腔。崑曲家認為下里之音，通人不道。貴俊卿、朱素雲、趙君玉常演《寫狀三拉》於丹桂第一臺，亦僅列倒第三，排不上壓軸的。問這齣《販馬記》誰人在上海唱紅，那是李麗華的父親李桂芳和碧雲霞在共舞臺唱紅的，老生用陳嘉麟。李桂芳和程繼先是師弟兄，崑亂不擋，他還有一個怪癖，便是愛吃五毒。壁虎、蜈蚣、蠍子，他都吃，江南沒有蠍，看見壁虎，他就會瞪著眼，只想把它抓下來吃。後臺同事知道他有這個癖，都會替他尋找。但是他唱小生卻是溫文儒雅，一齣《珍珠衫》尤其演得精細入微，和麒麟童同臺丹桂時，麒有許多表情偷他的，所以他的《販馬記》、《寫狀三拉》實在夠得上「絕」，可是他在徐碧雲南下時過班共舞臺，唱這齣戲沒紅。碧雲霞來，紅了。

說起來真氣人，原來碧雲霞是坤伶，不過，她的美而豔，劉喜奎我沒有看，提到後來的童芷苓、言慧珠，真替她拾鞋她還不要呢。其實好的是李桂芳這份綠葉，把她的牡丹襯紅了。李桂芳去世很早，可惜他的絕藝不傳。

俞振飛唱《販馬記》還是在下海以前。說實些，這齣《販馬記》在朱素雲和趙君玉唱時，《寫狀》一場沒有現在這樣的花妙。這戲確有經過俞五和顧傳玠兩個人商量改動的地方很多。顧現在臺中，可以就近問他。去年，我和他吃過一次酒，他的笛子還是擫得那麼遏響飛聲。可惜那次徐炎之不在座，沒有讓他好好的唱，只拍了一段「收拾起」那一句「冷雨淒風帶怨長」，還是聲如裂帛，直上雲霄。我們也談到《販馬記》，他把許多身段比劃著，但是，他自從商之後，就不曾登過臺，這一份崑生，實在是魯殿靈光、寶島之寶，比起江南俞五來，是有過之而無不及的。

俞五在北平的桃色新聞是指不勝屈的，當年他那個少爺公子，和蘇州狀元坊的陸公子麟仲（陸鳳石子）在北平是一對璧人。俞五的崑，以巾生為傑作，《秋江》、《亭會》、《拆書》、《跪池》都是他的拿手。麟仲則擅長雉尾，《拜月亭》的呂布，尤其是他的絕。

小宴一場，他的翎子，左右翻飛，袍袖舒捲飄忽，據說是徐小香親自教他的。徐小香是和程大老闆（長庚）同臺的人，他是蘇州人，光緒十年間還隱吳門，就留了鬍子，不再唱戲，活到八十多歲逝世。民國初年還看得見他，所以陸麟仲受到徐小香的親炙是可信的。

俞五在北平鬧桃色，是張宗昌正作威福的時代。張宗昌第五妾亞仙老七，卻和俞五熱戀上了。伶人高三奎、劉漢臣偷了褚玉璞的姨太太，被褚活埋（一說是槍斃的）。俞五正在六國飯店和亞仙一處，聽見消息，直嚇得連夜南奔。滬上縉紳前輩，漸不直俞五紈綺所為，而俞五亦漸即窮愁潦倒矣。旋復北上，識其友人陳某之妻曰黃曼耘，愛好崑曲，俞五悉心授之，遂成燕好，黃離其夫而隨俞攜一女，見者猶稱之為陳太太，旋攜陳以俱南，益不得志，乃謀下海，北上求師於程繼仙之門。程為程大老闆嫡孫，自徐小香、王楞仙而後，繼仙小生已為獨步。乃悉心以教俞五，俞五聰明人，不耐習苦，稍有所得，為生活計即欲出臺。繼仙初難之。俞五固請不已，乃自立馬門後，為之把場。俞五自言，平生雖客串，舞臺經驗，亦夠豐富，南北登場無慮數十百次。可是今天不對了，兩條腿完全鬧彆扭，彈棉花似的，舉步千鈞，隨便怎樣也出不去。程繼仙在馬門後面擰起腿來，向他後面踢。俞五後來常常對人說：「第一次出臺，真比女人難產還難。」

俞五在北平下海並不得志，上海一班自命清高的親友，甚至票友，則無不驚顧失色說：「怎麼好好的一個俞振飛，也下海唱戲去？」其實唱戲是一種藝術，我倒不反對的。俞五的人緣在崑票時，可說紅遍大江南北，一下海唱京戲，就有許多人批評，搖頭，說他不地道了。平心而論，俞五的唱，在平劇的條件裡實實是不夠的，但是，扮一個安公子，便是扮周瑜，他都行。加以他的崑曲頭銜，世家弟子，也自有一部分觀眾。俞五衣錦還鄉，是幫的新豔秋，在更新舞臺唱全本《連環計‧鳳儀亭擲戟》。上海是他的故鄉，人緣就比北邊好得多了，捧俞之盛，並不下於捧秋。於是有人主張俞振飛應該和程硯秋合作，幫新豔秋是太委屈了。

程硯秋小生老搭檔是王又荃，自被新豔秋挖班，才改用顧玨蓀，玩藝兒不錯，材料太臃腫，有點像現在的馬世昌。又荃幫新不久，就告病故。程硯秋果然垂青到江南俞五。他們合作了。可是程硯秋和梅蘭芳一樣的表面大度，裡面小器，凡是跟他唱戲的人，准例不許要一句彩。俞五跟硯秋，硯秋的私房戲，本本排得小生像一個木頭人一般，尤其是唱全本《金鎖記》，叫他扮一個丈夫，剛出臺，過一場就死了。俞五的下海倒楣。說起來，眼淚直可以一把一把地數。上海人還是捧俞五的，便有許多報紙，一例著文主張俞五回南。俞五當初也躊躇到上海不能生活，上海人還是念舊，例如趙培鑫、孫養農、陸菊生，對於他的生活都是極關心的人。俞五果然回南了，這時候珍珠港事件未起，上海已經淪陷，租界還是安樂土，紙醉金迷，酣歌恒舞，並不減色多少。俞五下江南，雖不出臺，名氣的響擋卻是飛黃騰達起來。趙培鑫特為他組織一個票房，還請了劉叔詔來教余派老生，培鑫的棄馬改余，也就是這個時期開始的。

這時繼仙的前胸生著酒杯大的一個疔瘡，我事先沒有前知。演後，繼仙來看我說：「昨兒沒有把它演好，因為胸口有個瘡，《打侄》一場只好馬虎一點兒了。」其實那一場的演法、神情、跌腿、奪棍、求情已經神妙到秋毫顛，他自己不說，我們哪裡看得出來他有哪一點兒地方馬虎，可是繼仙這次回到北平，就言歸道山，聖藝超群，從此絕響。我們談了許多關於小生的珍貴軼事。

我問他：「程大老闆晚年和徐小香同班甚久，小香屢次要想辭班回南，大老闆不答應。小香一天私自逃走了。程大老闆還是把他請回去，也不叫他唱戲，請他坐在包廂裡，說：『你要回南，原是人情，只不該破壞了我們三慶的班規。現在我也唱周瑜你看看，沒有了你，我們就唱不成戲嗎？』這天是唱頭二本《取南郡》，程大老闆竟唱魯肅，後代周瑜。把一齣《取南郡》全唱下來了。也開了後人唱《取南郡》，魯肅、周瑜一個人唱的先例。」

程繼仙說：「沒有的話。曹心泉是小香先生的弟子，民國手裡能談大老班和徐小香的也只有曹先生了。徐小香到北平就沒有回過南，晚年回南，就沒有再到過北邊。大老闆文武不擋，崑亂皆精，確是稟異常人，外邊都說他老人家唱《取南郡》的魯肅和關戲好。其實凡是老生本工的戲，他都會，都行。但是和盧臺子同臺，他就沒有唱過孔明，可知他的戲德高人一等。外邊人又說，大老闆唱過《法門寺》的劉瑾，《白良關》的尉遲恭，《沙陀國》的李克用。曹心泉先生也曾這麼說。可是我生得太晚了，就趕不上知道了。不過徐小香先生在三慶負氣辭班，卻曾有過這一段事實。那還在前頭呢，我也不過聽前輩老先生們說說。」

當時，我請教他是怎麼一個故事。繼仙說：

大老闆執掌三慶，在咸豐年間就做起頭了。小香的年齡比大老闆皆後得多，但是在三慶裡，一位老生，一位小生，也真是牡丹綠葉，相得益彰。年青人不無標勁，小香覺得自己了不起，就和大老闆爭包銀，拿著辭班不唱來做要脅。

大老闆一氣，說：「關他十年功，看他還唱得成，唱不成？」徐小香先生也負氣，竟此辭班八年，除了堂會偶爾參加，就此杜門用功，每天起來頭不去網，足不去靴，拉腿，吊嗓，自己操琴。屋裡立了一面大著衣鏡，忘餐廢寢地對著鏡子，自己揣摹。對人講話，也是搖頭的，他在那裡使翎子。不認識的當他癡子，朋友見了也無不大笑。八年而後，復入三慶，他的名牌真和大老闆雙掛一起。第一天登臺，他指定要唱《借趙雲》而不唱《鎮澶州》，大老闆也依他了（按《借趙雲》是小生正角，《鎮澶州》是老生正角）。

程繼仙的這一席話，使我感到凡一藝術的登峯造極，無不要經過一番刻苦功夫。沒有程長庚的一激，徐小香不會有八年刻苦用功。現在小生行裡提不起這樣一個出類拔萃的人了。

我聽見王瑤青說：「徐小香離開北平，他出世不久，所以趕不上談的。不過聽老輩說，王楞仙的小生算數一數二了，但是梨園的刻薄話，叫他「香灰」。說他是徐小香的灰，又說十個王楞仙，比不過一個徐小香的指頭。徐小香到底好到如何程度，好像說得有些兒神了。不過據曹心泉說，徐小香唱小生是用大嗓的，王楞仙限於天賦，天然帶了雌音，後來開了風氣，德珺如、姜妙香都是青衣改行，才把呂布、周瑜都搞成了雌婆雄了。

小生唱尖嗓，確有些彆扭，我的意思，當年小生一行都由崑曲改行，崑曲的官生，就是用大嗓唱的，高處彈入雲，如「一彈再鼓」、「冷雨淒風」都用本嗓，沒有假音，用這個尋求徐小香的小生唱法，也許十得其六七了。

現在唱崑曲的，連老生也有用假音的，無怪失之毫釐，相差愈遠了。

上海租界百年大事表

清道光廿三年（一八四三）十一月十四日，五口通商，上海宣告開埠，其明年設海防同知署於西門城內。

道光廿五年（一八四五）八月，上海道宮慕久公佈租界地皮草程。按租界九十九年起算標的，當時頗有兩說，一主：一八四三年《五口通商條約》。一主：一八四五年《租界地皮章程》公佈時起算。後來上海市政府奠基，黃炎培撰文，主前說，黨史館予以更正，應從《地皮章程》公佈之日算起。當時頗引起一般學者之討論，一九四二年日寇侵入租界，若從五口通商起算，適符九十九年。但一般輿論皆以當年黨史館之主張為主張。謂「時期未到」。及民國三十四年（一九四五）八月十日日本宣佈無條件投降。九月九日上海區受降，上海始正式收回，市府復員即在福州路工部局全體辦公，於是租界命運正式告終，事有前定如此。

道光廿六年（一八四六），建新關碼頭於北門外頭壩，司西洋各國商務，稅務，中國政府主之。

道光廿八年（一八四八），上海道允以蘇州河以北虹口一帶闢為美租界——英租界自河南路向西擴展至西藏路。

道光廿九年（一八四六），上海道麟桂與法領事敏體尼訂立《設置法租界協定》。

咸豐元年（一八五一），大主教江蘇傳教本部設孤兒院於徐家匯土山灣。

咸豐三年（一八五三），小刀會劉麗川佔領上海縣城。西僑始組織義勇隊防衛租界（咸豐五年收復）。

咸豐四年（一八五四），英租界工部局成立，上海道吳健彰與英美法三國領事締結《上海江海關組織協定章程》。

咸豐六年（一八五六），鑄一兩銀餅。

咸豐七年（一八五七），麥加利銀行設上海分行。

咸豐十年（一八六〇），太平軍李秀成攻上海，號稱十萬大軍，與英法商團隔跑馬廳而陣，以不勝炮火，解圍去。

咸豐十一年（一八六一），法租界自行拓界至小東門河邊。

同治元年（一八六二），太平軍再度襲上海，李鴻章率楚軍六萬人赴援，擊敗之，創小規模之製造局於高昌廟；法設公董局。

同治二年（一八六三），英美兩租界合併為公共租界；李鴻章奏設廣方言館。

同治三年（一八六四），設立會審公堂衙門，審理租界內華洋訴訟。

同治四年（一八六五），工部書信館開始發行郵票；英僑雷諾於黃浦口試行駕設電線。始用煤氣燈。

同治六年（一八六七），旅昌洋行成立，輪船通行於揚子江；江南製造局創立；清政府向西商借款平伊犁之亂，以關稅擔保。

同治八年（一八六九），重訂《公共租界地皮章程》。

同治十年（一八七一），大北電報公司敷設上海香港間海底電線，通報完成。

同治十一年（一八七二），第一次派遣留學生出國；英商福開森創設《申報》；徐家匯設天文臺。

同治十三年（一八七四），東洋車自日本輸入；創設招商局，中國始有自駛商輪。

光緒元年（一八七五），中西紳商建格致書院；日商三菱會社開上海橫濱間定期航線。

光緒二年（一八七六），設郵政辦事處，附屬於海關。英商於上海吳淞間敷設鐵路。明年通車，總督沈葆楨，收買鐵路，拆毀之。

光緒五年（一八七九），英語《文匯報》創刊。

光緒六年（一八八〇），工部局簽訂自來水合同（光緒九年開始給水）。

光緒七年（一八八一），公共租界電話開通，官辦電報自天津通至上海；杭州鉅賈胡光鏞查抄，上海金融第一次被波動。

光緒八年（一八八二），上海電氣公司成立；電報改官督商辦；領事團組織領事公堂，審問西人刑事法案。

光緒十年（一八八四），法越戰起，越告急於我。劉永福敗法軍於韶關。中法一度絕交，上海知縣黎光旦奉命舉辦民團，防法租界。

光緒十五年（一八八九），德人設德華銀行於上海，資本中國規元五百萬兩。

光緒十七年（一八九一），英工部局築楊樹浦路，農民第一次與租界發生衝突。

光緒廿一年（一八九五），英國立德爾夫人發起「天足會」；康有為在北京、上海組織「強學會」；後築淞滬鐵路；中國通商銀行創立；開辦郵政總局；日本大東汽船株式會社，開航蘇、杭內河輪線。

光緒廿三年（一八九七），夏粹芳創立商務印書館。英人初設棉紗廠於上海。

光緒廿五年（一八九九），重修公共租界實施地皮章程，公共租界總面積放寬至三萬三千五百零三畝；建會審公廨於北浙江路；建南洋公學於法華鎮。

光緒廿六年（一九〇〇），義和拳事件發生，各國兵艦雲集黃浦江；法租界自由擴充；美國女教士彭耐兒創設濟良所。

光緒廿七年（一九〇一），鎮海葉氏，設澄衷學堂於虹口；東亞同文書院設立。

光緒廿八年（一九〇二），公共租界簽請敷設電車契約。汽車初次輸入；花旗銀行設上海分行。

光緒廿九年（一九〇三），滬寧鐵路開始建築，設總管理處於上海；日本郵船航入揚子江；朱志堯設求新廠，自造船舶機件。

光緒卅年（一九〇四），改龍門書院為師範學校；工部局設華童公學；滬紳以美國虐待華工，倡議抵制美貨；創設萬國紅十字會。

光緒卅一年（一九〇五），江南造船廠自江南製造局劃分，改為官商合辦；滬江大學成立。

光緒卅四年（一九〇八），滬寧鐵路全線通車；四明銀行開業；租界行駛電車。

宣統元年（一九〇九），滬杭甬鐵路，上海杭州間完成通車；國際鴉片會議在上海開會。

宣統三年（一九一一），法人環龍在法國花園表演飛機；《大陸報》創刊；革命軍武昌起義，十一月上海光復，舉陳其美為滬督，清廷派代表唐紹儀與民軍代表伍廷芳在上海公共租界市政廳舉行「南北媾和會議」。

中華民國元年（一九一二），上海拆城，環城改築馬路；都督陳其美辭職，取消軍政府，立縣議會，及縣參事會，設駐滬通商交涉使；置江海關監督。中國銀行成立；改江蘇官銀號為江蘇省銀行；萬國儲蓄會創立。

民國二年（一九一三），前農林總長宋教仁遇刺於滬寧火車站。二次革命爆發，陳其美設駐滬討袁軍總司令部於南市。袁氏海軍中將鄭汝成率第四師陸軍步隊三營抵滬。民軍兩度攻製造局未克。鄭汝成任上海鎮守使，薩鎮冰督辦淞滬水警。

民國三年（一九一四），袁氏停辦地方自治，駐滬交涉員改上海觀察使，又改稱滬海道尹；中法協定，訂擴充法租界區域。

民國四年（一九一五），鄭汝成被刺，第四師師長楊善德繼任淞滬護軍使。鎮守使取消；王正廷等倡議勸用國貨；日本以二十一條要求袁氏，各地發生排斥日貨運動；海軍肇和兵艦反正，炮擊製造局。

民國五年（一九一六），陳其美在其租界寓所被刺。

民國六年（一九一七），楊善德督浙，盧永祥升任淞滬護軍使；中日合辦上海取引所開業；上海市錢業同業公會成立。明年上海銀行業同業公會成立。

民國八年（一九一九），袁氏派南北議和代表，與民黨會議於租界之舊德國總會，無結果而散；學生遊行被捕，南北市工商罷業，要求釋放被捕學生。全國學生聯合會於上海組織成立；盧永祥督浙，何豐林繼任淞滬護軍使。

民國九年（一九二〇），全國學生會及民眾團體均被封閉。蘇滬交惡，全滬戒嚴；公共租界設置華人顧問委員會。

民國十年（一九二一），中國共產黨在法租界第一次開會；金業交易所成立；改南洋公學為國立交通大學。

民國十一年（一九二二），郵差、海員及日本紡織工人相繼罷工。

民國十二年（一九二三），曹錕賄選，滬國會、眾議兩院議員通電聲討；排日運動展開；四行儲蓄會成立。

民國十三年（一九二四），齊盧戰事發生，孫傳芳自閩入浙，盧永祥、何豐林逃亡日本。

民國十四年（一九二五），五卅慘案發生，全市總罷工。

民國十五年（一九二六），工部局增設華董三人；淞滬商務督辦公署成立。

民國十六年（一九二七），國民革命軍北伐，三月十一日至上海。四月清黨，上海特別市政府成立。罷工風潮盛行，市政府發禁止罷工令；第八屆遠東運動會在上海開幕；會審公廨收回。

民國十七年（一九二八），羅克影片辱華，輿論大憤結果，羅克影片永遠不得入境；租界各公園開放；上海市縣劃界；中央銀行創立；濟南慘案發生，日殺我交涉使蔡公時。上海各界組織抗日委員會，排斥日貨，發起救國基金。

民國十八年（一九二九），總稅務署移設上海；公佈市中心區計畫；中國國貨銀行開會。

民國十九年（一九三〇），廢止臨時法院，改設特區地方法院；真如無線電臺峻工；郵政儲金匯業局創立；上海電話公司設立。

民國二十年（一九三一），中央銀行發行關金兌換券；上海北平間航空線通航；「九一八」事變發生，上海民氣尤為激昂，宣導抗日救國運動，不遺餘力。

民國廿一年（一九三二），「一・二八」中日戰起，延至五月，中日停戰，韓人志士炸白川大將及重光葵於虹口公園演說臺上，白川死亡，重光傷一足；招商局改歸國營；立上海錢業準備庫。

民國廿二年（一九三三），中央造幣廠開業，鑄新銀幣。廢止海關兩；市中心區市府新廈落成；中國航空協會成立。

民國廿三年（一九三四），推行新生活運動。

民國廿四年（一九三五），中央信託局開業。國府定中（央）中（國）交（通）農（民）鈔票為法幣，不得再使行銀幣；第六屆全國運動會在市體育場舉行。

民國廿五年（一九三六），上海魚市場成立；中山秀雄案發生，日本陸戰隊來滬。

民國廿六年（一九三七），蘆溝橋七七戰起；日本在滬積極製造事件，八月十三日戰事爆發，抗戰三月之久，國軍西撤，全市淪陷，偽大道政府成立於浦東。

民國廿七年（一九三八），日寇修復滬寧鐵路通車；偽維新政府成立；日寇設立「中支振興會社」搜括淪陷區物資。

民國廿八年（一九三九），漢奸時被襲擊，行動伏法，日偽極度恐慌；偽華興銀行出現，限制提存。

民國廿九年（一九四〇），日偽設置中央市場，統制貨物，物價飛漲，罷工事件頻發；駐滬英軍撤退，美僑亦開始撤離；偽市長傅筱庵被刺伏法，陳公博繼任，日偽惶惶，感覺極度不安。

民國三十年（一九四一），偽中央儲備銀行發行儲備票，以兩作一兌現中央法幣。物價劇變，一日千里，不可收拾；日寇發動太平洋戰爭，同日進駐英租界，擊沉英艦，迫降美艦，查抄工商業及文化機關。

民國卅一年（一九四二），偽組織開始接收全部租界公私機關、法院及學校。公共汽車全部停駛，限制水電用量。實施計口授糧，訓練燈火管制，開始清鄉，發給市民證。

民國卅二年（一九四三），日偽組織保甲自警團；偽商業統制總會；公共租界法租界先後接收完成，並接收意國人財產。

民國卅三年（一九四四），偽征「戰時消費特稅」；食糧恐慌至於極度，煤斤奇缺，工廠全停，居民限制一戶一燈。燒餅一枚，賣至萬元。

民國卅四年（一九四五），日偽增加零售捐，實施重點配給制，頻受空襲。每次國軍飛機出現空際，居民均爬上屋頂歡迎狂呼。物價一日千變，偽幣已不夠發，改用撥款單及劃線本票，「億」字單位已不夠用，方欲製造新字數，而日本無條件投降已從八月十日夜十二點中的無線電廣播了出來。八年陰霾鬼魅，一掃而空。九月九日，上海受降典禮告成，租界完全收回，新建設從頭開始，從道光廿五年《租界地皮章程》公佈算起（一八四五），整整九十九年，雖曰天命，豈非人事哉？

金小寶

越人袁安之，邑之巨室，食膏粱，衣文繡，而居恒戚戚，有伯道憂。或勸置簉室，則婉拒。翁室李氏，系出名門，婉淑嫻禮法，翁愛而敬之。事皆商請而後行，不忍背，久而乃習於憚。初，翁有納妾意，商諸婦。婦曰：「妾非不育者，姑緩待之，如何？」翁遂不復萌念。久之，李得疫，將死。乃泣謂翁曰：「我以自私誤君嗣，我死，君必速娶，毋使若敖氏餒而。」

翁泣受囑，猶戀舊情，不忍問聘。友人慰之曰：「君篤伉儷，固不忍別娶，若虛正室而納簉，固先夫人之所許也。」

翁心動，乃束裝至滬，懸千金以求之風塵中，得名妓曰金小寶（按：金與林黛玉、張書玉、陸蘭芬為當年名妓四大金剛之一），絕色也，翁傾心焉。以巨金為之脫籍，金不願返鄉，翁乃營金屋而為海上寓公。期年，生一子。翁大喜，名之曰：「晚成」。

晚成甚慧，十四卒業高小，每試冠其曹。校有馮氏女，曰蘭英，娟娟之豸，其父賈於申，與袁有葭莩親。居同鄰里，與晚成同學同遊，稍長，情愫益篤。翁為子委禽焉。

明年秋，翁得危疾，咳劇且下痢，金衣不解帶，日夜將護無怨色。翁自知不起，泣謂金曰：「吾死，卿將奈何？」

金曰：「妾雖煙花賤貧，頗知禮義。柏舟之節，誓必守之。」

翁曰：「確耶？」似未信。

金曰：「妾言出於至誠。若不信，妾請先殉。」

翁急曰：「否，否，吾，吾信汝。汝死，則六尺之孤何托？」

晚成適自校返，翁以槁白之指，撫兒首，語呶呶，已喑，但見淚落如綆縻，遂溘然長逝。

喪禮畢，暫寄權厝，金攜晚成返翁家園。依其叔，一切產業，胥歸叔代理。叔以阿兄在外，僅遺此一點骨血，待之如己子，且盡封遺產，將俟侄成人授室而後授之。金德之，厚饋叔，叔皆卻之。

晚成既歸鄉，遂廢讀，念蘭英不已，時借鴻鱗，互通衷曲，一對小兒女，唯待長成，天與佳期，無異牛、女二星之盼七夕。然其時喪服未闋，晚成固猶在苫塊也。

會值清明上墳插柳，越人以為大典，晚成隨叔祭掃祖塋，族人均在，見晚成皆不識。蓋叔以晚成歸里未扶柩，當徐圖吉地，而後設奠告窆，作謁祠計。故成見宗長亦多不識。途中有三五老少，迭視晚成，竊竊私議，喉間咳嗽作獰笑。晚成莫揣其意，已頗局促，隨眾進退，依次禮畢，次及晚成，當拜。突一頒白叟，披紅風帽，操旱煙管，屏晚成於十步之外，曰：「小子何來？乃廁於宗人之列耶？」

晚成仰視不見其叔，適往鄰墓，乃長揖向長者，曰：「孫，安之公之塚嗣也。」

族長呵曰：「嚄唶。安之吾侄孫，向無子嗣在外，而汝乃敢冒為其子。嗽」眾大笑。

晚成叫應曰：「吾固安之公之長子也，眾何笑為？吾母金，娶於滬，實生我。今十四年矣，族人寧不知耶？」

眾笑益縱。族長曰：「安之娶妾，事誠有之。然吾族規，不能認汝為嗣。若毋喋喋，但歸問汝母果為安之何等妾？可耳。」

「晚成憤填於膺，耳鳴如鼓，四顧覓叔，叔不至，乃含淚被面，進退維谷，淚續續下。

臧獲輩胥叱之曰：「若自知非袁氏子，廁此何為？再勿去，辱且及矣。」晚成乃大哭，奔告其母，步履顛倒，面色灰敗。至家，倒臥於榻上，氣結不語。

金大驚曰：「兒病矣。」急詢其故。

晚成具述見辱狀，哭不已。

金歎曰：「冤哉。兒勿哭，母當為爾往愬。」乃詣叟家，禮畢，徐問曰：「族長頃何示訓，乃使吾兒一慟至是？」

叟笑曰：「彼果問汝耶？汝何以答之？」

金曰：「吾慰彼勿哭，且許為彼詣族長辯誣。」

叟笑容立斂曰：「孰則誣之？」

金曰：「吾固知族長，審知晚成為袁氏子。特晚成年幼，無禮，頃成開罪於族長，故戲之耳。族長寧不知吾兒之為袁氏子耶？」

叟大怒曰：「塞爾口。安之安得有此子，族人均不認有此子，若欲辯，可辯之於大眾。非族長一人可得左右也。」

金亦變色曰：「族長幸勿言，吾願開袁氏祠堂，與眾對質。」

叟喟然曰：「惜哉，汝乃一妾，祠堂焉得為汝而開！須知祖宗定立遺規，凡在外納妓，所生子女皆不得認姓歸宗。汝夫寧不知，汝叔寧不知，吾忝為族長，固不能為爾破例，壞祖宗成法也。」

金茫然若失，久之，曰：「吾乃不知有此……」語未畢，適有一稚子，衣服文繡，依翁膝下作戇態。目灼灼視金，叟頻頻撫其頂，若不勝愛惜者。蓋其孫也。

金忽憶此子，亦娶妾所生！猝指謂曰：「此非妾生者耶？奈何在此？」

語未畢，忽聞怪聲砰然，叟怒翻其案，稚子驚遁。叟突睛作碧色，狺然詈曰：「狗，汝賤，汝乃妓耳，敢與妾比耶。」命僕攆金，絕裾而入。

金氣結出門，道遇叔，具訴之。叔愕然曰：「越俗洵有之。在外納妓，生子，固不得立為嗣。然生父自證之，先告廟者，則宗族受賕，亦可通融。吾初以為兒在生時，在外十四年固已部署停當矣，而不知其疏忽如此，今無及矣。」

叔貌願樸，但竭力慰金，金亦信之，不疑有他。

既而，流言四布，合邑皆謂：晚成非袁氏子矣！金數往覓叔，叔且避而不見也。晚成患病日劇，捶床痛泣，繼之以血。而馮氏忽以退婚聞。

初，馮女與晚成別，豆蔻年華，相思已解。以晚成輟學，踽踽獨行，同學與之語，輒木然似不聞者。是年升中學，然成績優異，國文尤列超優，女蓋欲借此與晚成通書，達其情愫，故魚雁往還不絕。女年既及笄，貌益妍麗，莫不以書中人擬之。特其容色憔悴，顰黛不開，見者固知傷心人別有懷抱。蓋晚成在鄉，招族人妒忌，女父母已風聞之。初猶以為誣，久之，漸證實。父母愛女，不欲其女嫁無姓之人，漸有悔婚意。家庭專制，女無自主權，雖不欲而難違親命，於是憂心之搗，莫知所可，日夕背人飲泣而已。

父母以愛憐故，急欲為女退婚，事在眉睫矣。女初猶隱忍，至是乃抗議。父大怒曰：「所為兒許婚者，乃袁氏子也。今彼乃妓生，越人謂之『盜生』（盜讀如逃），曰『惰民』（民讀如瓶），乃人類之至賤者，乞丐不如。兒乃欲從之終身乎？」

女曰：「當父許婚時，固知其母非出名門。當時何以許之，而悔之於今日？」

父曰：「當時，袁翁健在，吾固知其為袁翁嗣子也，而不虞其有變。」

女泣曰：「父寧不聞古訓，女子從一而終乎？」

父曰：「汝嫁石、嫁雞，均可，獨不能嫁紹興之惰瓶。父族蒙羞，汝亦不齒於人類。」

女知不可挽回，忽謀一志，愁容立斂，舒眉而言曰：「父志已決，兒復何言。」

父母以為女心已轉，亦轉笑慰撫，曰：「兒悟矣，可上樓休息去。」

時方盛暑，女登樓，命婢具蘭湯，施膏沐，焚香作書，書竣潤以唾津，加封呼婢曰：「小梅來。」

小梅入，女曰：「此信汝為我付之郵局。」

小梅方垂髫，慧黠，女嘗教之讀，頗識字。睹封笑曰：「又寄姑爺信耶。」

女亦強笑曰：「勿饒舌，速去，勿為他人見，又貽笑也。」

小梅諾而去，女曰：「你過城隍廟，可為我寄一楮香帛。今日非十五耶？」

小梅噭應之，遂去。樓梯錚錚然，嬉躍而下。

女乃鍵戶，盛裝，望天再拜，懸樑自縊。

＊＊＊

晚成病中，忽一催命符，天外飛來，則蘭英絕命書也。具言父母悔婚意，又諫不從，惟有為君先驅狐狸於地下耳。箋上斑斑，血淚滿漬，墨暈模糊。晚成大慟暈絕。

稍醒，聞泣聲，啟目，則其母也。蓋馮氏退婚使亦至，金驚愕失措，及入室而見女遺箋，晚成已暈絕於榻。不禁狂怒，出逐馮使曰：「汝家小姐已被逼死，尚向吾兒索命耶？」以桌上花瓶擲之，來使抱頭鼠竄而去。

金入室，母子相持慟哭。晚成曰：「母，勿慰且勿悲，嗟乎吾母，兒恐已不久人世矣。」

金聞成語字字如利刃刺胸，眼淚忽竭，視晚成，則乾號。蓋悲極無淚也。

成慰母曰：「修短有命，終歸於盡。兒不孝，不能侍母，而殊不以死為悲，惟痛母……」言至此，忽然哀號一聲，慘如鶴唳，淚湧如泉，衾枕淹透，奄然暈絕。歷半小時，後強起，向母索紙筆。

金曰：「兒病甚，作書欲何用？」

成曰：「兒致蘭英。」

金泣曰：「蘭英已皈佛座，兒書不能達。」

成曰：「否，彼有書來，約我去，兒不得不復。」

金不忍拂，遂具紙筆。成伏枕，手顫，終不成字。是夜，成遂溘逝，離此五濁世界而去。金慟失其子，復恥老叟之辱。茫茫後顧，生趣毫無，遂於子旁，自結而死也。

金死，袁無嗣，遺產盡歸族中，其叔分得大半，然亦無子。族人以族子入嗣。不肯，盡蕩其產，叔嘔血死。安之一房煙火竟絕。

外史氏曰：「晚清末年，上海花國有所謂四大金剛者，金小寶其一也。余髫齡時，猶見其照像。豐容盛服，流麗端妙，頗似良家。然當其蜚譽花叢，亦復飛揚跋扈。及歸安之，風雲頓斂。然為安之在滬設奠，喪禮猶盛極鋪張，飾晚成為孝子，緦服麻冕，人以金為知禮而惜其奢。不謂晚節屯邅如此。夫死子亡，繼亦自縊。視柳如是之殉盧山，雖不能衣帶冤箋，控族賊於既亡之後，然其茹苦靡他，亦不可多得矣。而後人謠諑，尚有謂金嫁人復出者，真夢囈也。獨恨袁婦妒夫納妾而竟斬袁嗣。世有系出名閨，號稱賢德，而管束閫外，視夫如囚奴者，固比比也。悲夫。」

老《申報》一萬號

《申報》創始於前清同治十一年（一八七二），為英國人美查所創辦。初美查與其兄販茶於中國，資本折閱，其買辦陳莘庚（江西人）鑒於《上海新報》的暢銷，怦然心動。《上海新報》發行於同治元年，為《字林西報》的中文版。用道林紙兩面印，每二天出版一次，新聞大抵譯自《字林西報》，餘則轉載《京報》及香港報紙。其時洪秀全已奠都金陵，該報以教會關係，得探聽太平軍及清軍兩方消息而並載之，故銷路特暢。陳以辦報說美查，並遊說《字林西報》，謂同係英商，請勿煎迫，《字林西報》遂將《上海新報》慨然收歇。陳莘庚乃輔美查創辦《申報》，並介紹同鄉吳子讓為主筆。其時日報初興，競爭者甚少，年獲巨利，又添設「點石齋石印書局」、「圖書集成鉛印局」、「申昌書局」，替中國文化上做了不少開明的工作，後來美查忽思回國，在光緒十四年，將所有事業改為「美查有限公司」，托其友人阿拍拿及芬林代為主持。光緒三十二年，公司以《申報》營業不振，出盤與申報館買辦青浦人席裕福（子佩），子佩借款接辦，乃掛洋商牌子。民國元年由席子佩手中，出盤與漂陽史家修，就是史量才先生。

申報館從史量才手裡，才完全脫離外人，歸華人經營。史氏聘陳冷（景韓）為總主筆，王晦（鈍根）和先君陳栩園先生（天虛我生）為副刊編輯。王堯卿、張竹坪為正副經理，旗幟煥然一新，營業蒸蒸日上，遂執中國日報之牛耳。申報館在三馬路望平街，籌建新廈三層樓，大家都叫它「老申報」。有一座「尊聞閣」，也就是一座申報館的藏書樓。預備收藏一部從《申報》創始一號起的全份老《申報》一萬號，以為傳家之寶。報紙發行，每天一號，一年只有三百六十號，一萬號就是三十年，當它篳路藍縷，創辦伊始，誰又把它當做珍聞珍本藏起來？但是，申報館藏書樓這一萬號老《申報》只要內中缺失了一張，就是《申報》之恥，於是量才先生就吩咐廣告部，登一個徵求廣告，誰有藏著這一萬號老《申報》，一張不缺的，不惜重價，向他收購。誰知在萬塵如海的春申江畔，竟有一個有心人，收藏著這從同治十一年起的到光緒二十五年的一萬號老《申報》，一張不缺。這位先生便是現在臺灣曾任世界書局經理劉雅農兄的舅父張鳴笙先生。

他當時剪了報上的徵求廣告，來到後馬路泰記弄申報館廣告部。這時候的廣告部主任是由張竹坪兼任的。張鳴笙先生的原意，是想把這一萬號老《申報》無條件地送給申報館，做個珠還合浦的新聞佳話。誰知張竹坪少年氣盛，只當張老先生來索高價了，他用營業的手腕，先給他來個冷淡，說什麼「登報徵求是有的，不過，只是幾張陳年的報紙，沒什麼希罕」。張鳴笙先生一聽，不由生氣道：「好罷，既然沒什麼希罕，我留著自己玩吧！」就此不辭而別。張竹坪把經過情形報告老闆，史量才先生大驚道：「一萬號的老《申報》，原封不缺，真是無價之寶，你倒說不希罕嗎？快把張老先生去請來，我親自和他商量。」

張竹坪果然把張老先生找來了。量才連忙先自引歉，言歸正傳，接問「張老先生是否肯於割愛」？張鳴笙先生笑道：「不肯割愛我也不來了，不過我是待善價而沽的，不知貴館肯出多少呢？」

史量才一聽，生意經來了，心裡咕啜，口裡卻不肯說出一個數目來，只說：「請張先生酌量。」

張鳴笙想了一想道：「這樣吧，多，我也不好開口，就算六十萬兩銀子吧。」

史量才駭了一大跳，「什麼？」在那個年頭，六十萬兩銀子幾乎可以盤一爿銀行了。但是，史先生還是沉住氣的，和張老先生商量，是否可以減少。張老先生說：「我不是隨天討價，現在有三個公式可計算這份一萬號老《申報》的真價值：（一）用每份定價加以從同治十一年到現在民國的複息來計算它；（二）用舊報紙售出每斤的價值，再加複息來計算它；（三）如果雇用一位專員來整理這份報紙，他應得的薪水，再加以複復息來計算它。好在貴館張竹坪先生是最精於算盤的，請他準準確確地算一算，我明天再來聽回信。」說完這幾句，張老先生就走了。

張老先生走後，史量才連忙叫張竹坪上來埋怨道：「都是你說得太輕鬆，惹出老先生一身火來，開出如此高價，如今你把三種方法，都計算一下，張老先生的話是否可靠？」哪知算來算去，三種方程完全一樣，連本加上複利，都超出六十萬銀子。史量才這才心服情願地親自坐車到張鳴笙老先生的公館來，說道：「這份報紙，我們算過確是照老先生的價值還是太便宜的，不過敝報館實在沒有這樣大的財力，可否請老先生酌減一點，如果十萬銀子呢，敝館還可以備得齊。」

張老先生見他來意很誠，這才大笑道：「我原是誠意送給你的，哪裡會要你這許多銀子。不過，我有一個條件。這一萬號老《申報》，就像我親生的女兒，如今要擇個吉日把它出嫁了。你得具備全副鼓樂，把它親迎過去。我還要發帖子，請我的好朋友，同來送嫁，你卻要具備筵席，盛大地款待。」當時魚翅大席，只有五元。便備上一百桌，也所費無幾，史量才先生哪還有不答應的。果然擇定吉日，鋪張如儀，張老先生雇了十座鼓樂亭子，把一萬號老《申報》，分為一千號一組，擺上彩亭，鼓樂前導，幾十部馬車跟在後面，一直送到申報館，成為尊聞閣圖書館中鎮山之寶，上面掛著兩張大相片，一張是老《申報》創辦人美查，一張就是張鳴笙先生。

林今昔與梁鴻志

《弦邊嬰宛》，有曰小林弟者，善歌程腔，貌亦娟楚。初嫁江四爺夢花（一平尊人），寵之專房，起居服飾，無不極其奢侈，而林意不樂。旋即下堂，張書寓於會樂里。時梁鴻志方佗，漫遊北里，一見以為天人。字之曰「今昔」，以明末有詩妓曰林昔昔者，固工詩而善畫。

梁以詩自豪，因教之為詩，又使從吳湖帆、賀天健諸畫師遊。而今昔聰慧，期年得兩者之長，又不復竟學。然民初三十年間，滬妓有以詩畫名者，林今昔一人而已。

日寇侵華，梁以閩人，負時望，出為維新政府主席，乃量珠聘今昔，寵遇之優，尤過於江。林亦以梁鴻配孟光自期，不復作飛揚想矣。

時故宮書畫，古器盡在南京，政府倉卒撤退，未及播遷，悉鎖之於朝天宮，水泥封錮，其中所庋石渠寶笈，幾四千餘箱。

日人垂涎重寶，欲遷之，而封錮嚴密，門不得啟，則以火藥微炸之。門啟，乃遷其宮，一夕輦載，盡上朝陽丸，待發矣。

今昔夜聞炮炸聲，疑有警，挽髻而起，則裝甲之車，絡繹道路，知重器播越，有大盜竊國者，則力撼使梁醒，使出問，則朝天宮被盜矣。梁懾於勢，懼且得禍，則蒙頭不欲問。

今昔曰：「公曩授我以書畫，則欲使儂列名於彙史中耳。今竊寶玉大弓之盜，尤甚於陽虎，公目睹而不救耶，則何庸侈談風雅為？」

梁有慚色，猶臥床不能起。會陳人鶴倉皇至，陳方任偽職，為教育部長，曰：「國寶被竊，教育摧殘，不救是吾責也。請與公同往爭之。」

今昔力促之，再三。梁不得已，乃與人鶴共往軍部，力爭。軍部初置不理，然亦中愧，恐遭世界物議，乃緩其海運，而改謀他途。

今昔聞之，毀髻涕泣曰：「吾不能為關盼盼，但羞尚書，不下樓矣。」因絕食以示志。梁陳俱感愧，亦樓居，絕食，示以死爭之。日人終為感動而返其原璧。今故宮博物院所藏大率皆是也。余聞而感之，嘗為詩紀事曰：「門外輕雷約素秋，細車無跡去仍留。成群恰伴樑間燕，七日凝妝不下樓。」成群，陳群也。

汪記政府成立，梁為國務總理，益貴，性好博，一擲萬金無吝色，今昔每婉諷之。

初，梁與曾毓雋、陸宗輿並列林畏廬先生之門，林每劣雲霈（曾）而奇眾異（梁）曰：「奇才，奇才。」及組黨安福，梁炙手可熱，葬母之費，一日三十萬金，弔者大悅。林諷之曰：「禮，與其奢也寧戚。」梁不能納，林乃歎曰：「曾謂泰山，不如林放乎？」遂疏眾異。

至是，今昔復提前語以諫。梁笑曰：「卿卻為林放乎。則以我為季氏可矣。」

梁為詩示林：「十年閒睨爛柯棋，辟世牆東老不辭。巖電偶張仍閃閃，吳音雖熟亦期期。廣場盤馬標能奪（睹），短榻圍燈留自吹（煙）。愛玩賢妻亦高壽，一家藕孔避兵時。」梁詩才絕雋，廣場短榻一聯，隱括尤妙。

梁本佳人，暮年從賊，自以為「我不入地獄，誰入地獄」，千百年後，當有明其心跡者，而不知為聖為賊，在於事功之成不成。從井救人，徒受污名，智者不為。自日寇南侵，屢敗衄於南洋。南京偽政府，無不意志消沉，坐而待斃。梁鑒於「藕孔兵塵」之無可避，輒欲攜林今昔，鵬飛圖南，而終為「一楊圍燈」所困，夙夜莫能興。一日，攜今昔遊臺城，見陳後主胭脂井，已用新法，張機起水，舊日井欄，棄之道左。梁笑指曰：「此亦當入朝天宮故宮博物院者。」命林賦之，今昔呈詩云：

井碟泉枯事已陳，又看女謁起兵塵。
若教張孔通機事，也御飛船遠避秦。

梁為之苦笑不置，曰：「他日，若得與卿同作井中人，相抱而死，亦不枉此矣。」林因泣下。梁以巾拭之，同入豁蒙樓，則文襄榜書，已拆為薪矣。梁亦泣下，賦詩云：「不對樵蘇對老兵，榜書終不救危城。彌天蒙蔽誰能豁，欲起南皮易此名。」蓋南皮榜書，實取杜詩「憂來豁蒙蔽」也。自是夫婦嘗悲愁相對，不知命盡何日，所作詩皆命今昔錄之，凡古今體九十一首，別為一卷，為《爰居閣詩續集》所不載。

梁本善揮霍，就獄以後，赤貧如洗，今昔依一丁氏媼而居，猶每日為梁獄中送飯。一日，以舊巾拭淚，猶是胭脂井畔舊物，而指爪瑩然，依然修整，梁深為感動，取巾題之曰：

曾拭啼痕與酒痕，入吾懷抱有餘溫。
他年休腕胭脂去，親見渠儂注絳唇。
猶及相逢未嫁時，只憑促坐接柔荑。
欲搔背癢先將意，身在樊籠未得知。

梁歿，林今昔以青燈梵卷終身，余渡海時，猶見之。嘗錄《爰居閣逸詩》一卷凡九十七首，為余贈行，獨錄其一斑。〈元旦〉云：「風解殘壕凍，春生戰骨苔。誰堪一歲始，親此萬緣哀。攬鏡知吾老，呼茶報客來。膽瓶間似我，猶戀一枝開。」〈重陽次叔雍〉云：「與君江國共秋陰，直以樓居當入林。傷亂頓忘佳節近，忍寒寧畏朔風侵。雄談破夜吾猶健，野哭經年眾已喑。隻手待援天下溺，吏休官退一沉吟。」〈宿西湖行館〉云：「勞人何幸憩湖陰，一曲涼波鑒此心。未曙求衣心自警，所居臨水影全沉。流民滿眼誰能繪，朋輩前遊不忍尋。父老花枝莫避我，隔江吹角動哀吟。」〈旅夜〉云：「酒杯軟腳壓吾驚，此夕歌塵昨歲兵。才向高空憂晦塞，又從旅泊計陰晴。居無黔突終何補，局似彈棋總未平。多謝吳姬知我意，夜來燒茗苦相傾。」〈閣夜〉云：「萬家春夢已全酣，高閣何人共夜譚，避雨池塘初吠蛤，放晴坊陌正宜蠶。亂餘民隱四無告，老去官身七不堪。除卻繁憂上霜鬢，更將何術惠江南。」〈春盡〉云：「樓外西園接戰塵，園花今日最愁人。乍晴乍雨摧殘汝，非霧非煙斷送春。戀樹歸鴉迷所止，定巢新燕莫生嗔。綠陰亦自關時會，昨夜東風認未真。」蓋其危巢日迫，晚悔衍遲，故不覺其辭之惻而聲之哀也。

玫瑰公寓

上海程順元以營造業起家，積貲百萬，子延庚，投身筧橋空軍，積資至上尉，父固勿善也。會假期，歸省。父喜而觴之於杏花樓，母妹均在。父酌之曰：「願兒得長假，同聚天倫樂。」

延庚曰：「此次固有假期，為母親祝壽誕來也。」

父曰：「然則諧矣。吾友貝有才，為女相攸，意在吾兒，擇日，吾當治筵為汝介紹貝小姐，彼有財產三百萬，固當今之棉紗大王也。」

延庚漫應之，而意實勿屬。蓋空軍中人，固倜儻勿羈，恥繼父業，而尤厭銅臭。父方絮絮道貝小姐之美，而延庚已頹然醉矣。

延庚有自備車，父慮其醉，欲代為駕御，偕母妹同歸。延庚謝曰：「兒未醉，且尚有友約，不能遄歸也。」一意態昂藏，以示未醉。父知此兒倔強，則亦任之，且醉中駕車，往往較清醒者為善，父亦有此經驗也。

延庚御空軍制服，金藍燦然，車復華瞻，敞篷飆輪，過大西路，道旁無不喝彩，延庚亦自得，吹口哨作情歌，而車已停於愛克殺俄國舞廳之前。夜舞方酣，樂聲如水，延庚舉步應節，踉蹌而入。

至已坐無隙地，唯酒排後，鏡屏一座，粲者一人，方斜倚獨酌，衣晚禮服，肌胸半裸，雙肩如玉，媚眼流波於鬢唇之裡，似「吧娘」，亦已半醉，而神態飛揚。

程倚醉前曰：「密司，容我拼桌乎？」

女作色曰：「汝知我願乎？」

程曰：「必願。」

女曰：「不願。」

程悵若失，蹣跚而去。頃之，一禿紳士復挾程至，且持雙杯滿斟香檳。

禿紳士曰：「露茜，我為汝介紹，此富翁程百萬少爺，願卿為我招待。」

女乃頷笑而起，延程小坐。

程醉態可掬，手雙盞以問女：「露茜，汝知我願乎？」

女笑曰：「汝必願矣。」

程正色曰：「不願。」徑持酒自去。

禿紳曰：「事不諧矣，可惜。」

女若無其事，揮禿紳去，曰：「請自便，彼即至矣。」程果復至引歉。

女笑曰：「吾固知君之必至也。」因起讓坐，程按其肩，滑不留手，遂緊並之。

「露茜，許我吻乎？」

女搖首示不可。程曰：「然則行耳。外面風月佳，吾當共子徜徉於虹橋、徐匯間，毋使良宵虛度。」

程年少英俊，軍服燦爛，女殊生羨，即頷首報可。

挽臂而起，程曰：「要簽出乎？」

女笑曰：「吾非吧狗兒，來去固自由者。」

遂偕出，時在十月，霜天月白，程御敞車問女：「冷乎？」

女以白狐圍領，嬌倚郎懷，曰：「不怕。」

程炫其技，速度八十碼，樹屋掠過，皆似倒飛，天風冷冷然。女偎之益緊，曰：「余哉，似上月球探險去矣。」

程吻不已，遍繞滬郊，止於吳淞福致飯店，女顰蹙曰：「是局促者，亦足容月球探險隊耶？」

「然則將何往？」

女曰：「我司機，君但冥目坐，自能直抵廣寒，示君異境。」

程笑而納之，女郎坐於程懷，執惠而盤。程擁之，足抵風門，車乃如噴射機之起飛，駕駛之精，尤勝於程。

頃之，抵一處，車戛然止。女挽程入門，登電梯達第五層，乃公寓也。女以鑰匙授程，扉啟，陳設之精，乃與程之軍服競燦。地毯、床衣，皆英國名產，織滿玫瑰花朵，傢俱圖案亦玫瑰。一室溫馨，直似置身於眾香國中，玫瑰公寓也。程不覺飄飄如登仙，遽擁而狂吻之曰：「露茜，卿真玫瑰花后也。」

女亦吻程，久久勿釋，程解軍服，女亦入浴，程趨酒櫥，自製烈酒，取白堇、苦艾、伏爾加，盡傾之一樽，而以玻璃棒攪之，且加冰焉。

女浴已，僅御輕綃，肌膚皆隱約可見。自坦臥於玫瑰褥中，褥厚而綿軟，全身似為玫瑰花所包圍，而瓊肌如雪，纖悉畢呈。程不復能忍，遂圓好夢，女宛轉工啼，綢繆備至，程稱職而已。

雞初鳴，女欲起浴，程妮之，女曰：「固與君卜夜而未卜晝也。」

竟披衣下床，浴已，則已晨妝儼然，昨為桃李，今似冰霜。顏色凜然，判若兩人。程為之悵愕不置。

女促之起曰：「一夕之緣，盡於此矣。以後倘相值，願毋以為相識也。」

程惘然不知所云，私念，「是亦夜度娘之故態，倘炫以多金，當無不可忻動者。」以篋中美金二百，置於案。

女大怒曰：「汝以我為如何人也？汝亦不過程百萬之子耳，實告君，我當付汝金，而汝付金我耶？」遽擲其金於地，作蝴蝶舞。

程生平未受此辱，始知昨夕所遇殆宦家殘餘，而以己為人渣者，乃蹌踉奪門而出。

女呵之曰：「止。尚有鑰匙在汝身邊，須還我也。」

程力擲於地，入電梯，逕自下樓。司梯女郎睨之而笑。

程一夜不歸，父殊焦躁，則坐於書室而待之，見子返，則怒曰：「若初返假，乃不事父母而事夜遊，究何往者？」

延庚不能答，父固木工，椎魯無文，初不疑有他，忽見其雙頰皆女人口脂，乃大怒曰：「汝不務正，而狎邪，辱我甚矣。」遽握拳欲椎之。

子亦憤憤：「我固程百萬子也，然百萬亦有時而窮，能值幾何？」竟負氣出。

出則旁皇無所至，趨車作疾風之行，繞行竟日，不覺止於玫瑰公寓之門。程心恨女無情，初不欲上，而足不自主，拾梯登樓，則璇閨深扃，室邇人遐。司梯曰：「先生訪露茜小姐耶？今晨已他遷矣。」

程失望曰：「何遷之驟也？」問移居何所？則曰：「伊常一日三遷，固行蹤無定者。」

「然則神女乎？」

司梯搖首示不知，既而微笑：「亦夜鶯之流，畏警伯追踵耳。」

程氣索，狼狽返家。父喜其遄歸。曰：「子竟第何往，明日七點鐘已約貝先生及其女公子，聚餐都城飯店，子其善自修飾，毋令相婿勿中也。」

子漫應之，明日依時至都城，則主客皆未蒞，遙見一女，方飲咖啡畢，嫋娜出甬道，露茜也。程大喜，亟追之，女已入電梯。程盤梯狂奔而下，女已出門，呼黃色汽車，程亦呼街車追之，女似勿覺。至則仍為玫瑰公寓，蓋女預料程之復至，特囑司梯詿之耳。

程奪門入，抱女膝，跪於地，遍吻之，自足至踵，不放。

女頓足曰：「速起去，此非子所當常至者。」程哀之流涕，且謝己過。

女曰：「何謝為？汝固可以金錢買我者，然我亦有自由，不能隨便賣與任何人。今且去，毋溷我矣。」

程涕泗交流，自陳其愛，指天矢日，幾欲剖心。

女乃歎曰：「孽哉，我閱人多矣，人以金購我，我以色報之。一夕之歡畢，則散若浮萍，從無牽纏如子者。雖然自子之出也，吾心亦有惻惻焉，終日乃不得安。今復遇子，命矣夫。」

乃治酒與程共酌，盡無數觥，女醉甚，程昵之。

女曰：「去，去，吾不能與汝再造孽緣。」拒之甚峻。

程自陳其身世，願娶女偕老，守之終身。

女大笑曰：「吾以汝為誰家子哉，乃程百萬子耳。汝知我為誰？」

引程歷諸瑤室，則瑤茵象床，佈滿玫瑰之宮，每室懸七彩放大照片，皆摩登伽女，備諸色相。程目眩心蕩，幾不能仰視。

女強令縱觀，曰：「此中人，有汝心愛者無？吾皆能為汝致之。但視汝囊金如何耳。」

指一裸像，迴腰曼目，峰巒迭起，含頤支一纖手，似向程而招。則女也。鑲鏡之框，皆玫瑰寶石，光芒不可逼視。程大駭。

女笑曰：「汝今知我為如何人矣。吾固某國皇子妃也。」

程曾聞某國太子來華觀光，某夫人為招待。皇子國中產寶石，彼嘗作天秤，高如人，裸夫人玉體以為權，而量寶石之數，衡平，太子盡傾篋贈之，而為建玫瑰之宮也。

女乃笑倚程肩曰：「程郎，汝之豪富，能供給我乎？我唾惡世之駔儈，吝嗇半生雙鬢星星，年將就木，乃以其畢生居積之戔戔者，欲玩盡天下弱者，吾故為天下女子復仇，使入吾玫瑰之宮，使獻出其金錢與血肉，傾家蕩產，至死而無悔。我食人之魔王，亦大師子菩薩之化身。而子欲以區區肉體，佈施我乎？子可以休矣。留戀何為？且我亦不忍便子為人渣耳，子知之乎。」

程氣索神弛，口舌乾燥，綺念全消。因曰：「吾聞太子返國，夫人嘗產一兒，今尚在乎？」

女曰：「今已畢業高中矣。」遂啟秘篋，出一美男子像，作學生裝，年可弱冠。

程固嘗見太子像於《泰晤士報》，不覺嘖嘖曰：「真像皇子。」

女作鄙曰：「皇子烏足像，乃像皇子之父耳。」

女屢促程行，程亦自慚形穢，不復再存妄念。臨去，女脫翡翠戒指贈程，值亦巨萬，程卻不受。

女揮手曰：「然則拜拜，他日邂逅願毋相識也。」

嗣後，程數遇於大宴會中，雖交舞，而各不一言，程極自矜持，似不相識者。然珠光寶氣，望之如仙，倒計其年齡則四十以外矣。

抗日戰興，女轉赴後方，拍賣玫瑰公寓，拍款悉以勞軍。

程聞之亟往參觀，則一切陳列，皆已徙去，但空室耳。程低徊不能自已。以本隊限時待發，匆匆離去，忽足觸一物，錚然作響。亟拾之，則曩時相贈之玫瑰公寓鑰匙也。

程後與日軍空戰，殉難，忠骸灰燼，唯玫瑰之鑰匙貼身不去云。

小梅

漕河涇名園甚多，有別墅曰宋園，種梅極盛，清末某公，以遺老隱此，更姓曰「宋」，咸以廣平翁呼之。生一女，慧絕，授以詩書，無不嫺熟。字之曰「班香」，富室爭聘，無當意者。

湖北邵友濂，來滬訪友，偶入梅林，愛其清麗，時晚霞方斂，淡靄籠村，富饒詩畫意境。邵乘興沿溪，不覺意遠。忽聞七弦琴，韻調悠揚，出於樹間，餘音嫋嫋不絕。邵固知音，知為《平沙落雁》之曲，喈喈雝鳴，聲若求友。循聲往溯，才度阡陌，便得小園，柴扉僅掩，琴聲自內出，扉固不閉，推之而入。至一小軒，遮以青幔，邵側耳靜聆，琴聲忽斷，一小婢搴幔出曰：「何處生客，擾人琴趣哉？」邵驚避，軒內又有女子低呼：「小梅，既無竊聽，可速返，毋貪玩也。」

小梅笑應曰：「諾。」將返，邵蹤其後，軒內女子適亦停琴，搴帷而出，見邵以為輕薄，乃嬌叱曰：「何處野男子，敢擅入亭園。」呼小梅：「速趣蒼頭來，逐此傖夫。」

邵慚愧幾無以自容，乃長揖曰：「小生非不肖流，適聞仙音，《平沙落雁》之曲，因之移晷，不敢自謂知音，乞恕唐突。」

女顏色稍霽，且喜談吐風雅，儀容俊美，芳心似動，轉俯首撚帶，默默不語。

邵再揖曰：「微意已明，女公子可以宥我乎？」

女赧然曰：「公子既非經意，可去休。」

邵起謝欲行，又止曰：「蒙不見罪，感戴曷勝，請女公子展示邦族，以期報之異日。」

小梅嗔曰：「既恕爾罪，何尚喋喋，豈真欲老蒼頭持棍逐汝耶？」

女笑阻之，且告：「姓宋字班香，海寧世族，隱居於此。」又曰：「瓜田李下，各宜避嫌，君其速去矣。」

邵乃效《西廂》口吻，揖而言曰：「小生邵淇，字友濂，湖北黃陂人，十九歲，尚未行聘。」

女不覺嫣然掩口，瞥如驚燕，擁婢而入，遺巾於地。邵急拾之，返舍，反覆把玩，癡坐凝想至忘寢食。明日，復往，冀有所遇，至則柴門緊閉，亭園靜寂，落梅滿地，翠鳥啾啁，不復再聞琴聲矣。邵悵然若失，三往皆然，不覺絕望，顧又不肯捨去，淹留逆旅，形骨皆銷，相思病兒投正，藥石罔效，或謂滬南龍華寺，簽方靈驗，宜往虔求。邵扶杖而往，則求禱者踵相接，氤氳之氣，繚繞四隅。邵本無心於藥石，僧廊隨喜，見有鶯燕結伴求福者，皆庸俗脂粉，邵益氣結，至羅漢堂，忽有小鬟捧一麗人，姍姍而來。立而望之，則小梅擁班香至矣。驟然相見，邵淚涔涔，被頰而下。小梅大驚：「數日不見，抑何消瘦至此耶？」

女亦若有千萬語，心結而不得語，小梅知趣，乃曰：「公子暫陪小姐，吾為小姐買香燭去。」

女留之，已亟行矣。生欲前，女轉怯，倚立遙廊，含羞謂生：「公子病甚，客中幸自珍攝。」

邵乃泣陳：「思慕過切，以致如此。自分此生已不復見，今日再睹芳容，雖死無憾矣。」

女亦泫然：「公子不棄，日暮請候於琴軒，將有誠衷相告。」

邵方欲接近，女曰：「小梅來矣。」

小梅至，邵則避去，小梅曰：「此郎見人輒避，必非善相識者。」又曰：「小姐哭耶？何臉紅也？」

女曰：「勿復言，日過晌午，歸歟。」歸則懨懨倦臥繡榻上，芳心陌亂，意態不能自寧。小梅笑曰：「小姐出門，歡笑忻忻，一剎歸來，卻憔悴若是？」

女不答，故問，終不語。小梅曰：「小姐必赴廟受邪，當往稟老夫人，延醫也。」女亟止之，小梅已行，急下榻追之，則小梅繞後軒而入，曰：「人家好意相問，怎不答我，不答我將告之夫人耳。」

女恨曰：「人心不愉快，汝偏惡作劇，偌大丫頭，尚如傻姐乎？」

小梅被責，明眸縈轉，正容而語曰：「小姐所思，婢子固知之矣，唯男子輕薄者多，小姐亦衡量否？」

女忸怩曰：「高山流水，人間難得知音，若邵生者，實儂之鍾期，女子有三從之德，吾焉敢效賈女、崔鶯所為。若邵生者，誠信厚君子也。吾已約其日暮後來，吾又不能越禮自媒，為人僇笑，以是彷徨，深悔此約。」

小梅曰：「信如此，公子若來，吾自胸有成竹矣。」忽又曰：「小姐何時約邵郎者？」及暮，女趑趄不能起，小梅強牽之，既至園林。則邵已逾籬而入，方徘徊間，見小梅捧女至，亟趨前揖，女羞澀襝衽，臉暈如霞，不知所言。小梅朗然而前曰：「吾家小姐，乃千金之體，特以牙琴，感逢鍾遇，意欲結托絲蘿，作閨中知己，未諳公子屬意否？」

邵喜出望外，而小梅容色凜然，則作揖無算，自承企慕之殷，不覺指天矢日。

小梅曰：「若然，則公子返旋珂里，稟告堂上，趣倩媒來，小姐一言九鼎，待子必矣。」女乃含羞微答：「儂今已屬公子，倘不能如類之償，唯以身殉矣。」

邵亦誓之：「小姐見重如斯，異日若懷二念，天不佑我。」即此作別。歸稟堂上，具白其父。父喜，便欲委禽。邵曰：「兒雖染芥香，未掇巍科，而清社已屋。今當入京，拾取青紫，然後納采，以報宋女，未為晚也。」

父亦以為然，京中本多故人，腰金紆紫，皆昔時之僚屬，乃為子具函推轂，生搧擋入京，時風氣尚醇厚，門生故吏，交宴洗塵，奉迎唯恐不謹，生豪情雲上，自懸高鵠，必得出宰山川，堂皇五馬者，此行始為不虛。

眾謂公子，苟欲屈就參僉，則京中大老一然諾耳，若出宰名區，則非許以時日，方能得當。邵蒞京師，存有大欲，必得簡任以上者，然後歸而驕其妻妾，則班生此行方為不虛也。

故都文物，足以連留，對於宋女相思之苦，亦可稍解，京中貴人樂交公子，稍稍開宴於八大胡同，則粉白黛綠者，公子視之，無非糞土。初不介意，因戲謂主人曰：「群雌粥粥，皆山雞照鏡之流，草莽中亦尚有鳳凰否。」

鴇笑曰：「此皆北京名妓，四大金剛者，公子尚不當意乎？」

主人笑指邵，謂鴇曰：「爾看邵公子，騎鶴而來，腰纏十萬，汝乃無術以取纏頭。則不致富，亦命已夫。」

邵笑止曰：「張兄勿相戲。」復謂曰：「爾信督辨亂直，寡人實不好色。」

張語鴇曰：「可引公子別室。吾輩不作擾擾邊臣。」於是群起相嬲，鴇故牽扯，邵不得已乃隨之往。導入一室，鏡檻晶簾，陳設精緻，一麗人方對鏡梳櫛，髮長委地。時方盛暑，麗人衣絹，肌膚勝雪，透影玲瓏，鏡似人長，鏡裡鏡外，乃似一雙比玉，不分誰是素娥，誰為青女。鴇呼：「雙鳳，為汝引得貴公子來矣。」女見客初不甚迎迓，而鏡裡回眸，掩口作笑。情態之媚，益復使人之意也銷。邵不禁色授魂與，遽前擁之，亦不甚拒，軟玉投懷，柔若無骨，櫻口蘭頤，薰人盡醉。邵如入仙都，鳳亦宛轉，工極狐媚，枕畔山盟，誓言旦旦，非公子勿嫁。事已，嚶嚶啜泣，眉目惺忪，梨花帶雨，恍若處子。邵惑之甚，然念及琴軒密誓，猶不敢負班香，則顰蹙曰：「卿誠意可感，奈余已有聘室，今世不能，但期來世耳。」

鳳嬌泣曰：「只須公子勿棄，便為妾婢，儂亦心甘。」

邵慰之曰：「卿暫耐，容徐圖之。」

邵遂以鳳閣為逆旅，寢食於斯，自謂溫柔可老，樂不思蜀，而纏頭似錦，盡傾客囊。時夤緣已得淞滬肅政使，五馬躊躇，行有日矣，而輦轂苞苴，尚未溥及，以是任命中擱，未下。

一日有貴介，年甫弱冠，白馬銀衫，執珊瑚鞭，騶從甚盛，入門，即指名索雙鳳應客，堂皇高座，意氣如雲，龜鴇懾其氣焰，莫弗股栗，趨走唯恐獲罪，不敢違命，時日高花重，雙鳳方香夢未回，宣傳迭至，鳳仍懶臥不起，且嗔曰：「誰不知我已歸邵使君，何物莽男兒，來相擾耶？」

鴇不得已返命曰：「雙鳳已撤榜，將嫁人矣。」左右大怒曰：「誰不知我主人為袁四公子，即嫁人，亦得出應，否則，鶯巢打爛矣。」

鴇汗如涔，復入強鳳起梳洗，美人雲鬢撩亂，唇際殊脂，狼藉尤甚，蓋邵郎以摒擋歸程，凌晨即出，鳳獨戀餘衾，以致嬌弱不勝，似春興猶未闌者，而袁四公子已翩然入室，白面朱唇，目如星鳳，男也而嬌媚，尤勝於鳳。

遽揭鳳衾，曰：「好一幅美人春睡圖，千金不易矣。」遽脫手上鑽戒，巨如龍眼，加鳳纖指，曰：「以此靦儀，不嫌菲薄否？」

鳳御粉紅小襖，襖僅及臍，皓體如雪，不覺縱體入懷，輔相貼，目含倚，朝曦入簾，鑽戒五色之光，旋轉一室，胡天胡帝，不復知有邵使君矣。

邵奔走國事，幸得完繕，備領文牒，欣然返於鳳室。至則蕉窗盡啟，燈月如雪，鳳方卸妝倦息繡榻，乳溝半露，晶瑩鑽子，鮮豔奪目。邵以為待己，情急不勝，蹌踉入室，遽有健漢，起於暗陬，執之曰：「何處油猾兒，敢窺人閨闥耶？」撻之無算。

邵嚎呼曰：「我肅政使也，誰敢犯？」

語未畢，一貴介公子，搴簾而出，神采飛揚，指邵而數之曰：「汝邵某歟？肅政之職，在於政教，軒所至，整肅官箴，而汝輩轂未出，先自行狎妓，罪當責二百。家有聘妻，停而不娶，乃先納妾，更應罪責二百。我袁四公子也，汝區區前程，何足道哉，汝謂我不能富貴汝耶，而苞苴不至，是亦當杖二百。」呵左右曰：「速杖此獠，覆命家公，永革職不用。」

邵乃崩角乞命，叩頭至於流血。公子微笑曰：「汝尚欲眷戀煙花，忘恩負義否？」

邵諉言：「戀鳳則有之，忘恩則否。」

公子大笑，脫帽露幘，曰：「邵肅政，且視我為誰？」邵初猶不敢仰視。

公子曰：「恕汝無罪！」邵仰視則赫然宋婢小梅也。先日，邵入京已久，消息杳無，女不勝思慕，懼郎心有變，且謂小梅：「早知今日，悔不當初。」

小梅曰：「女公子信誓不堅耳。苟信堅，雖蓬山萬里，吾亦能使之歸而踐誓。」

女曰：「然則奈何？」

「女公子假我資斧，入京訪之耳。」

女曰：「夫人詢汝則奈何？」

「買婢豈能久長，汝告夫人，小梅逋逃耳！」

女以為然，脫環釵以為資斧。小梅曰：「是戔戔者烏足以使，必贈我千金，並小姐鑽戒，以壯行色。」

女皆與之。小梅遂行，中途改裝，易釵而弁，入京，賃公寓，雇臧獲自隨，輿馬出入，儼然貴介公子。已而訪得邵已得官，方迷戀煙花，不能自拔，乃冒為袁四公子，闖入鳳室。事既露，邵惶恐至極，鳳亦羞慚無地，逡巡避去。

小梅謂邵曰：「大人，今欲何往？」邵惶悚不知所答，反問小梅，梅曰：「吾奉小姐命，擒郎歸鞫耳。」

時房外觀者如堵，小梅知不可久留，挾邵登轎而去，鳳以鑽戒返璧，梅揮手曰：「聊以贈卿。」蓋梅入室之初，以情告鳳，二女同謀，特設脂粉陣擒此薄幸郎耳。

邵肅政使抵滬，繡衣皂蓋，五馬交途，觀者塞路，乃具羔雁，挽邑令為婚使，造廣年公而委禽焉。初小梅遁，公以鄉宦，不欲聲張。至是小梅先歸，詳述經過，公乃大喜。乃受聘，涓吉成禮。合巹之夕，小梅手絹操巹而前曰：「新人將何以謝媒？」

邵曰：「唯汝願以償。」

小梅曰：「然則大人亦知唐寅故事乎？」

女起慰之曰：「雖英、皇，吾亦當讓，敢以秋香屈吾妹耶？」

外史氏曰：「為人謀者，無不中為己媒，小梅殆女秦儀，不然，何其計之妙也。民國肇興，一夫一妻之制，定為律，邵身任風憲，乃先破例，上有好則下必有甚焉，邵其始作俑者耶。

麻將經

麻將究竟起於何時，也和鴉片一樣，言人人殊。但鴉片一名「罌粟」，最早見於《維摩經》。隋唐時，中國已經有了這個東西。後來蘇東坡、陸放翁的詩裡，「童子能煎罌粟湯」、「旋烹罌粟逢僧話」，都是說明把罌粟煎湯，至於收膏吸食則始於明朝萬曆。有史可考。麻將歷史，則無此斑斑可考的證據，麻將原有人說叫「馬將」，就由北宋的馬弔遞變而來。也有人說麻將，原本是葉子戲，始於南宋賈似道，後來才改為竹牌的。這兩說，都似是而非。「馬弔」李易安有「譜」是用骰子擲出色來，再用注碼在圖上競賽的。大意類似於我們幼年時玩的西湖圖、升官圖，與麻將全不相干。葉子戲一名「遊十湖」，據說是南宋賈似道發明的，但他的賭具是用三十六張「牌九」牌，去掉重複，各衍為四張，用紙糊成葉子，四人成局而三人打牌，一人做夢。此一遊戲，衍變而為紹興的「王湖」，蘇州的「同期」，長江一帶的「豆餅」、「花湖」。而與麻將的筒、索、萬、東、南、西、北、中、發、白，亦全無關係。

據寧波人說，麻將是原始於寧波沿海的漁民。漁民出海，每日在驚濤駭浪中，無可消遣，乃將他們的「籌碼」來做賭博，原始只有兩顆「骰子」（一名將軍），是賭具，而筒、索、萬則是一種漁船上記數的竹簽。漁民打魚，論筒計算，打滿一筒，交存紀綱，便給他「一筒」的竹簽，以為記數。一筒魚錢，值是一百文錢，打滿十筒，便給他「一索」的記數籌碼，一索便是一貫，也叫一吊。我們幼年時所見的麻將牌，「筒子」刻著圓形，與現在的無甚分別。「索子」則確是刻著一吊錢的花紋，推而至於九索，也是九吊錢的樣子。而一吊的形狀，太不雅觀，由「吊」而想到「雀」，於是將一吊刻成麻雀。打麻將原叫「打麻雀」。張宗昌還有「雀吃餅」的趣事稱為。「打麻將」三字還是近二十年來才普遍的。

所以「筒子」只有九個。因為准十便成了一吊了，由一吊推至九吊，進十則成了一萬，由一萬再推而至於九萬，則為滿貫，所以和大牌稱為滿貫，便是這個起因。不過，船上的原始玩法，並不和現在的麻將一樣。筒、索、萬是各人的賠本（上岸各漁戶憑籌碼向牙行領錢），而賭具僅是兩粒（將鶉）（按：此兩種是江南的大賭，極有可觀，此風至今不衰）。各人踏在船頭，把他們所有的籌碼（筒、索、萬）取出來「推花」，堆到彼此財力平均時，然後擲骰，比較輸贏。全憑兩顆骰子，命運決於俄頃。

這種賭法，逐漸上了岸，但是漁戶的賭，是一種水手的賭，太粗豪了。岸上人家沒有這類勇氣，卻有巧思，才把那筒、索、萬的籌碼改成賭具，而又採取了「葉子」的形式，將它每一名色，仿照葉子戲增為四張。又把長形的竹牌截短，而成為現在流行的竹牌形式，漸漸流行都市，才給它加上竹背牙面的考究裝潢，而形成了今日流行的所謂「麻將」。

打麻將的形式，也有許多沿革，我們幼時打麻將，各人面前只砌二十二張，名為砌堤（亦名築城）。另做十三張，六張雙排，上加三張，名為做船（亦名烏龜），四堤造成，中心為湖，然後由莊家將骰子在湖中擲出點子，仿照「牌九」方式，將本門的船，移位交與對家，或上下家。則非常像西湖船在湖堤旁邊，打圈子遊行，等到成牌，便把十三張排成一列，吃倒的朝天，手裡的闔仆，其名為「報碇」（現在叫聽牌），表示船已下了碇，「碇」了的牌就不能再掉，專等別人打出碇張，或是自摸，這才叫「湖」（現在叫和）。

「碇」了的不能再掉，現在已沒有這個規矩。但是起手就「碇」的，名為『報碇』（又名直立），可以將牌全部闔倒，卻不能再掉，和出來加一翻，還是存著古制。古老人什麼都講個「彬彬有禮」，這種玩法，是非常有紳士風度的，不像現在叉麻將，機詐百出，專以贏錢為目的。孔子云：「必也射乎，其爭也君子。」前人打牌，確也有點古義存在。不但報碰的牌，不許掉動，還有「別人打過的牌，不許再吃」、「自己打過的牌，不許再和」，也是從前的老規矩。現在臺灣麻將還保守著，也是「葉子戲」裡留下來的，所以說麻將起源於葉子，也不無一點影子。

四人作戰，智力不一，程度不齊，固無人能操必勝之權，但在技巧純熟的老法家，卻也有一點中心的權輿，至少他能夠「贏起來贏得足」、「輸起來輸得少」。這在麻將經上便叫做「看風頭」，風頭便是牌運，也就是這個人今天的賭運。一個人在賭的時候，風頭好壞，真有一種不可思議的命運，所以稱為「賭運」，賭運來時，真有一帆風順，有求必應之樂。在這個時候你就要「趁其十年運」，一路趁足，卻又要膽大心細，時時看著機會，時時防失著。這樣你就可以贏足而吃飽上山，等到風頭背晦的時候，你可不要與牌掙命。有句術語：「寧可與爺嘔，不可與牌鬥」，這便是麻將哲學。

麻將人人會打，各有巧妙不同。但此中沿革，也就大有滄桑了。我在八九歲時，才看到家裡人打麻將。那是家庭娛樂，常常祖母、母親、伯母、嬸母坐一桌，籌碼還是「遊十湖」的牙籌，刻著天、地、人、和。輸贏的總兌，不過幾百個光緒銅圓，看見銀角子已經鳳毛麟角。但是婚壽、喜慶，花廳裡已有一桌麻將應酬上賓，他們的輸贏，會大到二十塊現龍洋，名為「十么二」。到我十五六歲的時候，則家庭賭已有現洋輸贏，而外邊的賭注，則漲到「百么半」，便是一底籌碼輸完，要算五十塊現洋。也有大到「百么二」的，則唯有上海的總會麻將，才有這種輸贏。至於清和坊、日新堂子裡請客，倒不過「十么二」的麻將，甚至只有四副牌，三塊的輸贏，便每副牌放銃者三塊，總共四副牌，合得十二元，正好一桌花酒的總值。主人只要再加上四塊錢下腳，便算一個花頭。如果主人豪闊，「八和」、「兩酒」，那本堂上便可替你記上「一打花頭」，那非做先生的（倌人）和客人有特別交情，遇著「彈仙」、「打譙」或是「生日」，決無如此豪舉的。到了民國初年，奢侈日盛，情形便不同了。

不過，麻將的規則，仍極少變動，仍是十和底。除了「四喜」、「三元」一定倒辣之外，清一色只有三番，臭一色一番。其餘的槓頭開花一番，海底一番，搶槓一番，座風一番，八十和倒辣，再沒有別的花樣了。李涵秋民國二年寫的《廣陵潮》，袁寒雲民國五年做的《麻將經》，都只到此為止，沒有寫出其他花樣。後來才將「槓花」、「海底」、「搶槓」加上「平和」、「對兒和」、「金雞」而稱為老六番，也有加上「三暗雀」、「二八將」而稱為老八番的，但是「辣子」還是一百和，平和如果自摸，只算十二和，而能加一番了。

這種原則，一直維持到民國十一二年，無所變動，不過額外加番的，還有一座「花」，「春」、「夏」、「秋」、「冬」，或是八座，加上「漁」、「樵」、「耕」、「讀」。另有骨牌，刻得非常精細，不過必須跟著座風，才能加番，例如坐東風將「漁」、「春」，坐南風的將「夏」、「樵」，類推，不坐著的，只加四和，不能加番，但是「辣子」卻因此而漲高，有算到二百和才到「辣」的。

軍閥時代，北京政客最出名的有王克敏、張岱杉，他們都以財政總長而主持麻將賭局，每日有成千萬的輸贏。據說，賭的態度，以王克敏為最好，他永遠口裡銜著雪茄，大牌在手，一塵不驚，當莊倒辣，面色不變。手中雪茄自始至終，煙灰不落。大有謝安石圍棋賭墅氣象。張岱杉臨牌，適有鄉人者謁，重在求官，岱杉命其代牌，局終。岱杉問有勝負乎，鄉人曰：「幸無勝負，贏一小籌碼。」岱杉命其兌款，則赫然五千金。岱杉曰：「可以歸矣，以此為足下壯行色。」

此二人者，其賭品之高，氣度之佳，可謂磐磐宰相之才。至若喑嗚叱吒，能使萬夫辟易，則有關外王與狗肉將軍。而麻將賭法，亦遂花樣百出。除「一條龍」、「三相逢」、「五門齊」、「一般高」、「姊妹花」之外，又有所謂海底撈月（海底摸一餅），嶺上梅開（槓上摸五餅），踏雪尋梅（五門齊而以白梅五餅雙碰碇牌），雙龍寶柱（兩個一般高，再加一對麻將）等等，不勝枚舉，而張宗昌乃以「雀吃餅」創千古之奇局。

張宗昌本以吃狗肉（賭牌九）著名，麻將非其所長。一日，與僚屬打麻將，手裡索子一色，一索等張，忽有人打出一餅，張大叫「喊和」。左右皆曰：「大帥，這是一餅，不能和。」張曰：「俺的雀子餓久了，吃塊餅子怎麼不能和？」僚屬不敢辯，既而，他人亦有以雀吃餅報和者。張曰：「不能！它剛才吃過餅了。」既是無奇不有，雀吃餅就只可有一次。

奉軍南下，以張宗昌蹂躪上海，而「無奇不有」的麻將經，乃盛行於滬。滬人本好事，更巧立名目，有所謂「回頭一笑」（必須自己打過之牌乃和），「心照不宣」（必他人有暗嵌而能和者），中南銀行（中風南風同時開槓），倒貼小白臉（下家打出白板而和單吊者）。離奇荒謬，莫此甚為，而「百搭」因此產生。

百搭是用一張「白板」塗上一點指甲油（蔻丹）而封為百搭的，任何牌色均可代用，比了「雀吃餅」還要神通廣大。而無奇不有的名目亦層出不窮，一牌和下來，花樣名目有至五六十番而不止。打牌入席，各家規則又復各家不同，甚至列為專冊，以備查考，亦有屬成橫額，黏在電燈罩上，每和一牌，以資對照者，乃至喧呶紛起，一牌算和，費時至數分鐘而不能解決的，時間之「天下大亂」，不久而有「八一三」之禍。

敵偽時期，花樣名色，愈加怪誕百出，有所謂「中南銀行吃炸彈」者（中風南風碰出，一筒吊頭），「青天白日滿地紅」者（中風開槓，索子一色，白板吊頭），「七十六號坐老虎凳」者（四筒開槓，六、七對倒），諸如此類，異想天開，久之乃有所謂「老怪」出現。本來摸到「百搭」任何可和者，摸到「老怪」則該牌全部完蛋，不能成和，而私詈之曰「汪記」。

勝利以還，無奇不有，乃至流行全國，變本加厲，荒謬無論，不久牌聲絕跡，亦妖讖也。

自由中國，是禁止賭博的，麻將的遊戲，卻還不在嚴禁之列，但是這種無奇不有的瘋狂名式，早已取消，所存下來的不過老六番，而加上一條龍、大西廂（即三相逢）、一般高、不求人、全求人。至於「百搭」、「老怪」早已逃得無影無蹤，輸贏既小，不過成為一種四人成局的家庭娛樂，相等於「橋牌」而已。

現在，我們且談談，麻將的哲學。一、人類的希望是循環的，在打麻將的時候最容易體會出來。任何人坐到桌上去，第一個信念是，「我今天一定贏」。等到真贏了，他便無止境的想一直贏下去，籌碼永遠在增加，結果，他還是不能保守而輸出了他贏的所有。二、等到他出入了輸的階段，他便想少輸（甚至以前所贏入的他也算在內），等到真的牌不順手而造成大輸，他的信心反漸漸轉變過來，不是少輸而是翻本。三、等到真能翻本的時候，他又想著要大贏了。

這種無止無休的循環慾望，在賭桌上是最能表現的，尤其只要尚有一副牌沒完，他總存著有翻本的希望，而沒有一個肯自認為牌技拙劣的。唯其如此，因此竹林君子，方能優遊其中，樂此不疲，中國人也常把打麻將和吃酒二事，列為交際法門的最前提，因為這二種事，是最能發見每個人的真情的，吃酒的尚能藏量，打麻將的只要一上桌，其為人也忠厚、巧佞、奸猾、豪爽、吝刻無不盡情畢露，所以說吃酒可以結交，打麻將可以擇交，麻將的功用亦大矣。

一個文明人，當然不相信命運，但是到打麻將，就不由你不相信命運，常有起手打牌，一帆風順，偶然打錯了一張，是放了人家一副大和。這人的牌色立刻會轉變得不自然起來，積漸越來愈壞，心乖手悖，霉運到底。有時牌色本來很差，只因扣到了人家一張大牌，或是接到了一副小和，而從此源源起色，得心應手起來，所以打麻將有句俗語：「寧可和爺鬥，不可和牌鬥」。但是打牌經驗較淺的人，一坐下來，總是想和大和，贏大錢，該打的不打，該吃的不吃，漸漸地踏上那「循環心理」而終至全軍覆沒。

還有一種人，自命為老麻將的能夠猜三家，他們要什麼牌，而扣住了死也不放，結果也是大輸。因為你不放，人家要放，人家不放，他還有自摸。而且有時候，你所扣的張子倒是一副小牌，因為被扣殺而同歸於盡，結果倒便宜了他家，一副大牌輕輕鬆鬆地和出來了，扣牌固然有時也需要，卻要扣得準，扣得穩。何謂準，便是要估計此人定是大牌而此張萬不能放的，何謂穩，便是扣要扣到底，千萬不可虎頭蛇尾半途而廢，人家沒成局時你倒扣不住，啪嗒打出去了，如此扣牌未有不大輸者也。

還有一種人，也是必輸的，便是自命不凡，死不認帳。麻將雖不比圍棋、橋牌有段有級，技術高低萬不能殺個回合。可是麻將也有麻將的技巧，人家手段真真比我高的，千萬要低頭認帳，不可貿然入局交鋒，而一般「麻將烈士」，偏似紹興師爺做文章一樣，總是自己的好，如果四人入局，三個是臭皮匠，則一個諸葛亮一定倒楣。如果兩個中中，一個中下，一個上中，則中中與上中之間未知鹿死誰手，而那個中下未有不慘敗，然而上中者亦未必能操必勝之權。

麻將打法，千變萬化，而牌經總訣，恰只有一個，曰「貪和」。孔子曰：「此四方允乎中。」是孔子亦打麻將者也。又曰：「禮之用，和為貴。」則孔子亦明瞭教人以打麻將必需要貪和矣。俗語說得好：「小牌常和，大牌就來。」奈何打麻將者，總是貪做大牌而薄小和，此所以未有不輸者也，作麻將經。

雅騙

南方騙子，北方謂之念秧，而其術尤精。

北方書畫鋪多設廠甸，南方謂之古董店，則鱗次於上海老北門紫來街一帶。闤闠相望，彝鼎羅列，然皆南人所設，無北人。

一日，有新來者張肆於街尾，曰汲古閣，肆主段某，乃北平人，與吳人處，綿蠻拙舌，若眾楚之咻一齊。語言殊不相通，同業以其北佬而居然攔入南肆，尤惡之。顧客至，輒多方毀之，謂北平廠肆，皆作贋品而售重金，蓋騙之雅者耳。非真挾巨眼，萬勿為其所欺。

以是汲古閣張肆三月，門可羅雀。其毗鄰曰「清河舫」，肆主華亭人張小祥，自言張祥河後人，鼎彝書畫，多出家藏，以是執紫來街之牛耳。問津者無不以「清河」為嚆矢，而棄汲古若遺。

一日，忽有老者襤褸來，先至清河，執事者以其為窶人子，拒之。歷遍吳肆，皆遭白眼。久乃逡巡入汲古閣小坐，北人執業，本多和謹，段以三月而得一客，亦不敢輕。稍與言，則北音清越，固同鄉也。大喜，乃具茗請小坐，老者自言：盛某，嘗任湖州同知，革命罷官，遷為海上寓公，蓋有年矣。段稍出晚清人書畫冊頁，評騭皆中肯。遂市金（拱北）馮（超然）合冊而去，所謂南馮北金也。時值才三五金。段以十金售之，老者亦不以為貴，慨然解囊則牛腰充牣，鷹洋粲然（時稱現金曰鷹洋），不下百金。段鞠躬送之門外，堅請：「再來光顧。」

鄰肆見汲古送老丐執禮如此，無不掩口笑之。張謂段曰：「江南騙子多，不下北平之念秧，君宜慎之。」

段曰：「敝店褊小，僅足容小人物者。若輦金鉅賈，大人先生，則當讓之清河書畫舫中坐，小肆亦不敢招徠。」張笑而去。

翌日，門外波波，則老者坐黑牌汽車復至，從以傻僕三五，皆北人，或執煙管，或司唾壺，老者一呼，則僕百諾。僕衣皆新而老者襤褸如故。鄰人好奇，無不蝟集，隔窗張望，段則奔走伺候，唯恐不及。老者頤指之，所索皆唐、宋、元書畫劇蹟。張自北來，時故宮散出者，天祿琳琅，段固庋藏甚多，皆以廉價值得之北平曉市。初亦稍出小件，老者皆施指謫，無當意者。段乃出唐人劇蹟張擇端《清明上河圖》及《北苑瀟湘圖卷》請閱。

老者快然曰：「信在是矣。自易培基盜賣故宮，此物流落人間，吾求之十年，所遇皆葉公之龍。真鼎今在此耶！」

段亦大喜，喜有真賞者。老者問價，段舉兩手，索黃金十條。老者連稱：「不貴，不貴。」

老者顧左右曰：「龐大人已來乎？」

左右足恭曰：「未。」

老者曰：「此大可惡，吾昨約其九點鐘至此，今何後也。」問：「幾點？」則壁上鐘鐺鐺，正鳴十下。

老者怫然曰：「彼南潯人真一懶象。汝可命吾汽車往迓之來。」

段亟問：「為誰？」老者曰：「南潯龐虛齋，汝不識耶？」

龐固江南大藏家。段亟對曰：「識，識，識。」而汽車夫已返命謂：「龐大人才起床，進福壽膏。命告段某，可將畫去鑒定。倘不相信，俟諸異日。」

段恐交易不成，而又恐古物脫手，方兩難間，老者自言曰：「吾雖具隻眼，然不能如龐老之雙目如炬。十金事小，倘未經鑒定，不慎而獲贋，豈不令老朽一世英名掃地。物吾固欲之，今店主人又不捨。」

段頗局促，老者若不已者，「今有一策，主人以為不能行，則吾亦捨置矣。」

段亟請其策，老者曰：「吾陪主人留肆，主人可遣心腹隨吾臧獲赴龐公館，面謁龐大人，龐大人以為佳，即來電話，吾即陪主人上謙泰莊，兌黃金耳。」

段心私喜，遂坐陪老者，老者悉揮傪僕陪店夥，挾卷匣，乘車而去。至白克路，止一巨宅。門禁森森，傪僕挾店夥，自牆側圭竇而入，則警犬狺狺，凶目向人，無慮十餘。幸隔樊籠，雖威猛而不能噬人。店夥已為之膽落。傪僕止之曰：「汝生人，入必無幸，可俟於此，以畫交我。但經龐大人過目，即出矣。」

店夥畏死，信以為然，以兩紫檀匣交僕，僕繞道而入，犬果大吠，久之始寂。夥候久，僕不出。疑之，稍稍窺伺，則牆側另有犬竇，足印宛然，三傪僕，自彼出矣。

夥大駭，反奔出。汽車蹤跡亦杳。仰視門楣，四大字作金色：「南京會館」，乃殯厝所也。夥汗出如漿，以為遇鬼，狂奔返店，則老者猶高座健談，旁若無人。夥亟上前附段耳，報告：「如此」。

段失色曰：「吾儕乃遇騙耶。乃捽老者至地，衣褸寸碎，一衫、一履、一套褲之外。累累然他無所有，段怒極，捶之以木尺，問：「三傪僕何在？」

老者泣曰：「彼非我僕。我則比僕不如，實閘北老丐。彼以白麵誘我、教我、唆我，今我留此，彼則遠揚矣。」

段知遇騙，幸二卷以廉價得自北平曉市，亦非真物，喪失大概百金，不欲被鄰居同業所笑，反贈老丐一金令去，戒不得聲張。否則，送汝官裡去榜責無貸。

老者呵欠連連，掩口而去。

＊　＊　＊

他日，張某過肆訪段，笑問：「聊齋，言北平有念秧者，果有之乎？」

段知不可隱，乃曰：「是亦有之，然出人教唆，與南方騙子等耳。」

張為之惋惜曰：「聞君以此失寶丟卻《上河》、《瀟湘》二圖，皆價值連城者，豈非可惜？」

段含糊應之，既而笑曰：「是亦神術。然亦大幸，此南方之強耳，若遇真念秧，當不止於此。」

張戲問：「真念秧者如何？」

段曰：「難言矣。必以其道還治其身者，乃能甘之如飴，而受詐亦最慘。」

張遂笑而不問。蓋老丐一局，實南方同業集體聯謀，以創段者。段談言微中，張故不能再問。段以損失不多，遂亦不復深究，而張自內愧，且以時相慰問，段張結為朋友，漸臻莫逆。

上海四馬路有夜市曰「滿庭芳」，一如北平磁器口之曉市，市設深巷中，連綿半里，攤肆雜陳，多故家中落，攜出私售者。故市必以夜，其中金銀銅錫器皿用具，無不廉價，亦有古董，書畫則往往為業中人捷足先得，易地重沽，轉獲高價，一舉手之勞耳。故滿庭芳者，實為紫來街之備庫，取之不竭云。

一日，張遊夜市，於冷攤中得一畫幅，展而視之，則改七薌畫水墨觀音，雲煙滿紙，中現菩薩相，法衣半袒，眉目含情，若向人而笑，頰上酒渦，點小紅痣，益增其美。款云：「佛弟子改琦沐手敬繪第一百二十八相。」

張固工畫，尤工改七薌仕女，素知改有情史，所繪觀音即其意中人，善知識相，流傳於世且五百餘本。固無所謂真贗新舊也，價且甚廉，遂購之而歸。張於私室，朝夕焚香相對，頗涉遐想。蓋張中年喪妻，鼓盆未久，竊謂苟得續弦如畫中人，亦足稍殺奉倩之神傷已。

時新舞臺方開幕於九畝地，演《茶花女》，觀者空巷，張邀段偕，二人據一花樓。時《七盞燈》毛韻珂飾主角，刁舌綿蠻。段北人不解吳語，頗覺皺眉，因遊目，屢矚對面花樓，含笑不瞬。張覺有異，亦隨其視線而目逆之，則一麗人，憑欄側坐，面現寶月，宛然改七薌畫中觀音下凡，五銖衣薄，肌膚猶隱約可見，皓若凝脂。

張為之神往，回顧則段座已空，不知何時退席。既而，出現於少婦之後，倚肩頻話，狀甚親熱，未及終劇，雙雙偕出。

張為之妒火中焚，羨段不置，歸而書空咄咄，對畫癡絕。翌日病矣。

段來探視，問：「所苦？」張直言，指畫中觀音曰：「苟得此為妻，一生當不虛生。」

段笑曰：「畫中寵愛，呼之即下，君亦何必自苦？」

張躍起曰：「然則君已識我心。疇昔之美，君固素識，願為我介紹。」

段笑曰：「為誰？」

張指畫曰：「固即畫中人也，君何得諉為不識。」

段近視，初未細辨，聞張語，乃近而諦視，良久，乃大笑曰：「真像，真像。」

張曰：「既知真像，何不介我。」

段益笑曰：「汝知疇昔觀劇為如何人？」

張曰：「不知也。」

段曰：「乃內人，段袁文蘭，而謂我可為君介乎？」

張不覺大慚唐突，向段謝過不已。

段又諦視有頃，哂然曰：「無傷也，畫中人左頰有一赤痣，而拙荊無之，以此別之。他日菩薩化身，倘入君室，請以此痣為別，願毋誤作閨人為幸。」

張益慚愧，謝過不已，段亦不以為意，遂別去，自後蹤跡漸疏。

清明跑馬汛，滬入例遊蘇杭，三日春假，裙屐之盛，遠勝於張擇端之《清明上河圖》。張亦出遊虎丘山塘，畫船載酒，深柳聽鶯，獨自陶醉。忽有吳舫迎面，茉莉花香，散滿下風。舟中粲者宛然，改七薌畫中人也。旭日芙蓉，光明越豔。張疑為段妻，不敢正視。而頰點朱砂，赤似明珠，固與畫中觀音，一色無二。

張不覺目眙神奪，近在咫尺而語不得交，香息可聞而神不得接，來舟已掠舟而過，風動萍開，乃似驚鴻之一瞥。張神不守舍，歸訪於段，備言所以。

段初笑而不言，張曰：「青女素娥，宛若如此。神人定一眷屬。君必知其出處，願損前罪，為我言之。」

段乃笑曰：「子真狡儈極矣。拙荊固有弱妹曰素蘭，前日從北來，訪姑母於金閶。君所遇者，得毋是乎？」

張亟問：「已聘未？」

段曰：「固自無郎。」

張大喜，泥首，請段執柯，此生當必犬馬以報。

段笑扶起曰：「何至是，容徐圖之。」既又顰蹙曰：「以汲古之微，偶清河巨族，恐小姑有齊大之嫌，不允，奈何？」

張固請玉成，段不得已曰：「姑且一試，成不成，毋怨我。」

張去，數日，信息杳然。張不能待，闖入鄰室，則段妻方整架去塵，閣小不及回避。

張問：「是段嫂否？」揖之。

段妻答禮而入，儀態萬方，素面瑩然，口輔雙渦，眉面一如畫中，但少痣耳。益信山塘所遇為小婕。段歸，張催之益急。段曰：「毋迫我，欲速則不逮矣。」

逾月，段始欣然覆命曰：「幸不辱命。江東二喬，君得其小者，此福幾生修到耶？」

張喜不自勝，連揖不已。段戲伸手曰：「以汝賄來。」

張曰：「事成，十三碗冬瓜湯，必毋一缺。」

段曰：「非此之謂。拙荊為兄婚事，跑斷雙腿，將何以謝之？」

張曰：「明瑠玉釧，唯子之命。」

段曰：「言出無憑，汝賄足，則成事亦速。」

張乃出趙飛燕玉印一枚為壽，此印為太清樓藏物，歸龔定庵。龔死歸張詩舲，乃張傳家物，蓋數世矣。

段得印頗悅，約以明日決定聘期。次日，段頹喪而來，曰：「事不諧矣。」

張驚曰：「何謂？」

段曰：「小婕謂君家有董源《萬木奇峰軸》、周昉畫《韓熙載夜宴圖》，必以是二物為聘，始允。」

張有難色。蓋二物皆希世珍，在故宮收藏之上。段見張躊躇，乃曰：「然則吾為君覆之，視能另易其他稍賤者次者否乎？」

張亟曰：「毋然。容吾思之。」

段曰：「思之，則不如絕之。天下多美婦人，何必傾其重寶。」

張恐事不諧，則終身抱憾，嗟且何及，乃曰：「然則，吾可以面見素蘭，致此聘禮否耶？」

段笑曰：「見有何不可者。君必欲見之，吾當商之拙荊，以為君籌。雖然，一玉印不足賂矣。」

張又增以管夫人墨竹一幀，段始欣然而去。

他日報命曰：「諧矣。蘭婕約在蒲石路七層公寓進餐，面對佳婿。」

張大喜曰：「今天如何？」

段曰：「焉得迅速如此，姨固約以週六。」

屈指計之，尚有三日，張乃薰衣剃面，面怕恐其不澤，衣唯恐其不華。及期，挾二重寶，段來偕往。張問：「段嫂何不同行？」

段笑曰：「拙荊鄉下人，彼畏電梯，又不慣西餐，但能看家耳。」

張亦為之胡盧，不復問。至七層樓，則蘭姨已先在，秀靨含朱，痣明如玉，益顯嫵媚。段為介紹，張鞠躬如儀。段調之曰：「平日誦蘭阿姨不去口，今相見乃如啞甥。」

女以東洋摺扇，掩口而笑，痣乃益顯。張為之神奪。以錦褓裹董軸及夜宴卷呈。女略不審視，顧段曰：「姊夫，請為置臥室。酒後，再欣賞耳。」

始知女固寓此七樓，寢即鄰室。門闢香衾繡枕，隱約可睹，張愈馳遐想。就座，女為主人，居案端，張段分就客席，左右相對，作丁字形。饌設既富，酒亦佳釀。張私估之，費且百金。則益為之欣動。席間杯盤交錯之際，張私以膝觸及女，女不動詞色，似默許者。既而，肴畢，侍者進咖啡。女顰蹙曰：

「素不喜苦味。姊夫稍陪張先生，兒欲少休。」遂即而起，移步顫如花枝。段亟扶之，入隔室，張方羨妒。段即出曰：「小姨殊不勝酒，玉山頹倒矣。」既又小語曰：「君來果為何事，寧無一語之諾，遂謂好事已諧耶。」

因拍張肩曰：「好自為之，吾亦且去，醉欲眠矣。」踉蹌而出。張時神魂蕩漾，不計其他。四顧無人，推門遽入，潛至榻畔，則聞水聲潺潺，出於浴室。

張愕然止步，女已半裸而出，蘭襦露乳，膚雪凝肌。見張大駭曰：「若何人，敢入私室？」

張視之，則素面朝天，脂粉不施，靨邊但見酒渦而不見朱痣。乃段妻也。不覺大驚失色。段已闖入，怒目相向曰：「我為汝介其小姨，而汝乃戲其大姨何耶？」

張已知受騙，猶矯飾曰：「我固無他。」見畫猶在案，攜之欲行。段出袖珍攝影機一具，小如火柴盒，曰：「足下尊像，已盡入此中，尚欲攜畫俱去耶，即以其道還治其人之身。足下當思此言，今日驗矣。」張竟不敢攜畫俱出。段則從容，促妻裝竣，捲懷而去。張恐其後禍，匿數日不敢出。及出，則段已舉室行矣。

外史氏曰：「此騙以書畫為市道，亦可謂雅騙矣。其後，張大千遊北平，以五十金條得董畫及《夜宴圖》以歸，或謂即此物，其實非也。兩者吾皆親見之。」

扮皇帝

林黛的《江山美人》，有席靜婷幕後唱的黃梅調，風靡一時。尤以《扮皇帝》一曲為盛，「做皇帝，你在行，這話說得太荒唐，什麼生意都聽過，哪有做皇帝這一行……」但在抗戰勝利，尚未離開大陸的時候，上海確有「扮皇帝」這一行。其事起於民卅五年至卅六年，如曇花一現，非老於狎遊者，不知也。

蓋花叢豔窟，由碰和檯，進化為韓莊，再進化而為陶公館，其事已超峰極頂，而窮極思想者，更想出一樁新花樣來，那就是「扮皇帝」。此事初起，僅有一家，其禁宮玉殿，說遠不遠，就在靜安寺路安樂坊的最後一個門牌，原是敵偽時期一個東洋秘密堂子。裝潢得新穎別緻，日妓的盡態極妍，浮生三味線，也是膾炙於人口的。

勝利以還，這座東洋妓院就轉入一個白相人嫂嫂手裡，說起來，也是赫赫有名。她系出花叢，嫁過一個開游泳池的丈夫，抗日期間，丈夫被人手槍打死。此婆原是花國名流，手擋裡多的是小姊妹淘，敵偽後期，她就在靜安公寓裡鋪設房間。富商巨紳，出入填盈。有人看到她房裡的陳設，化妝工具、洗手盆、小痰盂，都是金的。豪華也就可想見了。不過，人的欲念，都是厭故喜新。勝利了，新的玩意兒還沒有玩出來，被她異想天開，來了這個「扮皇帝」，當時好奇狎客，無不津津樂道，趨之若鶩。

她的方法是很別緻的。這座禁宮，平常沒有人可以進去，就是她自己的老相好，也不例外。如果你要去「扮皇帝」，就得先掛號。

掛號費是大黃魚一條（即黃金十兩），由她替你選好「登基」的日期，用電話告訴你。到了約定的那一天，你就可以「擺駕進宮」了。

進宮一定是禮拜一。你有一禮拜的福命，可以在裡面安享皇帝之福，從禮拜一到禮拜日，七天裡面，你就住在宮中，憑這一條金子，享盡帝皇之樂，不必出來了。

拿時下的價值來算，一條開金，足值臺灣金價，也不過兩萬三千新臺幣。如果五六個人去吃酒家，每次花上兩三千，也不過一個星期，把它吃完了。但是它的排場、享受，比起「扮皇帝」來卻寒酸得不成樣子。現在我把扮皇帝的享福情形，列舉出來，也就是當年做皇帝佬倌的起居注。

第一天進宮，例在下午五點一刻，汽車只能開到靜安寺路慕爾鳴路轉角就要停下來。你是輕車簡從，便衣微服，正德皇帝到梅龍鎮這樣的微行，到了你所要去的目的地。迎面一所，銅環朱漆，掛著獸頭的月洞門。你只要在獸環上輕輕彈指兩下，那兩扇朱門便無人而自啟，裡面卻是日本式的玄關。四名花簇簇的和服少女，跪地迎接。她們柔聲嬌氣地替你脫去皮鞋，換上拖鞋，然後推開屏門，後面現出一條紅絲絨鋪地長長的甬道。甬道外面，掩掩映映的花木，還有照牆上畫著的宮殿佈景，隔著甬道長窗望去，就似迴廊複壁，畫閣嵯峨，彷彿進了北京頤和園一般。

四名和服少女，把你引到一間東洋式的風呂（浴室），替你寬褪了隨身的衣服，先請你洗個澡。脫得你白鳥鶴鶴的時候，她們都會掩口回眸，做出嬌笑。但是你不必驚慌，她們只是你的宮女，沒有向皇帝身上發展非分的權利。你也不能就此動情，露出醜相，叫她們笑你只是一個程咬金，三斧頭的草鞋皇帝。浴罷之後，你原來的衣帽，就尋不著了。四名少女早就換了宮裝，捧進來的卻是黃衣黃帽、朱履、彩褲，完全是戲裡的裝束，把你扮成了一個皇帝。如果你項下無鬚，對著鏡子一照，還不是《江山美人》裡的趙雷是誰？

四名宮女擁簇著，將你引到皇后娘娘的正宮，出來迎接的卻有七位。一位皇后，六位妃子。她們全是花容月貌，國色天姿，皇后是鳳冠霞帔，妃子水袖雲裳一式的戲裡打扮。

她們像唱《百花亭醉酒》似的，一字兒跪將下去，口稱「萬歲」，向你接駕。這時候你得說：「愛卿平身。」一如果你外行，宮女們就會代說，將七位后妃盈盈扶起。

皇宮的富麗，著實費過一番經營，椒蘭塗壁，錦氈鋪地，龍鬚垂幔，鳳燭高燒。居中設下大圓桌，已是烹龍泡鳳，熱騰騰地排好滿漢全席，金杯象箸，耀眼生輝。宮娥們吹起細樂，六位妃子輪流把盞，讓你和皇后挨肩並膝，高高上坐。這是開宗明義的第一次扮皇帝，許多杜撰的宮廷體節，卻也令人解頤。

皇后的玉貌，雖不傾國，卻也面如滿月，膚若凝脂，顯得是個皇后娘娘的態相。據說，這是皇宮主人的養女。第一天當夕，十兩黃金拆賬，她要拆到四兩。一兩黃金四兩福，你說這位皇后的福命有多大。

皇宮裡有一本錦裝玉帙的《三十六宮都是春》的仇十洲贗品。第一天，皇后當夕，無非應些乾坤正位，調燮陰陽的故事，倒也無甚希奇。到了第二天早晨，新花樣來了。四名宮女全是雲鬢惺忪，輕紗籠體。曲線玲瓏新浴後，淡脂殘粉不成裝。比到昨天燈下的濃妝豔抹，更是一番風韻。她們服侍你起來，可以一點不要你動手。

把你重新擁簇到熱氣蒸騰的另一浴室，給你按摩捶擿，足有兩小時的土耳其浴，妙手雙雙，無微不至。但是決不叫你有一點兒疲乏受損。妙處就在這欲行又止，欲動還停的柔荑手術。她們還可以用櫻唇替你呼吸，而精髓不洩。不但毫無損害，而且恢復昨夜一度的疲勞。據說這幾名宮女，都是日本時期留下來的，她們精通容成素女之術。皇后和妃子的妙術，都是她們傳授出來的呢。

皇后承恩，只有初夜權，今天就不見面了。四名宮女伺侍你盥洗已畢，替你穿上最舒適的方袍、朱履，也可說是日本和服的變樣，然後請你回到宮中，也就是皇后的椒房。可是皇后已經回避了，宮女呈上一本玉牒，其實就是照相簿子。裡面貼著六張放大的彩色相片，就是昨天的六位妃子。你可以每天挑一個，由她當夕。如果你情有獨鍾，只在六個之中選中一個，或兩個，而要她經常或輪流當夕，也可以。你放心，這裡不會發生「風流天子楊梅醋」的。不過花了一根金條子來做皇帝的佬倌，當然不肯放棄權利，而自然要遍施雨露，嘗遍新鮮，然後滿意而去。不過，這四名宮女倒是碰不得的，任你堆金如山，她們也不奉承陪夜，據說這是日本摩女的規矩如此，那就不得而知了。

做七天皇帝，每天的衣、食、住都由宮廷供應。除了早、午兩餐，比較馬虎一點，晚上一頓，倒是全席，和第一天的一樣豐富。並可以由你發出聖旨，到外面去請客，客例限十人。她們印好的請柬，卻非常別緻，上面的稱呼不是什麼先生、仁兄，而是閣老、尚書、將軍、常侍。好在這批被請的朋友，也是你預先接頭過的，接到這種怪請帖，也見怪不怪了，到時進宮參見，四名宮女分別按著請帖官銜，替他們換上戲裝，有的相貂紫蟒，有的紗帽紅袍，最受累的卻是將軍都督之流，不但頂盔貫甲，還要插上兩根雉尾毛，搖而擺之的，走上殿來。皇帝擁著愛妃，大家笑做一團。這一幕荒唐的儀注，叫他人見了，一定笑到絕倒。當面偏有一座大著衣鏡，讓他們自己看到弔兒郎當，優不優、伶不伶的神氣，也就彼此笑不可仰了。

入席之後，君巨變為狎客。妃子宮女，一起擁抱在懷，無分彼此了。後來有人嫌穿了戲裝做愛，有許多不便。皇帝只可逢場作戲。等到入席，還是大家換了便服來得舒適。不過也就因此一個改變，漸漸地把「扮皇帝」的儀注全廢了，而回復平民時代了。

這一個荒謬的娛樂，好似曇花一現，不久就化為烏有。不過老於花叢遊樂的，此中劉阮現在臺港的也頗不乏人，談到它，還是津津有味的。

徐文貞公墓

明徐光啟為中國最早之西洋曆數家，受物理學於義大利教士利瑪竇。篤奉天主，歿後，捐其徐家匯宅第為天主教堂。然其墓實在大馬路「拋球場」、「棋盤街」交叉處，有「大盛」、「老介福」綢莊、「惠羅公司」、「亨達利」鐘錶號，即其處也。

美總統訪華

美總統訪華當以光緒己卯格蘭脫總統及其夫人來滬為第一次。當時世界無事，仕民熙樂。英、法、美三租界，家家戶戶，懸燈結彩，自小東門至裡虹口，光明照耀，恍如不夜城。洋行門首，各搭彩牌樓，救火會齊集跑馬廳演為水龍之戲，各公園則張燈為音樂會，凡三日夜，中外遊人以億萬計，而白撞小偷亦出入其中，徐娘、碧玉，墮珥遺簪，歡笑之聲，震動江浦，甚至有遺失子女沿途號哭者。誠一時之盛會，令人想像太平樂事，千載難逢。

小萬柳堂與《李文忠公全集》

《李文忠公全集》，本由桐城吳摯甫先生經手，未幾逝世，由無錫廉丈惠卿繼續編印，設局南京，芝瑛夫人為摯甫息女，惠卿則吳婿也。是書後來糾紛甚大，廉李涉訟，廉氏幾因此破產，憤極，因刊佈《帆影樓紀事》一冊，由芝瑛夫人手寫，用宣紙精印。李子季高則委託哈華托律師否認欠款，並刊《自反錄》，以當帆影樓之答辯。廉丈又作《自反錄索隱》，則由日本藤田綠子精楷付印。二書且極盡印刷之能事，皆用宣紙影印，磁青紙面，絹包角，每冊鈐小萬柳堂朱印，涉訟，極俗事也，而以雅道出之。故當年兩家爭端，無論誰曲誰直，而藝林佳話，爭以善本珍藏，以視當時「涉園」、「誦芬堂」諸家所覆刊宋元善本，亦無多讓焉。

廉氏與寒舍略有姻婭，芝瑛夫人與家四嬸汪詠霞夫人交尤莫逆。故余幼時亦嘗為小萬柳堂夫人膝上坐客，頗獲劉晏之目。

小萬柳堂在津沽者，於李集涉訟，已抵償李光明書局債務，其在杭州南湖者，亦轉售舍親南京蔣氏，人稱蔣莊。上海別業則在曹家渡，即帆影樓也。夫人書法深得歐褚精髓，書名滿大，僕小時數侍几席，或謂夫人書出無錫孫寒厓代筆，余固不信也。其後廉氏與孫失歡，寒厓特作榜書、楹帳張之無錫梅園，乃與芝瑛夫人書筆無二。人遂認為孫固吳之捉刀人，而廉氏亦不辯。廉丈書仿翁方綱酷肖，每為題跋，字小幾至分許，而筆劃精嚴，造詞詳雅，今李石曾先生書，頗似之。

廉氏居杭州南湖，故自號南湖居士。與家君及潘蘭史徵君、李可亭、魏石田每觴詠無虛日。秋瑾之獄，芝瑛夫人與徐寄塵女士至柯亭收其骨殖，葬之西泠，築風雨亭以哀之，舉世多其風義。然廉氏頗為經濟所困，李集涉訟，纏綿數載不休。不但津、杭兩處別業，皆為抵債而轉售，其平生收藏名畫不下千種，亦轉售殆盡，僅留明清人扇面百餘頁，攜至日本東京，設「扇面館」，而扇面亦盡。晚益傺侘。芝瑛夫人世代文儒，起居樸素，初無豪侈名。伉儷尤篤。先廉丈謝世，廉丈竟遁至潭柘寺為僧，竟以僧歿，而上海曹家渡之小萬柳堂亦易姓矣。廉丈在前清嘗任中書，民國時高蹈不出，創有正書局，後出盤於溧陽狄平子，平子富收藏，有正書局所印《中國名畫集》二十五冊，其中多廉氏舊物，僕幼時亟蒙廉丈獎借，譽為神童，乃小時了了，大未必佳，握筆記此，語焉不詳，以張幽德潛光，茲深愧汗耳。

來春

洪楊之役，曾國荃頗借外力，以英人戈登一軍，克保淞滬，然戈登實持兩端，頗得發軍賄賂，不能力戰。事定，英人張其功，立銅像於黃浦灘公園，識者頗為齒冷。日寇侵華，佔領租界，竟撤去之。勝利後，租界收回，銅像遂廢不復立，亦一快也。然滬人但知有戈登、赫德，而不知有來春・石泰，亦一憾也。

光緒乙未，東戰亟，清廷割臺以自固，江南大吏有號維新者，乃仿德國軍式練兵滬，號「自強軍」，以沈敦和（仲禮）為統辦。德人來春・石泰為統領，所轄凡八營，營三百人。時新軍餉糧優厚，待士卒如上賓。特雇庖人製西式供饌，來春尤愛惜士卒。日再飯，以臨視。一日，見軍士有食黴乳腐者，嗅之其味臭惡，以為庖人匿金而供給草具。大怒，執庖人欲鞭之，仲禮亟為說明，謂中國人喜食乳腐，亦猶西人之喜食洋蔥也，誤會始解。

袁項城督直隸，練新兵於小站，欲調此軍北行，而來春素不直項城，謂他日，此人必有異謀，遂留不遣，以來春為江陰炮臺官。癸卯冬，日俄戰起，我守中立。來春請出兵，曰：「遼左我土，不當任抵觸相鬥，而坐視糜爛。」清廷方恐池魚之殃，畏首畏尾，以求自保。書數上不報，來春竟以槍自擊，死於江陰炮臺之上，時庚辰二月也，嗚呼烈矣。同治中，死難者有美人副將華爾，德人浙江總兵勤伯，足以鼎立而三，然滬人至今知有戈登而不知有三將。

程黛香

自宋南渡，即有女說書，號女先兒。如《金瓶梅》、《紅樓夢》說部中，皆有之。《七俠五義》中，宮監稱包拯為包先兒。先兒者，先生之簡稱，可說書寓之稱先生，其來亦有自矣。然夷場十里，女說書則無稱先生者。偶誤稱之，必愠變於色，以為褻瀆。顧女說書興起甚晚。光緒中葉有程黛香者，始以女彈詞家，獨樹一幟。嘗欲兼有林黛玉李香君之美，故曰黛香。時張園始建，黛香每夕設弦於安愷第，閨閣千金，倡門鶯燕，無不傾座。黛香頗以詩名，香閣中懸馮小青《題曲圖》，為時史倪墨耕手筆。名流題詠殆滿。黛亦自題三絕，記其二云：

焚將詩稿熨今生，莫再他生尚有情。
卿說憐卿惟有影，儂將卿比可憐卿。

卿題豔曲我題詩，舊事錢唐有所思。
後有小青前小小，一般才女兩情癡。

民二十間，書寓廣陵散寂，而女彈詞家盛興，於光裕社外特立一社，與男子分庭抗禮。光裕社亦力抗之，凡光裕社友設弦之處，例拒女子登臺，而女子書壇亦懸男說書先生例禁，稱之為說書先生，而自稱為女彈詞家。余初不好此道，以為說書先生，扭捏作態，無不薰香剃面，日夕以引誘蕩子淫娃為事，心焉惡之。既而為周拜花所㬵，云一品香有女彈詞家曰徐雪月者，說《三笑》，妙入毫顛，必往一聽，其詞片皆經盂心史先生修改，故能盡善盡美，姑為往聽。時為中秋，臺上二女皆衣薄羅衫子，其一引三弦，方唱開篇，乃四十以來嫗，其一副手，年可十六七，彈琵琶，貌僅中姿，余頗不耐坐，及《三笑》開場，則談笑風生，詞曲馴雅猶其餘事。嫗去祝枝山、唐伯虎，無不繪影繪聲，而秋香之細膩熨帖，幾有一慧心美婢，恍在目前，處處實獲我心。不覺為之傾倒，由是排夕入座，直至《三笑》完篇，則已梅花報臘，爆竹回春矣。

愚園路的凶宅

民二十年，我廬山回來，在愚園路找到一所房子，極有花木之勝。徐來的「殘春」，和六指翁（任矜蘋）的「新人家庭」，都借我住宅，拍過外景。但是我從華龍別業搬過去的時候，親友一致勸我「勿搬」，因為這條一一三六弄只有三個門牌，三座大宅，卻都是凶宅。

弄口一宅是王伯群住的房子，一搬進去，就跌死了他的太太保志寧，我住的一宅弄內五十九號，則更是神出鬼沒。據說以前住過的一家，常是會有人從樓板上被拋到樓下來。我原不信鬼，但我的太太卻怕得很。王伯群先生也勸我們不要搬進去，據說這三宅大門都是白虎開口，犯了惡毒。我說如果真有風水的話，我把大門拆造就好了。

由於我們貼鄰的「六十號」和我也是好朋友，他力保：「他的一所也是凶宅，但是住了三年，並無響動，我太太也很平安，這你太太可以放心了罷。」

我們就搬進了五十九號。倒也平安無事，這樣過了兩個月，雖則半夜有些響動，我總對她們說，不過貓狗之類。有一天，我回來得晚了些，只見樓上樓下電燈全開了。四個小大姐，全擠在樓上客堂裡，當中坐著我的太太，五個人駭得面無人色。我說：「怎麼了？」

一個叫寶貞的直打抖說：「這……這裡……出……出了大頭鬼。」

「大頭鬼！」我說，「在哪裡？」

太太聯手都不敢動，說：「在……在後面堆東西的樓上。」

原來這座房子很大，後面有一排專堆東西的雜間，沒有裝電燈。

我壯著膽子：「胡說，你們定是眼花。」

一個叫寶雲的女孩子說：「你……你不信，你……自己去看好了。」

「當然我去看。」我怕她們會笑我膽怯，連電筒也不拿，便奔向後樓。走廊裡望進去，果然有雪白的一大堆，上面還有兩隻藍光閃閃的鬼眼睛。我也驚出一身冷汗，要喊，突然一隻冷手掩住了我的嘴。一看原來是我的太太。樓下的司機、小車、廚房大司務，連一個小傭人，都從小扶梯裡上來了，卻沒有一個人敢起帶頭作用，擠住走廊，誰也不敢先進去。

再看那怪物，還是悠閒自在地，張開兩個藍眼睛兇焰焰地看著我們。一起十個人，不動也不跑。還是一個男傭人叫「時辰」的膽子比較大，他撿起一塊瓦礫，豁地甩將進去。只聽一聲「嗎乎」，這個大頭鬼突然離開了雪白的身體，衝將出來。

大家一聲疾喊，寶貞和寶雲早已從小扶梯上滾了下去。那個大頭鬼帶著藍眼睛從我肩上竄過，我也疾叫了一聲：「哇！」原來是一隻貓。

大司務找到了一支蠟燭，闖進屋子一看，「嚇！」那個雪白的身體，原來是一堆「棉花胎」。這一陣虛驚，成了一個笑話，由此打破了愚園路一一三六弄的三座凶宅之謎。

但是到了「八一三」事變之後，我們這三座大房子全被敵偽佔領。王伯群的住了汪精衛，我的住了周佛海，隔壁六十號則住了盧英。這三位大漢奸俱不得其死。這才是真真的凶宅呢。

的篤班

今之所謂越劇，以前稱為「的篤班」，亦名「鶯歌戲」。說是「因果戲」實「秧歌」的誤音。民國二十三四年間，才風行起來，改名越劇。姚水娟、竺水招、馬樟花可稱為越劇三朝元老。後來才數到「小丹桂」。

的篤班發源浙江嵊縣。只有一塊敲板，按拍乾唱，故名「的篤」，可說是地方性的原始歌曲，居民無不喜歌喜聽。農耕於野，樵採於山，工作於肆，都能唱個明白。其實詞句淫鄙，並不句句押韻，亦無準繩板眼。稍為文雅的人，無不掩耳卻走。但在新春燈節，則三五成群，闖來城市，沿門坐歌，居人亦不竣拒，每歌一節，酬以年糕一方，歌具並略為改良，以竹筷擊小鼓和拍。另一人擊劉海簽和之。民國二年，滬西童家村有王桂老、童大炮，始將雜曲，編成戲文（即因果戲），有《庵堂相會》、《三笑》、《水滸》、《描金鳳》、《大紅袍》等戲。但其登臺表演，則淫情浪態，比花鼓戲尤不堪入目，邑令因有傷風化，出示嚴禁，並將演者笞責。但是因為禁得嚴，反而增加了人們的好奇心，縉紳之家，多有私召來家，設臺偷演的。日久禁弛，地方劣紳，更加庇護，索性彙選成班，在本縣江西會館開設「振業戲園」。未幾，風行各地，滬、杭、甬得風氣之先，陸續開演。第一個到上海的便是姚水娟，她拜市商會長王曉籟為乾爸，王是嵊縣人，上海社會有一部分勢力，捧之尤力。

其初僅在閘北一帶，後來擴充到英法租界，青島路明星戲院，成了越劇最大的陣營。從姚水娟到小丹桂，都以女口為主體。馬樟花異軍突起，才以小生（男口）奪女之席，而越劇也從此成了清一色的女子戲劇，偶然出現一個臭男人的掃邊，大家反會相顧驚異起來。

馬樟花確是長得漂亮，行頭也新鮮考究。她是發揚女子越劇的第一人。可惜她和小丹桂一樣，為情而自殺了。繼馬而起的為范瑞娟、徐玉蘭、尹桂芳，也都很紅，這時越劇幕後滲入影劇界的共產黨人，一面替她們設計戲劇的動作和裝束，趨於電影化，以取悅觀眾。一方面則引誘她們的思想，以為共產黨的宣傳工具。而最受左派迷惑的是好唱悲旦的袁雪芬，在共黨尚未渡江之前，她是布衣、吃素，裝著悲天憫人的假面具。共匪渡江，她忽然搖身一變而為中共頭子陳毅的太太。大家才知「越劇」在上海，是被紅色利用的一個工具，可是已經來不及了。

越劇確有幾個人材，如范瑞娟、徐玉蘭之外，還有唱女口的傅全香、戚雅仙也都不弱。可惜一口嵊縣官話，實在叫人聽了要不得。不過，她們的唱腔和音樂的伴奏，則費過一番研究，如今試聽程硯秋、張君秋的新腔，都有受到越劇影響的。這一股戲劇宣傳的潛勢力，也就很可怕了。

越劇多悲戲，在上海風行的時候，開出收音機來，只聽見一片哭聲，審音者已知其不祥。勝利不久，竟有共匪渡江之禍。與平劇廣播一片言菊朋的「讓徐州」，皆妖腔也。

上海的西菜

上海人稱西菜為大菜（讀如大），大馬路讀如（度）馬路，稱英租界為大英（讀如大），而稱大人為（度）人。於是「大英大馬路請大人吃大菜」乃為入境口試之第一出題。猶之到杭州必試以「十三彎巷轉彎吃彎轉（蝦之別名）」，其怯口同一發噱。

西菜本名番菜，最老為「密菜里番菜館」、「謙記番菜館」，皆在法大馬路外灘，民國伊始，即不復見。繼起者以四馬路嶺南樓、萬家春、一枝香為最早，皆標名為番菜館。民國五年，孔聖人遊滬觀光，登萬家春番菜館賦詩，有「汽笛蓬蓬叫鬼車，萬家番館畔堂差」及「車如春箕馬如狗，絡絡續續街上走」詠四馬路之名句而傳誦一時。但所謂番菜者實「中國大菜」也。最豐盛的公司大菜一客不過九角，而可以吃到十三樣，真正西人所辦番菜，則皆稱飯店，以靜安寺路大華飯店、黃浦灘三十七號「麗查」、四馬路外灘「匯中」為三朝元老。大華本西商住宅，廣園巨廈，餐廳四周陳列義大利石像，雕刻之精，悉出名手。每週六、日晚餐必具音樂，繁燈如水，裙屐如雲，皆大家閨秀、貴族仕紳，輕盈倩舞，止於子夜，間有表演，亦皆名貴高尚，無黃色氣氛。而卡爾登異軍突起於跑馬廳，則鏡檻迷花，香檳瀉酒，魂銷豔舞之前，往往東方既白而樂聲猶未已也。外灘麗查，則以週六茶舞為盛，兩茶之費，只繳一金，而咖啡、蛋糕冠絕全滬，餐出義大利名庖，菜單巨如半桌，白卡精印，名式繁多，皆法文，非老於此道者，輒為之瞠目而不知所措。

四馬路匯中，適臨英大馬路外灘轉角。菜英國式，以白煨羊排出名，其他名菜亦復不弱。而下午飲茶，盛況尤不減於香港之告羅士打，及九龍之半島酒店，而地位之佳，則尤勝。四周沿路皆用大玻璃嵌成落地大窗。仕女盛妝，望之如仙。或以比之蠟像陳列館，然活色生香，陳列館固望塵莫及，即「大華」、「麗查」之裙屐雍容，卡爾登之銷金夜舞，亦無此廣大無遮容路人平視也。

而四馬路番菜館之叫堂差，更為中國國粹之一絕。當華燈上時，嶺南、萬家，一家諸春。一枝、一品諸香，無不弦管嗷嘈，花符飛去，豔色傳來，時在民初，包車尚未盛行，輿轎漸已廢絕。應徵妓女，皆由龜奴負之而出，高跨肩上，如城隍廟出會之抬閣。龜肩施以毛巾，左手則提弦索，施施然來，市人以司空見慣，轉若無睹焉。

民四五年，即改坐三挽頭包車，前後裝水月燈四，人坐其中，形如「器」字。《晶報》乃有「龜奴一去不復返，此地空餘犬坐車」，出倡門才子畢倚虹手筆，與韓莊一炮記，傳為雙絕。

凡此所謂西菜館者，皆繁華之別藪，銷金之巨窟。真有老饕，則不以此為目的地，而選老靶子路「黃飯店」，以「義大利麵」馳名；二白渡橋德國飯店以「牛排」、「油燒蹄髈」馳名；南京路「維亞克」以「炸麻姑」馳名。

法租界之「芭蕾」以「牛蛙」、「燒蛤蜊」馳名，東華以「俄國冷盤」馳名，愛克蔡」以「炙牛羊肉」馳名。各有專長，食者選味，而吳淞福致飯店之「牛油雞腿」，愚園路惠而康之「炸童子雞」亦為不惡焉。

若郵船康梯浮第之義大利菜尤為美輪美奐，排場之偉大，肴式之豐盛，一如皇家御宴，有好易牙味，且專為果腹而乘輪至香港者，郵船於「八一三」抗戰時被毀，改為水上飯店，創傷之餘非復舊觀矣。

自經一度滄桑，大華飯店，久已夷為市廛，其異軍突起者則為大馬路外灘之華懋飯店及國際飯店之二十四層「雲樓」。華懋為外國飯店後起之巨擘，而國際之聳出雲霄亦使法租界蒲石路之十三層樓失色（按：十三層之第七層樓西菜亦著名）。華懋之中國廳，富皇典麗，傢俱一式上等紫檀，而鏡檻、銀屏、大理石雕刻，復集卡爾登、大華之菁華，一杯七星白蘭地售至銀幣七元（以現值核之當近五百元），其昂貴可想。

國際雲樓售西菜，而一切裝修，皆仿日式，木几竹榻，茅屋蘆簾，別具雅致。肴饌精美，集合中西，櫻花時節，車馬尤盛，然而夕陽無限好，上海之黃金時代，已成過去，龍華會上人，都如夢影矣。

中國戲與傀儡

中國戲原始於傀儡，這句話說來太突兀，也許有人不信，但明朝人的《柳陰瑣記》便說：「今戲源於傀儡，列子以偃師刻木人，實傀之始。」宋朝人楊大年詩：「鮑老當筵笑郭郎，笑他舞袖太郎當，吝教鮑老當筵舞，轉更郎當舞袖長。」這郭郎和鮑老，也是傀儡的別名（見《後山詩話》）。還有《封氏見聞》說：「大曆中有刻木為尉遲公鬥突將之像，動作不異生人。又設項羽與漢高祖會鴻門之景，良久乃畢。」可知傀儡演戲不但盛於北宋，連晚唐時也盛行了。

傀儡一名郭禿，見於《風俗通》與《顏氏家訓》，謂是前世有郭姓而病禿滑稽調戲，故後人為其像，呼為郭禿。是傀儡戲且行於六朝以前，不待唐宋始盛了。

不過，唐宋的傀儡，止於搬演，六朝的傀儡，止於滑稽。並不說它與唱合一，這是因為古代歌舞，舞者不歌、歌者不舞的原故。歌劇開始，厥有兩大源流：一、來自印度的《目蓮變文》。二、為產自中國的《西廂傳奇》。現在先說《西廂》，很多人以為《西廂》創始於遼金時代的董解元，卻不知北宋趙令畤已有高調鼓詞，譜《西廂傳奇》，但只有詞曲沒有白文。到了董解元作《弦索西廂》，則有曲有白，專以一人彈唱，並不搬演金章宗作清樂。有所謂「連廂」，則帶唱帶演了，法以一人司唱，配以琵琶、笙、笛，各一人列坐彈唱，另用傀儡，在前搬演，男名「末泥」，女名「旦兒」。生、旦之名，由此而起。按元曲無生，以末為男角，旦為女角。明代樂府始以生代末為主角，而末退居副角地位。崑班十六腳色：五生、五旦、三丑、二淨、一末是也。

《弦索西廂》既創始於金元，但用傀儡與人合演的辦法則在南宋時代已經盛行，也就是原始的高腔〔按：高腔源出弋陽（安徽）〕。有宋南渡，北樂淪亡，教坊曲院只有帝王御用才有享受，民間歌樂不得不求之民間，於是徽班原始是弋陽腔乘時崛起，大為流行。他的搬演，唱的人則在後面，後來才進化到了一人在場上唱歌，而許多人在場後接唱的高腔。此種唱法，實在是傀儡戲的遺制，至今還存留在紹興（大調）、川戲、桂戲裡面，而沒有完全泯滅。

中國戲在清朝乾嘉時代，以崑曲為正宗，崑曲的原始是傳奇，當然脫不了《西廂》的影響。既則用活人來搬演，既歌且舞了，但是它的動作，並不脫離傀儡。嘉道以來，皮簧盛興，皮簧的源始乃是徽班，他的動作並不脫離傀儡，也不離高腔。高腔是從傀儡發達而來的，二者合流，所以中國戲直到如今，它的動作也沒有脫離傀儡的形式。

最明顯的是，國內外場、轉椅、挖門、開打、么二三、過合等等，都是來回轉成圓形的。他為什麼要這樣轉來轉去地去做，說這樣做是方便嗎？也不很見得，但是演員們卻天經地義地恪守成規，一陳不變，如果你挖錯了門，轉錯了椅門，落得哄堂大笑，好像連觀眾也眼熟能詳，不許你舛訣分毫。這是為什麼呢？原來你沒留心看傀儡戲，如果你看過「榮記大舞臺」的傀儡戲，你就恍然明白了。我曾經因為榮記大舞臺的提線人搬演傀儡種種動作完全和真人上臺一樣而致敬佩服。提線人卻告訴我：「每個傀儡身上有好幾根線索，牽動各部動作，如果不能如此大轉身時，那些牽線就要打拼一處不能動了。這是老師傅傳授，不是仿自京戲。」於是，我才恍然生出一個大悟，原來中國戲的祖師爺，是傀儡戲，連帶我還想到戲班裡為什麼要供老郎，則不是傀儡麼？也許就是唐宋人所謂「郭郎」亦未可知。

張大千做和尚

張大千云：「溥心畬在四川戒壇寺，只要和尚缺數，他便會上去湊一份。啞和尚還可以拿經懺錢。」其實，大千自己倒是真做過和尚的，那時他還不過二十歲，正鬧著戀愛情緒，家庭反對，他一怒，出了內江，來到西湖翁家山一個廟裡做小和尚，誰知他是吃肉慣的，兩個月沒得吃，嘴裡淡出鳥來。便偷偷地逃下山來，從赤桑埠坐上一隻划子，想渡過西湖，到樓外樓去吃醋魚。誰知出來得荒疏，身邊一個錢也沒有帶，上得岸去，連船錢也付不出。划船佬兒，不饒他。他卻告饒道：「千不念，萬不念，念我是個和尚，身邊不帶。」划船佬兒也是個藤頭，說：「和尚出門，便不要錢嗎？偏要。」大千大怒，他們八弟兄都是有點拳勇的。一拳掃去，船佬兒落水，樓外樓頓時跑出許多人來：「和尚打人哪！」船佬兒從水裡爬起來，先扭住了他的衣襟（是時大千有沒有大鬍子待考），眾人拳腳交加，他雙拳難敵眾怒，不由大喊：「救命哪！」無巧不成書，恰好他二哥善孖，從內江趕出來，到處尋他，尋到樓外樓，以為在打和尚。一張鐵臂分開眾人，誰知打的是他八弟，不由掀髯大笑起來：「打得好，打得好，問你做了和尚，下次再要逃出山門不要？」

兄弟相逢，不覺挽臂大笑。二哥總算救了這和尚一命。

大千覺得和尚滋味並不好受，跟二哥上樓外樓大嚼一頓。弟兄雙雙來到上海，在西門路西成裡租了一幢兩樓兩底的房子。這是大千和善孖在上海賣畫的開始。那年大千二十一歲。

鄭毓秀參加炸良弼

鄭毓秀博士，在美以癌症逝世，身後毀譽功過，論者不一，然有一事，似未有人道。

吳稚暉先生生前養疴於陽明山國際旅館時，李韻清兄訪之，時盛暑，稚老病瘓，不良於行。侍者以一籐椅舁之，共坐草場納涼，稚老裸裎而御一毛巾，手大芭蕉扇，因縱談古今。時魏道明主席新去任，而清議多以鄭博士為口實，稚老豎其拇指曰：「巾幗丈夫吾當以鄭毓秀為巨擘。」因言毓秀十七歲已參加國民革命黨，毓秀有姊，許字唐家楨，家楨亦革命黨，其革命機關，設在北京崇文門內義興糧食局。而糧食店之主人，即齊如山之尊翁齊禊亭先生。蓋庚子之役，齊氏頗與德軍周旋，存活城廂內外居民甚眾。事定後，齊氏子弟且有赴德國留學者，故清廷大吏不敢誰何，而黨人中實有三人。李石曾先生主行動，唐家楨主軍事，鄭毓秀主聯絡運輸。會辛亥革命，武昌起義，清廷起用項城。而袁陰有異志，未發也。以馮國璋統師南下武昌，戰且屢勝，北京黨人莫不隱憂，而計無所出。齊禊亭先生實為石曾塾師，一日，項城公子袁克定，忽來訪石曾於書館，抵掌論天下事。克定撫掌曰：「革命黨屢敗奈何？」石曾亦不諱，因稍責克定事父不能幾諫。克定曰：「家君固同情民黨者，奈受命清廷，指揮進退，初不由己，奈何？」石曾問計，克定曰：「但除一人，天下事自定矣。」石曾又問當去誰，克定曰：「今日主戰者皆滿人耳，而良弼為之主謀。苟去良弼，餘事迎刃自解耳。」石曾默然。克定辭去，唐家楨從外來，石曾又以克定語語之。家楨矍然曰：「惜我但主軍事，若行動屬我，我必炸良弼。」石曾大喜：

「然則請君主動可乎？但炸藥安出？」家楨曰：「毓秀主輸運聯絡，義不容辭，而我為鄭姊婿，當督之。」已而，鄭毓秀果至天津，運炸藥，星夜造炸彈，唐家楨懷之，顧以平民，莫能見良弼。石曾李文忠公鴻藻子也，假以華澤，挾巨名刺，乘騾車，止於良弼之門，而良弼方上朝未還。家楨投刺不得入，反出，值良弼於門。家楨一手握彈，一手投刺，良弼反首視名刺，而炸彈轟焉。家楨炸死，良弼傷亦重，輦至醫院而死。清廷大震，隆裕后急召項城入宮曰：「所仗賴於宮保者，今若此！奈何？」項城奏曰：「今京城四廂，滿伏黨人，即宮廷中亦恐不免！以後遭難恐不止良弼。」後曰：「為之奈何？」項城曰：「今天下人心皆屬民黨，為清室萬世計，惟太后下詔退位耳！」於是太后下詔而袁氏得志矣。然民國肇興，良弼之死實為最大關鍵。而炸良弼者，人皆知為唐家楨，不知有鄭毓秀，不可謂非民國之佚史也。韻清為余言如此。

又毓秀留法，已在民國成立以後。然其人風雲交際，實不可一世，法國顯要，無不傾倒。嘗乘輪歸國，送者塞途，及為上海審判廳長，而法租界會審公堂且抑其鼻息。杜月笙亦得其助力為多。當其時，鄭廳長在滬炙手可熱，起居頤指如王侯。余嘗觀其宮室享受，西太后無以過之，而毀譽交織於道路，然其為人，實熱忱爽凱，有古俠士之風焉。

蔣志英殉職

蔣志英為蔣伯誠弟，諸暨人，性亢直、豪爽，面有七十二痣，以此自負。肄業黃埔軍校，輒格其同學，常遭禁置。蔣總統時為校長，每加戒悛不能改。北伐後，為浙江警備副司令，擊強懲惡，不避權貴。時筧橋空軍子弟，嘗入城鬧事。有姚銘三者，設卜肆於湖上，偕往算命，蔣志英適先在，著藍布大掛衫，狀類鄉愿，袖手默坐。空軍子弟以銘三算命不準，起毆之，志英勸不解，並遭群毆，拳格之，十數人辟易。子弟怒，以電話致空大隊，而蔣先召警備車至，悉載空軍子弟而去。以其未著制服，而擾亂市場，欲送警察局。時蔣劍人為空軍校長，聞訊馳至，事乃得解，而蔣志英遂以莽張飛出名。

蔣委員長視察杭州，志英晉謁。問：「蔣志英，你脾氣改了沒有？」志英遽立正舉手：「報告委員長，沒有改。」總統亦為之莞爾。二十六年，日寇犯浙，政府轉進西南，蔣志英奉命防江，守諸暨、紹興，賀揚靈駐金華，浙東游擊群起響應。志英設橋頭堡，敵我隔江攻守，經年不下。寇屢敗績，乃以航船載日本僧人數百，即於江中起懺念咒，鐃鈸喧天，我軍發炮擊之，百發百中，和尚紛紛落水。兩岸居民有聚而觀之，皆拍手大笑。但喜我軍致勝而不顧戰陣之險，人心之堅，亦於此可見一斑。

志英御軍極嚴，其防江也，每夜必自起巡邏，唯周鳴九從。鳴九杭州員警四分局長。一夜月黑，忽覺叢草中有伏，叱曰：「什麼人？」而伏者已疾以刀進，剚蔣腹，腸出，鳴九負之，疾走，而敵軍薄岸矣。

嗚九負屍自東陽急轉金華，賀揚靈知事急，謂嗚九曰：「亟為我告東陽，並力禦敵三日，我得自金華撤退，而不喪一民一卒，嗚九之功也。」嗚九走東陽，游擊總隊長曰李天生，初有難色，李妻奮起曰：「今日事我死敵活，然等是一死，我必斬獲滿足而後致命耳。君不見包村乎？洪楊之役，為曾軍守諸暨，三月不下，終扼李秀成之師，使之敗績，吾儕何以不如古人？」

眾皆奮義，誓守，而請嗚九返報金華，嗚九不肯，曰：「我亦偕亡，焉能獨生。」

浙江自桐廬以上，水皆逆流，不便舟楫，敵利速至，兵自諸暨內竄，入五洩逾劉龍子坪而下嚴州，復趨永康，距東陽百里。敵酋聞李天生名，不敢遽進，駐軍天信潭口十里，使前隊招之，曰：「天生若降，浙以東軍事皆付汝。」

天生答以巨炮，遂戰，敵眾我寡，戰至三日，守軍不利，將潰。時李妻有妊，天生曰：「卿可隨嗚九去金華，我守此。」李妻曰：「不可，死則一處。」時天生已負傷，臥地不能動，妻兩手舉槍，一射其夫，一以自殉也。嗚九再拜之，時山中桐油堆積如山，嗚九盡澆以引火，火發，乃從間道，歸報金華，則賀已撤退一日矣。

樊樊山〈彩雲曲〉非詩史

賽金花以樊樊山〈彩雲〉一曲而得名，曾孟樸撰《孽海花》頗取材於詩史，賽金花的豔名俠事益以大噪。其實樊翁亦僅得之傳說，逞快一時，而〈彩雲〉實有前後兩曲，前〈彩雲曲〉作於光緒己亥，距離庚子尚有一年，正如吳梅村作〈圓圓曲〉，只見圓圓盛時事。後〈彩雲曲〉則專為庚子一役，描寫賽與德將瓦德西結合，儀鸞殿火災及賽乘馬男裝招搖過市而作。其詩猥媟，格律甚卑，其事亦得之道聽塗說，不能引與前〈彩雲曲〉並傳，以視吳梅村的〈圓圓曲〉，白居易的〈長恨歌〉，更不可以道里計了，但齊東野人反而津津樂道。現我把他的詩句和序，摘錄在下面，以備參考。

> 序：「光緒己亥居京師，製〈彩雲曲〉，為時傳誦。癸卯入覲，適彩雲虐一婢死……事發至刑部，從輕遞籍而已……頃居滬上，蓋不知偃蹇幾夫矣？」

癸卯是庚子後四年，〈序〉云入覲，可知樊山並不身歷庚子之役，又云「頃居滬上，蓋不知偃蹇幾夫」，則此詩又經過賽遞籍回滬後，多少時候而才作的，詩中事，全出於聽聞可知，但他的〈序〉裡，又若實有其事地說道：

「因思庚子拳匪之亂，彩雲侍德帥瓦德西，居儀鸞殿……儀鸞殿災，瓦抱之穿窗而出……今老矣，仍與廁養同歸……而瓦酋歸國，德皇察其穢行，卒被褫遣。」

這一段摘記裡「因思」二字，是絕大漏洞，「因思」就是「想像」，並無真實的來歷，這其所記，便不能提出確鑿的證據。後段所說「瓦酋歸國，卒被褫遣」，尤其說得模糊。出於此老向壁虛造可知，他的詩裡，也有同樣的不經事實，如：

「聞道平康有麗人，能操德語工德文……柏林當日人爭看，依稀記得芙蓉面。隔越蓬山二十年，瓊華島上邀相見……將軍七十虬髯白，四十秋娘盛釵澤。普法戰罷又今年，枕席行師老無力……此時錦帳雙鴛鴦，皓軀涼起無襦袴。小家女記入抱時，夜度娘尋鑿坯處。」

其詩猥褻姑不具論，若言「將軍七十」、「四十秋娘」尤為不倫，縱令賽瓦確曾在德京相識，相距至今亦不過十多年，則瓦之年齡不能遽至七十也。賽後來又以虐婢入獄，一時文士如冒鶴亭、況蕙風、劉半農等俱嘗為之奔走，自命作護花使者。黃秋岳《花隨人聖盦摭憶》曾說：「冒鶴亭言況夔笙自命舊日與彩雲甚暱……一夕具紙筆過裝閣，首詢身世，已是十問答二，叩以孽海花事，則色然報以白眼，曰：瞎說八道。夫欲從老妓口中徵其往事，而又期為信史，此誠天下之書癡。」又云：「此見南北報紙，數記賽金花事，大率拙滯可笑……但樊翁後〈彩雲曲〉所述儀鸞殿火，余嘗叩之樊翁，翁云：亦僅得之傳聞而已。」

秋岳又云：「近人乃不信孟樸所述，而反欲徵諸彩雲，其癡與不曉事，正與前輩等耳。」此言蓋指劉半農的《賽金花本事》而言。賽暮年貧困，半農嘗周濟之，意狀親暱，並言：「賽頸上確有紅絲痕一縷，但輒以紅線加其上以掩護之，不肯輕易為人所見。」則此所謂紅絲痕者亦出自小說家言，賽特取以自為標榜耳。《賽金花本事》係由半農弟子商鴻逵執筆，所記拳亂與瓦德西結識事特詳，為賽自己稱述，有意誇誕，實非信史，賽後病故舊京，好事者葬之城南鸚鵡塚畔，又摭拾其事，為《靈飛集》，因為賽晚年又自改名為趙靈飛了。

江東才子楊雲史曾有一信致張次溪，商量賽墓書碑事，「彩雲，金花，皆為其化名偽姓，不可稱，今既為存其人，則不當稱洪稱魏，而稱趙靈飛墓，既雅馴，而存其真面目也。」又云：「至若近年青年文士，不書事實，為求刊物利市，聳動耳目，至謂其有功國家，信口雌黃矣。且謂李文忠求賽緩頰於瓦德西……至謂屢請不至，乃徒步造膝真令人作惡而髮指……且文忠自入都後，即未出門一次。庚子之夏，家嚴由文忠奏調議和，余隨侍居賢良寺一年餘，與于晦若、楊達甫、徐次舟朝夕晤聚，一切深悉，安有此稱影響？此等記載，可謂無聊之極，倘聽其以訛傳訛，則他日將誤及史乘……前歲李氏即欲與劉半農法律解決，因劉死作罷……嗣欲登報辯白，為余所阻。」觀此，可知劉半農的《賽金花本事》與樊樊山的前後〈彩雲曲〉，或出於本人的誇誕口述，再加渲染工作，以期利市。或出於道聽塗說，信口雌黃，以博詞林傳誦，其非信史，概可得而知也。

而黃秋岳尚欲據曾孟樸《孽海花》以為信史，《孽海花》只是前〈彩雲曲〉的作傳，沒有談到庚子以後，所以比較雅馴，但孟樸為雲史表兄，雲史嘗問：「賽與瓦帥在柏林私通，兄何得知之？」孟云：「彼兩人實不相識，余因不知其此番在北京相遇之由，因其在柏林確有碧眼情人，故借來張冠李戴耳。」言已大笑。此辛丑事，余年二十七，曾三十。」此文亦見《靈飛集・楊雲史致張次溪函》。讀者將毋爽然若失？

上海三大亨二三事

杜月笙生於光緒十四年戊子屬鼠（一八八八），張嘯林生於光緒三年丁丑（一八七七）屬牛，黃金榮生於同治五年丙寅屬虎（一八六六）。三人生肖，適為子、丑、寅，各長十一歲，故結拜排行，黃居長，張次之，杜又次之，為黃張杜也。

三大亨起家於鴉片，張實當家，因當年鴉片運輸來源均靠浙江軍閥，自盧永祥何豐林以來，淞滬護軍使也就可以算得鴉片護運使。張嘯林自己說是通字輩，但他的來歷，無人能夠查考。他幼小無賴，在杭州拱宸橋賭「顛顛巧」，是一種頑童把戲，法用白粉在地上畫一☐分做進出門，手裡拿一個銅錙，丟下去，張將草紙在上一蓋，先問「進」、「出」，再問是「字兒」是「悶兒」？當年使用制錢，一面是大清通寶（亦有鑄年代的，如光緒元寶，咸豐通寶之類），名為「字兒」，一面是兩個滿州字，便是年號，名為「悶兒」，手法好的，可以亮三寶，明明看見他是「進門，字兒」，開出來偏偏不是。張嘯林就在拱宸橋上賭這個。橋堍是張大仙廟，他便睡在廟裡。這張大仙生前是一個叫化子，每天在橋頭也賭「顛顛巧」，瘋不瘋顛不顛的，《馬關條約》，杭州拱宸橋也列入通商，劃做日本租界，這叫化子仰天大笑三聲，向河裡撲通一跳，原來他倒是個愛國志士。大家紀念他，替他立了一個張大仙廟，確是有靈有聖香火不斷。叫化子都去宿廟祈夢，張嘯林索性睡在廟裡了。

日本人雖在拱宸橋闢租界，勢力卻伸張在城內清河坊、保佑坊，大街之上扯滿了太陽旗，這時候，張嘯林已在安康集裡背絲弦家住了。安康便是灘簧，那個灘簧頭兒叫陳咬臍，是個唱小花臉的，杭州當時尚不通行京戲而作興灘簧，喜慶人家，甚至逢年賞節，大小生日都愛叫一班灘簧以娛來賓，陳咬臍的灘簧紅遍了整個杭州城，任何公館牆門，大戶人家，他都直進直出，列為清客。王文韶相國出喪，熱鬧情形，不下於上海的盛宣懷出喪，可還要比盛宣懷出喪早幾個年期，道子長到幾里路，頂馬已出了錢塘門，後面還在龍舌嘴，行過清河坊，保佑坊更是人山人海。偏偏有一個日本頑童被道子撞了，日本人大發雄威，定要王府賠罪，當年本於弱國無外交的原理，王相國到了死後出喪，還要向外國人賠罪。張嘯林看在眼裡，氣在心裡，他是下城倉橋機坊鬼出身，機坊鬼也就是杭州的唯一白相人。王相國喪靈停錢塘門外龍駒山莊，道子解散，張嘯林立刻跑到仁和倉橋邀集全城機坊鬼兒數有上千，把一條清和、保佑兩坊大街的日本店如數打得落花流水。官府出來都不敢彈壓，事後卻把張嘯林、陳咬臍拿去架號，穿了紅衣褲（罪衣）在大街之上清道掃地。日本人當然提出了種種賠償條件，但從此搬出了杭州城，回到拱宸橋去做生意，直到租界收回，沒有一爿日本店敢進城的。

有人說張嘯林是杭辛齋的徒弟，其實非是，提起杭辛齋，確是當年鼎鼎大名的人物，但他是洪門，不是青幫，民國初年與褚輔成策動革命，成功不居，朱介人、呂公望、周赤城、童保暄、張載揚都是他的兄弟（青幫收徒弟統系是直行的，洪門拜把子，統系是橫行的。兩幫規矩，截然不同）。但是這許多貴顯，有許多是機坊出身的，所以和張嘯林也稱兄道弟。張嘯林到民國手裡才得法起來，陳咬臍也棄行不唱灘簧了，改名陳效期，張嘯林上海發跡，他也成了杭州白相人地界的大亨。

張嘯林手下兩員大將，一員俞葉封，一員尚慕姜。葉封原是滬杭線水上的緝私統領，鴉片運輸正在他手裡，葉封後來常說，那時候的銀子，真是容易進賬，老杜手面也闊，只要我開口，上萬的莊票送過來從不打回關。尚慕姜好像做過團長，後來就做了張嘯林手下的健將，還有一個杭州當員警所長的翁祖年，後來由嘯林薦在月笙門下當軍師，最近才在香港逝世，身後蕭條得很。楊仁詮也是嘯林手下健將，都是經過三刀六個洞的好漢，專管外事的。杜月笙手下八個黨原是新開河搶土出身，自從黃張杜正式合作，才正式成立三鑫公司，那是民國七年的事了。土行大買主是潮州三鄭，運土大窩主是何豐林，出面的是師長陳樂山的太太，一切輸籌幃幄都是張嘯林當家，所以當年張嘯林的地位是介於黃杜之間，不是無因的。

那時候的賭，倒並不怎樣偉大，只有三隻臺，一隻蔡洪生，一隻楊仁詮，一隻朱俊方。至於福煦路一百八十一號那是北伐以後才開出來的，這個時期煙土已成強弩之末，黃金榮功成身退，小心畏事，民國十四五年間已不大出面，其許多事確沒有他在內。所以上海清共，當時選擇行動，以為黃已老朽，張太囂張，所以才選到杜月笙來擔任這項工作，而杜亦一舉成名。從此飛黃騰達，提起三大亨無不以杜首屈一指了。

上海清黨，計畫定自中樞，杜月笙不過是承命行動的一員，當時踢殺汪壽華，是馬祥生葉焯山的功勞，攻打老北門是芮慶榮為頭，但是攻打閘北則是二十六軍軍長周鳳岐和寧波炮臺司令張伯岐和江灣要塞司令王柏陵，戰事最烈的是攻閘北商務印書館，則不是杜月笙的人了。月笙和黃張結義之外，和楊虎、王柏陵也結義過一次，和王曉籟也結過義，這是月笙由白相人地界而進入政商之漸。月笙竭力向上，與嘯林漸漸發生暗礁，則在北伐成功以前即已時常發生齟齬，貌合神離，終至「八一三」事變而各趨極端，杜隨國西行，張則墮節漢奸死於非命，為可歎也。

黃金榮原籍常州，為城裡裱畫店出身，生平最得意門人為「大頭開發」，引見杜月笙的是飯桶阿三。

郁達夫毀家詩

在五四運動的一群文壇大將中，我最愛讀郁達夫的作品，這或許因我是近乎神經質的人，所以對於郁達夫那些「灰色人生」的作品，容易起共鳴之感罷！

郁達夫在檳時，曾有一面之緣，不過是一面之緣而已，並不能說有什麼交情。那時我對郁達夫的心情，是作為一個學生看見他所崇拜的老師一樣，既喜悅又敬愛。

就郁達夫的外表看，彷彿一位善於營運的商人，不像是名聞中外的小說家，這是不足為怪的。以寫三角戀愛著稱的張資平，學的是地質學，驟觀之，亦沒有大塊頭之氣派的。

郁達夫為創造社主要分子，惜以文章憎命，戰時匿居蘇島小村落中，經營一小酒吧以維生計，迨日寇乞降消息甫頒，而郁氏即為日軍捕去，不知所終，一般友好，均決定其必為所害。而郁氏生前不特精於新文學，舊詩尤膾炙人口，其與王映霞仳離始末，淒婉動人，而郁當時曾有詩紀其事。

王映霞本為上海某校高材生，天真未鑿，於文藝集會中得識郁氏，遂生情愫，郁氏亦進攻不遺餘力，因成佳偶。當時曾有詩紀其事云：「宵來風色暗高樓，偕隱名山誓白頭。好事亦愁天妒我，為君先買五湖舟。」又云：「籠鵝家世舊門庭，鴉鳳追隨自愧形。欲撰西泠才女傳，苦無妙筆寫蘭亭。」但郁氏雖有江淹生花之筆，而無陶公致富之方，上海寓公生活，本非一介寒儒所能支持，於是雙雙遷風景幽秀之杭州，以度其隱士生活。這時郁氏曾有很好的詩描敘其淡泊生活：「冷月埋春四月初，歸來飽食故鄉魚。范睢畫術成奇辱，王霸妻兒愛索居。避亂久嫌文字獄，偷安新學武陵漁。商量柴米安排就，緩向湖塍試鹿車。」在杭州的生活，本來是很安靜，但王映霞與當地達官貴人的太太往還，因而感到一個「作家之妻」的寒傖來了。於是她根據了學而優則仕的原則，竟慫恿丈夫去做官。郁氏為了不辜負愛人的期望，他就跑到福建省陳儀處當主任去了。後來日寇在杭州登陸，他遂輾轉托人把他的妻子帶往金華。

他趕到金華會面時，問起護送她到金華來的人，就是他平素最不喜歡的某委員，由是開始反目，不能相安。但某委員又跟蹤而來，他的疑團更大了，由是更多吵鬧。後來為避免這惡劣環境，夫婦竟跑到新加坡去了。但二人勢成水火，終於宣告離婚，王映霞亦憤而返國，郁氏舊義難忘，曾有詩表其心跡云：「大堤楊柳記依依，此去離多會總稀。秋雨茂陵人獨宿，凱風棘野雉分飛。縱無七子哀齊社，尚有三春各戀暉。愁聽燈前兒輩語，阿娘真個幾時歸？」詩意委宛低徊，寫盡失戀後的苦痛。

經過相當時候，郁氏才從頹廢的生活中改變過來，對這傷心往事也能看得比較解脫一點，這是從一首詩裡可以看出，那詩是：「六陵遙拜冬青樹，笑擲乾坤再出家！鋏有塞光銷鬱怒，集無名句比秋茄。朝雲未劫終塵土，楊氏前身是柳花。參透色空真境界，一瓶一缽走天涯。」

無職業會長王曉籟

胡戇珠先生記王二哥事蹟，可謂詳盡，但亦有得之傳說的。例如人妖沈老五案：她是王四太太（小金鈴）的房客，因搜查鴉片煙而被累的。她和她根本沒有什麼關係。又如說尚有一個唱鬚生的女伶張姓。那是張堯卿，唱梆子花旦，而不是鬚生。她是五太太。大家叫她老五，她在六個半太太之中是最美的一位，但是私生活也很好。周佛海、陳公博在敵偽以前，佛海失節敵偽，但和重慶方面向有聯絡，和王曉籟都是朋友，愛屋及烏，撥一個小局長給張堯卿的弟弟做做，兼為王氏家庭日用調劑是有的，若說周佛海因此就和老五（張堯卿）有了什麼曖昧，則和小金鈴的事出無因，風來空穴，同為一種道聽塗說了。六太太是堂子出身，叫雪飛三媛，小時候圓圓臉兒，眼睛很大，嫁了王曉籟卻變得大阿福一樣，而且是個細白麻子，但是後來居上，曉籟最鍾愛她，張堯卿不免冷落西宮，而小金鈴則成了子孫太太。小金鈴是山東人，一口山東話，長相兒並不美，但是婦德極全，一天到晚奶孩子，管家務，幾位姨太太都要欺負她，她總是不聲不響地，忍辱吞聲，和在共舞臺唱《陰陽河》時，簡直換了一個人。謠言說她「曾和沈老五怎麼怎麼」，你想她會麼。

那六個半的半個，則是黑貓王吉，她是秦通理釣鼇魚的金鉤，飛揚跋扈為誰雄，她釣過劉鴻生、唐壽民，和其他等等秦通理所需要利用的名流、大員。結果這鉤香餌卻被王曉籟整個吞下了肚去。

王吉是一代妖姬，和王二哥卿卿我我，打得火熱，但是她不肯嫁給他，所以只就半個。

曉籟有子三十六人，上海人稱他多子王。喜事人家總把他所送的喜幛掛在當中，因為他照例要把率子某某——三十六個兒子名字螽斯衍慶一般地拖在自己名字下面，子孫繩繩，叫做喜事的人家看了歡喜。

曉籟雖屢任上海市商會會長，但他本身實在沒有正式開過工廠、銀行和具體的大商業，雖然擔任著紗廠、銀行、許多工廠董事，但他並沒有投資，資格股都是人家送給他的。我在日本時看見一本《中國名人調查錄》，在王曉籟照片下面印著：「上海市商會會長——無職業」，這種諷刺，也就對上海市整個工商界開玩笑開得不小了。

我曾把這樁故事，回來說給王二哥聽，他卻若無其事地說：「這就叫民主作風。」上海人叫虞洽卿阿德哥，叫王曉籟王二哥，這是最普遍的。王二哥在上海，出身錢莊，後來上海盛行租地造屋，用極廉的租價租進鄉下人的地皮，三十年或四十年，卻用最窳敗的木料去造，造成轉賣，得利極厚。最先發明祖師是唐吉生，他造的房子走上扶梯去，連樓板也搖搖欲動的。王二哥卻親中一計，買了他環龍路環龍別業的房子。套進。但是他神通廣大，立刻套出，不但賺了一筆錢，而且深通了此中竅奧，也做起租地造屋來了。直到三十八年，他的正室公館還是打在環龍別業，也是他發跡不忘本的意思。

王二哥做事是有精神的，造房子他能夠爬上屋頂，自己監工，當年上海銀根鬆透，錢莊裡有的是錢，只要你會借，長年八厘折息，還是不客氣的放帳戶頭。租地造屋有三四十年的江山，錢莊只要你開口，十萬八萬全借給你。有時圖樣打出，工部局照會尚未下來，錢莊押款早已做好。明明八萬造價，卻做了十萬押款。運氣好，房子只蓋到了樓板，買主已經上門，於是轉賣轉押，就身越來越大，社會上就變了聞人。

但是曉籟真正的發跡，還在北伐成功以後，他白手成家，心粗膽壯，他是嵊縣人，嵊縣最多土匪，出行到上海，以綁票為職業生意。因為同鄉關係，便有許多被綁的財東，托他去說項、贖票，因此王二哥三個字在北伐之前有許多人提起來是談虎色變的。其實他倒是個樂天派，一天到晚嘻嘻哈哈，一個一個姨太太背轉去，自己還在外頭向女人淘裡鑽，但是他有一句口號叫「娛樂不忘救國」，所以他在北伐以前，就到廣州去走了一趟，等到北伐成功，上海是陳群、楊虎的天下。楊虎以肇和兵艦事變起家，其實他並沒有上船，船上已經失事，在岸上向肇和兵艦望了一望，提了一隻皮包就上輪船跑香港。王曉籟和他是拜把子兄弟，送了他一筆盤川。楊嘯天此番回來，是韓信封侯，加以清黨運動，是他引薦了杜月笙，完成了上海清黨局部工作。杜月笙、楊嘯天、王曉籟又合拜了把子。從此修成正果，上海名流社會上就有了王曉籟王二哥了。

他的起家，不靠什麼幫會，但是他確能利用環境，各方面都可以應付，取精用宏，人亦樂為之用，三度出長商會，倒也替社會上做了不少的事業。有一次他對我說：「日本人說我無職業！誰知商會會長就是我的職業？」

王二哥是八面圓通的人，但是一把潑風刀也不能八面光，加以他沒有固定職業，就沒有固定收入，六個半門口的開銷可謂日支浩繁。外面應酬支用又大，於是王二哥成了債精，每日裡借債度日，但他的法子也很巧妙，因為地位的關係，就有許多鉅款由他經手，他倒不是扣回傭，只把收入的莊票，自己應用，開出期票，去償付對方。對方對於王二哥的票子卻也有信用，因為他從不退票。倒比阿德哥的票子要腳硬，而王二哥就在這個翻筋斗裡面借債度日了。

勝利復員，他也是重慶人，從天上飛回來，那時上海鬧著五子登科，頂房子卻要金條。王二哥卻沒有金條，他在霞飛路公寓硬住了一間房子，房主要金條，他卻說得好：「你要嗎？我只有一條×。」聞者為之大笑。勝利的光輝接著金元券的黑暗，王二哥六個半門口除了黑貓王吉在敵偽時已嫁了潘三省，現在再嫁嚴雋培，大太太故世，勝利回來做六十歲，把二太太胡寶瑛扶正了，舉行二十五年銀婚典禮，住在環龍別業老宅之外，其餘四個門口，還是照樣，原封不動，王二哥卻也精力過人，每天出來，總要先到四個公館，按時按刻，分班上朝，報效一番。大家都佩服他的稟賦，只有黑貓王吉，聽了說：「哏！兩分鐘。」

兩分鐘？可是兩分鐘的支出也就不小了，所以他精神物質雙方卻愈來愈窮。到了三十八年，王二哥流寓香港，僅僅靠著中央銀行一筆津貼，港幣三千元作為生活，太太都在上海。別人處此境地，不急死，也愁死了，他卻朝朝寒食，夜夜元宵，仍在女人淘裡打轉，不過一般名女人卻不叫他王二哥，而叫他王伯伯了。這個滋味，是難受的，如果你腰中真有條子，也許還有女人叫你二哥，偏偏雪上加霜，中央銀行的津貼，又裁掉。後他和香港友人訣別，回到上海。亡友梅花館主從上海出來時，說：「他生流還不算很苦，四房姨太全解散了。他自己卻坐著一輛三輪車，每日在一個寫字間裡辦公。他已經不是從前的王二哥。

我寫此篇有一個感想，覺得人生大節，出處生死，最要自己看得準，立得定，千萬不可猶豫。譬如王二哥，雖然免不了是一個馬路政客的典型，但在北伐到「八一三」時期，政府不是沒有貢獻。後他和杜月笙、錢新之一樣，首先逃到香港，晚節不算不好。只因平日花天酒地，陷於靡爛的生活而不能自拔，及至收緣結果，就不能和錢、杜一般的光明磊落了。

紅眼四兒

有人把紅眼四兒寫錯了，王福壽作為王鴻壽（三麻子），有人在報上挑眼，其實這種筆誤，是無傷大雅的，更正就是。但也有人寫信來問我：「紅眼四兒到底是怎麼一個人？」

按王福壽行四。在周志輔的《京戲近百年瑣記》就有他的名，不過寫得不詳細。按他原是小福勝科班出身。因為他眼眶子特別大，又常愛「害眼」，所以稱他紅眼四兒。初隸三慶，武生戲能動《鐵籠山》、《花蝴蝶》，與春臺的俞潤仙能打對臺。老生能唱《戰太平》、《下河東》，連譚鑫培都不在他眼裡。以在滬日久，酒色害他，變了嗓子，鎩羽而回，淪為配角。隸春臺班，俞潤仙倚為臂膀，但是他的脾氣大，到處啃角。例如配譚鑫培《李陵碑》的六郎，別人坐右首，他偏耍坐左首，擋得七郎鬼魂無處存身之類。弄的後臺人人嫌惡。晚年幾至無處搭班，可說他的玩藝兒尚不如大李五。其實大李五是唱滑了的，大角兒都喜他。王四卻是沒有戲便罷，有了公事，便與人死抬槓。例如《奪太倉》的張虯，人家穿綠靠，他偏要穿白靠。《定軍山》的嚴顏，《鳳鳴關》的趙雲，人家穿白靠，他偏要穿綠靠。而且玩世不恭，一上臺隨口編腔，沒有準詞。但是像《奪太倉》這個冷門戲，扮張虯，二路老生十個有九個摸不著門，他卻能將「職任藩籬，掌兵權，誰能抵敵」引子，念了一個個字不含糊。連張虯的把子，都是爛熟的。還有《采石磯》的余達，整套的《北石榴花》，他都能唱得完全，不像唱挑滑車的大武生，看守大纛旗，一下了桌子，嘴裡就含糊起來。連個梁紅玉唱旦也不如。他的《采石磯》比《奪太倉》更實在，老腳色的本領，實在不是後生們所及得到了。但是他犯了「藝高人傲」的毛病，一世潦倒，和李鑫甫、張榮奎一般，歸根結蒂，前臺說他好，後臺卻不大肯用，但是到了結骨眼兒的地方，就不得不起用李克用了。他有幾個好徒弟，最出色的便是包緝老的令兄包丹庭，還有張聊止、章梅岑、趙子宣都是。但沒有學到包丹庭這門絕活罷了。他到民國二十年後才過世的，遺下的老戲本子甚多，多半歸了福建柯家，現在不知還保得住不？

雨窗話舊

上海乍浦路有七普寺，主持雲悟善治蔬，有僧石瓢善畫又好酒，寺尤精潔，以此文友薈集，日集其寺以為常。僧具蔬肴，出筆硯，素酒一杯，逸興遄發，日夕將散，而書畫雜陳矣，興猶未闌，則窗紙皆墨。排日必至者以余與賀天健、孫雪泥、錢叔鑒、鄧散木、何白蕉、唐雲、鄭午昌、周煉霞、吳青霞、龐左玉輒占一席，履舄交錯，談笑無禁。既而，周瘦鵑、鄭子褒創香雪園於霞飛路，此集乃稍移而西，休沐之日，至者且逾百人，一時稱盛。江右崩分，風流四散，余鶵居遵海，入陽明山。寂寞三年，忽有告予唐雲至者，其人初不識唐雲，以所作墨雛見示，未署款，余觀之欣然曰：此吾杭高逸鴻也。逸鴻畫雞，先首而後尾，唐雲畫雞先尻而後咮。合座未信，亟偕下山視人，果逸鴻也。及後，有人攜其書入山，掩其款，謂余：鄧散木來，余曰：此王植波書也。發款視之果然。蓋朋輩相處允書畫筆跡，各人面目，雖閉目捫索，不差累黍又如此者。逸鴻唐雲，畫名伯仲，植波則散木弟子，故辨鄧王，較高唐為尤難云。

頃者十人書展於歷史博物館，余自臺中來，或告余曰：王植波來矣，寓高逸鴻畫室。余大喜，輒冒雨夜訪，檠談三小時不倦，逸鴻夫人龔書綿亦在座，植波固有子房之譽，余笑曰：今文可謂二美具，四難並矣。合座拊掌大笑。夫朋友至樂莫如談，談又莫如風雨話舊，相傾肝鬲而無所顧忌。然惓念故人，若前所舉乃無一共膝，十年生死，信息茫然，又無不涕下也。座間，植波出其近作十餘幀相示，四體八法，無不融化精進，而猶存散木風格。或以為當稍去之，余曰：張大千畫名滿天下，而書獨存農髯先生面目，則師門之惓念深也。書畫一道，篤敬通於忠孝，吾願與諸表共勉焉。

三義傳

三義者定山舊僕胡志傑、胡苓平、沈劍青也。民國二十二年，余種桐於東陽之定山，以胡志傑董其事。志傑東陽人，父為木工，善棋，志傑繼其業，為余經營「蝶墅」於西湖學士橋南，極具匠心。遂捨業而從余，為余管園人，花木滋茂。既買山東陽，種桐，時浙東方亢旱，縉雲松陽佃民逃荒而來金衢，日數百人。志傑請以定山納荒者，貸以地，使墾，植玉蜀黍以為糧，不取值。而使每畝兼植桐苗九十株，三年而苗成，凡活荒者五十餘戶，植桐二千餘畝。蔭蔭綠枝，欣欣向榮。時國家已多難，志傑編墾戶為團勇，部勒之。請槍省會，建堡以自衛。抗日戰起，賀揚靈開府浙東，組游擊區，定山屬焉，以胡志傑為隊長。日寇浙東，志傑與鄰縣李天先約為聯合抗日。鏖戰屢月，日寇以機關槍包圍之，械盡，遂及於難。

胡苓平者寧波人，初為余蝶來飯店茶房頭，多智。先君創改良手工造紙廠於杭州江干之梵村，擢為造漿工頭。抗戰起，省政府奉命撤退浙東。趙君龍文以省會警察局轉進蕭紹一帶，擔任游擊。臨別謂余曰：「聞家堰與梵村一江之隔，快艇二十分鐘可達，渡江即以梵村紙廠為據點，君其許我。」會杭滬切斷，余亦侍親自京杭國道轉赴漢口。他日，龍文果渡江，初以徵梵村里長，里長不欲，以為必遭塗炭。苓平曰：「吾能引國軍進入三十里，與日寇混戰於石人嶺、東嶽廟之間，而梵村無恙。」及期，苓平以汽油燈數百盞，懸北高峰松林之上，偽為伐木者。日寇果大至驅伐木者，而國軍已渡聞堰，入梵村，繞五雲山而至上白雲之頂。金沙港、茅家埠日戍大驚，遂畏我國軍游擊如虎。西湖放哨，僅及西泠而止，不敢過岳墳。久之，發現胡苓平為內應，遂縛至寶石山張靜江別墅，命其自掘墳土，而活埋之。

沈劍青杭州人，為蝶來飯店茶房。抗日戰時，飯店已為敵人所占，有徐樸臣者為偽軍長，尤虎而冠，必欲盤踞，逐劍青，以馬策捶之，遍體鱗傷，劍青死守不肯去。篳路藍縷，常至絕食。勝利以還，余欽其義擢為經理，其人好義，多善行，湖西一帶，莫不稱之為「真宋江」。會國家行憲，周市長象賢，敦促余提名應選。予不欲，周曰：「君已有三千票矣，毋煩君自奔波也。」余曰：「選舉以應民望，則在岳墳一帶，吾不如沈劍青。」竟以劍青應之，及發表，劍青得五千餘票，為市議員。時尚有一黃包車夫曰黃海瀾者亦膺選，上海報紙騰載，以為杭市真民主，真民選也。

三十七年冬，余將挈眷赴臺，重以蝶來飯店委託劍青。劍青慨然曰：「有不濟者，吾請死之。」及共匪陷杭，以劍青為市議員，且得人心，竟收之，死於獄。余聞之流涕：「我雖不殺伯仁，伯仁由我而死。」

民國五十一年秋，余與龍文兄同席於陸軍預訓部，徐司令汝誠座間，不相見者二十五年，握手道故，歡然如夢。席間頗及舊事，欷歔慷慨不已。座客皆謂三義者，皆奇人，何以至今不傳也，故退而為之傳。以待採者。

小阿鳳與小鳳仙

黎宋卿當國，有泥菩薩之稱。譫者以黎與譚鑫培、小阿鳳號為黃陂三傑。小阿鳳，黃陂人，北京名妓，嫁王克敏，時王克敏以財政總長，風雲叱吒，炙手可熱。阿鳳亦飛揚跋扈不可一世。故以小阿鳳為三傑一世。王氏世籍杭州，與余素有葭莩親，嘗見小阿鳳於滬寓，貌亦不過中人姿，而佻冶絕倫。時梅蘭芳初出道，阿鳳以雛兒視之，拍著膝蓋兒說：「浣華來，香個面孔。」蘭芳為之耳赤。章遏雲亦出王家，其時梳雙丫小髻，捧茶盤姍姍而出，效梅龍鎮身段，蘭芳親為之糾正，一座笑樂。抗戰勝利，克敏以漢奸伏法，小阿鳳已蚤世矣。美人自古如名將，不許人間見白頭，如小阿鳳者亦天之驕子也。因為兩字相同，有人把她和小鳳仙誤為一人。

提到小鳳仙的身世，我倒比較明白些。她是杭州人，早年被人掠賣到常熟，常熟龐氏有兩位才子，兄弟俱負盛名。哥哥「病紅」，弟孽名子。機雲三陸，弟弟卻比哥哥還強。病紅後來任職先嚴的秘書很久，所以病紅對我述說小鳳仙的歷史也很詳細。孽子有婦，也娶自風塵，小鳳仙是她帶來的丫鬟。孽子佳麗當前，卻賦了王珉的《白團扇》。太太一氣，把她送到杭州拱宸橋，一位姊妹淘李湘君的房間裡作助手。孽子心還不死，又跑到拱宸橋去幽會。李湘君擔不起這個責任，才將她轉到北京清吟小班，所以當時有許多人以小鳳仙為常熟人，其實她不是虞山香土所產的蘭蕙，卻是西子湖頭的蘇小鄉親呢。孽子聽說小鳳仙進了京，他原在上海報館有個好職位，寧願辭掉不幹，而跑到北京小報館裡去當剪刀編輯。那時和他在一起的有沈太侔、諸貞壯、羅癭公、方地山諸大名士，但是名士不能療饑，孽子竟在北京侘傺而死。只成全了沈太侔一部《白團扇傳奇》。雖借的王珉故事，卻隱射的孽子和鳳仙。寫到鳳仙遇到蔡將軍，北里成名而孽子的墓木已拱了。

其實蔡松坡只是借著窯子裡，對洪憲老兒做一個掩色護膜，對於小鳳仙並沒有多少纏綿的情史，小鳳仙的出名，是在蔡松坡追悼會上的一祭，又襯著一副她的對聯「素車白馬而來，誰料周郎竟短命。名士美人無數，早知李靖是英雄」。有人說是樊樊山手筆，其實捉刀人就是龐病紅。病紅《紅脂識小錄》具載其事。這是一部駢體文的小品文章，可惜只載在《快活林》，而沒有單行本，把它印出來，如今美人黃土，名士凋雲，提起來，也未免肝肺爛痛，一場春夢而已。

戲館裡的海報與戲單

鳳翔兄提起「戲報與戲單」，頗觸所好，拉雜寫錄以供博笑。

戲單在崑曲時代是沒有的。他們只用一個手摺，繕寫某班所有拿手的齣目，逢到堂會，由領班帶著紅纓帽，上堂打扦，請列位爺臺點戲開唱。如果是在園子裡唱，則將當日所唱的齣目中的道具，陳列園門口，例如：《孽海記》是一柄拂塵，一個木魚。《折書》是一把扇子，一封小柬。《山門》是兩個玩具形的小酒桶和一個留海箍。《八陽》是一瓢一笠。《遊園》是一把摺扇，一柄團扇。諸如此類不勝枚舉，老於顧曲者一望而知。

後來京劇盛興，此一方法還是保存。廣和樓外插一桿五指開封大槍，便知是俞毛包的《挑華車》。一項相貂，一綹摔髮，便知是黃潤甫的《馬踏青苗》。可是在南方，卻早盛行了戲單與海報。

我在九歲時跟著大人從杭州到上海來看戲，便帶回去了厚厚的一大疊戲單。不過上海的戲單，卻沒有北平的講究。我在包緝老那裡看見他收著的楊小樓八本《宏碧緣》的戲單，是夾貢宣紙印著正楷木刻的浮水印戲目，真是精良悅目。至於堂會戲單這般講究的，則南北不鮮，包緝老所藏，可貴就貴在是營業戲單，也可以追想當年開元盛況，物阜民康了。

上海的戲單，除了陳筱石制軍每年堂會以外，便是杜月笙開祠堂三天盛會，也是普通印刷，未見高明。倒是各戲院的海報，為了營業競爭，卻時有鉤心鬥角，值得回憶的。

在舞臺未創建以前，各茶園都用大整張梅紅紙，泥金榜書，寫上明天的戲目和主演角色的名字，在包廂下面兩旁懸掛，另將同樣紙張，到熱鬧市區牆上張貼，謂之海報。在海派戲盛行於舞臺時期，此種海報，又復出現。有一次，英美煙公司宣傳他的煙捲，葉子是用特別方法烤的，他們也仿照戲館海報，用大梅紅紙單單書一泥金「烤」字滿街張貼，不下一萬張。你說一張梅紅宣紙現在要值多少錢？加上泥金的大「烤」要花多少錢。這筆宣傳費是相當可觀了。道路宣傳，行人駐足，卻不知道這個「烤」字葫蘆裡賣的什麼藥。不到三天，丹桂第一臺卻演出一部連臺本戲，單名一個「烤」字來。這本戲的內容如何，我現在倒記不起了，但是他和諸葛亮借東風一樣，借了英美煙公司的宣傳全力，而賣了幾個月的滿座。等到英美的「烤煙」出世，反而無聲無臭了。這種商業上的競爭，隨機應變，也只有上海人想得出，上海地方吃得開。換了一個碼頭，請問誰有這種魄力呢？

畫家吳湖帆有搜羅戲單癖，從光緒末年起到民國初年，南北戲單，可謂無奇不有。尤奇的，你只要提出一齣戲來，他就可以如數家珍，答覆你某年某月，誰在某處唱過，你如不信，他就可以把那份戲單檢出來，給你對證。這是一絕，恐怕包緝老也甘退避三舍了。

我從前也有收集戲單的癖，不過全的，只有老譚末次到上海的那一份「十張」，我也曾和湖帆賭背那十天裡的老譚某戲，配角是誰，結果我還是錯了兩個，給他贏了去一頓一枝香大菜。

老郎神是誰

老郎神，到底是誰，到如今還是一個謎。以老郎神就是梨園行祖師爺的，則大率眾口一辭。但是仔細考尋，老郎神還並不是梨園祖師爺。而祖師爺也不是唐明皇。

以唐明皇為祖師爺的是本《玉匣記》。那上面說：

「唐明皇梨園祖師南方翼宿星君，寶元帥田元帥敕封沖天風火院老郎祖師。」

《玉匣記》在我們小時候都很熟悉，每人家裡都有一部，和時憲書（曆本）發生連帶關係，是閨門中占鞋卜卦的辭典，和牙牌神數一樣重要。好像《紅樓》上也提過《玉匣記》。這部書並不古，正是清朝乾隆年間才刊行的。但是在《玉匣記》以前再沒有提到梨園祖師是唐明皇的了，老郎神更不見於經傳。

李笠翁也是乾隆間人，他的《十種曲》裡，以灌口二郎神為梨園祖師。前年蘇雪林先生考據《離騷・少司命》向我徵求關於二郎神的材料。我在本報上寫過一篇〈二郎神考〉，由二郎神而連帶談到老郎神和梨園祖師，只是語焉不詳，僅僅舉了李笠翁的《十種曲》。其實李笠翁是本於湯玉茗的。湯玉茗是明朝人，他寫過《玉茗四夢》，《南柯記》、《牡丹亭》尤為膾炙人口。他作這部曲子時在浙東做遂昌令。辛亥年間我父親到遂昌作宰，縣衙東軒，一棵合抱的老槐樹還在。吏人指說，這便是湯玉茗作《南柯記》的地方，而遂昌人對於《牡丹亭》的熟習，雖販夫走卒，亦能按拍，不失一板。他是作曲的權威，所以笠翁便採取了他的說素，來決定了梨園祖師是二郎神了。原來，湯玉茗寫過一篇梨園祖師的廟碑，那裡面不但肯定梨園祖師的來歷，而且也肯定了老郎神的來歷。這篇文字，載在《宜昌縣誌》，他的題目是，「湯顯祖宜黃縣戲神清源師廟記」。

這裡好像說得不對了。你不是說「祖師是二郎神麼，怎又扯到清源師呢？」原來二郎神只是個俗名，提到他的大號，應該是「灌口二郎清源師靈應真君」，這是北宋道君皇帝加封的封號。湯顯祖則是玉茗主人的官諱。在他的那篇廟記裡說：

「清源師演古先神聖，八能千唱之節，初止爨弄、參、鶻，後稍末、泥三姑、旦等雜劇傳奇……予問清源，西川灌口神也。為人美好，以遊戲得道，流此教於人間。」

這篇文章對於梨園祖師是誰，寫得非常清楚。也可以想到這是明朝的習慣如此，而不是出於文人的杜撰。他後面還有一段寫到老郎神的：

「宜黃譚大司馬綸，以浙人歸教其鄉子弟，為海鹽腔。大司馬死二十餘年矣，食其技者且千餘人。聚而諗於予曰：『吾屬以此養老，長幼奕世，而清源祖師無祠，不可。』予問：『倘以大司馬從祀可乎？』曰不敢。以竇田二將軍配可也。」

這裡的竇田二將軍，當然就是《玉匣記》裡的竇元帥田元帥。這兩位將軍想是譚大司馬的部下，而膺任康樂組長的。由此觀之，《玉匣記》裡的老郎神是根據了這篇廟記才編出來的，但他對於二郎神的祖師爺又不承認，而另外找了一位唐明皇來做祖宗。

這裡有一點和時下顯著不同的是，現在後臺所供奉的老郎神只有一個，而這裡卻發現了一雙。祖師爺以前是灌口二郎，現在則禪位於唐明皇了。

請出一位皇帝老倌來做祖師爺，當然比三隻眼睛的金面孔楊戬要體面得多了。但也有人抗議，因為唐明皇的梨園，只教歌舞，不是戲劇。如果真要尋一位來源最古的，則當然是「優孟」，如果要貨真價實而當之無愧的，則是後唐的莊宗李存勖。他是李克用的兒子，克用臨終以三箭付存勖，要他滅梁報仇。莊宗果然滅了朱溫，自立為皇，還矢太廟，國號後唐。但他從此不再管理朝政，每日裡和一班優伶，趕場演戲。他自己還搽了白鼻子扮小花臉，自稱李天下。至今戲班裡留下規矩，十門角色，前臺是生旦當家，後臺還是小丑為尊。小丑不開臉，前臺就不能打通，任何角色不能出場。一份氣派，不是李天下打下來的天下，有誰吃得消呢？再說歐陽修修《五代史》，還替後唐立了伶官傳，你說這份祖師香火，不該歸李存勖，歸誰？

精於考據的前輩先生們說，戲班兒裡的祖師爺以前原供唐莊宗的，後來，他是個亡國之君，而他的後就是唐明宗，所以供了唐明宗。久而久之，以訛傳訛，就變了唐明皇了。

再說老郎也有供黃幡綽的，則是根據於《明心鑒》。《明心鑒》的序文：「吾師黃幡綽……嘗彙其平生所得，筆之於書。」清人《磨鑒傳奇》，更有黃幡綽的陰魂率領清音童子，執板郎君到劍閣去迎接唐明皇還朝，唐明皇封他為老郎神，敕賜各省廟宇都塑他三人之像，永享萬年香火。而《玉匣》則敕封黃幡綽為響器祖師，下面清音童子、鼓板郎君、三百公公、八百婆婆，一切鼓樂，箏板、琵琶，均歸他隸屬。這也可以想到乾嘉時間，黃幡綽榮任老郎神，各省廟宇都塑和二童子的像，和關公、周倉、關平有分庭抗禮之榮。所以《磨塵鑒》的作者，才有這一番的鋪排，而多少又受了《玉匣記》的影響。這裡所得的結論，梨園祖爺正統可分三任：一、唐莊宗。二、二郎神。三、唐明皇。老郎神亦有三位：一、田竇二元帥。二、黃幡綽。不過戲行傳說，老郎神是明代一個太監，故又名「老郎寺神」，則不可考了。

再談老郎

蘇雪林先生在《暢流》談「國劇的祖師爺」提及下走，說定山博極群書，嫻熟掌故，可惜沒有在「翼宿星君」的問題上去尋解決。

其實在兩年前，我為蘇雪林先生寫了一篇〈二郎神考〉。那時就提到「現今梨園行的祖師翼宿星君，據《春秋元命苞》上說：翼星是俳優之神……」的話。那篇文字很長，蘇雪林先生沒有看全文，曾叫我抄給她。我最怕抄書，一直沒抄，蘇先生也許忘記了那一回的事。

蘇雪林先生又列舉了《禮記・月令》《史記・天官書》等書來證實「翼星」便是「樂神」，正不必再用唐明皇、老郎寺人等等來做祖師，非常痛快。但中國人的習慣，三百六十行，每一行必須有一個祖師，而這位祖師又一定是個大有來頭的古代名流。例如，靴鞋匠請「孫臏」做祖師，屠戶請「張飛」做祖師，小偷請《肉蒲團》裡的崑崙生做祖師。他們又一定要找一座天上的星宿，來把他合拍，這是合著韓文公廟碑上一句：「在天為星辰，在地為河嶽，而明則後為人」。

這就是說，天上的星宿只有一座，而降到凡塵，卻變了許多不同名姓的大亨。例如民間的傳說：張飛岳飛都是大鵬星下凡，羅成薛仁貴都是白虎星下凡。

我們小時還讀到「韓擒虎，寇萊公死作陰司閻羅王」的《幼學瓊林》。這便是說「星官只有一座，而接任星位的卻並不限於一人」。所以，翼宿星可以為清源真君下凡，也可以為唐明皇或者是李存勖下凡也。

蘇先生說，「老郎」也許是老狼的轉音，因為翼星座在天文上找答案，這裡面還有個豺狼星，也許就是老郎神的本命星。這倒是非常新鮮的考據。我們知道中國天文家也有一顆星，稱為奎木狼的，也許和豺狼星是本家。不管老郎寺人，田竇二元帥，不過都是這座狼星的化身罷了。

田竇二元帥見於湯如士的〈梨園祖師清源師廟碑〉，他說明了這是譚大司馬的兩員將官。因為不敢請譚大司馬從祀而祀了田竇二將，《玉匣記》即以田竇為老郎神，並不是毫無故實的。但是在《磨鑒》裡又以黃幡綽為老郎神。則老郎神也和祖師爺一樣，可以隨時幡掉換的。則好譬：「祖師爺」、「老郎神」多是一個缺位，而清源、明皇、田竇二將、黃幡綽，以至老郎寺人，這都是頂缺上任的。要考訂一定是誰，這也好譬「築室道謀，莫衷一是」，「刻舟求劍，徒見其愚」了。

中國話劇的三大流派

中國的話劇，發源於西洋十六世紀的Drama，而Drama實分兩種，一種是Poetic Drama（詩歌劇），一種是Prose Drama（話劇）。後者直至十九世紀中葉，方始嶄露頭角，而傳入中國，則在二十世紀的初期，光緒丙午（一九〇六）由留日學生曾延年、李岸、唐肯等開始譯話劇的Drama，其實是屬於Prose的一種，而不得統名之曰「Drama」。

第一次「處女作」的公開排演，是法國《茶花女》。主催的原因，是賑濟江蘇水災。即由唐肯扮演亞猛，曾延年扮演亞父，李岸演茶花女。

由於演出的成績不壞，正式成立話劇社，定名曰「春柳」，擴充社員至八十餘人。第二年的春天，上演李息霜（即後來的弘一大師）編的《黑奴籲天錄》，假座東京本鄉座戲院公演，演出員的名單就燦然可觀了，計：

喬治——莊雲石
妻——曾孝谷
海留——李濤痕
海雷——黃二難

愛米柳夫人——李息霜
小海雷——歐陽予倩

這次公演，頗為日本藝術界所注意，報章、雜誌，均有文字批評，但售座的收入，則是蝕本的。話劇的不能賺錢，好像是個胎裡疾，從呱呱下地的時候，就註定了八字，直到現在，劇運還是如此，這裡面的因素很多，且留為後論。

上面所說的黃二難，據說就是平江不肖生，他在《留東外史》裡自名「黃漢文」（也就是書中主人），所以化用這個名字，後來社員有的畢業回國了，「春柳」陣容不能如前鼎盛，只有曾孝谷、李濤痕、吳我尊、歐陽予倩、謝杭白幾個人，仍在繼續努力，又臨時組織了一個「申西會」，假錦耀館演出了一次《嗚不平》和《熱淚》。尹昌衡組織陽春社約了幾個春柳舊人，演了一次《電術奇談》。不久，中國公使館忽然發出一個通告，不許留日學生假座演劇，否則便停止他的留日學費，於是春柳社幾於無形解散。但在宣統年間，春柳社又在東京復興起來，演了一次《茶花女》，是江鵜兒主演的馬格利特，鵜兒便是後來的名雕刻家江小鶼，在日留學時名江新，不肖生《留東外史》裡的姜清，便隱射的他。

春柳社當在東京演完《黑奴籲天錄》之後，他的本身即歧分為二。因為社員中有位任天知，他提議要春柳回到上海去演，經李息霜、歐陽予倩等反對，任天知遂和王鐘聲另外組織了一個「春陽社」回到上海，演出了一次《電術奇談》和《黑奴籲天錄》。但二人不久分手，天知認為話劇前途，還有可為，獨力創辦了一個開明社，專門招收學生，排演話劇，這是中國話劇的第一個實習學校。當時六個月速成，卻出來不少人物，如汪優遊、查天影、王無恐、徐半梅、陸子美、陳大悲，都是從這個學社裡出的，而後來都以「春柳」直系自命了。

宣統元年，王鐘聲帶領春陽社社員到北平去演話劇，演出有：《孽海花》、《宦海潮》、《新茶花》、《徐錫祥》、《張汶祥刺馬》。不過，他們不能獨立，只依附在想九霄的玉成班，在鮮魚口的天樂園，偶然演出。他的話劇為了要吻合聽戲人的胃口，已經由話劇而漸漸趨向於文明戲。辛亥春間，王鐘聲以革命事發被捕，春陽社亦報解散。民初，又有劉藝舟到北平演過話劇，成績都不理想。

春柳社的直系社員，一部分從日本回來，在上海組織了一個春柳同志會，中堅分子為陸鏡若、馬絳士、吳我尊、蔣劍澄、歐陽予倩。他們第一次公演的，是《家庭恩怨記》，地點三馬路大舞臺，經常到蘇、杭、常、錫一帶輪流演出，成績尚稱不惡。得到張靜江、吳稚暉的助力，而租了上海南京路外灘的謀得利戲院（一名蘭心戲院，簡稱ＡＢＣ戲館），方始正式成立春柳劇場，但團體仍用同志會名義。除了同志會舊人之外，又加入了鄭鷓鴣（後為明星影戲公司導演）、馮叔鸞（即評劇家馬二先生）、羅笑倩（名票羅曲緣之弟，江小鶼以勤工儉學生出國留法。茶花女一角即由笑倩繼任）、董天涯（後為漫畫家的先進）、張冥飛（後為名小說家，著有《新華塵夢錄》等巨著）、周瘦鵑（後為名小說家，以《血手印》一劇著名）。新編的劇本有：《紅樓》的《風月鑒》、《寧國府》（馬二先生以飾書童興兒著名），《水滸》的《林冲》、《武松》（蔣劍澄以飾魯智深著名），馬絳士、歐陽予倩的《不如歸》、《迦茵外傳》尤為膾炙人口。「春柳」的全盛時代，亦以此時為超峰極頂。但是戲院開支非常浩大，演員除去供給食宿以外，並無一定包銀，票房裡賣進來的錢，還不夠開支，有時豐裕一點，也不過分貼大家一點零花而已。

當時各地話劇社風起雲湧，為了投尚時好，水準方面都不免紛走下坡，尤其是張石川組織的民鳴社，羅致鄭正秋、顧無為、查天影、汪優遊、凌憐影、李悲世、錢化佛、張雙宜等，一班開明人物，也用「春柳」來做幌子，卻演的是文明戲（按：話劇與文明戲最大的分野，話劇是有劇本的，文明戲只有幕表，全憑演員上臺，臨時抓詞）。「春柳」同志最初還堅持藝術立場，不肯追隨流俗，但「民鳴」的生涯，日趨鼎盛，而「春柳」的觀眾，竟日就衰微。有一次，臺下竟只有三個人看戲。在這種情況之下，前後臺當然大賠而特賠，同志會誰有這筆金錢來維持局面呢。結果，正宗的春柳話劇，無疾而終，文明戲的旁支也如強弩之末，愈趨沒落了。

民國十年，話劇界忽然發現了一個彗星，那是中華書局出版的一本月列，名曰《戲劇》，基本社員執筆的，有沈雁冰、柯一岑、陳大悲、張聿光、熊佛西、田漢、歐陽予倩、鄭振鐸、汪仲賢（即汪優遊）、洪深、應雲衛、沈冰血、滕若渠等，他們不但有刊物，而且有演出的基本舞臺「民眾劇社」，可惜《戲劇》出到六期，就改歸中華戲劇協社接辦，而民眾劇社也如曇花一現，在話劇史上只算起了一個水泡。但卻似一朵罌粟花的種子，種下了左傾的毒素，在這一張名單上，有幾個不是赤色的人物，明眼人一看就可以洞如觀火了。所以「春柳」、「民鳴」、「民眾」，有如中國的黃河、長江、珠江三大「流域」，判如涇渭，或不相合。現在有許多人，卻常常並為一談，故特標而出之。

經林黛之死想到阮玲玉自殺

自亞洲影后林黛自殺殞命的消息傳出後，登時哄動了整個香港，成為茶餘酒後的話題。明星與「紅星」自殺本來就不算一回事，因為香港新聞經常有這些消息報導，但大明星自殺而至殞命的，在香港確實少有，尤其是一個身為亞洲影后，兼是富家少奶的天皇巨星。

在中國電影界裡，林黛的自殺而死是大明星的第二位，第一位自殺身亡的大明星，就是二十九年前中國最負盛名的女星阮玲玉。

阮玲玉的死，是因為「人言可畏」。因為阮的出身貧苦，年輕時跟她母親在上海一家姓張的住宅作女傭，被少爺看上了，經過一番追求，兩人便在外共賦同居。誰知，張家少爺達民（即魔家兼影片公司老闆「慧沖」之弟）是個不務正業的傢伙，正如現在的阿飛們，整天在外胡混，使到阮玲玉的生活也發生問題。在偶然的機會下，她投進了電影，誰知很快便竄紅，因此更令張少爺經常返家搥金龜，阮因此便和他分居，其後認識了唐季珊，而因此就惹起外間指她貪慕虛榮。在不堪打擊之下，阮玲玉便服毒喪生了。

她的死哄動了整個中國影壇，出殯那天（一九三五年三月十四日），整個上海擠滿了觀看的人。阮玲玉的靈柩，卜葬於閘北柳營路聯義山莊。

阮玲玉生前的影片，因頗受社會各界歡迎，故一般戲院商亦獲利頗多，乃集體向聯華公司建議開會追悼。

阮玲玉生前主演《新女性》一片，其故事結局為女主服毒自殺斃命，而阮玲玉竟實踐之，亦世人所意料不及者也。事後經上海新聞記者多方探悉，阮死於前一日深宵，十一時尚在揚子舞廳偕數男友同往伴舞，狀至歡欣，殊不知阮沉醉於燈紅酒綠之間，竟已醞自戕之機也。

玲阮玉曾留下兩封遺書在唐季珊手上，當時此兩遺書曾成爭論中心，發表與否頗為各方關注，幸唐季珊深明大義，毅然交報界發表，第一封遺書內容：「我現在一死，人們以為我是畏罪，其實我何罪可畏，因為我對於張達民，沒有一樣有對他不住的地方。別的姑且不論，就拿我和他臨脫離同居的時候，還每月給他一百元，這不是空口說的話，是有憑據和收條的，可是他恩將仇報，以冤（原文）來報德，更加以外界不明，還以為我對他不住。唉！那有什麼法子想呢，想之又想，惟有一死了之，唉，我一死何足怕，不過還是怕人言可畏了。阮玲玉絕筆。」

第二封是：「我不死不能明我冤，我現在死了，總可以如他心願，你雖不殺伯仁，但伯仁由你而死，張達民，我看你怎樣逃得過這個公論，你現在總可以不能再誣害唐季珊，因為你已害死了我！」

此外，據當時新聞記者晤唐季珊時，據云尚有另外一封遺書，係致唐私人的，內容除談及夫婦愛情外，則殷勤以養老母及撫養小玉為托。唐親口語人，識阮玲玉乃於二十一年冬於聯華公司席上，二十二年八月十五日乃正式結婚。

第三封遺書，唐季珊原不擬公開，唐氏直至十三日夜，乃正式交與報界發表。原文云：「季珊，我真做夢也想不到這樣快就會和你死別，但是天下無不散的筵席，請你千萬節哀為要，我很對你不住，令你為我受罪，現在你雖然受這樣百般的誣害，但你我終會有水落石出的一日，天網恢恢，疏而不漏，我看他又如何活著呢。鳥之將死，其言也哀，人之將死，其言也善，我死而有靈，將永遠保護你的，我死之後，請拿我之餘資，來養活我之老母和女兒，如果不夠的話，請你費力罷，而且刻刻提防，免他老人家步我之後塵，那是我所至望你的。如你真是愛我，那就請你千萬不可要負我之望才好。好了，有緣來生再會，還有公司欠我之人工，請向之收回用來供養阿媽和女兒，總共二千〇五十元，至要至要，還有一封信，如果外界知我自殺，即登報發表，如不知請不宣為要。玲玉絕筆，二十四年三月七日午夜。」

聯華公司在當時最負盛名之女明星即玲玉與陳燕燕二人（陳燕燕現仍在香港，《花木蘭》一片中飾木蘭之母）。此外尚有王人美、黎莉莉、徐來諸人，但當時聯華無疑因此而受極大之打擊。

憶熙雲

天行兄因我提王熙春而提到她的妹妹王熙雲，使我復增懷舊之思。按熙春離開夫子廟而加入麒劇團，日軍尚未進入租界，熙雲離開夫子廟而加入中國戲院，與曹慧麟同臺演《滿清三百年》，則已在勝利邊緣。她和乃姐是完全兩個型的，熙春玲瓏嬌小，雅號「小鳥」，熙雲銀盆臉兒，大大眼睛，個兒也相當高，但扮上戲裝，則美麗活潑，尤勝過乃姐。三十四年勝利來臨，我們在新新第一大樓提調了一個堂會，計有顧綠珠的《昭關》開鑼，姜萍藩、章蓮平的《武家坡》，秦子奇、王熙雲的《梅龍鎮》，大軸為十雲（王有道）、瑞芝（孟月華）、翁瑞午（柳春生）、羅企團（王淑英）、陳定山（得祿），這臺戲除了翁瑞午是外客，其餘可說是我們戲迷家庭。羅企團是瑞芝的父親，也就是羅綺緣，而瑞芝則是我的未過門媳婦，也就是陳克言現在的太太，而我卻在戲中給他（她）們當小使「得祿」，你說有趣嗎？

我和熙雲也就是這臺戲認識的，以後她和曹慧麟是我家的常客，也是我們仙樂斯的舞伴，我的吉烈巴，就是熙雲硬帶我下池子的。她非常活潑，陪秦子奇演《戲鳳》，大出噱頭。壺中酒，盤中裝了兩碟花生瓜子俱是真的。且在臺上真的斟酒，剝花生瓜子仁給子奇吃，臺上臺下樂成一片。三十七年，她先我來臺，沒有搭班（海慧玲在永樂），胭粉不施，裝束樸素，我問她將作什麼打算，她笑笑，時錦江川菜館，新開幕（現在的鄒容堂），我想薦她去做司賬，她搖搖頭。三十四年春，她回去了，以後，就消息全無。

補孫菊仙二三事

讀二十四日《北回歸線》，程綺如先生〈孫菊仙二三事〉錄自拙著《春申舊聞》續集（〈孫譚汪南來的回憶〉之一部分），文字知音，殊為可感。唯原文所記孫之事蹟殊為簡略，故補記之，以饗讀者。

民初，陳劍潭先生撰《三伶傳》（孫、譚、汪），以孫居首。蓋當時的唱法講究碩大聲宏。孫雖票友出身，而軀幹之偉，中氣之足，直接奎派之後。演王帽戲（如《取城都》、《逍遙津》），演伍子胥（如《昭關》、《魚腸劍》）無不蒼涼頓挫，石破天驚。故孫在世，譚絕對不敢演「孫」之戲。尤其《罵楊廣》之敲牙鑿舌，忠憤驚天，無人能望其背項。蓋孫之表做，得於天授，所謂不煩繩削而自成方圓者。庚子後，來滬以「孫處」掛牌加入夏氏班（夏奎章）。奎章五子，除長子從商外，月垣、月珊、月潤、月華，無不以父事之。宣統二年，余時尚童子，隨先君初次蒞滬，至十六鋪新新舞臺後臺。尚憶孫老命夏月珊、潘月樵（時名小連生）給先君絞熱手巾擦背。是日，孫演《戲迷傳》（飾縣官），手拿旱煙管，坐臺口與觀眾大談「陰陽四聲」，蓋其玩世不恭，由來久矣。其唱除了大聲一放，如同氣管爆炸外，余在童年實無法領略他的好處，但震其「名」而已。

但北方人尊敬他，尤其天津衛人，稱為「老鄉親」而不名。譚派盛行時，到處聽到「店主東帶過了」，而孫派的「借燈光暗地裡」，亦到處傳誦，並不衰歇。直到汪笑儂的「狗賤人，說的那裡話」出世，而孫派為之稍衰。汪笑儂亦以伶隱為標榜，自名汪派，實竊孫之餘緒。北里妓流爭效之，孫嘗嘆惜，以為斯道下矣。而笑儂亦終身不敢唱《昭關》也。雙處晚景潦倒而積愁積恨，發洩為聲，所歌《雪杯圓》、《遇姬光》，百代留有唱片，聽之解恨。譚之後有余，則孫之後有雙處，當無讓焉。票友學孫者以天罡侍者陳剛叔為白眉，《七星燈》為其絕唱。而真傳孫派者乃為周郎維新。周年事較輕，孫頗器之，允傳其藝，所歌《碰碑》尤為神似。惜不永年，歿竟三十六歲。孫歎為廣陵散絕。時慧寶以孫派弟子自鳴，孫則不予承認，但承認周信芳、馬連良是奎派傳人。馬連良南下時，孫嘗告之，南邊有麒麟童，汝可聽之，皆我弟子也。以麒、馬為奎派，人或不信，但知音者自能辨之也。

孫隱於伶，操守甚高，為獎掖後進，尤其對於旦角毛韻珂、馮子和皆其掖進。尚小雲以三小一白（小樓、小培、小雲、白牡丹）同臺南下。孫為之先容於許少卿，值義務戲親為助演《教子》之老薛保。孫對義務當仁不讓，最後一次去滬義演《朱砂痣》，年近九十，由二人扶掖上臺，則口舌模糊，唱白皆不可聞，然觀眾肅坐終場，無一起坐者。又嘗與袁寒雲、王芸芳合演《審頭》，人皆以為寒雲，不知孫袁皆為捧芸芳也。是夕芸在蘇少卿親為把場，程君謀為之打鼓，孫佐臣操琴，亦可謂捧足輸贏矣。

陳大悲與「人藝」

日前，同文多有紀念大悲文字者，但於大悲最重要的歷史一頁，則未提及，即「陳大悲與人藝戲劇專門學校」是也。

中國話劇雖始自春柳，但正式的有專門學校，則創自大悲。任天知從日本回國，是在光緒三十四年，雖已招生演習，名「開明社」，但他的組織有如科班，並不健全。陳大悲的「人藝」，則是專門的學校，則立於民國十一年的冬天，地點是北平的香廠。不但有學校而且有戲院。據說這座戲院，本來為梅蘭芳蓋的，但陳大悲極端反對舊劇，所以成了「人藝」的專門試驗舞臺，那就是十六年冬天被焚的「新明戲院」。

「人藝」約有學生三十餘人，後來成名的有王泊生，而王泊生則是後來提倡舊劇革新最力的一員。萬籟天也從「人藝」出來，後來卻成了名導演和漫畫家。這又是大悲始料所不及的。

「人藝」第一場公演，是大悲的劇本《英雄與美人》。有幾點最特別，而為北平新劇界以前見不到的：一、男女合演。二、油彩化裝。三、注意觀眾秩序。四、加強燈光。他們幾乎每星期公演一次，上座成績非常之好。也可以算得陳大悲平生最得意之秋。

由於「人藝」的資金，完全有個財主蒲伯美在後臺擔任，大悲可以不用擔心前臺的票房紀錄，而專心於提高劇本的水準，而當時愛好話劇的社會人士，也能接受他此一措施，而予以歡迎。但是無可諱言，大悲的劇本，只好說是較好的文明話劇，而不能提高文藝的水準。但是久而久之，觀眾又覺得他沉悶了。

大悲辦劇團，是有經驗的，而對於學校行政，則是一個門外。由於「人藝」的『開幕紅』不無增長了大悲的自滿與驕心，於是「人藝」學生就分成兩派。一派是捧陳大悲的；一派是擁熊佛西的。因為「人藝」演出的第二個劇本是熊佛西譯作的《新聞記者》，大悲為了要顯自己的才能，也趕緊編導了易卜生的《玩偶家庭》。

陳西瀅去看了，便在《晨報》上發表批評。大悲好強，當時應戰，在報紙上二陳就大大地展開了筆戰。陳西瀅單刀直入，把大悲譯的高爾基《六封信》直接指出不少錯誤點，而一般崇拜大悲的「人藝」學生，都翻旗易幟，去崇拜熊佛西了。

這是熊佛西的陰謀，由於他不是「人藝」局內人，而要提近蒲伯美的原故。卒至兩敗俱傷。「人藝」在民國十二年冬，突然起了風潮，宣告解散。但是為大悲留下話劇史裡這一頁是相當煊赫的。

按熊佛西《我的戲劇生活》裡說：「大悲原是東吳大學生，因為和家庭關係，遂去加入文明戲班，流浪於江浙碼頭一帶，以『天下第一悲旦』的招牌為號召。」又將「人藝」專門學校的解散，歸罪於大悲。其實，大悲是否出身於江湖上的文明戲班？知道大悲的也無可諱言，說他毀了「人藝」，也不能不說「我雖不殺伯仁，伯仁由我而死」。但是沒有「人藝」這場努力和奮鬥，話劇運動是否有現在這樣一個成果，是有目共睹的。五四運動之後，劇運一度復興，演出一致趨向於激烈，大悲的作品，如《虎去狼來》、《平民的恩人》、《五三碧血》比到那些專門以惡意咒罵、變更人類性格的毒素劇本，固然軟性而又遜色，但他到底不失為忠厚有人性的作家，相信，他如果不死，現在一定在臺灣，而不會陷匪的。

陳大悲與周璇

余識大悲，年才十四歲。其時杭州拱宸橋為日本租界，初有「文明戲」，城中仕女空城往觀。劇名《血淚牌》，演主角二小姐的便是陳大悲。大悲長我約三四歲，其時正是一個美少年，明眸皓齒，儀態萬方，心嚮往之。次日相值於薈芳花園始得定交。其後，余居滬上而大悲遊宦南京。陳陶遺開府江蘇，羅致文人，姚鵷雛、陳大悲均為幕下名流，而同時產生兩篇最有名的小說：姚著《龍套人語》、陳著《紅花瓶》，皆以官場現形作小說背景，姚著陳義稍高，不為一般時流稱道，而大悲的《紅花瓶》則不脛而走。

然大悲非吏才，久客南京仍鬱鬱不得志，中間數度回復本行，從事話劇工作，而年華老大，非復張緒當年，當其時，大悲之潦倒可知矣。會余租用李樹德堂電臺，全日為無敵牌宣傳廣告，節目務求新穎，蘇少卿電臺教戲即於此時登場，佐以孫老元之胡琴，風靡一時，而大悲以觀音戲獻。觀音戲者即現在流行普通的「播音話劇」，然以話劇播於電臺，則爾時亦為初次首創。所播節目即為大悲名著小說《紅花瓶》，而女主角難其人選，其時王人美、白虹、胡茄、黎莉莉已為四天王，每天在我家裡翻筋斗、唱歌、彈琴、吃糖炒栗子，但無一人合於觀音戲者。所謂觀音戲，便是說這種音的技術，要從空氣中傳播出來，令人聽了如看見她的動作一樣。於是求之於老畫師丁悚，他的乾女兒真多，而且都是不出名的未來明星。丁悚說：「有一個鄉下女孩叫周璇的，倒很可以造就，要不要讓她來試試？」我徵求大悲的意見，大悲說：「來罷。」

第二天，周璇就到電臺來了。她是一個十五歲的小姑娘，頭髮齊齊的剪成同花頭，面孔黃黃的，很瘦，兩隻大眼睛，閃閃地像兩顆黑寶石，倒非常可愛。大悲問她會唱歌嗎？她點點頭，非常羞澀。拿了一本黎錦暉的歌譜給她，她選了一支〈可憐的秋香〉，大悲彈動鋼琴，她只唱了一句，大悲搖搖頭說：「這音帶太低了，恐怕不成。」

丁悚說：「不然。播音用不著高聲帶，我在百代灌片，有此經驗。而且你是觀音戲，不是唱歌，她的磁音很美，一定收效。」大悲又問我要了一張「無敵牌的廣告」叫她當報告員。播了三天，反應來了。都說這個報告員是誰，聲音好美呀。所以說，電臺上的女報告員是從周璇開始的，後來才有三友實業社的唐小姐出盡風頭。周璇擔任了觀音戲，從電臺播音而漸漸跨到歌唱的首席，而奠定了明星的歌座。這是陳大悲一手提拔出來的，但是大悲事後沒有和人提及，周璇也沒有向人提起。抗戰時期陳大悲客死武漢，而周璇正在上海和陳雲裳、李香蘭大拍《萬世流芳》的時候，出盡風頭。

周璇生得很矮小，而在銀幕上卻不見她小，聲帶很低，而在麥克風裡卻不顯她低。太史公云：「比殆天授，非人力也。」說者以為科學時代則反是。

戲劇性的十八般武藝及其兵器

一、槍：趙子龍、岳武穆，及很多的武生，一例用槍，形式也無甚變化。但有一支特別的大槍，名為五指開鋒，那是牛頭山挑華車高寵使的。陸文龍使雙槍，其餘女將使雙槍的也很多。

二、刀的形式太多了，例如溪皇莊花得雷，蠟廟費德恭都使。楊老令公的是金刀，關公使的青龍刀，鳳吉公主使的鸞刀，十三妹使的腰刀（按：腰刀掛在腰上時，例須刀鞘向前，刀靶向後，即馬代、江海在《大登殿》掛的腰刀也是如此。掛寶劍則劍靶子向前，劍鞘向後，才為好看合式。現在掛刀的朋友，也像掛劍刀鞘子翹在屁股後面，多難看），武松使的戒刀，石秀使的單刀。單刀和大刀最為普通，不屬個人專用。

三、劍：除了專諸的魚腸劍，其餘都為掛在腰上的防身寶劍，打起仗來，就把它除掉。但有帝王身份，又有穿上箭衣馬褂的，開打都用馬鞭夾著寶劍。例如，《摘纓會》的楚莊王，《長阪坡》的劉備，《淤泥河》的李世民，都文縐縐地打幾個回合下場。

四、弓：弓是用來放箭的，但亦有用它來作兵器交戰，如《鐵籠山》的姜維，《摩天嶺》薛仁貴。

五、弩：一名袖箭。戲裡有兩位英雄算得追魂奪魄，一是《取金陵》的吳福，二是《小五義》的白眉毛徐良。

六、矛：張三爺的丈八蛇矛在當陽橋上出盡威風，不過開打起來，他還是用槍。

七、盾：盾牌兵見於《戰宛城》、《七擒孟獲》。主將用盾則有《白衣渡江》的呂子明，《智取北湖州》的常遇春。

八、錐：一作鍾，其實不同，錐是長形的，《四平山》李元霸用八角錐，裴元慶用雙錐，分別最清楚。八大錐，四名番將都用雷公錐（長形）。四員宋將，岳雲為銀錘，嚴震方金錘，狄雷鐵錘，何元慶綠沉錘。現在的八大錘，都亂拿了，岳雲有拿雷公錐的，而番將倒拿了銀錘，極不整齊，失去美觀。

九、斧：長柄名鉞，短柄名斧。程咬金拿宣化斧便是鉞。李逵、胡大海拿的以及《寶蓮燈》沉香的開山斧，才是斧。《打登州》牛俊達應拿斧，現在隨便。

一〇、殳：《詩經》，伯也執殳（音書）。《辭源》，長一丈二尺無刃。外國電影《圓桌武士》、《萬世英雄》決鬥用的長梢就是殳。中國戲裡很少用，《百涼樓》蔣忠捲大旗的那根長竿後來抽出來當兵器，正是殳。但現在的《百涼樓》蔣忠卻拿它來耍大旗，和《鐵公雞》一樣的胡鬧。又按：《鐵公雞》耍大旗的應該是陳國良，現在也被張家祥奪去了，甚至終劇不見陳國良上場。

一一、钂：戲裡只有宇文成都一個人用鎏金钂，因為太少碰頭，現在寶島戲班裡不備，而代之以大刀，遂令此公在南陽關出場，面目全非（聞李氏兄弟在排《四平山》，千萬替宇文老哥定造一把鎏金钂）。

一二、戟：為呂布、薛仁貴所專有，但呂布也只有在《虎牢關》、《轅門射戟》見過，其餘都用槍。薛仁貴只在《淤泥河》救駕用了一次，《獨木關槍挑安殿寶》就不用他，因為這件傢伙開打實在不便也。雙戟則有三國典韋、《雌雄鏢》郎霞玉在戲臺上出盡風頭。太史慈的雙戟只有《神亭嶺》打了一仗，後來好像是當了，不再見面。

一三、鐧：真的把兵器當了的是《秦瓊賣馬》。這對鐧由王伯黨謝仙客替他贖回來，當場耍了一次後就不見他再露臉。以後他都是用槍。《楊家將》八賢王手裡拿的八棱金鐧，可是叔皇賜他上打昏君，下打讒臣，並不交鋒作戰。

一四、鞭：尉遲恭用單鞭，《牧虎關》高旺也用單鞭。《蘆林坡》呼延灼用雙鞭，蓋叫天的猴子戲，例有耍鞭，變化多端，令人叫絕。

一五、槊：漢魏六朝，武將都用槊打仗，文人也握槊。《火燒戰船》有曹孟德的橫槊賦詩，單雄信用棗陽槊，李存孝用的混唐槊，其餘沒有用槊打仗的了。

一六、撾：李存孝有一支筆撚抓，百步取人，百發百中，《鬧昆陽》的馬援也有一支飛抓，抓型做成人手模樣，李存孝的還捏著一支筆，馬援的抓則是皮做的，像苦人兒王佐臂上砍下來的一樣。

一七、套索：用套索來表演武藝，現在戲裡沒有了，從前有出《三上吊》，全是套索功夫，紹興大班還保存著，京班早已失傳。最近看到李環春在《劈山救母》加入套索，那是小學校裡的跳繩，戲裡沒有這一套。

一八、白打：有人以白蠟桿統稱白打，其實拳腳、棍棒均屬白打，範圍很廣，每一齣武戲裡都可以看到，毋庸細表。

國慶談往

一百年上海租界不愉快的歷史影像，最使人難忘的，厥為印度巡補，他植立街心，頤指氣使地張開兩隻大手，指揮行人，活像一個十字。而每年在我們中華民族舉行雙十節慶祝時，為了租界遊行的熱烈，印度巡捕照例加派雙崗。那時我們租界尚未收回，民眾愛國情緒，最為沸騰熱烈。捕房的派雙崗，表面是參加我們的國慶，暗地多少帶點監視。這批印度先生便為虎作倀，雙崗向馬路中間一站，雄赳赳、氣昂昂，那裡不許我們遊行，那裡不許我們聚集，那裡不許演說。這一雙虎倀，習慣地張開兩手，遠遠地望去，活像一付「雙十」的圖案。他根本沒有腦子，他只會給主人執行工作，時常想用血腥來染紅他當時七尺之地，（如五卅慘案，就是一個例子）但是中華民國國旗飄揚在他們頭上，一條條的馬路，全是我們正色的國旗，這一種正義之光，照耀著他，好像太陽光芒四射，使他們的魔影，到處縮小、縮小。而我們的正義由此堅強，血肉由此長成，到底達到了收回租界的目的，民國三十四年，我中華民國抗日勝利，正值雙十節國慶，全市飄揚出青天白日的國旗，這些雙崗巡捕，都早已消失得無影無蹤。可知，人類多一層壓迫，便多一種堅強，最後的勝利是屬於正義。

印度是東亞的人種，他們的宗教，和我們中華民族，多少有點兒淵源。可惜他們沒有受到過儒的「有教無類」廣大陶鎔與修養。他們在極度危亡中產生了不合作的甘地，用極度的苦肉計而得到獨立。甘地精神的偉大，而使印度續絕，存亡，這不是偶然的。在上海我們看見他們那種櫛風沐雨，受人鞭策的形狀，他們正應引為炯戒，用自警惕，如何才可以使自己國人，不再做人家的奴隸？則唯有反身修本，舉國一心來抉擇一條自立生存的大道！那就是「反共抗俄！」「傾向民主」。因為唯有「傾向民主」，才是世界真正的和平，「反共抗俄」才是世界真正和群的工作。儒的有教無類是如此，耶穌的博愛是如此，佛的自我犧牲也是如此。印度當初參加聯合國，初意信念，亦何嘗不如此？可惜他缺乏自己的信念精神，他缺真正的甘地教育，他幾乎懷念，追念到那在上海馬路上的櫛風沐雨為虎作倀的威風，而在聯合國用小丑的姿態，出賣起風雲雷雨。可憐的，他對目下的世界形勢，並非有真知灼見，他只是一個做慣了跟隨主子的奴才，而以懷念以往主人所給他的所謂「威德」？正好比古代的「人質」，雖已受到解放，但奴性還存，主子叫他東，他仍不敢西。主人為了要保存他敗落以後的鄉紳財產，而和強盜結交，他就跟著和強盜拜把子，而又想仗著強盜的魔影來欺侮好人。韓國大總統李承晚先生偉大的釋俘，造成了太平洋更堅強的聯合陣線。而不幸的是，遣俘中立國，美國以天真的信念，而容許了印度加入。我們看慣他們在以往租界的那一套作風，知道他們一朝得志，一定要做出來的。果然，不幸的事件，竟在中華民國四十二年雙十節的時候，他們竟做出來了。他們用槍屠殺我們「忠義被俘在韓刺血效忠求返自由中國懷抱的反共義俘」而激起我們全國民眾的憤怒，正義、抗議的大遊行，而加強我們反共抗俄的一切信念。

但是，我們在今年雙十節講一句話，就是我們不要把四十二年的雙十節再虛度了。而且我們更應該知敵人是誰？更須可憐那些僅求苟安，不恤向刀頭舔血的那些委曲求全而認識不清「民主」「共產」分野的世界各國，他們千萬要向我們太平洋陣線看齊，豎起脊樑來，來一個嫉惡如仇的真正大聯合，大行動。古語說得好：「唯仁者能好仁，能惡不仁」所謂「仁」就是「傾向民主」的國家，「惡不仁」就是反共抗俄的實際行動。又云：「君子喻於義，小人喻於利。」所謂「義」就是聯合國允許印度的參加中立遣俘，他覺得「義」當如此。「利」就是印度的無賴暴行，他覺得這樣才能見好主子，而得到新的好處。在這裡，我還要進一步說，我們國家以生於當前的同仇急難，對於日本八年的大陸侵掠，血海仇恨，尚且寬恕了。其目的，就是要希望世界人類都能夠近「仁」而惡「不仁」。印度好比一個失學小兒，我們是否也用一種有教無類的精神，使他重新感化？站向反共抗俄同一陣線？話又得說回來，他正如失學小兒，受了投機家的引誘，而自甘靈魂出賣。只要整個聯合國而同一趨向於真正的正義感，站到真正的同一陣線。所謂：「君子之德風，草上之風必偃。」漫說一個印度，十個印度，他也能走向感化之途，而認清「反共抗俄」是世界共同的一個主義，將要使世界共同走向民主，而不是侵略，不是仇恨。今年美國將我國的雙十節列為世界節在美國舉行。我彷彿看見我們的正義的國旗，從和平的美洲飄起，而將這真正的正義和平，帶給全世界的人類，這才是我們中華民族與世界民族共同負起的使命。是總理學說！也是甘地精神！

從九畝地新舞臺說到話劇文明戲

瘦碧兄談清末民初的話劇，提到九畝地新舞臺的《新茶花》而沒有提到「春柳戲場」的真正話戲，似為遺憾。按：《新茶花》是夏氏弟兄（夏月珊、夏月恒）所排，是有鑼鼓有唱詞有道白的時裝劇而不是話劇，也不是文明戲。他在十六鋪新舞臺的時候已經演了。飾《新茶花》主角的是毛韻珂（時名七盞燈），飾陳少美的潘月樵（時名小連生）。十六鋪新舞臺被火燒了（一說是因演《關公走麥城》而遭焚如的）。毛韻珂歸班大舞臺與李桂春（時名小達子）合演連臺十六本《宏碧緣》，即不動《新茶花》（按：其時伶工極講戲德，決不搶別家演紅了的本戲，搶戲作風起於丹桂第一臺，麒麟童接演天蟾之五本《狸貓換太子》，也只從五本演起，而不搶常春恒的頭、二、三、四本，且其時常伶已被暗殺，天蟾已不能繼續出演矣）。夏氏兄弟後在九畝地重建新舞臺，則為民國二年，為了破除迷信，開臺之日，仍演《關公走麥城》。未及開鑼而九畝地新舞臺復毀於火。時夏月恒已棄伶做官去了，月珊與八老闆夏月潤合力重興，直到民國三年冬天方復落成。仍以《走麥城》開臺，並延請京角，老生王又宸，武生田雨儂，又從丹桂柱過班花旦趙君玉，以壯聲勢。但營業並不如理想，乃於次年夏天邀請譚鑫培來重整山河，聲言普陀進香，路過上海，其實是兩位女婿親到北平跪請來的（夏月潤、王又宸均老譚女婿）。老譚共唱十天，第一天、第十天均為《空城》，第四天《珠簾寨》（周志輔《京戲近百年瑣記》說第一天《空城》，第十天《珠簾寨》有誤）。其時，我住老北門萬安里，後門就是九畝地，因此天天去看戲，這是老譚菈滬的末一次。第二年（民國五年）老譚就逝世了。但是上海人看戲的程度並不高，老譚歷次來滬均不如理想，這一次雖非鎩羽而歸，卻也未替戲館掙下什麼錢，所以老譚一去，就不得不乞靈於重排《新茶花》了。這時候紅了一個趙君玉，他是文武小生趙小廉的兒子，本唱黑頭，名為大大奎官，後改花旦，走馮子和路子，卻比馮子和更妖嬈、更嬌媚，戲也真不錯。和老譚配《珠簾寨》的二皇娘，竟敢拉老譚的鬍子，《誤卯》一場，老譚坐到二皇娘的懷裡，她還說「寶貝兒子您克往哪兒坐呀」。老譚下後臺，歎了一聲：「此子真絕。」趙君玉就這般半爿天紅起來了。《新茶花》本是新舞臺的本兒戲，所以毛韶珂管不著，夏氏老闆，就叫趙君玉唱了。可真紅哪。一本連一本，連三層樓全賣了滿座。《新茶花》說到：「少美呀少美，倷要是心裡頭有數，倷格眼烏珠勿要直梗能往仔奴看！」趙君玉學著毛韻珂每次得彩的刁舌頭，真使北里淫娃，中閨蕩婦，無不色授魂與，連許多男子漢都會混淘淘起來了。《新茶花》是時裝戲，接著就排了《唐伯虎三笑》，本來毛韻珂在這齣戲裡是唱唐伯虎的，君玉是馮子和路子，則唱秋香。飾唐伯虎的是崑旦周鳳文，倒也瀟灑風流。這齣也是連臺本戲，唱得很紅。接著是《西裝的拿破崙》，扮拿破崙的是小連潘月樵。這兩齣本戲過去，新舞臺開始走下坡。盡夏月珊之力以排連臺幾十本的《濟公活佛》，中間請老鄉親孫菊仙唱過一個時期，都無法挽救頹運。而頭、二、三本《閻瑞生》倒打了一針強心針，加入歐陽予倩和汪優遊，二人都是春柳話劇的中堅分子，也可說是正宗話劇的開山者。但是話劇沒有文明戲交運，他們棄己之田而耘他，跟過來的還有徐半梅（即徐卓呆）、查天影，閻瑞生即由汪優遊飾演，而劇本是歐陽予倩編的，查天影、徐半梅都在妓院裡當妓女，做老鴇，小林黛玉一角還是新舞臺直系的乾旦趙文連，而挨不著查天影呢。這齣戲票房紀錄非常之高，但是他的紅，則紅在大冷天開風扇，汪優遊紡綢短衫褲，站在大風扇下面吃西瓜。不過，話劇打入平劇，則由此肇興，梅蘭芳既以四本《太真外傳》稱雄劇壇，麒麟童跟著編《風流天子楊梅醋》，歐陽予倩則為新舞臺編《楊貴妃》。論色藝，當然梅蘭芳佔先，論劇本倒是歐陽予倩的好。當時我有一度主張，歐、梅應該合作，南通張四先生且有「歐梅閣」之築，而是梅郎勢方鼎盛，予倩一對胡桃腫的近視眼，割下來半斤重的豬八戒嘴，當然是占不到優勢的，而予倩亦自視甚高，二人談不到一處。新舞臺散場，予倩一度至南通職校當教習，不久又回到笑舞臺與夏天人、查天影、徐半梅、鍾笑吾、錢化佛等合演文明戲。《饅頭庵》、《晴雯補裘》、《黛玉葬花》、《寶蟾送酒》等紅樓戲均於此時出籠，且於文明話劇之中參加鑼鼓、唱工，而春柳的正宗話劇，沒落盡矣。

春申花酒話前塵

「溫柔不住住何鄉，垂老陳平夢亦香。馬後黃金馬前血，將軍何苦死沙場。」這是當時齊盧戰爭時期，盧永祥有鑒於戰勝難期，遂通電下野的消息發表後，畢倚虹曾用「天狼」的筆名，做了〈江南甲子謠〉十幾首詩，在《晶報》發表。上面是十餘首中最後的一首，所詠都是有本事蘊涵其中，不過命題曰甲子謠，只是此年的江南戰爭中有此一事的謠傳而已。

據傳說，當江浙兩軍交戰時，駐紮於松江的盧部第四師師長陳樂山，某日奉命該師調往右翼增援，以助長向福建王永泉所部調來的臧致平、楊化昭兩旅之作戰力，時臧楊與齊燮元所部的官邦鐸旅鏖戰於瀏河方面，一線甚劇。陳預備出發前線督師，彭小姐竭力阻止，不許他親上前線指揮，去冒生命上的危險。

陳樂山心中對彭小姐實是老大不願意離開，聽她苦苦勸阻的一番話後，一再思忖，覺得所言不錯。又加以對方高價收買自己回矛倒戈，已經秘密交來鉅款，得此多金，如何交代？正感進退兩難，無計可施之際，突接盧氏電話，要他即去龍鎮，出席軍事會議。於是他就在會議席上提出和平主張，當使盧氏認為嫡系部隊攜二心，此仗萬無獲勝希望。於是當場宣佈與何豐林連袂下野，倚虹所詠之詩，就記這件事。

時不三閱月，《時報》副刊的「小時報」版上，刊登胡寄塵所作的〈東南劫灰錄〉詩若干首，中有一首云：「豔事傳聞可是真，兵戈牽涉到釵裙。快槍利劍皆頑鐵，能逐英雄是美人。」注云：「蘇軍以全力攻黃渡，十餘日不能進寸尺。而閩孫入浙，仙霞嶺之守兵，不戰而退，於是盧氏乃不得不棄浙而駐滬矣。初，未戰之前，北京某總長有妹，人稱七姑太太，雖曾適人，而以母家之家為家也。終歲居杭州，徜徉湖上，日與軍界要人來往，豪奢異常。浙師之叛盧也，蓋出於某氏之計畫，而早由七姑太太佈置就緒，特盧未之知耳。滬上報紙有《紅粉回戈記》，言其事甚詳。按吾友倚虹觀《美人劍》影戲有詩云：『彈丸斧鉞終頑離，能殺男兒是美人。』今余借用其句，為之略易數字云。」

寄塵所云《紅粉回戈記》為一部章回體的時事小說，內容所述，即隱射彭小姐力勸陳樂山背叛盧永祥之事。亦為倚虹所作，刊登《晶報》。而所謂某總長之妹七姑太太，傳係孫寶琦之妹，實非，乃是曾任北洋政府財政總長王克敏之妹。這位王七姑太太有幹材，滬杭兩地都營香閨，在上海的愛而近路租有十號洋房一座。夾袋中藏有年輕貌美、能歌善舞的少女頗多，專供各地來滬杭作遊的軍政要人破遣寂寞之需，當時人擬她為英租界的「薛大塊頭」。至於仙霞嶺棄守，引孫傳芳入浙，實由陳陶遺誘說，浙師長潘國綱叛離盧永祥實與王七姑太太無關的。

彭小姐是個習慣奢侈揮霍的人，陳樂山對她供奉在當時索悉敝賦，勉力以赴，還能抵受得住，但她另有一種大敗處，便是喜歡賭錢，而且她賭錢的興趣和性格，亦極豪邁放縱，足匹鬚眉。杜月笙為趨奉陳樂山和彭小姐的好賭，於是常為他倆張羅賭「紮局」的「局頭」。所謂「紮局」和「局頭」，這都是賭徒們的術語。

凡不是大眾聚賭場所的賭臺，而是由少數的若干高等賭客相聚賭錢所在，那就叫做「賭紮局」。一經糾合成功，賭客叢集，入座賭錢，這種場面就叫做「局頭」。那些賭客都是在上海灘上有地位、有身價的人物，如盧小棠、甘月松、葉琢堂等等的現任洋行買辦。又有盛杏蓀的幾個兒子如老三、老四、老五、老七等盛氏兄弟，葉澄衷的兒子葉老四夫婦，以及朱如山等等的富室子弟。其中也有幾個著名賭棍如張嘯林、榮炳根（爛腳炳根）、嚴老九（九齡）等等的以賭為活之輩，自然包括杜月笙在內。

他們賭的那是一種「搖攤」，有時也推推大小「牌九」。不過他們下注數字甚大，而每夜與賭之人，輸贏進出都是上千論萬，非一般上英租界的滿庭芳、清和坊，法租界的生吉里、寶興里、小東門外等檯子的賭客們所能望其項背。及至民國十八年，杜月笙在福煦路一八一號屋內創辦大賭窟以後，於是，一班高等賭客有了豪賭的去路。這種賭棨局的局頭，從此在英法兩租界內，就逐漸無形消滅了。

當年賭棨局的局頭，每夜並沒固定的地址，隨時講定，隨時通知。好在賭客不多，總是這幾個好賭之人，只要電話通知，屆時應約而至，不會缺席一人。局頭總擇定在幾家大公館裡，比較上以愛文義路的甘（月松）公館、華格臬路的杜（月笙）公館為最多，其次才是靜安寺路的盛（杏蓀）公館。這些大公館都是門深如海。入局與賭之人，正可不愁捉賭者的掩至，搶檯面的襲來，有非常的安全感。

就因為彭小姐跟隨她後夫陳樂山參加賭棨局的局頭，故得常與前夫盛老五大家見面談笑，並肩賭錢。雙方早已忘卻羞惡恩怨之心為何物，這種氣度恢宏，正為世人所少見。蓋在盛老五的觀念上，對妻妾的丟棄如同丟棄舊鞋破襪一般，凡破舊之物，丟棄算了。現在陳樂山拾取珍藏，則覺得他正如拾荒者的眼光淺小而已，不值得為之驚奇。

但在彭小姐方面另有一種心理觀念，認為陳樂山是現任師長，正是英雄人物，何等威武煊赫。所以她對盛老五同在賭臺上賭錢時，還偎依在後夫身邊，故作種種媚態呫語，藉以耀武揚威給前夫看。非但如此，她對盛公館的局頭，並不羞視怯人，而且偕同後夫來去怡然。這種風流情事，也只有當年在盛公館裡有得見之。故有人賦詩紀事云：「離燕歸來坐舊樓，畫梁呫語足溫柔。誰知比翼已非昨，那識人間尚有羞。」

到了民國十三年秋間，江浙兩省軍閥為了爭奪上海的鴉片煙市場打起仗來了。盧永祥初時頗為得手，後來齊燮元以大量金錢派人收買陳樂山，教他倒戈。陳樂山遂於龍華護軍使署召開軍事會議時，即席提出和平主張，逼得盧永祥不得不通電下野，溜往日本而去。

當時彭小姐對盛老五所提出離婚之訴，所以在法庭上不作抗辯，情願無條件接受，願意在於離婚以後，即可與王老六得以相偕同居，朝歡暮樂，享盡魚水合歡的快樂生活。誰知王一亭有罪子的主張，把他兒子禁閉在家，不許外出，致她一切願望全付幻滅，最怨恨的是對離婚的代價，分文未獲，給盛老五白白占了無限便宜。

於是她憑著自由自在身專在上海高等社交裡活躍，尋找對象。後來在一個交際場中獲識了在浙江督軍盧永祥部下的第四師師長陳樂山。在「鴛鴦不獨宿」的定例之下，她和他就很快速地順理成章結合而同居起來了。陳字耀珊，河南省羅山人，在盧永祥還在任當下級軍官時代，他就在盧手下充當士兵。於十年不到的歲月過程裡，是他在馬前馬後，跟追不輟。一半是他的幸運齊天，一半也是他的勇敢善戰。於是不次的擢升，不時的建功，更不定的水漲船高。

在那時間，何豐林早已由松江鎮守使率部調升為上海護軍使。此時的松江，守使一職雖已撤銷，但防守勢難廢除。在各部於輪流瓜代，調遷栗六之中，松江至楓涇這段地方，最後歸第四師防守。陳樂山的柳營所在地即為松江，於是他便微服簡從，不時來上海的十里洋場中，徜徉跌宕，尋找歡樂。時正杜月笙在上海捏手黑佬公司的黃金時代，也是他力爭上遊，心向高爬的冒上時期。對於凡有權勢之人，不管權高權低勢大勢小，一概不惜錢鈔，百般結好。只因松江全地區黑佬銷數量甚大，對於駐防在那裡的軍事首長更需要傾心邀交，竭力巴結，可以獲得黑佬運銷上無限的便利，本來「世人結交須黃金，不有黃金交不深」，杜月笙多的是黃金，自然與陳樂山一交即上，一上而深了。

杜月笙知道陳樂山喜愛美麗女人，於是安排一個盛大的交際場面，讓他和彭小姐獲交相識。終於很快速地達到鏡樓圓夢，綺閣雙棲的目的。日既久久，彭小姐要對盛老五的示威起見，不惜獻出百般媚力，做出千樣溫柔，使陳樂山為之著迷失神，蝕骨銷魂，而後提出要求正式結婚。陳樂山本已有了妻室且已生了兒女，那是他做下級軍官時在故鄉所娶。

於是陳樂山決定離異前妻，與彭小姐正式結婚。其事為盧永祥所聞，懇切規勸，結果，陳樂山並不以他老長官之言為然，仍然自行其事。為所眾知這彭小姐是個多姿善媚、性復淫侈的人，平時洗澡都用香水調牛乳融和於蘭湯之中。據說以此洗浴，能使肌膚嫩滑，色澤白淨，以取悅於所相交的男友。盛家是豪富門第，對此戔戔的奢習所耗，無動於衷，若以小兵出身的師長階級軍人，如何能負擔起她的盡情揮霍呢？於是把他歷年間搜刮所得，錙銖所積，盡供彭小姐的任意使花。

盛老五那是盛宣懷（杏蓀）的第五個兒子，盛氏於元配董氏繼室莊氏以外，內嬖如夫人者五人。因妻妾的眾多，故得有八子八女之多。福澤之高似勝於郭汾陽一支，這盛老五係他側室劉氏所出，名重頤，字泮丞，出生於光緒十八年歲次壬辰的十二月。傳說中盛杏蓀於去世年的十二年前，獲遊泮水，恰恰一個地支之期。為示紀念自己的幸點，故以泮丞名其子，此說確否待證。不過盛老五的名字泮丞是實在的，只有和他最親近的才會知道，這也許是實在的。

盛老五的太太是江蘇長洲縣人，這長洲縣於民國初年，併入吳縣。不過在她出生時，還在遜清光緒年代。當時蘇州人對於長洲、元和、吳縣的三縣地區的籍貫疆域問題，看得非常認真謹嚴，所以我只能說她是長洲人到底了。彭氏為蘇州望族，她的父親名彭谷孫，在前清朝代裡也算是個名宦。他於浙江省遇缺即補的記名道尹，後來調任為貴州省的財政副監理官，不過已在光緒末葉年代的事了。

這位盛五奶奶的彭小姐，長得非常美麗漂亮。本來嘛，蘇州地方因有靈巖天平群山的秀麗，有橫塘石湖諸水的清柔。那些山水靈淑明慧之氣，獨鍾於女子的身上，是以三吳地方姑蘇臺畔，代產絕色美人。當然在此時期裡降生這位彭小姐，那份靈淑明慧之氣也獨鍾了她的身上。實在說彭小姐的美麗漂亮，原屬稟賦天然，並不值得是件特異的驚奇之事。

可惜她早出世了幾年，這天足運動猶未展開，即已展開也還未進入於仕宦之家的閨闥之中。因此，彭小姐裙下的一對蓮瓣被纏得瘦小只有三寸。後來為了時尚趨於天足，她雖忙事解放纏腳布，力圖放大，但結果成了一雙彎曲如鐮刀形的改造腳，走起路來有欠自然之美。

這位盛五奶奶因念她丈夫日夕在外遊玩，非賭即嫖，沉酒湎色，不能在閨中陪伴她娛樂尋歡，排遣寂寞。於是，在懷怨抱恨之餘，便也自由行動，每日在外交結男朋友，作為對她丈夫一種對等的報復行為。不知如何獲交得了王一亭的第六公子王老六，這是白龍山人行善所得之子。

因為盛五奶奶把情愛集中在王老六一人身上，免不得引起別的男朋友怨恨。偵知得她和他每天幽會尋歡地方，總是日間午後在先施公司的東亞旅館，於是有人寫信向盛老五告密。他便邀得比他先出世一個月的同父異母哥哥老四，按址同去捉姦，自然如甕中捉鼈，手到擒住。因為姦夫是認識的朋友，大家是體面中人，並不十分為難。但是為要達到離婚目的，對通姦的罪證不予放棄。所以此一案事還是經過會審公廨的裁判手續，宣告無條件離異了事。不過王一老是端人君子，認為兒子與人通姦的不是，就把王老六關禁在家，不許外出，於是遂有彭小姐下嫁陳樂山的風流韻事產生。

哀振飛

最近，麒麟童被迫害，有許多刊物，要我寫他，因為民國三十七年以前的事，我在《春中舊聞》多有記載。以後，我已來臺，他的行跡非常隔膜，不想多寫。日前，拜讀宜荊客先生所寫〈麒麟童的悲哀〉，今天（十月二日）又讀到〈俞振飛和言慧珠〉，多採及拙著《舊聞》，使我非常感動。振飛和我是世交，是好友，自從聆到俞、言噩耗以後，心裡總是酸酸的。要想寫一篇，不知何處下筆。宜荊客先生與我未嘗謀面，亦不知為何許人（也許是我一位很熟的朋友），承他一再提到拙著，要想補充一點，寫出來亦足稍殺我哀。

振飛出身姑蘇世家子，與陸鳳石公子麟仲，同負「崑票」重名，且同在北京（北伐以前）執風月盟主。麟仲是宰相的公子，振飛的聲名，尚要遜他一籌。北方的崑曲界，如趙逸叟、紅豆館主，皆尊重麟仲而視俞五為後輩，其實二人之年相若也，並同有璧人之目。宣統大婚，麟仲為十六侍衛之一，錦襠玉佩，隊若神仙，俞五每羨之。二人曲藝相伯仲，而麟仲擅雉尾生，振飛亦自以為不及。蓋北方之勁敵。

振飛之勁敵有三：在南者，一為笛王許伯遒，一為崑生顧傳玠。振飛崑曲，不但能唱，亦復能吹。民國以來，笛能滿口吸的，許伯遒第一，俞五屈居第二。顧傳玠出身於穆藕老、徐凌雲丈創辦的崑曲傳習所。聘請教習，悉為名師，顧傳玠以冠帶生擅長。江南口碑，麟仲雉尾（如《小宴》、《擲戟》），振飛巾扇（如《折書》《跪池》），傳玠冠帶（如《見娘》、《看狀》），皆不作第二人想，而傳玠亦善吹笛，與俞五同工，但氣口皆不及伯遒。伯遒杭州世家許姬傳兄，《梅蘭芳舞台生活四十年》，即蘭芳口速，姬傳筆記。

振飛曲藝，完全得之俞粟廬先生親授，幼年受業，必置百錢於案，習一闋，必至百遍，唱一遍，則移一錢，百錢畢，則放學。即以百錢為獎金（吾鄰楊翁教其子弈棋，其用獎金法，初授九子，獎金二十，八子四十，七子八十，六子一百六。以後授子迭減而獎金迭加，今授四子，獎金六百四矣。若連敗，則增授子而獎金亦迭退。獎勵後進甚妙）。振飛云，學曲開始，最難處理者，滿口是痰，唱愈久而痰愈多，五十而後則口水漸漸盤乾，口燥喉結，欲罷不能，此味最苦（按：「味道」藝術家是一種術語，張恒甫在電視上談棋，亦嘗云「這子味道很好」或「沒有什麼味道」。余習曲之判，亦深嘗此味，往往逃去，遂無成耳）。勝利年，我們常集在培鑫或陸菊笙的府上，經常曲友為仁祖、妙香、蘭芳、叔詒、伯遵、振飛、菊笙、培鑫、伯年和我。我們賭唱，伯遒吹笛，可以終日不換手。振飛領唱，全體和歌，餘人已至力疾聲嘶，振飛依然遊刃有餘。我更愛聽他的「秋江一望淚潸潸」，直覺煙波萬頃，蘆荻無際，騷人墨客之思，有勝讀〈岳陽樓記〉十遍者，讀曲傳神則麟仲、傳玠皆不能及矣。傳玠自入東吳求學，易名顧志誠，頗諱言曲，來臺甚早，經商為進出口業，實非所長，賠累甚巨，終於貧病，逝世之日，弔者寥寥，余亦嘗揮一掬傷心之淚也。

振飛書法甚秀，喜為人書扇，有簪花之美，配以黃曼耘的花卉，尤為合璧。振飛在上海演出名的是《販馬記》，卻不是崑曲，是弋曲（亦稱弋陽腔）。第一次在共舞臺與梅蘭芳合唱，他還是一位「少爺」，他的排名，且在梅蘭芳之上（一次梅言合班來滬，演對兒戲，陳彥衡的名字亦排在二人之上。梅之虛懷大度，亦於此可見），而振飛的真正崑曲，戲臺上卻無人賞識。振飛的平劇小生，是後來為了生活問題，才拜師下海的（梨園行規無師不能出臺）。他的雉尾生太軟弱了，嘗與龐京周合演《起布問探》。京周說：「老五，你是娘兒們嗎？怎麼腳也抬不起？」又與徐凌雲演《宛城》，凌丈的曹操、子權、韶九（徐之二子）雙演典韋、許褚，把振飛的張繡，逼得透不過氣來。所以我們在朋友的立場，忠實之論，江南俞五（振飛）的平劇小生是不及北平葉五（盛蘭）的，但在小生人才寥落而又遭遇到共匪統戰的時期，俞五失志，甘心從賊，不免使我興起四顧無人之歎了。

振飛早年倜儻，從伶以後，轉而謹飭，與黃曼耘結婚之後，也從未鬧過桃色。與言慧珠結婚是曼耘病故之後，最近數年的事。消息傳來，我們很覺奇怪，因為振飛已經是頭童齒豁的老翁（振飛向來癟嘴），而言慧珠不過四十左右，也許是共匪指定的買賣，亦未可知。若說他們結婚之後，合作演些什麼戲，則無從揣測，因為匪幫有一時期是捧張君秋、趙嘯瀾，而並不是捧的言慧珠，振飛的偽什麼校長，也早是曇花一現般過去了。

振飛不像程（硯秋）周（信芳），絕對沒有共產思想。大陸淪陷，他和曼耘避居香港很久，非常想到臺灣來，他寫過好幾封信來，說「香港待不住了，能否在臺灣找一個地盤（劇場）每月有六千包銀」？那時，我們教育部還沒有注意到「振興國劇」，軍中劇團還在篳路藍縷的時候，劇場只有永樂一個，其餘都是臨記。因此，我告訴他：「聽說您要來，高興得不得了。並可為您額手稱慶。不過我們這些人，都在自力更生，克儉克難，緊縮著過活，像我，二人生活，不過一千多元就夠了，何必要六千元呢？你要來，就得束緊肚帶，決斷要快，否則你會像馬溫如一樣，被魔鬼手攫去（當初馬亦想來臺，已經講好四千，馬忽要八千，遂告吹）一墜魔掌，終身難拔，悔之晚矣。」他又來信，說「有四萬元的香港債，無法償還，有一筆整數接濟他，他也可以來的」。想想看，那個時候的臺灣誰也是風雨飄搖，自顧不暇中過日子，誰有餘力能幫他這個忙呢？音信就斷絕了。不久聽說共匪給他還了六萬港幣的債，到上海去了。給他房子，送他一隻冰箱，那個時候的冰箱，非常寶貴，給他偽職。而我們從此不通消息，所以我想起，當年渡臺，政府如能稍助一臂之力，是有不少藝人願意來臺的，而我對於振飛的初念，沒有力量幫他忙，認為終身遺憾，可哀也夫。

讀「伍大姐」書後

最近讀到市隱先生的一篇〈春江搜秘錄〉記陸事，完全與事實不符。小曼、志摩，均為我之好友。志摩與我同年，飛機出事的那一天，早上十點鐘在濟南遇難。前晚還在我家「華龍別業」談了一宿，直到天亮才走的。我夢未回，江小鶼的電話就來了。我擲了電話筒，坐在樓梯上痛哭。這事至今隔了二十六年（是年我與志摩均三十六歲），一想起來，還有餘哀。因為小鶼、志摩和我，幾乎是天天在一起的。

我在《春申舊聞》曾經記過他們的一些影事。我認為他們的「三角愛」可以算得是「情聖」，而並不是世間一般「揣測」的膚淺、庸俗。羅家倫先生還鼓勵我，說：「你寫得太好了。不過，我希望為他們三個專寫一部長篇，更詳細、更理論的。我可以供給你材料。」何槿父兄也對我如此說法，但是我至今遲遲不敢下筆，因為下筆一個不慎反會使得世人誤解加深。現在，我只把市隱先生所認為鑿鑿有據的幾個要點，加以校正。

我完全站在友誼上，根據事實說話，沒有什麼偏見，至請原諒。

一、市隱先生說，陸因丈夫死了，非常悲痛，便請了一個推拿醫生來給她治病。

按：翁瑞午是名畫家翁印若先生的長子，他隨父久宦廣西（翁父曾任桂林知府），幼受庭訓，故亦能畫，但不甚精。因幼年多病，由丁鳳山推拿好的，遂拜鳳山為師。他的推拿功夫，卻在丁鶴山、鵬山兄弟之上。他和志摩小曼認識，遠在民國十六年北伐之前，也就是小曼和王賡離婚，嫁了志摩，雙雙南下的時候。

二、原文說，徐翁很守舊，當然不主張媳婦琵琶別抱，陸的芳華虛度，便造成了以後的局面。

按：志摩的父親是硤石的大紳士徐申如先生。志摩在北平與小曼結婚（梁任公證婚），徐老先生根本沒有贊成過，和志摩離了婚的髮妻張幼儀（張公權之妹，後來自辦女子銀行。市隱先生說陸父是銀行家，其實是北京時代的財政部參事。而張氏兄妹倒真是銀行家）仍舊住在硤石徐家。老先生說：「子不以汝為妻，我仍可以汝為媳。」因為張幼儀沒有離開過徐家，所以小曼也一直沒有到硤石去拜見翁姑。她和志摩一直在福煦路四明村十四號，徐老先生只給志摩二百元月規錢，志摩時時感到青黃不接，唯一能夠接濟他們的，便是何敬武，第二是翁瑞午。

提到何敬武，現在恐怕有很多人不知道了，其實他的來頭很大，他和志摩是表親弟兄，自幼由徐申如撫養長大，他和志摩簡直和親兄弟一樣（也有人說，敬武是徐申如的外生子，志摩也不很否認）。志摩好文，敬武好武，他由從軍革命建立大功，官至平漢路局長，那是一條運鹽的要道，所以他很有錢。志摩去世以後，敬武奔走國事，不大有工夫再照應小曼，小曼的日常生活就由瑞午獨力擔承了。小曼從四明里搬到福煦路三層樓的獨院。市隱先生說小曼和瑞午住在二樓完全錯誤，二樓是會客室，有一張大煙炕。瑞午常常在這裡吃煙。志摩好客，小曼也好客，志摩故世之後，她的屋裡仍是高朋滿座，日夜不斷的，有時竟會大家談到天亮。小曼吃了鴉片，已經不似從前了，但是她的談吐、她的風度，還是那樣好的。這是唐瑛萬及不到的。天亮客散，瑞午常常叫銀色汽車送他自己，一送客人。他並不在福煦路留宿。

三、原文說瑞午，是一個職業。其實瑞午本來的職業是「推拿」。那時候的醫生無不日進斗金，而以瑞午在早期生活是非常優裕的。後來他做了地皮大王程霖生的賬席，經濟越發活動了。志摩夫妻頗受接濟，志摩對於錢，向來看得無所謂的。他可以拒絕一個政府津貼，而不妨和一個朋友同財。等到志摩故世，徐翁連二百元的月規也突然停止了。瑞午的接濟，還是照常，不但照常，而且加重，從四明村一直到福煦路，數十年如一日。

但是程霖生的地產失敗，瑞午的經濟也起了恐慌，有一度，瑞午簡直到了走投無路的時候，但他情願自己同春坊開不出伙倉，而小曼的黑白兩頓，完全供應無缺。

你說，瑞午貪圖小曼的色嗎？小曼早已成了一個紅粉的骷髏，終年便秘，牙齒爛掉得像老虎外婆一般。別人看見了，幾乎都要遠而避之了，而瑞午卻對她數十年如一日，從來沒有一點厭倦之容。所以，你們要往不好的地方想。孔子說：「男女之間，大欲存焉。」在他們認識的初期，誰也不能為他們保險。但是後來這二十年的長長歲月，若說他們是為了「欲」而不是「情」，則誰也不必相信，我請問世界男女的友誼，有能像他們這樣，達二三十年之久，始終如一的。這不是小曼不可及，而是瑞午真不可及。現代青年，很多人以為志摩是「情聖」，但是我以為做「徐志摩」易，做「翁瑞午」難。

四、原文說小曼花卉畫好，翁陸雖開畫展，小曼到場招待。

按：瑞午確是絕頂聰明的人，但他的畫，卻不見高明。小曼學畫初從汪星伯（汪袞甫先生之侄，蘇州人，尤善古琴），後來是賀天健。專畫山水，沒有畫過花卉。中國畫苑開畫展那一次，實在是瑞午急極了，才開的。小曼並沒有出品，她人也沒有來，因為她簡直懶極了。終年睡在鴉片榻上。連鑲牙齒她都懶，還會出來應酬畫展麼？

而且，那時候的畫展風氣，只將出品交給畫苑就是，本人是決不出面的（中國畫苑是我和王季遷等五人合辦）。所以市隱先生說，那一次看見小曼，不禁掀起一陣感慨，恐怕是看錯了一個人了？

閒話孫派《朱砂痣》

近見李東園先生發表之《孫氏秘笈朱砂痣》抄本，古調母音，不勝欣佩。但其詞句，似與鄙人早年所記憶者，殊有不同，不揣冒昧，謹舉其「唱詞」最後數段以供比較，東園先生乃知音大雅，當不以為唐突也。

第二場：

（二簧搖板）（李本）霎時間前後廳紅燈燎亮。想不到，年邁人，又做新郎。

僕舊所聆者為：

「今夜晚，前後廳，燈光明亮，想不到，年半百，又做新郎。」

（二簧三眼）（李本）借燈光，暗地裡，覩看容章。覩其人，與前妻，一樣風光。尊娘行，因何故，淚流臉上。有什麼，衷腸話，細說端詳。

僕舊所聆者為：

借燈光，暗地裡，覷看嬌娘。與前妻，相貌同，一樣風光。又為何，雙眉緲，淚流臉上，莫非是，嫌我老，難配鸞凰？你要穿，我這裡，羅綺滿箱。你要吃，我這裡，白穀成倉。這不是，那不是，難以猜詳。心腹事，你那裡細說端詳，這又何妨。

右詞比李氏本多出四句，且「鸞凰」之腔，實為現在最流行之沙橋餞別「還朝」所本。「這不是」之腔亦一轉三折，並非平鋪直敘也。

第四場：

（劉上唱）（李本）（搖板）想當年，為太守何等榮耀？到如今，妻和子，無有下梢。

余舊所聆則為原板：

勸世人，一個個，須要學好。到頭來，自有那，天理昭昭。想當年，為太守何等榮耀？遇兵荒，失妻子，無有下梢。這也是，我命中，前世修造，我娶妾待，全不為，自逍自遙。

右詞均比東園先生所抄錄者要多，意者孫氏年老，對於唱的方面，不無偷減，亦未可知。但念白方面，則又增繁，不知何故？例如，第二場，余舊所聆。在「搖板」下，媒婆上場，只有「花轎到」。老生接念「打上堂來」。旦排子出轎，媒婆念「見過老爺」，老生接念「下面領賞」，媒婆即下，上下場均無對兒聯。老生念「掌燈」，亦無「來……待我觀看」字句。又「取銀百兩」則作「取銀十兩」。第四場，「銀子原是好東西，好寶貝」亦不作「好物件」。

綜上念白，僅舉一隅，其雅馴簡潔似在「李本」之上，至其全劇關白，與吳氏夫妻唱念，則以當初向不注意，無從研究矣。

惟吳氏夫妻謝恩時，老生接唱搖板實有四句：「他夫婦，進門來，雙雙跪倒，口口聲聲叫恩公，珠淚雙拋。尊二位快請起，施禮還到。些小事，又何必，禮順和調。」李本上面只唱下兩句，而將上兩句割裂移在下場時唱。按下場已有吳氏夫妻兩句，老生接唱：「這也是我贈銀兩他方病好，為人的，修善行，方有後苗。」適為四句，今增兩句則為六句矣。似與下場詩定例不合？質之東園兄有以教正。

義奴傳

義奴初來時，它有長長的臉兒，細細的纖腰，雪也似的身軀，額上蓋一堆烏雲，從烏雲裡透出一對月亮也似的眼睛，有時帶點琥珀色，有時碧綠，它歡喜用尖尖的鼻子嗅人，長長的紅舌舐人，它和我最親熱，也愛我的四叔叔。四叔年齡雖比我長一倍，可是孩子氣比我還小，他有時竟抱進他的被裡，和他一頭兒睡，因此，我和四叔常常起了爭執。它的母親是英國種，四叔替它起個名兒叫妮娜，我不歡喜英文字，便替它改了義奴，原來它是我們家裡唯一的小情人，它是一隻生世才二月有餘的小獵犬。

它一來就闖禍，不肯安然地休息。四叔用一塊手帕引著它，立刻會竄過去，拱起前足，把手帕銜住。後來四叔將手帕藏在任何地方，它都能夠把它找出來，還給四叔叔。憑這個理由，我覺得這個義奴真該屬於他的，而我的愛情是失敗了。那時候，我才十一歲。

義奴歡喜吃糖，不歡喜吃牛肉，四叔有能力買糖，他身邊經常藏著一隻橢圓形的玳瑁盒子，裡面滿放著巧克力糖，他逗義奴跟他出去玩。有一天，四叔欣然告訴我：「我已教會了義奴泅水。你不信罷？我們可以同到河邊去表演給你看。」我們便到了一條兩岸垂楊的小河，四叔叫我帶著義奴站在東岸，他自己繞到西岸，蹲在一棵大柳樹下，義奴早就豎起耳朵，側著頸子，兩隻骨碌碌的藍眼睛瞧著四叔。四叔只一拍手，它立刻躥向河裡，輕如落葉，泅過去了。四叔顧不得滿身水濕，早抱住它，和它親嘴不已。

我對四叔有些兒妒嫉，我偷偷地也領著義奴，到較寬的河沼，我給它糖吃，我要它照樣地游給我看，誰知它竟倔強，不聽我的指揮。我氣極了，使勁地把它向河沼裡一推，誰知這是一個荷花蕩，義奴前足一失，整個兒跌將下去，再也爬不起來。我心裡一急，自己的腳也陷入泥沼，愈陷愈深。這時的義奴已將前爪搭住了岸石，嗚、嗚、嗚地卻再也爬不上去。我顧不得自己的失陷，盡力用手去托住它的後臀，它借著我的力一聳，立刻上了岸。而我，泥沼已陷過了我的腿脛，我哇地哭了。

義奴好像安慰我似的，向我將尾巴搖了幾搖，便一直奔向後面山崗子上去了。這是仲夏的黃昏，水面已經涼風習習，腳底下的河泥，卻被晌午的驕陽，曬得火熱，一個一個水泡像熱彈一樣向我腳心襲來。我盡力攀住石礅，也僅能使我不再往下沉陷，而無法使淤泥頂住的兩足，爬上岸去。正危急時，義奴已從山崗子上出現，如風地奔下崗，卻又停住，向後望望。我拼命地叫義奴義奴，只聽我四叔的聲音在崗子後答應著：「琪！你在哪裡？」

原來義奴把四叔領來，他好像熟悉義奴的一切性情和動作，從義奴的表情裡知道義奴要些什麼。四叔在崗上用手遮著前額，從斜陽裡望見了我，立刻飛也似的到了石礅。他拉住我的手，拼命往上挪，義奴銜住了四叔的後衣，也往後挪，我借著勢，一個拔蔥，到了岸上，立刻我們三個滾在一堆，我身上和義奴身上的，盡沾滿了四叔熟羅的半截長衫，我卻哈哈大笑起來了。

「還不快回去，當心你爸爸打你。」四叔說。

「不要緊，母親疼我還來不及呢。」

「淘氣，快走罷！當心生病是真的。」四叔立刻拉住我的手，奔向家，義奴只是用它的鼻，嗅我淋漓的衣服，表現無限的親熱和關心。

我真的病了，發燒到四十度。四叔這時在警官學校裡趕畢業考試，他不能經常陪著我，他囑咐義奴，不許走開。這乖東西真的一天到晚坐在我床前，安靜地看著藥爐的煙氣，側著耳朵，一聽見聲音，它立刻跑出去張望，垂著尾巴，躡著細足，比人走得還輕。

等我病好，四叔已在警官學校畢業回來了。他穿著純黑而綴著金扣的員警制服，這是我們杭州第一次警官學生畢業，我們第一次看到耀燦而莊嚴的員警制服。我在床上對他行個舉手禮，義奴立刻跟著站起也學樣，舉起它一隻前爪。

四叔高興得只是撫摸義奴的額頰，說：「它真夠資格，它可以進學校去，做一個警犬。」

「狗，也可以進學校嗎？」

「怎麼不可以，」四叔說，「只要你答應，我便帶它去。」

四叔果然帶義奴去了，只三個月便畢業了。這時省會急於成立警務，四叔得了巡官，義奴也得了警犬的牌子，它經常跟著我四叔，可以說是杭州省會有警犬牌子的第一名。不久，四叔完婚，義奴披上一塊紅綢子，在人群中躥來躥去，大家都把它當做一件希奇哈兒，都要看看警犬到底是怎樣一個長相兒？它倒像甘露寺保護劉皇叔到東吳去招親的趙雲，終日跟著新郎不肯走開。四叔平常穿員警制服，這天卻是金雀頂，寶藍衫粉底靴，打扮做翰林老爺的模樣，原來他十六歲進過學，他還是一個地道的秀才呢。帳房先生暗暗在說，一位秀才老爺後面卻跟條狗，如今的年頭兒真變了，要多怪，有多怪。他請示我的父親：「三先生，我們想把義奴鎖起來，不曉得四先生心裡怎麼樣？」

我父親說：「好罷，把它關在惜紅軒西廂裡，可不用鎖，這狗是四先生心愛的。」

義奴果然很安靜了，這惜紅軒便是四叔的新房，三明兩暗共是五間，外面花木蔭翳，湖山玲瓏，是我們一粟園裡最好的一所房子。

這天晚上，前廳還有一臺堂戲，家人僕婦，都偷著瞧熱鬧了。新房裡只剩了兩個伴娘，守著花燭，五間房全擺滿了汪府發來的嫁妝。西廂裡鋪設著一書房書畫彝鼎，文房玉石，都是汪府來的陪嫁。原來四嬸兒還是個女才子呢。她刻有《雙鵝閣詩稿》。她和吳芝瑛夫人是莫逆的閨友，所以這一房嫁奩，都是普通人所沒有的。義奴便守在這一間屋，它安靜得和貓一樣。兩個伴娘則在洞房閒談。忽地有個黑影，從窗外越過，接著就聽見義奴連叫帶躍地追了過去。伴娘知道是賊，嚇得直往床下躲，外面聽差的都聽見了，一刻上來一大群，先看新房，並無出事，再趕到前院的牆根，卻見義奴拖住了一個短衣赤腳的人，那人手裡還捧著一塊大西坑的紫端硯。

父親也來了，一看便笑起來，連說：「雅賊，雅賊，義奴，放了他，不要難為他。」義奴真的走向父親的衣邊，搖搖尾巴，好像報告它的功績。那賊，兀自用兩手遮住他自己的面孔，好像怕被人認出來似的，父親一頓足說：「笨賊，還不走。」那賊被提醒，立刻沿牆奔入樹林黑影裡去了。義奴還想追，卻被父親帶住了領圈。這是義奴受訓以後，初次立功。

一粟園地處紫陽山麓，荒僻多賊，自義奴奮起捉賊以後，我們家便從此穿窬絕跡。辛亥革命前一年我們全家去浙東遂昌，四叔調任遂昌縣員警所長，父親則為縣署佐幕。全家大小十餘口，在龍游捨舟登岸，每日藍輿蜿蜒，行萬山之中，義奴即繞著十多乘轎子，前後左右地照顧。每逢上嶺，它必先躍前登高，立在上面四面瞭望，好像巡哨似的，似乎覺得沒有什麼危險了，它又跑回頭，讓我們轎子，一乘一乘地過去，過完了，它又趕到前站去。每逢打尖，它總先到，豎起耳朵站得石像似的迎接我們。我和翠妹，都把它當做保鏢的大刀王五，四叔則說它是一個最盡責任的好員警。

遂昌縣太小了，一共只有八個員警，一個所長。還有二十個哨兵，一位哨官。縣令朱芙鏡先生是我父親的詩友，他的太太包者香則很快地和我四嬸做了詩友。員警所長，就是從前的捕廳俗稱四老爺，我們的四叔卻是名副其實，全衙門都稱他為四老爺，而把義奴稱為四少爺。義奴真忠實，它不吃衙門裡的口糧，卻每晚跟著員警全城巡邏。遂昌民風強悍，我父親一到縣，就主張練民團，後來辛亥革命，四鄉土匪蠢動，民團經過一年精練，才將遂昌保住，不遭糜爛，而義奴也在那個大時代裡建了大功。

辛亥十一月杭州革命，遂昌土匪，乘勢蠢動，朱芙鏡先生棄官而走。毛幼軒先生為浙西軍政分府，行扎到縣，就命我父親代理為遂昌縣縣知事，何希仁為軍事科科長。

一天，土匪大舉襲城，何哨官分派民團由包周兩團長率帶，分出東南哨，自己帶哨兵二十名出北哨，而派我四叔只帶員警八名出西哨，四廂防禦。四叔說：「不成，你二十名哨兵，有槍。二百名民團也有鳥銃和大刀。我的八名員警憑什麼來抵禦匪徒？我總不能叫員警使木棍子呀！」何哨官說：「四老爺，我算得就，匪是不會走西門的，你的員警也只去擺個樣兒，好在你有一條靈犬，他會出去很遠地替你哨探，萬一匪真來了，它會回頭報信。那時我和民團兩下合圍包抄，包你一戰殲匪毫無問題。」我父親也以為何哨官的策劃並不冒險，便叫哨官分四枝後膛槍給四叔。那一年我已十四歲了，立刻請求和四叔同守西門。父親也不攔阻，父親帶著李師爺守城隍廟鐘樓，那是縣城裡最高的一座塔，可以瞭望四鄉，匪徒從哪一方面來，五里之外，都望得清楚。四叔要帶義奴去，父親說：「不，你的義奴交給我，我讓它在鐘樓上望你，萬一匪寇西郊，我便放它來助你，一面敲鐘三下，何哨官和包周兩紳都可策應。如寇東門敲鐘一記，南門二記，北門四記，你們都可聞鐘轉相策應。在我警鐘未響以前，你們可不得擅動，以防擾亂。」四叔、何哨官、和周包兩紳都欣然領命。

山城四面溪流環繞，天然的護城河，西門外溪水尤為深闊，急水回漩，令人目眩。上架獨木小橋，長有三丈，並無欄干扶手，一人獨步而過，亦搖搖欲倒。何哨官說匪不會從此地襲城，確有見地。我和四叔在閒時，常常帶義奴到此盤桓，我們帶一管鳥槍，專找野雞。四叔的槍瞄得準，每發必中，義奴便能四出找尋，登高下澗，總把野雞給找回來。這一次，我們到了西門，四叔便把八警分別藏入山石隱蔽處，自和我過了溪橋。他說：「可惜，我們沒帶義奴，不然，倒可以找點野味回去。」

正說時，城內的鐘聲鏜鏜地敲了四下，四叔忙說：「好，匪來了，我們快到北門去，接應何哨官。」我聽說立刻飛過橋，四叔正上橋，踹了一半，那橋轟地塌了下去，那溪水的急流，正似崩濤捲雪一般，四叔僅僅攀住了一塊磐石，卻沒法在水中站起。我急聲大叫，溪聲卻似轟雷一般地訇響，無法使我們的喊聲傳達遠處。看看溪水激打，四叔就要滅頂了！這時卻見義奴像電兔一樣地躥來，它好像熟悉那八警隱藏的地方一樣，一陣亂躥，把他們都趕出草來。自己再縱身躥下了急溪，泅得又急又快，早站上了磐石，把四叔的衣領咬住，死也不放。八警也聯臂下水，救了四叔。而鐘樓的鐘聲，忽改敲三下，原來匪徒已打聽得西門無備，轉攻西門。誰知東南北三方守衛，已跟著鐘聲，繞道轉抄西門，匪徒潮流一般擁來，卻遇到斷橋，無法進渡。而何哨官的槍聲已在匪的背後發現，包周兩翼更從東南兩路抄來，這一陣彌天撒網，五百多匪，沒有一個能夠遁脫。我父親也匹馬到了西門，他立刻寫下手諭，利用義奴，渡水過去，叫何哨官曉諭匪徒說：「他們也是好百姓，只要繳下武器，立刻放他逃回四鄉去好了。」這一下，但聞遍野歡呼之聲，一個個放下他們的鋤頭鐵鍬，邏拜而去。一場大亂，敉平於頃刻之間，但後來申報上去，卻得了辦理不善的考評，著將縣印交何哨官掌執。我們一家帶著義奴重又回到杭州。過蘭溪時，正逢民國元年的元旦，我和四叔帶著義奴，走在國旗飄滿的青石街上，心中有一種說不出的愉快。我和四叔，都在蘭溪度元旦的佳節，而剪去了有生以來垂至腦後的豚尾辮子。

父親出任鎮海縣知事，我四叔也在鎮海任平民習藝所所長，他不做員警了，義奴就跟我住在縣署，而我們卻遇到鎮海大火。火從縣署後園波及上房，母親和弟妹都先避走，我卻捨不得書房裡所懸掛的字畫和文具，一件一件傳給差役們搬出去，義奴守著我只是不肯走。臨了，我又捨不得一幢碧紗櫥，獨自個在火光裡拆卸。救火的搶進來，一見大驚，說：「火已燒進門了，你還不走！」立刻背我出去，而我卻忘了義奴。明日火熄，只見它守著那座未拆完畢的碧紗櫥，盡了它最後的責守，而葬身火穴。

古人說，犬是最有義氣的，像義奴，竟是人所不及，它勇敢、有智、守義、殉忠，而我竟在臨頭大難的一刹那間，忘記了它，我不但愧對義奴，我並愧對我四叔，我不能算義奴的知己。我們曾將義奴葬在鎮海炮臺石壁下，我許下它一篇傳，而我總覺得寫不好，因為我尚未瞭解義奴無言中的言語。忽忽四十年，我已老了，我不能再擱著不寫，我才用萬分的情感，寫下了這篇〈義奴傳〉。

粉墨春秋

富連成簡史

富連成和中華戲曲學校雖不發祥於上海，但與上海的戲劇主流有不可分析的要點，所以我也把他記下。

民國以來，戲劇人材的造就，當以北平的富連成、中華戲曲學校人材最為鼎盛。上次寫了一篇中華戲校的簡歷，有人要我再寫一篇關於富連成的。其實包緝庭先生早在《華報》寫過富連成。洋洋巨著，連載數閱月之久。他是富連成通，所謂珠玉在前，焉用我來續貂。不過，包先生寫得太豐富，太長久了，讀者倒不能提綱挈領，如數家珍地資為口實。所以不嫌掠美，簡單地來寫這一篇，比到包先生寫的，真如大巫小覡之分，不過短短的篇幅裡面，也有個興衰沿革，讓人家讀了，也說得出一個起承轉合來，對與不對，還望緝庭方家指教。

富連成是科班制度，和中華戲校最大的不同點，便是富連成完全是戲班裡的老法教授。除了「做功夫」之外，沒有什麼書本兒念的。中華戲曲則是採取學校制度，除了練功，還要上課，和普通學校一般的讀書認字，灌輸給他世界的美術知識和三民主義。所以中華戲校課程有：國文（一年級《千字文》，二年言、文選讀，三年《論語》，四年古文），英文（一二三年《開明讀本》，四年《納氏文法》及會話），法文（與英文同），公民，黨義，詩詞曲及中國戲劇史，西洋戲劇史。

這些，在富連成是完全沒有的。富連成的老教師蕭長華說得好，「我們教授的方法，是不能說無遺憾的。當年課程，全是有關於戲劇藝術的。念書識字，就沒有專門教師來擔任，後來有些學生能通文墨，卻是他們自己要習上，自修得來的。」不過，這也是指盛、世兩輩來說，元、韻字輩，富連成也有了讀書的機會，不過沒有中華戲校那樣編制完備罷了。

現在且說，富連成造就的弟子，從第一科喜字輩起到韻字輩止，共是七科，計有喜、連、富、盛、世、元、韻。喜字一科只得四十多人，現在的老伶工如侯喜瑞、陳喜星、雷喜福、鍾喜久都是這一輩裡出來。第二科連字有七十多人，最出名的有：馬連良、王連浦、劉連榮、于連泉（即小翠花）、蘇連漢、馬連昆等。富字輩有一百二十多人，如譚富英、尚富霞、馬富祿、茹富蘭、茹富蕙、杜富隆、吳富琴等都是這一輩裡出科。第四科盛字輩以下則平均每科有一百二十人。盛字輩有李盛藻、高盛麟、葉盛蘭、劉盛蓮、陳盛蓀、葉盛章、貫盛習、楊盛春、李盛斌、孫盛武、蘇盛軾、裘盛戎。世字輩有毛世來、遲世榮、李世芳、李世霖、閻世善、裘世戎、江世升、詹世輔、沙世訓、袁世海、葉世長等。元字輩有譚元壽、孫元杉、孫元坡、哈元章、高元峰、陳元碧、黃元慶、馬元祺、白元鳴、劉元漢、徐元珊、羅元崑、殷元和、楊元才、李元瑞、盧元義、張元秋、張元奎等。可惜到了韻字輩，富連成迭經世變，經濟實力不支，就報散了。

現在有人奇怪地說：既然叫做「富連成」，七科排行，應該富字當頭，為什麼第一科出的「喜」字，而「連」字輩又在「富」字之上呢。這裡面還有一段創辦的歷史經過，原來富連成原先不叫富連成而叫「喜連成」。喜連成則辦於光緒二十九年，它的東家是牛子厚，原先在吉林組班，同時又設了保升堂藥鋪，在北京打磨廠開了源升慶匯劃錢莊，是個財主。可是他六場通透（按：六場之說，人人不一，有說是前場、後場、文場、武場、檢場、飲場。其實那是笑話。六場應該是指前臺的場面，文武傢伙卻拿得起來，說見拙著《皮簧劇的場面》，蓋全場面只用六人）。他到北京邀角，那時葉春善是個唱老生的，到了吉林，臨時啞嗓，不能登臺，就在後臺幫忙，和牛東家倒是義氣相投，非常合式，就商量幫一個科班，又覺得辦在邊外，不如辦在北京，就叫葉春善帶銀子回京，組織科班，正趕上日俄戰事發生，牛東家也料理著本身事務，到北京來了。初創的時候，只有幾間臨時房子，招了十幾個學生，後來在琉璃廠西南園找了一所小三合房，才正式成立了喜連成。到了光緒三十年的秋天，就小規模的可以接堂會了。這裡面的學生，性質並不一樣，有寫給科班裡做學徒的，便是「喜」字輩的學生，也有出學費來附科的，便不在喜字輩分之內，這裡也出了幾個了不起的人材。

便是：梅蘭芳、周信芳、林樹森。

據梅蘭芳說，周、林確是他同科的師兄弟，那時周的藝名叫麒麟童，林的藝名叫小益芳（按：林的本師是啞叭王益芳），還有一個叫金絲紅的。梅蘭芳坐科富連成，第一齣唱《戰蒲關》，便是麒麟童的劉忠、金絲紅的王霸，他們直到宣統末年才脫離喜連成而各奔前程。

牛東家辦喜連成，並不問事，一切均由葉春善主辦，而蕭長華那時已是坐堂的教師。輪到請來的教師不夠支配時，他就生、旦、淨、末、丑，一概都教，而教出來的最為奇跡，便是馬連良的老生和小翠花的花旦。

喜連成經過八年的歷史，統由牛子厚東家倒給外館沈家。怎麼叫外館呢？原來他們是專做蒙古人生意的。蒙古王公進得京來，一切就由外館招待，放錢給他們用，替他們備辦一切應用的東西，那王公們說聲回去，也只把用了的款項，加上利息，結一個數目，過了三年兩載，統由外館東家派個夥計，到蒙古口外去領，那本息，卻也不是現金，專提些牛羊皮貨、駝馬牲口回來，一本十利，最是發財。這位外館沈家，名叫沈仁山，倒和牛東家一個脾字，就是把科班的名稱改了富連成，在富字輩之下，定了盛、世、元、音四個字，來做班次輩分，其餘內外一切，依然拱手交給葉春善老先生，總攬大權。這個科班，月興日盛，每年結帳，總有贏餘。沈東家除了每年大騾車裝銀子回去，再也不問什麼事務。所以富連成雖說是外館沈家開的，卻和葉老先生自己的一樣，悉心教授，富、盛兩輩又出了不少的人材，這可說全是葉春善一個人的心血培養出來的。到了民國二十四年，葉春善六十一歲，得病故世，才由他長子龍章繼任，擔任社長名義，實際上卻是第三個兒子葉盛章主持一切。後來沈仁山分家，將富連成科班歸了秀水沈七，沈七又倒給葉家，這時候世字輩正好出科了。

民國三十二年，葉家分產，卻把富連成從盛章手裡分給了他二哥蔭章，接管了大約一年光景，只因用人不當，盛章、盛蘭，一氣全退出不管，外加敵偽的壓迫，富連成成了停頓的現象。元字輩大班還勉強可以。韻字輩（按：盛、世、元、音四字輩分，非常通順，不知後來何以改了韻字輩）和元字小班就不得不轉入尚小雲的榮春社，李萬春的鳴春社去繼續學習，所以韻字輩繼起無人。俗語說得好，福無雙至，禍不單行。後來富連成又遭了一場天火，將葉春善一生心血，三十三年繼續不斷經營的基業，燒得片瓦無存。「富連成」這塊金字牌匾，也只好在瓦礫場中，放射光芒，供後人無限憑弔而已。

中華戲曲學校的回憶

最近讀到一篇，因「復興戲校」而談到北平戲劇學校的文章，該校確是繼富連成科班而特樹一幟吻合時代需要的戲校，作者手邊恰有些資料，寫述此篇，以備熱心提倡戲劇人士的參考。

北平戲校應該正名「中華戲曲專科學校」，它初名「北平」後改「中華」，隸屬於中華戲曲音樂院，這筆經費，大概支出於庚款的文化基金為多。民國十九年六月開始籌備，校長焦菊隱，校務長林素珊女士（李石曾先生的第二任夫人），系主任曹心泉（歌劇系）、焦菊隱（話劇系）。教育方法，一方採用科班精神，一方採取劇校制度，計有歌劇、話劇、音樂等幾系，但事實方面仍專重於平劇，話劇、音樂，備格而已。

平劇系主任曹心泉名沄，安徽人，曾充內廷供奉，年紀已經六十七歲，對於音律確有專長，所著關於論樂專作，非常宏富，兼充中央禮樂館樂律主任。但他也不是一位包羅萬象的老師，所以董事會成立（民國二十年一月）之後，還聘了不少專門委員來做顧問，那一張名單裡有：王紹賢、王瑤卿、包丹庭、李石曾、余叔岩、周作民、金仲蓀、徐凌霄、陳墨香、梅蘭芳、張伯駒、程硯秋、程繼仙、溥西園、齊如山、錢金福、楊小樓。但這些還不過屬於名流的聘任，請他們來輪流演講與指導，而不是看家實習的教授。教授方面，則分為「文」與「藝」的兩大班次，文科方面，且不去說他，藝科方面則分為四大課目：

一、崑曲（教員曹心泉、郭春山、勝慶玉等）。

本課教授北曲，首重「牌子」；次教開鑼戲；次教單齣名劇，注重學生之發音字韻。曹心泉教授唱法，勝慶玉、郭春山等助教身段。

二、皮簧（教員張榮奎、王榮山[1]、郭際湘[2]、律佩芳、郭春山、文亮臣、沈三玉等）。

本課教授時下及失傳的各種皮簧劇，文武兼習，視學生天才及其扮相派定角色，尤注重於發音、字韻及口眼身步。

三、武工（教員張善庭、王仲元、勝慶玉等）。

本課專門教授武戲中需要的技能，尤注重學生的腰腿、筋斗、把子。不論男女生，所習本工為文或武，均要練習把子、踢腿和下腰，以為基本功夫。

1 按王榮山，一名麒麟童，是周信芳的老師。

2 郭際湘即水仙花。

四、場面。

學生無歌唱天才者，均編入音樂組，學習文武場面，其於場面音樂亦不能造就的，則令學習管事、化妝、服裝、檢場，以期人盡其用，校無棄材。

戲校歷年造就的人材，非常豐富，共分德、和、金、玉四班，其中最為特出者有：傅德威（武生）、李德彬（小生）、宋德珠（刀馬）、蕭德寅（武淨）、吳德慶（武丑）、關德咸（老生）、高德松（架子花）、趙德鈺（銅錘）、儲金鵬（小生）、王和霖（老生）、李和曾（老生）、徐和廷（小生）、徐和才（小生）、李金鴻（刀馬旦）、張金梁（老旦）、牟金鐸（武淨）、王金璐（武生）、周金福（丑）、趙金蓉（花衫）。

戲校的畢業學期共是七年，從民國二十年開始，應該到廿六年底的寒假方為畢業。但七七事變發生了，相差僅僅半年，他們不得不因不幸事件而停止解散，這是非常可惜的。上述德、和、金三輩人材，在民國二十二年即已公開演出，那是第二次全國運動大會在南京開幕，由程硯秋率領該團赴京。於十月十九演出一天，慰勞運動選手，劇碼為全本《三娘教子》。廿一、廿二為賑濟黃河水災，在勵志社演出二天，劇碼為：《汾河灣》《四郎探母》。廿三日起為建築南京戲曲音樂院籌備會，由張公權、徐寄廎、李石曾等發起，在國民大會曾連演五天，劇碼是《戲鳳》《寄子》《寶蓮燈》《雙獅圖》《女起解》。此為中華劇校對社會國家的第一次盛大貢獻，非常值得紀念的。

戲校後起之秀最為人稱道的四塊玉，為侯玉蘭、李玉茹、白玉薇、李玉芝，但她們均曾參加廿二年的盛大演出，到了七七事變發生，中華戲校被迫停止，中華戲校學生一部分為了生活而另自組班，改名為光華社，第一次在廣和樓演出，是十七年前的陰曆庚辰十二月初四，劇碼全本《紅鬃烈馬》，計有：趙玉菁（《彩樓》）、沈金波（《別窯》）、袁金凱（《三打》）、符玉蓁（《趕關》）、張玉美（《回窯》）、王玉芹（《算糧》）、白玉薇（《登殿》），而玉茹、玉蘭、玉芝已在上海飛黃騰達了。

北伶出於南省

現今平劇家都把南方的伶人稱為海派，把北平的稱為京朝派。因為北京是平劇的產生區，所以伶人必須在北方生長的總是好的。其實崑徽兩大班，都是從南方去的。遠的不談，單說近的，一代宗匠的名丑王長林（小名拴子）就是蘇州人，梅蘭芳是泰州人，賈洪林是無錫人，王琴儂是紹興人，諸茹香是太倉人，朱琴心是湖州人，而遠至王九齡、程長庚之為安徽人，譚鑫培之為黃陂人，汪桂芬為漢陽人，時小福、徐小香、朱蓮芬之為蘇州人。固無不挾其徽、漢，崑班之本行本能，以鳴於當時京師首善之區，集合眾長而成為今日之平劇。反是，號稱為海派之小達子、何月山等，固無不自北而南。且創連臺佈景本戲之為新舞臺夏氏兄弟，而夏月潤即為譚鑫培之愛婿。王又宸亦譚鑫培之愛婿也，與白牡丹（即荀慧生）合演《諸葛亮招親》、《七擒孟獲》等海派戲於新舞臺甚久。楊宗師（小樓）且演連臺本戲之《宏碧緣》於北平第一舞臺，包緝庭先生尚藏有此項戲單可證。

何月山初次到滬

何月山初次到滬，以硬腿武功，備受上海人三層樓的歡迎，尤以金雞獨立一站十幾分鐘，使觀者瘋狂叫好。白崐玉到滬，取何月山而代之，以使傢伙，刀槍脫手，煊赫一時。其實二人之藝皆私淑楊瑞亭。瑞亭初名十四紅，演梆子老生，後學黃胖，武藝甚精，文戲以《逍遙津》的穆成，武戲以《潞安州》陸登盡忠打泡，均有可觀，不似何、白之亂唱亂打亂跳。但以到滬在何白之後，反為所亂。乃改演老生戲，如《空城計》、《珠簾寨》，則都無是處，故在滬多年，終悒悒不能得志。瑞亭體格魁梧，面容甚長，故極宜於開臉戲，《鐵籠山》不下孫毓堃，《拿高登》且有過之，《趟馬》一場聲容並茂。蓋叫天每與合演，飾花逢春，紮打湊合甚緊，托靴一場，蓋叫天亦高捧如儀。楊小樓南下演《拿高登》，蓋五亦飾花逢春，不肯為楊宗師托靴，後演是戲，花逢春改用張德俊，楊宗師每以為恨。

麒麟童的藝術

做工老生，南方必推麒麟童首屈一指，其實麒麟童是綜合貴俊卿、三麻子、小連生三人而成為一派者，三人皆善演《四進士》，故麒麟童《四進士》亦稱獨步，馬連良號稱做派冗長，實亦望塵莫及，但以麒麟童與貴俊卿比較，則猶相去尚遠。貴本有活諸葛之目，飾宋士傑活是一個老公事、老衙門的陰奸猾吏，他絕不用火爆或噱頭取悅臺下。三麻子演《四進士》相當沉著，小連生則趨火爆，將猾吏變成了負氣老兒。公堂頂口一段，麒麟童能合三家之長，但得於小連生為多，得貴為最少。

南梆子的源出

南梆子聲調諧美，但年代甚近不知始於何人，或言創自小子和（馮春航），馮不善梆子，與小連生（潘月樵）同臺於夏氏弟兄的新舞臺甚久。時新舞臺專以佈景本戲哄動滬人，而時令佳節必演燈彩，新春節的《洛陽橋》、《斗牛宮》，滿臺燈彩，尤為富麗，錯金繡彩，目迷五色。小子和在《洛陽橋》飾縫窮婆、《斗牛宮》飾蔡天花，扮相之美，聲勢之盛，突過北方的梅蘭芳，時有南馮北梅之目。南社詩人捧之若狂，為刊《春航集》，以與京中遺老樊、易諸家捧梅團抗衡。《斗牛宮》本梆子戲，馮以不能唱梆子，乃改唱南梆子。自是厥後，梆子戲都改唱南梆子矣。但南梆子初行專用以表現男女調情，如：《賣雄雞》、《春秋配》等，故其聲和悅而節奏緊張，聽來別有一種情感。

程硯秋精於音律，皮簧皆妙，而視南梆子為畏途。後以不甘對梅示弱，乃編《梅妃》一劇，全用南梆子以抗梅，行腔幽怨，遂成別調。而《鴛鴦塚》的〈女兒家〉，《鎖麟囊》的〈怕流水〉更是一變怨曲而為歡音，當今審音協律之秀，吾實不能不推硯秋。包緝庭先生說：「南梆子實始於老夫子陳德霖，但無佐證可舉。」當世博雅周郎願詳賜教焉。

梅蘭芳初次到滬

梅蘭芳於民國二年秋，第一次到上海，出演於四馬路寶善街丹桂第一臺。夜戲票價售三元，日戲售一元，全滬詫為奇談。第一天夜戲打泡為《玉堂春》，星期日戲為打泡《趕三關》，但王鳳卿的牌名，掛在梅的上面，其時尚以老生為正牌，梅雖已轟動九城，卻不能破此老例。民國三年秋季，第二次到滬，仍在丹桂第一臺，老闆換了尤鴻卿與文鳳祥。民國五年初冬，三次到滬，地點換了天蟾舞臺，夜戲票價亦僅三元。其售價五元，則尚係開始於杭州第一舞臺的義賑，共唱五天，前三天每票仍為三元，第四五兩天唱《霸王別姬》，特售五元，起用金少山為霸主，從此上海也跟漲為五元，金少山亦因此走運，漲為金霸王云。

梅蘭芳二次來滬，個人包銀為銀票六千。每天上戲，由王氏夫人梳頭，另送梳頭費現大洋五十元，每夜由戲院老闆白花花地捧給她。扮戲有梳頭費，始從此。王氏作故，福芝芳卻大方，不要這筆錢。其實她自愛賭，愛跳舞，沒功夫理會這些，梅本人也大方，便明免了，但是暗加在包銀上還是一樣。

王少樓即為梅蘭芳的內侄，工鬚生，早年頭角崢嶸，到滬演出，非常吃香。某一次與杜麗雲演《法門寺》，正唱倒板，忽然有一個看白戲的從鐵桿跌下來，正跌在少樓身上，一嚇，啞了嗓子，從此不能復原。少樓祖名佩仙，唱青衣。父毓樓唱武生。人或疑王鳳卿與梅有姻婭親者，實王毓樓之誤也。

崑班出小生

平劇的生、旦、淨、末都以出身在北平的為貴，唯小生則貴有崑味。此由於徐小香、王楞仙都是蘇州人。他們的本行全是崑班，而小生的身段儒雅、瀟灑，以亦要有崑底子的來得邊式美觀。所以朱素雲、姜妙香都帶崑味，俞振飛以南方崑票下海，遂執南北小生牛耳，亦以崑劇湛深無人能敵耳。但從前的小生都精武工，振飛則為純文班出身，飾安公子，盧崑傑出色當行，飾周瑜略嫌俊挺不足，飾呂布則周身忸怩，反不及葉盛蘭美挺好看，蓋限於幼工也。

上海戲館，以前亦是茶園制，以貴俊卿組班的貴仙茶園人才最為整齊，丹桂第一臺成立，貴仙全班人馬搬入丹桂，而丹桂以前亦是茶園舊址，改建舞臺，仍用舊名。尚有天仙茶園在新薈芳，由李春來組班，後改演髦兒戲，李春來入大舞臺為當家武生。所謂茶園者，其制略同於現今之小廣寒書場，而規模較大。池座中安排方桌，三面坐人。桌上陳列水果茶具。並無戲票只付茶錢，由「案目」領座。樓上則稱包廂，凡有豪客接眷屬看戲，則占一包廂以為豪。但亦可以分售。北里嬌娃，多長包一廂，排夕攜其狎客往捧戲子（按：此風至今尚存在於日本，凡觀名劇，戲票均在名妓手中，由她請客），桃色新聞天天皆有發生，因為包廂與戲臺相去密邇，眉目傳情非常便利。有以珠花、鑽戒自包廂中投擲伶人者，視為常事，不足為奇。自舞臺改建場面擴大，此類事情不易發生。觀眾亦自包廂而移入池座，無復往日淫靡風氣矣。

上海之有舞臺，最初，始於十六鋪的新舞臺，由夏氏弟兄創辦。樓上包廂均為紅絲絨沙發，美輪美奐無與倫比。孫中山先生抵滬，夏氏特請於新舞臺觀劇，樓上只坐一個包廂，陳西瀅先生曾為文紀其事，余採入為世界書局所編之《新世紀國文教科書》。夏氏傾心革命，既為伶人，而事事得風氣之先，既創建舞臺，又欲破除迷信。時伶人奉關羽如神明，任何戲劇中敵軍，君主都稱之為「關公」而不名。又例不開眼，據云，一開眼就要遭受火災。夏氏乃特於新舞臺排演《走麥城》，專演關羽失敗故事，以三麻子飾關羽。誰知明日將要上演而今夕竟遭回祿，一把天火，將十六鋪新舞臺燒得瓦片無存。夏氏並不畏縮，又於西門九畝地起新舞臺，再演《走麥城》時，三麻子已進丹桂第一舞臺，故夏月潤自任關羽，而以小連生演劉備，誰知上演不到三天，九畝地又發生火災，將新舞臺二次燒成焦土。夏老二（月恒）因此剁網巾不再唱戲，而老三（月珊）、老八（月潤）仍不灰心，再接再厲重建九畝地新舞臺，以連演四本《走麥城》破臺，從此生涯鼎盛，更無災異發現。孫菊仙、王又宸、田雨儂、歐陽予倩先後為臺柱最久。譚鑫培六次赴滬，演十天戲，亦在九畝地新舞臺，時民國四年秋也（按：北平西柳樹井第一舞臺成立於民國三年，第一天開戲，亦當晚失火，停演至七月重開，按其理，實因舞臺規範，較諸茶園擴大十倍，人多手雜，照顧不周，故易致失火，非迷信也）。

梅夫人嗜賭如命

梅蘭芳於民國二十六年卜居於上海馬斯南路，遂不復北還。二十六年抗日戰起遷居香港，留鬚誓不復唱戲為生，輿論美之。其妻福芝芳仍留居滬宅。福嗜賭，敵偽時代，上海賭場林立，福日夜盤桓其中，竟蕩其產，遂連北平之「綴玉軒」亦為福芝芳價售抵償賭債。又悔無以對其丈夫，日夜焦憂，頗沾心疾，神經緊張不已。後日本人以飛機送梅還滬，福竟抱頭大哭，梅應之曰：「不要怕，只要我的嗓子在，我們不會怕窮的。」但梅仍留鬚不唱，直待勝利來臨，始出演於天蟾舞臺，萬人空巷，十天收入的關金券雖不能盡償前失，亦足以溫飽矣。但福芝芳嗜賭如故，家中食指尤為繁重，自姚玉芙、王幼卿以下，無不賴梅以為食，梅乃不得不重為馮婦，半老徐娘，重弄鉛朱。

言菊朋首次到滬

言菊朋第一次到滬，演出於三洋涇共舞臺，與梅蘭芳並牌，兩人中間加入一塊胡琴聖手陳彥衡的牌子，看去的似陳彥衡的頭牌，梅言反成了掛刀。從前孫老元（佐臣）在九畝地新舞臺操弦，雖亦有此例，但他所幫的是普佑安和潘雪豔，不能和梅言同日而語也。言菊朋初來滬，嗓香醇厚，風頭之健，幾乎超過譚鑫培。

但不久和陳十二鬧彆扭，弄得兩敗俱傷，下次單獨來滬出演天蟾，風頭即無第一次之盛，加以煙癮日深，體格日削，扮相日貧，但其自造鬼腔，實審合音律，細析毫芒，近者伶人而正知音律，譚鑫培、余叔岩、程硯秋、言菊朋而已。早年所灌片，余叔岩、言菊朋均有一面《魚腸劍》，言時歌喉充實，咬字吐音沉著蒼涼，叔岩比來且有遜色。晚年最後灌《讓徐州》，論其嗓音已不能唱，但他能出奇制勝，唱成十足怪腔，而極悅耳動聽，真鬼才也。最後一次來滬，出演於天蟾舞臺主歸位。餘戲之曰：「蜀主窺吳幸三峽，崩年亦在永安宮。」未幾竟作古人。

武生王座蓋叫天

蓋叫天，不但為南派武生第一，北方亦無此人才。眼明手快，《十字坡》一劇，可謂穩、狠、準。刀光人影，閃閃霍霍，令人捏汁橋舌，而通身有舒泰之感。早期隸丹桂第一臺與麒麟童合作很久，後來獨自挑樑不復作第二人想。樓外樓新新舞臺翻造，改名天蟾（後翻造永安公司，天蟾拆除，現在的天蟾是沈少安的上海舞臺改名），排八本《年羹堯》，適與何月山同臺。二人均以猛勇見長，每本自打造新式兵刃，各自排練新套跌打。一上臺，看如李家店比武一般，拼命爭強取勝，臺下彩聲如雷，結果，何月山終為蓋五所敗，鎩羽而去。

蓋五保持南派武生王座，至今不衰。蓋好勝性特甚，每齣有一手絕技，出奇制勝，為人所不能為。如《智取北湖州》之藤牌，《百草山》之乾坤圈，《安天會》之撚琵琶、弄傘，《寶蓮燈》之耍幡，至於單鞭、雙刀，入手即花樣百出，有如宜僚弄丸，但其身段邊式好看，絕不似其他伶人之脫離戲劇成分，專門賣藝為生活也。

蓋性好靜，茹素事佛，娶葵雲青後，不復涉足歡場，在杭州築有別墅，佛堂幽靜，中供翡翠羅漢十六尊，至為名貴。有三子，長一鵬，次二鵬，前妻所生。三子劉鳴，藝名小蓋叫天，乃葵雲青所出。

愛而獨以絕技授之，而令一鵬在佛堂練功，佛堂地位狹小，翻高、捧腿，時時碰到桌椅，蓋五即大怒，以竹苔重責，至於流血。一鵬亦怨怒，獨攜破靴一雙，逃至城隍山獨自苦練功夫，蓋五不知也。後蓋五因演《獅子樓》，跳樓傷腿，而全部《西遊記》已經排出，不能回戲，焦思萬分。始由譚永奎向蓋說項：「何不叫一鵬上去一趟？」蓋五初執意不允，經譚力保說一鵬練藝已有可觀，始允其登臺一次，蓋五亦往把場。誰知一上臺，種種跟斗，花樣翻新，皆非蓋派家門所有。蓋五乃大驚，由此鍾愛，但其子成名，父交不讓，思欲有以壓倒之，而雙腿受縛，每日支拐而行，無能為力，乃日夜練拐，獨成一手，為從來梨園行所無者。藝成，遂排演《八仙得道》，自飾李鐵拐，上演之日，萬人空巷。

伶界有心人

首推三人，孫菊仙、汪笑儂、潘月樵。潘，與劉藝舟、王鐘聲、夏氏昆仲均投身革命，劉王以新劇著名，後遇害，夏月恒則棄伶從政，惟潘月樵與月珊月潤合作甚久。排演《明末遺恨》、《黑藉冤魂》等劇，藉以喚起國魂。《明末遺恨》飾崇禎帝，寓慷慨於悲憤，使觀者同時感應，聲淚俱下。麒麟童私淑潘月樵。《明末遺恨》一劇尤得潘氏神髓。潘劇用以啟發辛亥革命，麒劇用以支抗日戰事，皆有功於時局。

關羽的戲劇化與歷史性

關羽在戲劇裡是把他裝成一個「神」的，而在歷史上，他只是一個人。不過戲劇的編製，是很忠實於《三國演義》的。《演義》描寫諸葛亮和關羽，很多事實出於虛構，甚至摭拾別人佳傳以為二人增色，戲劇又從而甚之，於是積重難返，有把陳壽《三國》來矯正《演義》的，人且掩耳疾走，以為怪誕、妄語。難在是不合理的，爰草此篇，就有道而正焉：

《斬雄虎》，一名《宿廟換容》，是《關羽》劇中開宗明義的第一齣戲。《三國演義》也沒有說到這一節，陳壽《三國志》有「亡命奔郡涿」，劇就從這一句裡生發出來，關羽上場還是個本色臉，到了廟裡，神聖才給他換容，而成了現在的赤面長髯。是非常荒唐不經的。但《演義》也沒有說過關羽是紅面孔。戲劇更從《演義》「面如重棗」裡化出來，而造成了後世不易的典型，甚至有說他本來是賣棗子的，益發可笑。此戲唯見三麻子演過，唱高鉢子，想是徽班老本。

《桃園結義》，世為美談，按諸史實，《關羽傳》只有「先主與二人寢則同床，恩若兄弟」，《張飛傳》倒有：「少與關羽，俱事先主，羽年長數歲，飛兄事之。」恩如兄弟，當然沒有結拜。飛兄事之，則關張結拜，倒是事實了。《演義》憑空撰「桃園三結義」，且有「不願同年同日生，但願同年同日死」之語。星相家乃又撰出關羽八字是四「戊午」，張飛是四「癸亥」，抑若實有其事者，尤為無稽。按先主起兵在獻帝初平元年，若以關羽生於戊午推之，則是年為十三歲，張飛才八歲耳。初平三年，關張為別部司馬，備年三十二，關張不能僅十餘齡也。信是，則桃園結義，關張均為十齡左右之童子，而滿面于思于思，豈不可笑煞人？

《溫酒斬華雄》，袁紹集合諸侯起義兵討董卓，有關羽溫酒斬華雄事，按斬華雄者乃是孫堅，不是關羽。《吳志・孫堅傳》：「卓遣步騎數萬人逆堅，輕騎數十先到，堅方行酒談笑。」又云：「堅復收兵，合戰於陽人。大破卓軍，梟其都督華雄。」

《秉燭達旦》，《羽本傳》：「建安五年，曹公東征，先主奔袁紹，曹公擒羽以歸，拜為偏將軍。」《魏志》：「五年春……公東擊備，破了，生擒其將夏侯博。備走奔紹，獲其妻子。」又云：「備將關羽屯下邳，復進攻之，羽降。」是劉備走失妻子在前，關羽降曹在後，保備家眷者當為夏侯博，而非關羽。《演義》合前二事為一，以關羽護眷，而撰出秉燭達旦事。至今引為美談，雖通人亦不復辨。其實並無其事，而關羽亦並非不好色者，裴松之注引《蜀記》：「曹公與劉備圍呂布於下邳，關羽啟公，布使秦宜祿行求救，乞娶其妻。公許之。臨破又屢啟於公，公疑其有異色，先遣迎看，因自留之，羽心不安。」是羽不非無二色，且與曹操爭一女矣。

梁章鉅《三國志旁證》則引《華陽國志》：「關羽啟公，妻無子，下城乞納秦宜祿妻。」而明人作關帝廟碑，且直云：「公娶秦宜祿妻，生子興。」尤為奇突。

《贈袍賜馬》，均不見於史，「人中呂布，馬中赤兔」，見《曹瞞傳》。陳志《呂布傳》亦言「布有良馬曰赤兔」，布後為曹操所擒，縊殺之。但未聞以馬賜關羽也。《關羽傳》：「紹遣大將顏良攻東郡……羽望見良麾蓋，策馬刺良於萬眾之中，斬其首還。」《演義》此「馬」字設想為呂布之赤兔，後世遂有長髯赤面、騎赤兔馬、執青龍刀之漢壽亭侯，形諸廟祝，見之畫冊，使千載下遐想其神威，《演義》亦狡獪矣。

《斬顏良誅文醜》，《羽傳》有斬顏良，無誅文醜事。讀者遂謂顏良確有，而文醜並無其人。按《袁紹傳》：「以審配、逢紀統軍事，田豐、荀諶為謀士，顏良、文醜為將。」又「紹渡河，壁延津，使劉備文醜挑戰，太祖擊破，斬醜，紹軍大震。」是《演義》所載，備與文醜同出軍前，亦據史實，但斬文醜者不是關羽耳。

《封金掛印》，《羽傳》：「遂解白馬圍，曹公即表封羽為漢壽亭侯……及羽殺顏良，曹公知其必去，重加賞賜，羽盡封其所賜，拜書告辭而奔先主於紹軍。」《演義》此節頗就史實，但增三日一小宴，五日一大宴，又賜美女等以渲染耳。

《過關斬將》，《演義》所述，當以此節為最謬。按建安五年春，郭嘉勸操擊備，備奔紹，操禽羽以歸。四月，紹遣大將顏良攻東郡太守劉延，羽斬顏良，解白馬圍。紹騎將文醜，與劉備將五六千騎，前後至，操騎不滿六百，縱兵竟大破之，斬文醜。紹軍大震，操還軍官渡，紹進保陽武，關羽亡歸劉備（略見《魏太祖本紀》）。是操與紹軍相距僅官渡至陽武關數十里地耳。關羽辭曹，旦夕而至，焉用東馳西突，過五關斬六將哉。

《曹營十二年》，《演義》不曾說明羽在曹營，到底住過幾年，而平劇演之為曹營十二。其實羽以建安春間降曹。八月，袁曹對壘於官渡，而關羽已亡歸劉備久矣。前後時日，最多不到半年。《羽傳》載，曹公壯關羽為人而察其心無久留意，謂張遼曰：「卿試以情問之！」既而遼以問羽。羽歎曰：「吾極知曹公待我厚，然我受劉將軍厚恩，誓以共死，不可背之。吾終不留，當立效以報曹公乃去。」遼以羽言報曹公，曹公義之……及羽殺顏良，奔先主於袁軍，左右欲追之，曹公曰：「彼各為其主，勿追也。」史家以為美談。《演義》必欲增多蛇足，演出五關斬將，必俟斬了蔡揚，而通行文書，始與遞到。寫曹操如鬼蜮，寫關羽如狂夫，可謂兩失之。

羽居曹營，歸心似箭，大丈夫去就分明，磊磊落落，關羽平生以此事最為值得傳頌，若居曹營十二年，則是建安五年以至十七年矣，去如是其緩，又何貴乎一關羽哉。戲劇負教育責任甚大，於此等處亟宜留意，吾恐世有忝顏事仇，貪位戀祿不去。一旦失勢，走馬來歸，以關壯繆為口實者，故不得不辨正之。

《古城會》，《演義》之張飛據古城，人皆以為無其地。按《前漢書・地理志》：「古城在穎州郡崇高縣，武帝置。」又《嵩山志》：「古城周遭不過一里，東西無門之限，東漢時廢之，入陽城。」則古城實有其地，為三國時袁曹用兵相距處，其地有袁術箇、曹操城。但術已久滅，張飛竊據於此，荀安一時，理亦可通。但不在嵩山隱奧處，不在黃河渡口耳。蔡揚亦有其人，見《魏志》。建安六年，共都叛應劉備，操命蔡揚討都，為都所破，備奔荊州。蔡揚是否為共都所殺，書不載，但亦未為關羽所殺耳。

《華容道》，陳壽《三國志》，不載，唯裴注引《山陽公載記》云：「公船艦為備所燒，引軍從華容道步歸，遇泥濘，道不通。天又大風，悉使羸兵負草填之，騎乃得過。羸兵為人馬蹈藉，陷泥淖中死者甚眾。軍既得出，公大喜。諸將問之。公曰：『劉備互儔也。但得計少晚，向使早放火，互徒無類矣。』備雖亦放火而無所及。」《演義》全用其事，但增一關羽以為備軍之主，度《演義》作者之心，以為關羽受曹操如許厚恩，不辭而別，總當有一生死全交的答報，以增關羽人格。不知羽斬顏良，解白馬圍，固已報之矣。且許田之獵，羽即勸備殺操，備不從。後來備兵敗當陽，與羽飄泊夏口，羽曰：「獵中若從羽言，可無今日之困。」是羽認清曹操國賊，久欲得而殺之，安得守一華容小道，反縱賊逸去之理，《演義》於諸葛關羽，往往欲重其人，加甚蛇足，效果適得其反，皆此類也。

《戰長沙》，《關羽傳》，先主收江南諸郡，拜封元勳，以羽為襄陽太守，蕩寇將軍。駐江北。《黃忠傳》：「與表從子磐，共守長沙。曹公克荊州，仍就故任，統屬長沙太守韓玄。先主南定諸郡，遂委質隨從入蜀。」《演義》以《羽傳》「收江南諸郡拜封元勳」一語，演出《戰長沙》一段回目，頗有匠心獨運之能。但《黃忠傳》，始終未言其老，亦不言其善射，則《演義》自為之耳。又狀黃忠善憤怒，豈因卒諡剛侯，一語而悟出耶？唯入魏延，叛殺韓玄，降漢，諸葛亮見其生有反骨，欲推出問斬一節，則頗不經，按，《魏延傳》，但云：「文長，義陽人。以部曲隨先主入蜀，數有戰功，遷牙門將軍。」固未言其來自長沙也。

《單刀會》，《演義》與戲劇，最可信而有徵者，厥唯單刀會。事見《魯肅傳》：「權求長沙、零、桂，備不承，權遣呂蒙率眾進取，備聞自還公家，遣羽爭三郡。肅住益陽與羽相拒，肅邀羽相見，各駐兵馬百步上，但請將軍單刀俱會，因責數羽曰：「國家區區，本以土地借卿家者，卿等軍敗，無以為資故也，今已得益州，既無奉還之意，但求三郡，又不從命。」語未竟，坐有一人曰：「夫土地者惟德所在者何當之有？」肅厲聲呵之，辭旨甚切，羽操刀起謂曰：「此自國家事，是人何知？目使之去。」

這裡有數點，與時下演出的《單刀會》扼要不同。一、魯肅所討的乃長沙、零、桂三郡而非荊州。二、各駐兵馬百步上，但請將軍單刀俱會，謂不用兵馬，但許將校單刀赴會，非羽一人單刀獨往也。

三、此會是魯肅就羽，而非羽就肅。《吳書》寫得很明白：「肅欲與羽會，諸將議不可往，肅曰今日之事，宜相開譬。劉備負國是非，羽亦何敢於命，乃趨就羽。」《演義》又奪與關羽，千載之下，傳為美談，而魯肅冤矣。按三國人傑，魯肅最為突出。聯蜀拒魏，乃肅一人所定主張。《肅傳》，曹公聞權以土地與備，方作書，落筆於地。蓋備得荊州，而三國均勢以成，肅又焉至一時計短，乘劉備遠行，而向關羽索取耶。故單刀會後，備亦遂割湘水為界，放棄三郡，肅以建安二十二年卒，年僅四十六，諸葛亮亦為發哀。終其世，不聞有「討荊州」之事，可謂人傑矣。

《走麥城》，世皆以諸葛西征，以荊襄重鎮誤付關羽，驕以致敗，致漢業不終，為深長太息。此不察三國局勢者之言也。蓋關羽自當陽之敗，駐兵漢津，備得荊州，羽為襄陽大守。既定西川，益封羽兼督荊州，拜前將軍。是羽盤據荊州（自建安十三年赤壁之勝以至建安二十四年先主稱號）十二年之久，根深蒂固，於魏、蜀、吳之外，隱然自成一大勢力，連吳拒魏，綽有餘裕。換言之，當其時，不以荊襄付關羽，亦決無別將可以取而代之。故羽在受命之後，亦神威奮發。敗曹仁，囚于禁，斬龐德，梁郟、陸渾均遙受羽之節制。曹操至欲遷都以避其鋒。如非司馬懿從中獻計，離間孫劉，江東背德，乃有呂蒙白衣之事，變起倉卒，而羽不敗矣。

或以關羽一生驕蹇，以此致敗，尤致惜於孫權遣使求親，羽不許婚，且辱罵其使，以致權怒而助操，造成大害，為羽責備。此亦不深究史實者之言也。俗有「虎女焉配犬子」為羽口實，不知此亦演義者言之耳。按《典略》：「羽攻樊城，遣使求助於權。權不即出兵，但遣主簿，覆命於羽，以淹遲時日，羽已得于禁等，乃罵曰：『貉子敢爾』。」此語當為《演義》「虎女犬子」所本，而其義自異。裴松之云：「按呂蒙伏精兵於之中，使白衣搖櫓，作商賈服，以此言之，權實詐往，若相援助，何故匿其形跡乎！」

省是說也，則呂蒙白衣渡江，還是偽裝了關羽的援軍去的。權之背信無義，雖貉子亦不如矣。操許割江南以封孫權，故有此謀。吳樂府乃有《關背德》之曲，寧毋令人齒冷，演義者徒以本傳有「羽剛而自矜」一語乃造作種種驕態以狀羽之穆然不可親犯之色，戲劇化又從而甚之。然而，羽亦冤矣。

《斬竇娥》與《單刀會》

最近，有人從香港來，云：收聽到程硯秋的《六月雪》。他把竇娥清算了。六月雪沒有下，竇娥是死在法場上的，後來她的父親竇御史回來，再「鬥爭」山陽縣，把縣令胡理國斬首法場，來個以牙還牙，了此一重血案。按《六月雪》原名《竇娥冤》，是元人關漢卿作的北曲，與《關大王單刀會》，同為兩大名劇。竇娥倒確是斬首的，故名《竇娥冤》，在《元曲選全集》裡還可以找到這本子，但是唱法久已失傳。後人憐念竇娥死得冤枉，才把本子改了，兼採「鄒陽下獄，六月飛霜」的故事，把她救活了。故《斬竇娥》又名《六月雪》，而且增加了母子、夫妻的團圓，這是人類的天然同情性。歷史、故事有許多缺陷而由編劇人來填補的戲文，指不勝屈。程伶為什麼要把竇娥小小年紀，綁赴法場，實行斬首？復古耶？抑殘忍的天性暴露，則不可得而知矣！

在清朝人的筆記裡，還有一種奇談，說：「竇娥斬首法場，當時還生下一個遺腹子，便是關大王。」這種齊東野語，當然一是由於竇娥死得可憐，而要給她一個好兒子，出口氣；二是由於《斬竇娥》與《關大王單刀會》都是元人關漢卿的傑作，古本刻在一起，也許當時常常會連臺演唱，於是就發生了這種無稽之談。倒也是談關羽傳奇的一種補遺，不妨與《斬雄虎》、《斬貂嬋》之類並傳，多添一段佳話。

現在再來說一說關漢卿的《單刀》。

關漢卿這本元曲，共分四折，全名是《關大王單刀會》，其實關羽生前只封到漢壽亭侯，沒有封王。關漢卿尊他為關大王，也如明清人尊他為關公一樣，可見關羽的威儀顯赫，早有數百年的歷史了。

（按：《北史》王肅贊楊大眼，關張不過是也。奚康生亦有關張之目。唐李商隱詩：或為張飛胡，或如關羽赤。其名之盛由來已久，但皆關張並稱。獨尊關羽則始於金元，蓋評話開端，而元曲又加甚焉。至明末，則關廟滿中國矣。說者謂實因魏忠賢失敗，其生祠均改作關廟。然不可得考，亦清人筆記，小說家言耳。）

關漢卿曾仕金，後乃入元，故對蜀漢的尊崇關羽，亦如《紫陽綱目》之尊崇劉備，無可厚非。全劇共分四折：一，孫權與魯肅謀奪荊州，喬國老諫阻；二、魯肅問計於司馬德操，德操阻之。這兩折，便是出現在漢調所餘留的《喬府求計》，不過漢調把司馬德操，索性改為喬國老，百代收有漢劇老生余洪元唱片，一聲「大夫呀」，當時亦落得千人效學。

這裡，我們先談一談喬國老。按《吳志・周瑜傳》：橋公二女，孫策納大橋，瑜納小橋。《魏志》稱，梁國橋玄，器異太祖（曹操）。黃壚腹痛，便是曹操過太尉橋玄墓前的紀念悼語。橋玄的名字見《續漢書》，字公祖，光和中為太尉，以病免卒，世稱名臣。則喬公應該是橋玄（有木字旁的）。自杜牧之有「銅雀春深鎖二喬」之詩，橋公便成了喬公，二橋便成了二喬（記得幼時讀《三國演義》，孔明誦曹植〈銅雀臺賦〉：「連二橋於東西。」聖歎批云：「改得好。」嘗竊笑之，以為喬本是橋，何勞改作？及長讀〈銅雀臺賦〉，竟並此句而無之。《演義》欺人。聖歎亦未嘗讀賦也）。

（又按：聖歎六才子書目，《莊》、《騷》、《李》、《杜》、《水滸》、《西廂》，並無《三國演義》在內，而批出毛宗崗之手，聖歎不過為毛作序，稱之為第一才子，坊間射利，因此誤會，遂有第一才子（《三國》）、二才子（《薈芳園》）、三才子（《平山冷燕》）、四才子（《琵琶記》）、五才子（《水滸》）、六才子（《西廂》），可謂失之毫釐，差之千里，而《三國演義》儼然居首，歷三百年而無正其誤者。）

《三國演義》的喬玄又見於《甘露寺劉備招親》，不知太尉橋玄，固在後漢光和年間已經故世，他是看不到劉備招親的，但劇中稱之為「國老」，當本於關漢卿的《單刀會》，是無疑義的。《單刀會》的第三折是《王文下書》，第四折《單刀會》，這兩折，已在《關羽》篇說過，茲不贅述。現在我們來說一說，關羽手中的這把刀。

梁陶弘景《古今刀劍錄》，確是說著關羽的刀：「羽採都山鐵為二刀。銘曰萬人。」但疑是佩刀。《演義》說：「關公鐵青龍偃月，一名冷豔鋸。」明陳懋仁《庶物異名疏》：「關壯繆青龍偃月刀，一名冷豔鋸。」如果《演義》確是羅貫中手筆的話，則陳疏全採俗說。但我覺得《三國演義》不似元人手筆（此說甚長，茲不贅），則《演義》實以陳疏為藍本矣。清包汝楫《南中紀聞》：「青龍刀在荊州南門關帝廟中。」直以廟中供物為古人遺跡，今人可發一笑矣（昔有士子掉文，讀「嘔」為區，旁一人嘲之曰：今人可發一笑，蓋故讀「令人」為今人耳）。

關羽用刀，《蜀志》並無明文。《羽傳》：「刺顏良」斬而用刺，則非刀明矣。唯《馬超傳》引《山陽公載記》：「羽仗刀直立。」似可為佐證。但馬超入蜀，羽在荊州，何得仗刀直立於玄德公之後耶？《吳志》，諸將軍單刀俱會，則操刀者非關羽而為諸將。然談關刀者固均以《關大王單刀赴會》為藍本也。

又魯肅在戲劇中始終稱魯大夫，而且紗帽、官衣，一成不變。按魯肅仕吳，初為贊軍校尉，代瑜領軍為奮武校尉。後屯陸口拜偏將軍，十九年從權破皖城，轉橫江將軍，蜀定益州，吳令魯肅爭三郡，進駐益陽。劉備聞之自還公安，遣羽拒肅，即單刀會也。按公安在長江之南，益陽且在洞庭湖之南，關漢卿不考地理，乃謂之「過江赴宴」，題目全誤。而過江曲白中乃有：「此非是水，乃當年赤壁鏖兵，流不盡的英雄血淚也。」不知鏖兵在烏林，其長江對岸為嘉魚，與益陽可謂風馬牛不相涉，而「大江東去」（《過江赴宴》，《新水令》的第一句）至今膾炙，與蘇東坡黃州赤壁，同為千古口實。

魯肅歿年四十六，一生未就文職。《吳志・本傳》說他：「體貌魁梧，挐劍、騎射，又植盾，引弓射之，矢皆洞貫。」是肅乃材武雄傑人也。戲劇乃連一副盔鎧也不給他穿上，毋亦深負魯大夫乎哉。

崑曲有《訓子》、《刀會》二折，即元曲之第三四折，徽劇無《訓子》，僅有《刀會》。見魯大夫時，有「二十年來，彼此鬚髮蒼了」，崑曲作「二十年來鬢髮消。」，似徽勝於崑，然爭三郡，事在建安十九年，距赤壁之役僅六載耳。

元曲《單刀會》，未言日月。崑曲則言「五月十三」，徽劇本之。今乃以五月十三為關羽生日，又云：是日必雨，乃周倉磨刀水，抑之誕而又誕矣。

評《改良武松》的劇本

《武松與潘金蓮》的本子，我記得是抗戰以前，歐陽予倩的本子。他自己飾潘金蓮，周信芳飾武松，揉淡紫膛臉，高百歲的西門慶、劉斌崑武大、王蘭芳王婆，是一齣翻案的「文明戲」。歐陽有許多文明詞兒，演出後未得觀眾好感。歐陽自知其貌不揚，知難而退。周信芳卻起用了年輕貌美的王熙春，除了歐陽，原班人馬演出卡爾登，仍加〈挑簾〉、〈裁衣〉、〈王婆說十分光〉。王蘭芳卻演活了王婆，也轟動了觀眾。周信芳的武松，因為不嫻武功，周武底子不差，早年能演《馬三保》、《冀州城》而且都是他的絕活，但後來專演海派本戲（如《女俠紅蝴蝶》的劉進生、《狸貓換太子》的包公），武功散了，因此藏拙，《獅子樓》和高百歲只打一場，視蓋叫天的武松，完全不同，因此上海人把他這場戲稱為《改良武松》。公堂下來，撕狀子，不「起範兒」（按：《獅子樓》武松出場，兩膀敞開褶子，一腿屈地，一膝半跪，狀紙拿在右手，軟羅帽掩到眉心，臉上抹彩）。聽士兵說到「二爺難道罷了不成」，武松就在半跪的腿上起範，一個跟斗，高有數尺，這是《獅子樓》特有的武生絕活。李門本派（李春來）、蓋叫天、張德倬莫不如此。可是麒麟童不能，《改良武松》就免了。當年有一位票友演

《獅子樓》卻照翻不誤，他就是周信芳的妹夫裘劍飛。

李萬春演武松也「起範」，這次桐春卻不「起範」，也不帶跟斗，有人說他偷懶，我知道桐春能唱《三岔口》的劉利華，翻得高，一個著地跟斗，還有什麼話說？這一定是《改良武松》的劇本限制了他？不但沒有這樣做，連起打以後的奪刀、過橋、鴛鴦腿也沒有，也沒有過場，便把西門慶草草殺了，就中卻加了西門慶翻葉子，可是《獅子樓》老本子所沒有的。我不知是李氏兄弟將它改良的？抑是《改良武松》的劇本如此？

不過是小節目無關宏旨。這裡有一個大誤點，便是殺嫂一場，無論「老本」、「歐本」都是武松見過何九叔之後，便到四坊鄰居，拔刀請客，請客二丑一末（鄆哥兒、一位山西佬和一個會寫字的）。便在武大孝堂的面前，先斟一斗酒，自己立飲，再斟酒給街坊，再斟一斗酒給嫂嫂：「你也飲了。」再斟一斗，逼王婆。王婆發抖，鄆哥兒插科，武松打王婆，落座，然後逼供，招狀由王婆口述，一末寫成，武松接狀子，帶士兵出門，王婆想逃，鄆哥將她對頭逮住，街坊帶淫婦暫下。然後上西門慶，獅子樓上聽到衙門裡的鼓聲和打武松四十大板，想來這座樓就在縣衙附近（按：這是陽穀縣，劇本念成清河縣，錯到《五花洞》去了）。西門慶闖樓門，踏地板，然後上武松，殺西門慶，提頭下場。場上再設虛座，潘、王等原班上場，武松「沖頭」上，扔頭擲中淫婦，潘、王齊下，山西佬兜人頭，二丑科全下，潘、王再上，「坐子」，武松上，「使囊子」、「漫頭」與潘、王走「三見面」，先殺王婆，後殺嫂嫂，銜刀、雙手提人頭（三個），大丑拴鄆哥，鄆哥接嘴巴，全人下，武松叫起，哭哥哥，然後嗩吶完場。

故《獅子樓》仍是老骨子的好戲。非常火爆，情節緊湊，歐本殺嫂，分幕程式亦復如此，但在武松殺嫂，淫婦卻加了大大一段翻案文章的文明戲道白，把全劇精神渙散了。不過，潘金蓮沒有靈堂的大段唱工，散漫之中，尚能緊湊，現在的新腳本，卻要替潘金蓮安排大段的唱工，於是不得不將《武松硬請客》兩幕過場抹去，又將《武松告狀》《獅子樓殺西門慶》演在靈堂逼供之前。潘金蓮唱完一大段反二簧，武松才文縐縐上場，既不上油彩，也不帶頭，卻聽了嫂嫂一大段「愛情自訴」，於是一刀完結，全劇於此終場，觀眾早已開鬧，卻活活饒了一個賣風情、下毒藥的王婆，「好人不死」，這樣的改良劇本，我以為是大大失敗的。

按《挑簾》、《戲叔》、《裁衣》，不但皮簧有，崑曲也有，而且非常精彩。平劇不知何故，定要把《挑》、《裁》剪去，《戲叔》也是草草演出，甚至《武大服毒》也用暗場。按平劇不少用暗場交代的，但沒有將全劇主要點抹去用暗場的。以至武大之死，觀眾有許多對「武大生死不明」，武大到底死了沒有？發出懷疑，這都是劇本要安排潘金蓮的大段唱工，而不得不截長補短，還就時間關係，其實是非常不明智的。如果為了時間，則「三杯不過崗」和武大死後潘、西談愛的那一段文明戲大可不必。

於是我有感於最近的「誇張劇運」、「大談改良」的一種趨勢，實在有討論的必要。

我以為老本子確有許多不通的需要刪改，例如梅本《春秋配》，荀本《香羅帶》之類，全劇情節的荒謬，實在改不勝改，但是改過之後的演出也未見及十分佳妙。昔人何嘗不知這個中道理，但對於其中的一二段實在精彩的，例如《春秋配》的《打柴砸澗》，《香羅帶》的《問病逼妝》，不得不去蕪存菁，將它留下，其餘不妨揚棄。再如現稱全本的《雌雄鏢》，也何嘗演全（荀慧生排過後本糟不可言，後來就不演了）。《慶頂珠》也是無頭無尾（馬連良排過全本，效果與荀之《雌雄鏢》相等），甚至至今膾炙人口的許多齣好戲，又何嘗不是從糠粃裡揚出來的菁華。

是夕，不演《挑簾》、《裁衣》，曲家徐炎之先生特為跑過來，對我搖頭歎息，歸咎素琴。我說：

「此非其罪，改良劇本限之也！」

所以，我還得說。要有好劇本，還得自力更生，好好地找幾位通人（六場通透的通人，不是詞章家），編幾部出來，不要專往「改良」裡找出路，劇運才有真真的「出路」呢！

記周端孝《血疏貼黃》

這裡先說貼黃，葉夢得《石林燕語》說：「唐制，降敕有所更改，以紙貼之，謂之貼黃。」《辭源・貝部》第五一頁說：「今奏摺札子皆白紙，有意所未盡，則以黃紙別書於後，謂之貼黃，蓋失之矣。」夢得在宋徽宗時掌翰林制誥，所說貼黃，當信而有徵。但明代貼黃，實另有格式。正在奏牘之後，另加夾片，崇禎元年，且頒行定式。吾友徐小圃先生藏周端孝《血疏貼黃》，見者或以「貼黃」二字為疑，因先說明它的來歷，下面，便是《血疏》的真跡原文和格式：

原任吏部文選司員外郎今贈太常寺卿周順昌男生員臣周茂蘭謹奏為孤忠已被恩褒沉冤尚未剖晰特
摶顙號
天懇報父仇以彰
國法事臣父仵璫慘死皆繇李文煥謀之於內毛一鷺因而謀之於外殺人抵死
律有明條而文煥
鼎湖勸進一鷺亦嘗建詞媚璫尤
祖法所不赦伏乞
敕下部院將提到倪文煥即刻處決已故毛一鷺還行褫戮庶
父冤得雪
國法亦伸謹
奏

這《血疏》距今三百二十年（崇禎元年戊辰）前，明血性丈夫（僧惠安贊端孝語）周茂蘭用他十指的血來寫的。那時他二十二歲，他的職位，不過府學生員。但他為要「報父仇」從三千里外的蘇州，趕到北京（今北平），叩閽告狀，這十一行蠅頭小字，就是血疏中間的夾片「貼黃」。相隔三百多年，血絲縷縷，看去好像隱約，但用照片一攝影，便比墨色還濃。古稱宏化碧，可知實有其事的了。明代士氣高激，刺血作書，不足為奇（楊椒山夫人也曾刺血上疏請代夫死），奇的是此疏「貼黃」竟有兩通，這一通用「指血」寫疏之外，更有一通用「舌血」寫的，當時進呈，乃是「舌血」所寫的貼黃，而不是這一通「指血」寫的貼黃！這「指血」寫的貼黃，是由周氏世代什襲珍藏，後還有端孝自己親筆寫的跋。

原來端孝上京訟冤，是住在姚文毅的公館裡的。那一天，文毅退朝，已在上燈時候，他問端孝：「明天上奏已經預備了嗎？」端孝恭敬地捧了奏疏和貼黃，一併呈給姚公。文毅一看，上面竟是血寫的字，立刻正色避位，盥洗雙手，重新捧向燈下細讀，他讀完之後，半晌，沒有說話。好久，端孝才問：「老伯，敢是有寫得不對的嗎？」文毅正色道：「世兄，你年輕，未經世故。這一疏寫得悲憤！可惜是沒用了！」端孝驚問「所以」！文毅又說：「你劾奏倪文煥是可以的，但你在貼黃上面不該提著「鼎湖」往事，牽引先帝，所以我說是沒有用的了！」端孝方才感覺自己的失檢，但他立刻就說：「我把貼黃掉換如何？」文毅道：「掉換是可以的……你的奏疏如果是墨寫的，那改換一本貼黃，是不值一回事的，如今你刺血寫疏，指血已枯，怎麼能夠再換貼黃呢！」端孝奮然地道：「但使先人瞑目九泉，粉身碎骨，亦所不辭。」他就刺破舌血，連夜更寫，明日早朝，便由姚公帶他叩閽進奏去了。這「指血」寫的一本，存留家裡，端孝原跋裡說：「當是時逆賢（魏忠賢）雖伏厥辜，而群奸猶負隅。微公言，事且不測！」「今什襲以貽雲仍，且志公之德不敢忘也。」讀此，古人道義之交，風概尚節，哪一件能夠使人比得上？我平生對於書畫，「書」的地位覺得比「畫」重要，就因為「書」的素質常常關係一代文獻和氣節，而「畫」是徒然供人玩賞的東西。貼黃後面，尚有黃宗羲、文柟、袁徵、黃九煙、黃宗炎等數十家題跋，他們多是與周忠介（順昌）同時死難諸臣的後裔，而與端孝同年的。這裡我想寫一點關於周忠介的傳記，或者已為一般人所知道的。

照史載：「周順昌，字景文，吳縣人，萬曆進士，授福州推官，天啟仲擢吏部文選司員外郎，乞假歸，以忤魏忠賢，為其黨所陷害。崇禎初，追謚忠介。」在這短短一段履歷裡面卻含著千古的冤獄和士大夫的正氣。原來忠介在福州推官任上，就以捕治稅盜，和副使許純如結了仇。天啟年間，東廠太監魏忠賢當權，誅戮朝中正人君子，由他的義兒編成《水滸傳點鬼簿》一本，將所要陷害的姓名，編成一百零八將，為頭的及時雨宋江是魏大中，周順昌是行者武松，地位相當重要，因為魏閹的乾兒毛一鷺要做江蘇巡撫，誣害了原任巡撫周起元，順昌不服，做成檄文，攻擊一鷺，因此二人又結下了深仇。順昌是血性男子，他秉著嫉惡如仇的天性，到處直言，不知忌諱，因此在朝不能立足，暫時告假在籍，恰巧魏忠賢逮捕魏大中，誣告他私受邊將熊廷弼的贓賄，路過吳門。順昌不顧利害，治辦了一桌酒席到城外去和大中餞行，又將自己的女兒，許給大中的孫子。押差官聽得不耐煩了，便催促大中起程。順昌大怒道：「你不知曉人間尚有血性男子，不怕死的嗎，你回去告訴魏忠賢，就說我罵他！」遂大罵魏閹不絕口。押差官到了京師，一本告訴了魏忠賢，忠賢大怒，嗾使御兄倪文煥參他。誰知文煥也和順昌有怨，原來文煥曾經害死過同官夏之令，那時順昌在京，便指著文煥道：「他日倪御史是要償還夏御史的命的！」文煥正苦無法發洩，得此機會，正好和許繼如商量。繼如道：「害他不難，織造太監李實，現在江南催造御衣，就叫他聯合巡撫毛一鷺，題本進京，說罪人周起元曾和周順昌通贓，這次又自將女兒許配罪人魏大中的孫，誹謗朝廷，二罪俱發，構成一個死罪，是不費吹灰之力的了。」文煥大喜，就在臺中參劾吏部郎周順昌，其時毛一鷺奏本亦到。魏閹大喜，立刻差動東廠緹騎，前去蘇州捉人。

順昌雖是書呆子，但吳中百姓，卻愛之有如父母，聽見東廠來捉周吏部，立刻驚動了蘇州闔城的百姓，連同府學生員文震亨等，手執行香，到巡撫部院跪請釋放周順昌，毛一鷺先還做好做歹，東廠侍衛老爺們，卻等得不耐煩了，立即將手裡的琅璫鐵索，向地坪上一擲，喊將出來：「東廠要人，誰敢阻攔，你們這批崽子，要造反嗎……」誰知一聲未畢，百姓立時喊打，天崩地塌的一般，衝向衙門，有如山倒。這批廠衛老爺，平時作威作福，到此只恨爺娘少生兩隻腳，沒個地縫鑽，早被老百姓們抓住一個，打得稀爛，幸虧府縣趕到，做好做歹，才將一場大禍，壓平下去。毛一鷺飛奏進京，說是蘇州亂民造反，抓了五個人，就在虎丘山塘上正法殺了。那五人——顏佩韋、馬傑、沈揚、楊念如、周元文。據說，周元文是周順昌的轎夫，監官張文問他：「你後悔嗎？」他說：「我們老爺是好官，我們替他死是值得的！」延頸就戮，張文含淚斬之，後來五人就葬在虎丘，至今遊人憑弔，稱為五人墓云。

順昌被逮進京，交由刑官許顯純審問，坐受贓銀二千兩，五日一拷掠，打得身無完膚。許顯如問他：「你還能教罵魏上公嗎？」順昌應聲大罵不稍屈，純如叫用鐵錘，打落他的牙齒，順昌將滿口鮮血，直噴純如，是夜就至監中遇害，魏大中、楊漣、左光斗等也先後慘被毒害，但不久，熹宗病歿，魏忠賢被思宗抄沒充軍，生生地半路上縊死，諸臣天外的慘案，也就馬馬虎虎的好像全結了。如不是周端孝刺血上疏，感動思宗，恐怕楊魏諸臣，雖追復原官，也不得褒祠大典，傳揚百世（按：端孝疏上，思宗感泣，命追贈三代官，即毀魏忠賢生祠，改祠死難諸臣，並各追贈三代，與謚如周順昌之例）。刺血作書，原是封建時代的一種遺物，現代看來，好像不合時宜，但千古忠孝父子，要再找雙血性男子有如周忠介端孝的，恐怕也就難找得很了。也有人批評，周順昌的得罪魏閹，全由自己的一股書呆氣作祟，他並不和魏大中楊漣等有關明朝一代興亡大局的那般鄭重，值得讚揚。不知一代的興亡，全憑士大夫的氣節，拿來支撐，周順昌的那般呆氣，還是士大夫平日讀書所養成的浩然正氣，他和魏楊左諸公，易地則皆然，他戟指罵賊時，只以天下治亂為重，何嘗有一些想到他自己存亡利害，唯其以他的地位，可以避不與禍，而偏偏自去蹈禍，盡我一分力量，即盡一分力量，事成不成，濟不濟，何必計較，古之君子，抱著不成功便成仁的決心，以處亂世的，正不知有多多少少，唯有一班偷安苟活的人，卻坐著去議論他，覺得他們的呆氣可笑。反過來說，卻正因這股呆氣，才撐得住宇宙，撐得住乾坤，唯有周忠介的呆忠，才生得出周端孝的呆孝，到底有明三百年養士，發生了莫大的效用，明社可亡，人心不亡，滿清三百年專制淫威，殺不盡的仁人義士，到底推倒了滿清，光復了漢族，你可以說不是像魏、楊、左、周的一輩人，播下的種子嗎？當今洪水橫流，已不知父子天地為何物，書此一篇，廢筆三歎。

看《漢宮春秋》

《漢宮春秋》的作者，對於歷史是忠實的，但可以商榷和補充的地方也很多。開幕於王莽以女配平帝為皇后。按平帝建後在元始三年，帝以九歲即位，是時年才十二。乙太牢策告宗廟，聘皇后，黃金二萬斤，為錢二萬萬。莽辭讓，受六千三百萬而以其四千三百萬分與十一媵家及九族貧者。蓋仿漢呂后為惠帝聘魯元公主故事。

本劇場面似太簡陋，僅上四宮女，而舞於群臣議事之廷，後上太皇太后亦僅用二宮女，扶掖而行。無羽葆宮儀，尚不及平劇《百花亭》之典麗美觀，似宜注意。

中屠剛乃扶風功曹，職位甚卑小，不當與大臣同列殿上，侃侃辯論。按史言：中屠剛以直言對策，對策乃上書非廷爭也。其時，與何武同殿廷爭，被逐去位，後為王莽所殺者，有鮑宣，嘗表揚此人。

又，王莽時有兩劉秀，史言甄豐主掣斷，平晏領機，劉秀典文章是也。秀即劉歆。王莽篡位，以秀為國師公，以應符讖。劇中恐與光武混淆，仍稱劉歆。但宜將此事加以說明，以符史實。秀後與衛將軍王涉、大司馬董忠勒所部劫莽降漢。謀洩，莽使虎賁以斬馬劍剉忠。劉秀王涉皆自殺。劇本亦頗有出入。

平帝鴆殺，莽女後稱安定公太后。史言，自劉氏之廢後常稱疾不朝會。莽敬憚楊哀，將欲嫁之，乃更號黃皇室主。劇於平帝殞命，莽新登基，即以女為黃皇室主，而略去安定公太后一事，且令隨王莽進退宮掖，似於莽女頗多冤誣。《史》言：莽欲絕之於漢，令孫建世子盛飾將醫往問疾，后大怒，鞭笞其傍侍御，因發病不肯起，莽遂不復強也。事蹟昭彰，著在史冊，而編劇者抹殺之，殊覺不平。

王莽自昆陽之敗，軍師外破，佞臣內叛，左右無所信任，乃憂懣不能食。但飲酒嚼魚，談軍書，倦困憑几而寐，不復就枕。本劇末幕對此似可加以渲染。又，破入宮門者乃城中少年朱弟、張魚等，燒未央宮作室，呼：「反虜王莽何不出降？」火及黃皇室主所居，黃皇室主曰：「何面目以見漢家，自投火中而死。」其不與王莽同污明矣。劇本改作投井，又即在王莽宮中，皆非所以表彰平帝王后者，切思有以改正，而存歷史之公道。

又，莽避火宣室前殿，火輒隨之，莽紺袀服，持虞帝匕首，天文郎式（即今日晷）於前，莽旋席隨斗柄而坐，曰：「天生德於予，漢兵其如予何？」明旦，至漸臺，民眾共圍之數百重，臺上猶與相射，矢盡，短兵接，王邑父子戰死。商人杜吳殺莽。校尉東海公賓就（公賓姓，就名）梟其首，軍人分莽屍，節解臠分。本劇亦未能充分演出，乃抄荊軻秦王，使莽繞柱而死，觀者為之洩氣。

或以此劇夫上光武劉秀為憾，不知殺莽者，長安民眾，光武固尚未至長安也（聞後已改編，上光武，殊為蛇足）。王莽妻，為故丞相王訢孫宜春侯王咸女，於莽為同姓。生四男，長子獲、次子宇皆被莽誅殺，子安頗荒忽，莽篡位以子臨為皇太子，安為新嘉辟（辟，君也），以王舜為太師，平晏為太傅，劉秀（歆）為國師，哀章為國將，謂之四輔。哀章闈門不飭，莽於諸公皆輕賤而章尤甚。劇於莽即位後，敘事頗草率，於此亦少交待。

莽妻死於地皇二年，妻以莽數殺其子，涕泣失明，莽令太子臨侍養宮中。臨通侍婢原碧，莽亦幸之，恐事洩，謀共殺莽，事洩，而莽妻已死。莽令太子臨不得會喪，既葬其妻，乃將原碧等拷問，即埋獄中，賜臨藥，臨不肯飲，自刺死。臨妻乃國師公劉秀女愔，又將愔，亦自殺。其後二年，王莽始伏誅。劇為限於時間，並於一幕中了之，全劇乃有虎頭蛇尾之感。而前數場頗有可刪處。例如老彭子雖為調劑劇中氣氛而付之詼諧，然余以為苟無是人，全場空氣將更趨緊張，且老彭既非弄兒，又非宦官，身份介紹殊不明了，殊有喧賓奪主之嫌，倘削去之，而於應盡史實，再加擴充，則洵美矣。

服裝道具聞所費甚巨，而皆不合理想，此近於考據，非短文所能商榷者，故不贅。但全劇演員對於劇本，確皆盡了莫大的努力，故演出甚為不弱。唯喊平帝為「皇上」，實有文明戲氣味，改稱「陛下」為宜。尚有不少新名詞，亦可斟酌棄去，則益臻完美矣。

附錄　細說范雪君

當范雪君棲居於法租界呂班路的呂班公寓時，正是她的黃金時代。那時她獻藝場所，不在僅堪坐落容膝、斗方之地的書壇上邊，而在雕紋羽帳、繡被錦枕的席夢思上邊。試思她可以步門不出，倚坐在床上賺錢，如何舒適而寫意。恐怕自有評彈一種行業以來，不管前四大家的陳（遇乾）、毛（菖佩）、俞（秀山）、陸（瑞廷），也不管後四大家的馬（如飛）、趙（湘舟）、姚（士璋）、王（石泉）。如果他們泉壤有知，都要對她慨歎「吾弗如也」的呢。

是她只要在裝在床上的「麥克風」機前，對著話筒說：「諸位聽眾，明朝會哉！」機鈕一旋，啪嗒一響，但是她大把數額的包銀就已經輕輕落在袋裡了。這樣賺錢弗吃力，在當時她的男女同業同行群裡，實在舉說不出一個第二人來。相信她們和他們祖師爺三王爺[1]的在天之靈，亦當對她會莞爾著說：「有徒傳徒，男不及女。女徒道中，有誰及汝。」

原來華東商業電臺當時聘請范雪君在廣播彈詞，恐怕她在電臺的玻璃播音室裡，說噱彈唱起來不太舒適，以她所寓的呂班公寓，距離電臺所在不遠，特別裝放一枝電線，與電臺播音機接連，讓她坐臥在

1　評彈說書業的祖師爺，相傳為周文王的第三子，故說書業的道中人都尊呼為三王爺。從前蘇州太監弄說書公所奉祀有三王爺繪像。

床上廣播書藝，而後再行轉播出來，既省力，又適意。僅此一事安排，便可覘知該電臺主持人對她如何的尊重和禮待。漫說全中國電臺沒有這樣對播音演員的優善待遇，只怕外國也不會有的吧！

因為她生有傾城傾國貌，所以便也多愁多病身了。我看見陳存仁兄為范雪君義演特輯所印行出版的專刊書上，有親撰介紹她的書藝一文。文中說：「我在上海時，因診視鄧夫人的疾病而相識，她的病都是為了太過忠於工作而起的，所以治療並不難。」准此以觀，范雪君在當年當時實是個多愁多病之身。可以引取陳存仁醫生之文，證我所言的非妄。不過病源輕微，不難治療而已。

傳說中有一次，她正在播音的時候，突然感覺身體不爽，頭痛發燒。雖然如此，還是照常播音，這見她忠於工作的一斑。她並不因病停止，只著家人以電話邀請陳存仁醫生速來療治。時在淪陷時期，兩租界區內執行宵禁，黃昏甫過，即告戒嚴。幸醫生有通行證的發給，故得應請前往。當推門進入時，有人即低聲相警告說：「跑路跑得輕些。」至此，方知她每天是躺倚在床上播音的。於是，只有坐在床前椅上，等她向聽眾說聲「明朝會哉」以後，始行切脈診病。覺得她發燒的熱度相當高，為之量藥立方而去。明晚再應請前往診病，熱度雖退，病猶未已。可是她身倚枕上，手抱琵琶彈唱如常。陳存仁說她太過忠於工作而引致病證之語，大概他有鑒於那兩夜所見而云然的罷，怎知她此時正處身在黃金時代呢。

范雪君於初期出來行道鬻藝，闖走江湖，浪跡碼頭，是她所獻演的當然是老書，後來才改說新書。而啟發她改變鬻藝路線，開說新書的意向，還是陳存仁兄所提供的意見。據他在樂宮樓告稱：「我的太太是范雪君的老聽眾，而范雪君卻是我的老病家，所以我們相當廝熟，待來既頻，友誼殊厚。有一次對她建議，我說老書說得好到若何程度，還不足以號召新聽客。因為那些『坐狀元臺』的老聽客，試思人壽幾何，他們要老病死去的。范小姐，那你應該開說新書，培養新聽客，便能戰勝同業，自站於不敗之地。是她果然接受我的建議，便改說《啼笑姻緣》的新書。」我在前邊已經說過，這部《啼笑姻緣》，原來陸澹庵為趙稼秋所編的腳本。也許她在書壇走紅，當時他們說小書的「道中」[1]，有些不願故步自封，也有些想冒出道的年輕朋友，紛紛欲改說這部新書，謀求腳本。遂打動了陸澹庵刊印《啼笑姻緣》說書腳本之念，澹庵雖是個讀書人，但他實有理財的超人本能。在這刊印腳本上，實著給他賺進一筆大錢。

要知說書這門行業，不管說大書的，說小書的，對於開說新書一事，認為非輕易不敢妄動，所以他們的道中人只願說老書，怕開新書。因為老書有師傳，有腳本，有路子可遵走，有準繩可按扶。說句笑話，連之所放的噱頭，所賣的關子，都是向他老師學得的。原來每個說書的從業學藝人，他們自楊畔受書起[2]，教成到「插鬢花」[3]、「起下手」、「唱陰面」[4]，以至滿師出道為止，一切遵照師教而行，真正地成為衣缽傳人。

若開新書，全要憑本人的聰明智慧，自己創造。唱詞表白，雖有腳本可按，可是「起腳色」、「開相道」、「放噱頭」等等，一切的一切，都靠自我編造安排，迎合聽客們的心理所好，喜愛所聽，博取發噱一笑。明天再來，不忍間斷，試問難乎不難。所以當年開說新書的說書先生極為少數，難得有見。

范雪君的成功處於說噱彈唱的本能書藝之外，再加藝外之藝。其藝維何，就是書中女主角沈鳳喜原在天橋賣藝。因賣藝才得和男主角樊家樹相識，終成一樁悲歡離合的動人故事。她卻在書壇上演奏一段京音大鼓的鼓書，這是新鮮玩意兒。

---

1 說書先生的行語，對同業同行概叫做道中。

2 老輩藝人百分之百都有嗜好，教授徒弟書藝，總在吸鴉片煙的榻前。

3 隨師登臺，開場唱只開篇，行語叫做插鬢花。

4 這兩句行語，前者是只能作應場，後者是配飾旦腳。

上海人多有野火氣的，我就是被此野火氣所鼓動和吸引而去做范雪君的座上聽客。是她便因此成功之故，是以她把第二部《秋海棠》的新書開出，那有書中男主角秋海棠高唱他反串小生戲的《羅成叫關》。京戲既符合了原書所述，且更顯了多才多藝，於是乎她得獨霸書壇了。

素向以來，覺得我的朋儔中，以陳存仁兄做事，無論巨細，都有一定的規律和步驟。一經擬定計劃，便即依照腹稿，放手做去。就以這次他承擔為范雪君義演主編特輯一事為例。當向主持人問明瞭特輯留有幾頁地位之後，就其頁數計算需要多少字的文稿，然後輕而易舉地在「十老聚會」所在，當場宣佈了一聲捉差拉夫，要人各一篇稿件，限日繳卷。

事實果然，眾擎易舉，人多力省。未到限期，諸稿紛集，如宋心冷、陳蝶衣、及圓慧上人等三老稿件，同日遞到，先後只有時刻之分而已。若我的蕪文，還於限日的前夕，方始動筆，天明送去。萬想不到盧溢芳兄與我，竟是伯仲之間見伊呂。他對限日繳卷之事，完全遺忘，過限多日，恰來我寓所聊天。於是談到范雪君義演，只唱一支開篇，未免令人有失喁喁之望。他才憬然而覺，忙自譴責說：「我好糊塗，卷未曾繳呢，那怎麼辦？」我就笑說：「有辦法，你就作幾首小詩，像過去上海租界小巡捕看見路人在牆角小便，拉去交差一樣。」溢芳說好，略為凝思，便寫出後邊的兩首七絕。

江南花好憶逢春，十五盈盈已不群。白雪陽春高格調，等閒那得幾回聞。
一曲琵琶早擅名，當年後晁幾人傾。誰知歷劫神州後，又聽燈前絕藝聲。

原來溢芳聽范雪君的說書，為時甚早，但看他詩中所述，是她還在盈盈十五之年。據說：「當時他聽她所說的是《楊乃武與小白菜》的老書，後來才改說《啼笑姻緣》的新書。不過她所說的腳本，不是陸澹庵所編，而是張夢飛所編。因為澹庵所編的腳本，已由趙稼秋、朱耀祥雙檔在說唱，而且他們兩人因說唱此書，大為走紅，成功響檔。每個說書人對於私有腳本，非常珍視，輕易不肯示人。當范雪君要改說《啼笑姻緣》的新書時，澹庵還沒有動到印行腳本、公開出賣的腦筋，所以她只有請教張夢飛另編腳本了。若論文字修養，澹庵自然遠遠超勝於夢飛之上，若論編造技巧，夢飛卻要高高佔據於澹庵之巔，困為夢飛是會說書的內行朋友啊！」

聽了溢芳一番話後，頓把我內心所懷的疑團解除。

他所說的張夢飛也是我極厮熟的朋友，他是嘉定人，向在市立法華中學任當教師。熱愛說書，尤傾心於馬如飛的《珍珠塔》一書，曾拜魏鈺卿為師，鑽研馬調。當他學藝有成，折柬招我作法華之遊，設宴招待，當筵並說唱《贈塔》一回書，要在座諸友評判，他是否可以下海說書。我寫了十四字給他作斷語：「不是君書功力薄，此身恨未生蘇州。」他知道男女說小書以蘇州人為第一，他的鄉音太重，從此收斂了下海說書之念。

（按：此篇為胡戇翁大作，今翁已歸道山，特留此篇以為紀念）

特載　我的父親天虛我生——國貨之隱者

我的父親，陳栩園先生，大家都知道他以文學家而兼實業家，但是，他在臨終的時候，特把我和妹妹小翠，叫近病榻。他握著我們兄妹的手，神志非常清楚。他含著一絲微笑，說：「我已名士身來，還為名士去。」又說：「平生只有兩願未了，一、《天虛我生全集》尚未刊行。二、必歸葬我於桃源嶺。」同時在枕匣裡取出一枚牙章給我，那上面刻著五個篆文——「國貨之隱者」。這是我父親，在工商尺牘上常用的，現在臺中的謝鑄陳先生（前司法部次長）和我父親是四十多年的老友，這就是謝老伯贈他的外號。原來在民二十年間，很多號為實業家的，都借為做官的捷徑，至少也廁身於社會聞人。我父親，卻惇惇以此為戒。他一生心血只用在提倡實業上，當時無敵牌牙粉的風行全國，幾乎四萬萬人中每月有四分之一的人在用；而他老人家除了家庭工業社的股票，和杭州西泠橋的老屋外，更無其他私蓄長物。所以謝鑄陳先生常感歎地說：「你父親的這個圖書，是很難繼承的，因為提倡國貨是人人有責，而要在成功後做一個隱者，是千古不可及的。」

現在回想，我父親傳給我這一枚圖章，確有甚深的意義。因為從我父親逝世以來，國家大亂，日偽雖告肅清，共匪繼續橫行，人倫攸斁，甚於洪水猛獸。當其初始，確以糖衣炮彈，誘惑一般意志不堅的工商界，很多已逃出虎口的實業家，被他們加上「歡迎民族實業家」的頭銜，而騙回了大陸，結果被清算、被鬥爭，投濁流而死的肩背相望。而我則於父親逝世以後即擺脫了一切社會上的業務關係，改名

「定山」，專只書畫自給。民國三十七年徐州會戰尚未開始，即已捨棄一切產業，效倪雲林所為，渡海爰居，隱棲臺島。我雖不是「國貨之隱者」，而受到我父親的啟示和默佑，這一牙章，實是我隨身的證明，其光明璀璨，也就無異於我的臺灣燈塔了。

我父親從事於實業，可分為兩個時期，一、創造無敵牌牙粉。二、改良手工業造紙。前者是成功的，後者是失敗的，而其半生精力和金錢都全部犧牲於手工造紙。他的堅強，他的偉大，使我追隨畢身而每飯不忘的也以改良手工造紙事業為更深切。這一事業關係於我國真正民族工業前途，非常切要而偉大，贊助他工作而現在臺灣的有前浙江民政廳長阮毅成先生和杭州市市長周象賢先生，但在一般社會上恰把他忽略了。

現在吳愷玄先生創辦《晨光》，要我寫一篇〈我的父親〉仿小馬可尼寫無線電之父的體例，他要我給青年人寫一篇〈天虛我生是怎樣成功的〉。確然的，社會上的輿論，是只擁護成功者的。不知一個成功的人，他先要經過多少次的再失敗，而後才可得到成功。成功方面人家是看見了，失敗方面人家是看不見的。譬如創造無敵牙粉，不在牙粉的如何推銷，而在如何創製原料，如何堵塞外貨之漏卮。無敵牌牙粉和人見面，是在民國三年（我十七歲）。而我父親處心積慮要提倡國貨，潛心化學，則遠在光緒末年，那時，我才七八歲呢！

這是一個初夏，我和一群堂兄妹在花廳上捉迷藏，我被花帕子蒙蔽了眼目，伸手漆黑地摸，耳邊聽得吃吃的笑聲，有的在我頭頂上打一記，又逃走了。我伸手漆黑地摸，忽然四面笑聲都停止了。我一個掃堂腿卻攔住了一個人，我伸手，只抱住他的雙腿，毛茸茸的全是毛。我一駭，立刻把我蒙眼的手帕拉下來，一看急得返身就逃。你道什麼？原來我面前立著一個矮而多毛的日本人，他擠著眼，含著鬼笑，竟要來捉我。

我逃回後院，母親溫和地抱住我，說：「不要怕，那日本人是你父親請來的，你爸爸要學化學呢！」那時我記得很清楚，我父親是二十七歲。

他有頎長的身體，帶著金絲邊近視的眼鏡，熟羅的長衫，常常喜歡加上一件一字襟的馬甲，手上畫一把灑金畫牡丹的圓扇。我常私心這樣地想，我大起來，要像我父親這樣地風度。

父親諱壽同，字昆叔，但他在十九歲的時候已著了巨部的小說《淚珠緣》，他自署曰「天虛我生」。又和何公旦、華癡石合稱三家，著有《三家曲》、《海棠香夢詞》，並倡辦了飽目社，杭州絕無僅有的圖書館和石印局。

就在這時開始我們的家，在紫陽山麓，相傳是南宋韓侂胄南園的一角，花木極盛，山石玲瓏，尤其名貴的有一株數人合抱的「娑邏樹」，相傳還是南宋遺物。樹蔭數畝，其下為惜紅軒，玻窗三面、綠樹繞池，軒外為箭道，掛著幾角弓，是我父親和四叔叔常練的。草坡上立著秋千，則是我們兒童們的家塾，幼稚樂園。自從這日本人來了，我父親便把惜紅軒闢做了化學室，而將我們移到一粟園去讀書。

其時，在杭州還沒有人懂得什麼化學，把幾何算術也當做一件神話，但是，我父親卻能把CHK的原理，瞭解得非常神速。他還變了不少的戲法給我們小孩子看。什麼白開水能教變紅變綠的，一個四寸見方的草亭子裡面拴著一條紙牛，到天雨時裡面的牛便會自己跑出來，而惜紅軒的玻窗，也變了五色的。天井裡的涼篷，裝了株括，自會舒捲。諸如此類，都是我父親學了化學和機械之後的新發明。後來我父親就往清和坊開了一爿萃利公司，專運歐西的化學儀器到中國來。留聲機我在九歲時候聽到的，那是洋人大笑，和「哥特排哀」的幼稚西樂片。影戲也在十一歲那年見到了，是父親親自到上海運來，便在自己家裡的大廳上放演的。那是一種呆片，連續地放演而成為一套故事。他招待了杭州不少的智識分子，而得到的結果，卻是親戚朋友們的訕笑，他們說：「蝶仙（我父親的號）真成了洋鬼子了，盡把這種怪、力、亂、神的東西搬到我們杭州城裡來。」於是，我們的萃利公司也就跟著輿論的褒貶而破了產。我父親獨自到了上海去辦報，好像是張采薇主辦的《千人鏡》和許優民先生主辦的《小說月報》，他便在報上提倡國民常識，必須要懂得工藝化學。這時舶來品已逐漸輸入，尤其是五洋雜貨，源源滾滾而來，將國民生機壓得喘不過氣來。父親竭盡他呼喊的能力，和他所得到的化學常識，來貢獻和指導社會一切化學的工業基本。他陸續地著作了《造胰皂法》《苛性鈉製法》《製火柴法》《漂白法》《洋瓷製法》《造糖法》《鍍金法》《造樟腦法》《攝影製版法》《彩色照相法》《照相石印法》《製醬油法》《製洋燈法》《普通肥料製造法》《薄荷油製造法》《甘油製造法》《三酸製造法》《紙纖維的製造法》和其他服用、飲食、人體、動植物，一切應具的常識介紹給社會人士。後來總輯為《家庭常識》都凡八集，每集印行，不脛而走海內十數萬冊。由申報、有正、廣益、文明各書局自由印行，從來沒有取過一文稿費和出版稅，而「天虛我生」的名譽，卻從此揚溢海內，都知道我的父親是一位工業化學家。他並不習英文或其他外國文字，但一經研究，便能旁求惻悟，如水之在地中，無往不通，而人莫能測其深遠和樂妙也。謂之天授，豈人力所能致哉。

而他製造無敵牌牙粉的動機，卻在民國初年代理鎮海縣知事的時期。那時日本貨已充斥於中國市場，先識之士引為隱憂，從事實業，抵塞漏卮的，也大有人在，但都注意於紗、布等類，較大工業，而對於三個銅板一包的牙粉，卻並沒有人注意，以為這一問題是太小了。我父親曾向海關一加調查，卻得到一個驚人的數目，僅僅獅子牌和金剛石牙粉的一年進口，便有二百萬元之巨，恰當於紗的五分之一，這確不是一個小患啊。而一般實業家好高騖遠，從來不把這一件事放在心上。

這一年，何公旦先生做慈溪縣知事，和鎮海一鄰之隔。父親非常高興，便命輿簡從，沿著海岸去拜訪老友。二人在縣治後面的文昌閣命酒賦詩，敘述縣革以來的滄桑闊別。時屆初冬，潮落河平，海天如鏡，推窗一望，見海灘上面，白皚皚一片數十里，璨如積雪。父親便問：「這是什麼？」當有旁邊的衙吏告說：「這是烏賊骨。」

原來寧波一帶，沿海產生烏鰂魚，乘潮上下，千萬成群。每屆初冬潮落，這海灘一帶的烏賊，全被海水捲打在岸上，回不得潮。日曬既久，魚自糜爛，便留下這一批烏賊骨頭，好像鋪雪一樣。父親聽了大喜，他說：「此乃天助我成功矣。」當時欣然別了何知事。回到鎮海，便喚我四叔父蓉軒。他握住了四叔的手說：「蓉，我們一向要做牙粉，抵制日貨。今天到慈溪去，卻看見了一批天然的牙粉原料，可以不費分文，而取給無窮。」原來烏賊骨，一名海磦硝，是天然磨齒的牙粉原料。這時我四叔正做鎮海警察局長兼罪犯研藝所所長。我父親主張就由研藝所製造牙粉，而由縣籌撥經費。當夜欣然主文，呈請上峰撥款二千元做研藝所製造牙粉的經費。誰知批文下來，卻將縣知事大訓一頓，說他將二千元鉅款，來辦這樣渺小的一包紙袋牙粉，該知事可說辦事顢頇之至。一番訓飭嚴如雷霆，我父親一氣便辭了官，從此寓居海上，專一為牙粉打出路，不想再仗一點公家的能力，來辦任何事業。他的「國貨之隱者」命義由來，亦未始非有激於此。

可是，問題接著就發生了。因為烏賊骨雖可製造牙粉，而它內含的鹼量極強，若將它化學重製，則不過就鹽直接採鎂。鎂是一種最輕質的護齒品，它的功用能保護牙磁，消除口腔一切炎症。日本人的金剛石和獅子牙粉雖亦以此為號召，而實際他的牙膏原料卻用的是碳酸鈣。鈣，便是石灰石質對於牙磁，無益而有損。最容易比較的，便是比重，碳酸鎂每五十比僅重一錢二分，而鈣的比重恰要四錢至五錢。烏賊骨粉的比重也不能減於鈣，就是因為含有石灰質的原故。

為了要抵制劣貨，故不能不採取純鎂質而直接製鎂。於是製造碳酸鎂，反成了製造牙粉的先決問題了。

於是，我們父子開始研究「鎂」的製造，一方則以譯書和賣文的收入，來補助我們化學的試驗費。於是，《申報》和各雜誌，常見我們「常覺小蝶合譯，天虛我生潤文」的著作，其時我的年齡是十六歲，常覺姓李，字新甫。那時候，他是民立中學的算術教員，後來做了我們家庭工業社的經理。

父親，幾次要請李新甫將譯書的潤筆，投資於我們製鎂的試驗費，他恰微笑地拒絕了。他說：「你們父子苦心孤詣的試驗，不久，一定會成功的。但是，我現在還不能將養家的生活費，來拼做孤注的一擲。」原來新甫在那時候也不過二十多歲，極有心計，而身弱多病，家裡有一位白髮的老母，賢淑的妻，二子二女推累著他。我們那時候正譯都爾斯・迭更斯的《嫣紅劫》，每日刊出於《申報・自由談》（由王鈍根先生主編），我父親常常將新甫比做書中人好禮倍登。他咳嗽得很凶，又犯著胃病，因此父親不但不勉強他投資，反而時時資助他的醫藥費，並安慰他說：「我們的牙粉計畫成功了，我們還是要請你合作的。」但是，這製鎂工作的過程，卻歷過一個很艱巨的過程。

在那個時候，日本貨「碳酸鎂」原有得發售，每擔二十四元，而我們自己試驗成功的，卻須三十六元到四十元。若在常人為此，只要出牙粉，當然採取現成而又廉價的原料，何必自己辛苦製造。而我父親的全盤計畫，則牙粉不出便罷，若出，必將金剛獅子在中國侵佔的商業字數，全盤取而代之。倘原料因人成事，將來即被人操其重柄，將來原料日夜漲價，我且疲於奔命。況自甲午戰爭以來，日本人處心積慮，謀奪我國商業，伊匪朝夕。將來國際必有決裂之一日，則日為我敵，我們方且抵制日貨之不暇，安能採其原料，改頭換面欺蒙國人，故牙粉未發行以前，即先決定名目，曰「無敵牙粉」，包裝圖案則是球拍、蝴蝶、玫瑰三種交互組織。其意義，球拍是一網打淨金剛獅子，蝶是我父子的本名，父字「蝶仙」，子名「小蝶」，而「無敵」即為蝴蝶的諧音。此一圖案在民國六年在農商部登記立案以來，迄今三十六年，從未改動，國人使用此一牙粉數字，則已十倍於四萬萬國民人數矣。

我們唯持有此種決心，故寧可自己製造成本較貴國產碳酸鎂，而不用廉價的日本貨碳酸鎂，果然，「無敵牙粉」發行不久，即迭次遭遇到五四運動、「九一八」東北事件、濟南慘案（五三慘案）、「一・二八」上海事件，以至七七事變、「八一三」事變，以至於日本人無條件投降，民國三十四年的中國勝利。這三十年中驚濤駭浪，多少販賣日貨的，以及影戤日資改頭換面，完全為國人所制裁與吐棄。唯獨我父親手創的「無敵牙粉」卻屹立有如中流砥柱，他不但是碳酸鎂原料，達到自造自給目的，在民十年至二十九年整整二十年中，他還創辦了為無敵牌牙粉原料和裝潢所需要的「太倉薄荷廠」、「營口滑石粉廠」、「無錫家庭利用造紙廠」、「家庭工業社印刷廠」、「家庭製盒廠」、「無敵牌玻璃廠」，這無一不是為無敵牙粉自給自足而設計創辦的實業，而他自己還是蕭然一身，每日清晨五時半起身，即為公司一切營業籌畫，直至夜分十一時半不輟，他不以實業家的身份，向社會活動，尤不喜酬酢和無謂交際。上海市商會雖一度請他加入，他卻笑說：「我平生為人謀無不盡其忠誠，但怕開會耳。」於是刻一印以自娛，曰「國貨之隱者」。終其身未嘗入社會團體，而忠為人謀，尤好為貧困者設計，故其辦室門外，坐客常滿，都向他老人家求生活計畫者。父親亦樂與此輩人談，殷勤問其平生何學，何好，有何所長，乃就其材而為之工業設計，若可做一小工業的胰造廠，若可做一小規模的機械廠，大率資本不巨而易於施行的。資本缺少的即資助之，從不向人取利。有失敗的則再資助之，無怨言。亦有曉得我父親脾氣的，可欺以其方，結果得了他的資助而逃之夭夭，或一事無成，我父親亦僅一笑置之，說：「他自己不學好，吾未如之何已。」

我父親好詼諧，人即之，終日如坐春風中，但綱常之教，倫彝之重，則一絲不苟。人苟有過，不待申斥，而自能就其面前，自由悔過，皆由其「溫、良、恭、儉、讓」五個字做得徹底，故論者云：「天虛我生真不虛生。」棄養之日，巷哭者數十百家。今總統蔣公親頒「令聞孔彰」四字表揚，藏於家。

我父親不很喜歡機器，但是，他有製造機器的常識，和特別經練。無錫捲筒造紙廠的捲筒造紙機，除了烘缸係向文德洋行定來之外，全部機器便是他和我四叔蓉軒，自出心裁打樣製造的。這部機器至今還在無錫利用造紙廠完好使用，因為我父親最愛我的四叔，所以機器造成之後，便加上「蓉式」二字，稱為「蓉式造紙機」，後來上海的勤益造紙機，便採用了此式，造紙界認為非常合用，造價廉而出品迅速。利用造紙廠便由我四叔擔任經理，民國二十年開工，一直到二十六年，完全與日本貨在奮鬥中，因為日本的廉史紙，侵銷中國，每令只賣四元二角，有時甚至跌價到三元六角，而我們自造的機器廉史紙的最低成本，卻要四元，不但利用造紙廠如此，同時任何一個紙廠，都是如此。什麼緣故呢？因為造紙的機器，自己能造，而造紙的唯一原料——木漿，卻自己不能造。我曾經因此到過日本王子製紙廠去參觀，見習。王子製紙廠的董事長高島菊次郎是一個愛好古畫的收藏家，因此我得遍觀他們各廠，而認識造紙的偉大事業。你看，他們從植林、鋸木、造漿，一直到成紙，甚至於連帶印刷，與裝潢製成，那規模的偉大，資本的雄偉，我雖沒有到過瑞典，但這一個連跨東京、鐮倉、關東的王子組織，便使我回觀祖國的造紙事業，微小得莫可名狀。回來報告我父親，他卻笑著撫我的肩說：「琪，你不要灰心。你要知道現在世界各國工商實業，有的是資本，而我們有的是人力。我們為什麼不利用手工業的豐富人力，使窮人個個有飯吃，而一定要跟在人家後頭，用機器來逼迫自己呢？除了飛機、火車，無法用人力推挽。一切工廠裡面的馬達，我認為都可以用人力來代替的。」

是的，父親這一說素，確是有過成績的。民國十六年，政府北伐成功，亟力提倡仿製洋貨，以塞漏卮。凡是國貨出品，掛上一個機制的名義，就可免稅。無敵牌牙粉向來是用手工業製造的，所以不能免稅。而海關尚未收回，關稅不能自主。無敵牌的勁敵，金剛石和獅子牌牙粉一度蠢蠢欲活。我父親歎道：「我不是不會造機器，只是我們不願機器來壓迫我們的工人，使他失業。尤其是我們家庭工業社，二十年來，每一個工人，大都成家生子，他們父母子女都在我家庭工業社裡做工。我一旦造了機器，拿裝粉部分來說罷，一隻裝粉機的效能，至少可抵七個人。我們的經常開支果然要省得多，但是，我們的六個工人就失業了。這於國家是一利，還是一弊，從經濟原理上講，很難判斷，不過，我以為是對的。」

我父親待人接物，異常謙虛，對於事業，則自信力極強，所以在免稅的原則下，他一度創造牙粉的機器，從篩粉、加香到包裝成品，無不有機器輸送。很多的新聞記者，都來訪問，要把他宣傳到國際去。我父親一概婉辭地謝絕了，他說：「這不是機器，不過如種田的桔槔之類的一種人力代用品罷了。宣傳到國際去，豈不被人家笑話？你若要說機器，一個人才是機器呢！他專能造糞。」聽的無不哄堂而去，我父親好詼諧，無論演說、訓話，他都是如此，所以人家都愛他。廠裡的職工，有了疾病，都歡喜去找「老先生」，只要他和他們說上幾句笑話，病就得減輕，比吃藥還靈。但是，我們的牙粉機器，得到政府免稅以後，終於擱置了不用。當時經過股東會的辯論，說用機器，公司可以節省很多人工開支。父親說：「節省人工，是叫公司多賺錢，股東有利時，我便是第一個，我為什麼不幹，因為我們中國還沒到工業極度發達，找不到人工的時候。節省人工，即是使工人失業。我們既為社會服務而創辦工業的，那應該工人第一。況且，家庭工業社的工人，比股東還重要，股東是為利而出錢的，工人是為生活而出力的，股東少分點利益，不會餓死的。工廠減少一份工人，便是國家多一份失業的人。試問國家重要呢？股東重要呢？」父親是用一種輕鬆的語氣，發表了他是正義。在一陣鼓掌中，牙粉機器終於停置不用，直到民國二十六年，中日戰起，我們無敵牌牙粉，二十多畝地的廣大工廠，被敵人炮火夷為平地，我父親所手創的牙粉機器，也就毀滅無遺。

父親常常對我說：「中國的工業，要發達，現在還談不到機器，而是原料。原料不解決，一切成本都是不能解決的。你看，中國最大的工業，紗——棉花總算自己富有出產了，但一部分還是仰給美棉，而紗價就受了舶來品的牽制。我們無敵牌牙粉，能夠打倒日本金剛獅子，便是一切原料，能夠自給自足。日本碳酸在賣二十八元一擔，而我們自己設廠製鎂，成本要核到三十六元時，誰不說我是呆子，但現在如何，日本貨賣到四十塊了，我們還是站在三十六元不動。你不要以為愛用國貨僅僅靠宣傳可以成功，第一還是需要貨真價實。」

提到這一點，我確是要向讀者報告，便是無敵牌牙粉的風行全國，到底是怎樣成功的？上文我已說過是「原料自給」。而原料自給，也並不是一句話可以把它來做底的。我們到底為什麼從製鎂而到造紙，由造紙而自造紙漿，這裡邊便有二三十年奮鬥史，失敗、成功——成功、失敗，互相因果，而我父親卻用百折不撓的精神，去抵抗一切失敗，而達到每個的成功。除了造紙漿因為中日戰起，戰禍牽連到人事的失敗，其他，凡是他所做的事業，都是從失敗中而得到成功的。現在，我先說一件製造「碳酸鎂」的經過，便知一件事業成功的不易。

碳酸鎂是一種從鹽汁中流出的苦鹵。用化學方程提煉而成的輕量粉質（每五十CC僅重一錢二分），在無敵牙粉未銷行以前，日本鹽場，每年產鎂九億二千八百餘萬斤，而中國的鹽場卻將此類苦鹵，完全傾棄在鹽田裡，沒有人去拿來製鎂。父親的初步計畫，以為這是一種曉物利用，他便親自到餘姚、岱山一帶去，和鹽商們商量，願意出價收買這一種傾棄於海濱的廢物，來製造新的工業出品。當時議定的價格，每塊大洋購鹵八擔，當時的成本計算，每擔碳酸鎂的製品，不過十二元左右。誰知工廠一經成立，鹽商的苦鹵便爾居奇，從一元八擔，而到每元一擔，用盡唇舌，向他們理說，我國長蘆、兩淮、兩浙、鹽場林立，隨處可以開設，利用苦鹵工廠，製出碳酸鎂來，僅僅餘姚一地，是居奇不來的。但是鹽商們也回答得好：「這些廢物，我們本是棄之於地的，要，就是一塊錢一擔，你買。不要，我們寧願把他傾向海裡。」原來鹽商都是富翁，他們根本不稀罕這一點利潤。

父親在無可奈何裡，卻想出了一個妙法兒來。他租了一隻小輪船，利用輪船裡的水汀、汽缸，就在船上設造了一個小規模的製鎂廠，開往舟山、柴橋、碶石一帶，專去教授沿海的鹽田散戶，用苦鹵來做碳酸鎂，而輪船的水汀，就是製鎂的烘房，專替鹽戶烘鎂，烘出的鎂，便換給他無敵牙粉，讓他們到鄉鎮鄰近販賣銷售。那時一包牙粉可賣三分，而批給他們只有實洋一分。這樣一來，他們得利厚，曬鹽之外，又得了副業，於是製鎂的鹽戶大盛起來，牙粉也在沿海一帶大銷起來了。

事有一利，即有一弊，鹽戶中有強權的人便覺得這一工業可以壟斷了。於是就有當地勢力出而收買他們的「鎂」，即不許直接賣給無敵牌牙粉廠，甚至，以前認為不屑的鹽商們，也來染指了。我們在被商人重利的壟斷下，有不得不離開就地產鹽區，而改變方針到不產鹽的區域去設廠。而自己去辦運鹵的牙行執照，那就是無錫的中國第一製鎂廠，他解決了無敵牙粉的第一主要原料「鎂」。

接著來的磨難，便是鎂的成本。因為在沿海流動製造中，鎂的乾燥是先經太陽自然曬乾，而後再進烘房的。戶鹽製鎂，是散兵陣線，而且各人鹽地本來各有曬場，搬幾擔鎂，是不成問題的。到了無錫正式設廠，這一集中曬乾的廣場和人力根本就不能應付，於是不能不進行到全部水汀烘乾，即需用到馬達、鍋爐、和煤。煤的支出憑空增加了成本三分之一。千萬計算，成本小到十六元一擔，沒法再小了，而日本碳酸鎂卻從四十二元暴落到二十八元，它完全是商業戰略，要無敵牌牙粉的死命。

父親說：「要製鎂的成本輕，不是從節省上可以解決的，我們應該要開源。我們現在每天有幾百擔的蒸餾水完全是在水汀鍋爐裡放掉的，我們何不把它來製造汽水。」惠泉山的水本來是有名，於是惠泉汽水廠就跟著成立了，由汽水而進行到造酒，同時，無敵牌白蘭地、惠詩客（即Whisky，父親替他譯名惠詩客）、葡萄酒、橘子水，風行一時，與張裕釀酒公司爭席於上海市場，而我們還多了一種無敵牌紹興酒。

牙粉的次要原料是薄荷，薄荷產於江西，而江西人只會製薄荷油而不會製薄荷冰。當時法國的薄荷冰獨佔世界市場，我們是向法商永興洋行代定（永興的經理鄭鐘潮先生現亦在臺灣），有一次忽然在法國薄荷冰的洋鐵罐裡發現了一個東洋字。於是，我們懷疑了。經過詳細的調查，才知法國的薄荷是從日本去的，而日本的薄荷則從我國江西吉安以廉價收購。父親說：「我們為什麼要讓外國人從中國漁利呢？」與邵從龍先生設薄荷廠於太倉，進行甚為順利。虞兆興君嘗設酒精廠於上海，無利。我父親以為棄廠可惜，授以薄荷冰製法，吉安薄荷遂不走日本，而集中上海，遂為薄荷的權威，即永盛薄荷廠也。虞君今在香港。

再次要的，是裝潢。我們已經辦了印刷廠和紙盒，但應用的紙張卻是舶來品。其時製鎂的方法已經深入民間，鹽商無法控制，父親一本其初衷，將無錫製鎂廠停工，而回復到民間的手製，凡有無敵牙粉出售的沿海鹽戶，多能將小布袋十斤二十斤的鎂，去掉換牙粉，或直接兌錢。惠泉汽水廠因為營業發達，也搬到上海總廠來併合製造。無錫工廠利用了現成的設備，而創設了無錫利用造紙廠，它能製造木造紙、道令紙，供給本廠使用，而以連史紙行銷市場。同時則遇到了原料舶來的打擊。造紙原料雖亦採用破布或字紙，但要造好紙，則非用木漿不可，而木漿只有舶來品，沒有國貨。

一個紙漿廠的設備，資本要超過十個造紙廠，因為它不能供給一個紙廠而製造原料。而原料的原料只有木材，在森林貧乏的中國，卻無法用木材來供應造紙的原料。這一問題，凡是造紙家無不引為深憂的。父親從事實業以來，他專做著國貨之隱，這次，他也破例上了條陳給實業部長吳鼎昌先生，他的主張認為要中國的造紙業有生機，必須原料自給。而一般的理論家卻正在提倡造紙業要從造林做起。實業部派了林繼庸在溫州麗水用二百萬的鉅款，創辦了溫州造紙廠，但是，他的木造紙漿卻預算要十年以後才可採伐。這實在是一個要不得的實業計畫。我父親的意思，以為江南一帶多的是竹和蘆柴，我們為什麼不用竹來造漿，為什麼不用蘆柴來造漿？而且竹漿造紙，是我們中國的特長，用竹來造木造紙固然不可，而用竹來造一種合乎印刷條件的上等紙，還是絕對有可能的。吳鼎昌先生看了非常感動，但是，他的覆信卻是說：「計畫尚有可為，資金無法籌措。」父親也只好付於一歎。

其時父親的老友徐青甫先生適任浙江民政廳長，而建設廳長是我的好友王純伯先生，他們為我父親的熱忱所感動，以為國家整個的造紙計畫固然有待，但我們浙江，甚至縮小到杭州，我們也應該替他老人家來一個幫助，讓他的手工造紙計畫，回到故鄉來實現。於是，決定由建設廳來設立一個浙江改良手工造紙廠，地點是在雲棲的三夫人廟，這是一個絕好的風景區。我父親很高興，便親自回到杭州，鳩工庀材，擘畫圖樣，他將造紙部分的工程，交給了我的堂兄陳洮甫，自己則製造他自己設計的手工造紙機，它無需要馬達和鐵器，仍用古法的簾子，而造和舶來品一樣的招貼紙，同時，亦將所造的竹漿運到無錫去造紙。我們家庭工業社出品所用的紙張，完全達到了原料自給的地步。而我父親的一生精力，也就因試驗此一成績，使其站立在「只有成功，沒有失敗」的堅忍辛苦的工作之下，而儘量地貢獻於社會。那時，我父親五十八歲，僅比我現在高一歲，而他老人家的麗髮，完全蒼然了。

父親時常對我說：「學不厭博，而事必專精。」說到博，父親對於化學工業的發明實在太多了。說到精，我在七八歲的時候，就看見父親發明了滅火藥水，他親自到城隍山上搭架草屋，聚集了杭州城裡的人山人海，去看他的救火。但是那一次，他是失敗了，他從此研究不輟，到民國十四年，他發明無敵牌滅火機。但他任何發明，從不請求專利，不但不，而且要把自己的經過和製造的方法，詳詳細細地寫出來，好讓人家去仿造。有的還借錢給他去做。在《家庭常識彙編》的自序裡，他曾這樣說過：

> 僕自丙辰始，在《申報・自由談》內，特闢「家庭常識」一欄，逐日刊登切於家庭實用之件，以供社會。又闢「工業須知」一欄，專載工業上應用各種製造方法。又闢「集益錄」一欄，專為學術上之研究而設。又闢「雜錄驗方」一欄，專載曾經實驗有效之各種治療方藥……

父親最不喜歡談論國事，他說，各人應該擇業而有恒心，各就本位，把他自己的事業處理得更好。那就是孟子所謂有恒心的，始有恆產。有恆業與恆產的人，自然有不會放僻邪侈的行為發生。社會就有了合理的組織，不煩法律的統治，而自然即於郅治。換一句話說，就是人人要有事做，才人人能有飯吃。現在很多青年，在學校裡便自以為不凡，出得校門，一切自以為不屑為，而自己使自己失業，一方面卻埋怨政府不良，以致社會不能生存。其實，社會還是社會自己造成的。政府的不能處理，十分之九是社會現狀的反映，譬如，現在有許多許多的人在失業，怨政府不與他工作做，實在呢？他並不在求職業，不，是他不肯屈就較低於他工作本能的一切職業，而造成失業。社會失業問題，直接影響自己經濟，間接影響社會經濟。俗語說得好：「有此大饅頭，無此大蒸格。」社會沒有這許多大蒸格等著你，你自然應該降低格一點，以求其次，何況你的真正的能為，是否合得上這一架蒸格呢？可是，有許多青年就不如此想，譬如你……這是父親常常提示我的。確然的，我不及父親的地方太多了。我只像溪澗裡的水，在少年時非常容易衝激，而父親則是海港，他有海上的汪洋，湖的靜止，燈塔的光明，一切的船隻桅檣都歡喜向他這裡投止歸宿，而他從來不覺得這是一件值得向人驕傲的偉大事業。

他又說：「你們青年，在求學時代，千萬不要批評國家，國家的一件法令都是經過千番百度的考慮和集體的研究而後才公佈的，也許有的地方窒礙難行，或者距離事實，但國家為什麼要這樣做，都有國家的苦衷。我相信，國家決不會欺騙我們百姓。」這時候，正是藏本在南京失蹤，日本用種種手段逼迫我們，政府總是委曲求全，學生們時時掀起學潮，責備政府，憑著青年們的朝氣，表示一切寧為玉碎毋為瓦全。而一般社會賢達則紛紛議論捷克和南斯拉夫走廊，以為歐戰必不可免。而我的父親還是隱居式的，專心壹志地在杭州研究他的手工改良造紙。他非常安靜地告訴我：「琪兒，你不要急，抗日戰爭必先二次世界大戰而起，那時節，就是我們各就本位為國家出力報效的時機到了。你要推諉責任也推諉不去，現在空口發議論，是沒有用的。」

果然，七七事變不久在蘆溝橋爆發，接著便是「八一三」上海的抗日聖戰。

我立刻加入了杜月笙先生所領導的抗日後援會，並在陶一珊先生所指導的軍訓團體。我擔任的工作是抗日後援會供應組副主任。一切作戰軍隊，需要的臨時工作物件，和傷兵的救濟，都由供應會設法籌措。最近我看見吳開先先生在《紀念杜月笙先生事略》裡，曾提到我們去張向華軍隊作戰陣地上慰勞的一件事。那是頭上有二十一架敵機，而我們則坐一隻舢板在閔行江面過渡。

我們的軍隊，那時屢戰屢捷，尤其蘊藻濱一役，以五百兵殲滅敵人偷渡二千餘人，每戰事後，我們總帶了大隊卡車的掰司令，到戰場上做焚屍的清除工作。我每天興奮，每天寄信報告我父親，我得到了報效國家的無代價的神聖工作。

父親答覆我的信，他用鋼筆墨水，在中國紙上寫一手何紹基的顏字，卻很簡單。他信裡說：「你到杭州來一趟。」

我這時正有一批傷兵醫藥要送到後方杭州去，我便坐了軍車，迅速地出發，將醫藥物件交割清楚，我立刻去見父親，因為我趕中午，還要回到上海龍華去。

我有一個別墅，在杭州清波門學士橋，是明末李流芳塾巾樓的遺址，那是我十八歲用投稿費積下來的錢買的，十畝地才只有二千塊錢。我又陸續修理，造了許多的走廊亭榭，因為李流芳是畫中九友之一，便將九友的別號分題亭榭，如有荷池的叫「染香庵」，茅屋樸素便叫「約庵」，即用各人的簽名真跡放大來做齋匾，非常別緻。父親歡喜這個地方，便把它做了改良造紙廠的辦事處。等我去看，假山石畔已做了打紙漿的化分池，五間大廳滿堆著稻草和竹漿，父親笑拉著我說：「琪兒，你這許多空屋是做什麼的，我現在替你化無用為有用，你還不開心嗎！」這一句話，最使我往來於心，印象最深。我父親二十歲生我，歿年六十三，這四十三年間，我們父子可謂瞬息不離，我長得老成，他又長得年輕，所以不知者常常會誤認我們為兄弟，而且，他對我說話時，老是歡喜握著我一隻手，軒起他的龐肩，露出他的笑容。這次他也是如此。他握著我的手說：

「琪兒，你的信，我每封都讀著。可是我想，我們要做的工作，還有比這個更要緊的。」

我蘧然改容，說：「爸爸，要我上前線去打仗嗎？」

他笑笑，搖搖頭說：「我們應該趕緊到大後方去！」

「逃難？」我驚奇地問。

「這不是逃難，是遷廠！不但我們應該預備遷廠，在上海的大工廠，都應該預備遷，遷移到後方去！」

這時候，上海的人心非常振奮，好像殲滅敵人是早晚的不成問題的事，而我父親卻發出這一人所未發的偉大計畫。

父親他又補充一句說：「中國抗日是必勝的，上海的放棄是必然的。我們不能把工業資源全扔給敵人。你現在是市商會的執行委員，你難道沒有想到這一著，你就算不得我的兒子。」他說到這裡，他又執著我的手，哈哈大笑起來。他的兩隻龐肩，完全軒起來了。

我有如夢方醒的感覺，立刻上午趕回上海去，下午就在市商會提出了遷廠的建議，實業部部長聽說這是「天虛我生」的計畫，高興得了不得，立刻下部令組織了遷廠委員會，由鄒秉文、林繼庸擔任了遷廠委員會正副主任，以疏散的立場，勸告工廠向後方遷移，凡一切車輛、船隻則由供應委員會籌畫，市商會墊發遷廠資金，各廠可向三會聯合登記，與以便利。

我們自己的家庭工業社，當然預備遷廠了。這時，家庭工業社由我擔任營業部經理，李新甫擔任廠長。我父親則是監理，業務由我和李新甫分工合作。他聽見了遷廠卻哈哈一笑：「這是誰的計畫，要遷，你營業部遷，我的廠不遷。」這不僅是他一個人的主張如此，很多的大廠家都有這個腦筋，他們以為是敵人來了，做生意的還是做生意的，與國家勝敗存亡無關。

我父親有一個機制國貨聯合會的組織，由三友實業社的陳美運先生擔任會長，他是我父親的信徒，但是，他反對這一遷廠，不過也有擁護這一政策的，以康元製罐廠、天廚味精廠，雙輪牙刷廠首先回應，我們商量首先遷廠問題，以為各廠之倡。經我父親的長途電話，李新甫才允許將上海廠存的一切原料和裝潢，撥遷一半，到漢口分社去，因為漢口我們是有製造廠的。

我把這事辦妥，適有一批傷兵要送杭州去，我便護送傷兵回杭州，把遷廠的公事，報告父親。父親問：「我們怎麼走？」我說現在日暉港有船二十艘，專撥給我們家庭工業社，遷廠的，現在走內港有危險，只能飄海走大連，再進長江到漢口。」

父親霍地立起身來說：「好，我去。」

我大驚，說，「父親一個人去？」

「當然。」父親說，「家庭工業社是我手創的，股東全信賴我，我要遷廠，倘有危險，我當然不能置身於事外。」

我說：「那末母親呢？」

父親想了一想，說：「讓他們住在上海罷，你回去，你有工作，你當然可以照顧母親，我只帶你寶弟走。」

我們兄弟姊妹三人，我居長，次是翠妹，寶弟最小，他自幼聰敏而寡言，父親說他有心疾，所以常常隨著我父親。

我不能捨得父親一個人去漢口，但是，我又沒法子抛捨我母親。我說：「我想，我們到上海，和母親商量，請她和我們一淘去，父親和母親坐輪船直達漢口，我押貨飄海去。」

我父親想了半天，他倒決不下來了。他說：「不過，不過，你母親是多病的，她從來就懶得出門。」

是的，我父親和母親結婚四十年，他們的感情，永遠像一朵彩雲，光明而純潔地展在青冥，從我有知識以來，從沒有看見他們有過一些口角。我父親少年時，任俠，娶了我母親之後，他為她養了兩個很長的指甲，使他自己再也不能伸拳使氣。

我父親少年時好出遊，娶了我母親以後，除了到上海，從沒有出過門，而今天忽然要抛了家，到大後方去。這一種大無畏犧牲，使我衷心地起了偉大的景仰。

誰知，就在這一天晚上，我發起四十二度的燒，病倒。周象賢市長，立刻派市立醫院的院長錢潮博士來診病，斷定猩紅熱，這是從傷兵病院裡傳來的，立刻需要隔離。

誰知上海的戰事消息也日趨惡劣，病到第三天，上海和杭州的公路就隔斷了。我和父親，寶弟在杭州，母親和翠妹在上海，除了電報以外，咫尺天涯，無法得到聯絡。

我的病，不是一天兩天可以好的。父親安慰我說：「養幾天罷，上海遷廠的貨船，我已打電報叫南京經理莊茂如趕到天生港押船出發了。母親在上海，有李新甫可以照顧。杭州一時還不至於失守，我們可以走京杭國道繞道蕪湖，再坐船轉赴漢口，漢口有了莊茂如就是我們一隻臂膊，不怕了。倒是這一個改良手工製造紙廠，中途拋棄，萬分可惜，不過我們到後方，還是隨時可以建設，隨時可以改良。」

我們杭州，有許多產業，父親臨別，一字未提，獨對手工造紙廠戀戀不捨。我們臨行又到雲棲去了一次，他笑笑對我說：「走罷，這次，我是失敗了。」

這一個造紙廠的建設，也是我父親親自設計的，遠看去，不像一座廠，而是一所花園。打漿房，漉紙室，都是飛簷挑角的亭榭，這房子，和我清波門的別墅，在日人到杭州的時候，全毀了。

因為我病的緣故，我們離開杭州，比省市政府撤退什麼都晚。我病稍起的一天，父親說：「我們走罷。」這時，街上靜悄悄地好像無人之境，只有一個賣方糕的，他認識我，他說，市長前二天已走了。臨行，替我們留下一部汽車，讓我們可以撤退。

因為我住在隔離病院，除了十雲服侍我以外，什麼消息我都不知道，後來才知周市長曾勸過父親同走，父親說要等琪兒病好。市長說：「萬一敵人來了怎麼樣？」他笑著指窗外的荷池。他說：我們最後的目的是到雲南，如果萬一，這座荷池就是我的黑龍潭了。

原來明末有位薛爾望先生是雲南諸生，他全家跳在黑龍潭死的。父親平時異常和易，臨危定志，都有這般地堅決。

我們一車五人，除了開車的陶司機，便是父親和我、寶弟、十雲。我們車子從湖州開向蕪湖，各人很少說話，看著田野，鴨船如錦，藕塘菱芡還是那麼平靜的樣子，車過宣城午餐，卻得了全公亭失守的消息。

晚上到了蕪湖，寄宿在趙志遊兄的中一紗廠裡，我因病新愈，腳軟得無法搬移，陶司機臨行告假，不肯再開到後方去了。父親決定叫我在蕪湖休息幾天，他先坐船到漢口去。汽車由他帶去，交還在漢口市政府，也是一樣。

因為長興輪船不肯裝汽車，而我也不放心父親一個人先去，我們決定改坐明天的長沙輪。誰知長興輪才開出碼頭就被敵機炸了。我們因改期倖免，而汽車結果也沒有裝上，後來由陶司機開回金華，交還給市政府。

一到了漢口，我還是病倒，父親立刻召集分社人員，計畫設廠工作，並通告長江上游各分社以漢口為集中點，暫行執行總社業務，一切貨品亦由漢社配給，誰知等到莊茂如到來，卻只裝了四船貨，還是他由南京分社撤退下來的。總廠經理李新甫說：「陳氏父子是瘋漢，不要再理他。」原來他乘人於危急之秋，他出賣了我父子，他叛變了。

可是，可是他的陰謀，沒有使他得到利益，因為日本人的眼光，對於我們無敵牌，竟是商場勁敵，他有計劃地轟炸我們上海的各廠，南火車站梅雪路二十餘畝三層樓寬大的總廠，其中包括牙粉廠、汽水廠、印刷廠、玻璃廠、製盒廠和隔壁的地方法院，完全化為灰燼。他又炸了我們在江灣路的無敵皂廠，無錫的利用造紙廠，李新甫從殘毀物資裡搶奪家庭工業社，僅僅得了一個焚餘的軀殼，在打浦橋一個兩樓兩底的市屋勉強開工。

而我們父子卻做了《李陵碑》裡的老令公與楊六郎，內無糧，外無草，困住在漢口分社。

但是，不久，天廚味精廠、康元製罐廠都先後遷到，還有不少以前勸他遷廠而他們不肯遷的也遷來了。我才知我所給本社預備的二十艘船，李新甫竟賣給了項康元十六隻。他們都對我說：「家庭工業社可惜，我們真不懂，遷廠計畫是你們父子所發起，臨到結果，卻自己不搬走？」

父親說：「不搬，當然也有他們不搬的苦衷，我們在後方，還要自力更生。」

父親從來對於任何拂逆，總是處之泰然，而且是真心誠意的饒恕人。他說世界上絕對沒有一個存心做惡事的壞人，做了，在當時必有他不得已的苦衷，所以他在遂昌，在鎮海任上，平反的冤獄極多，但是，他從來沒有過只以為這是應該如此做的事。在鎮海時，曾有一個紳士為了一件事，定要送他十塊錢，卻不敢說，偷偷地塞在他書桌子抽屜裡，他一直沒有知道，後來縣署回祿，役吏搶搬物件，一包洋錢砉然墮地。大家都一訝，父親卻泰然地拾起來，說：「這是我忘記在那裡的。」過了一天，他便去送還了那個人。

所以他對於李新甫的那種乖張措致，後來回到上海，也就絕口不提，臨終時李新甫親自走到我父親床前懺悔，執住我父親的手哭了。但是，我父親已不能說話，對他現著慈祥的笑臉，瞑目而逝。

於是，我們計畫著在宜昌、重慶、成都、昆明一路設廠，以實業本位，追隨政府抗戰到底。父親派我和莊茂如溯川而上，自和蔡培礎暫留漢口，以防漢口一旦有急，需要撤退時可以指揮。我請父親先行，我駐漢留守。父親不肯，他說：「你以為後方是比較安全嗎？敵人的飛機來時，川、漢、滇是一樣的，而且現在重慶宜設廠，百事待舉，你去，我是偷懶，而不是在此冒險。這我才和茂如、十雲，坐民生船到宜昌。可是到了宜昌，就無法買到重慶去的船票，天天看著一船一船的官眷，艨艟直上，真有飄然凌雲之想。我曾做過這樣一首詩：

行城南，城南雨歇黃泥腳，城上黃雲黑空壓。百草枯死不發芽，西飛伯勞何為家？當年渝州殺刺史，今年渝州集官銜。錦江春色及時樂，使我不得悲京華。似聞差船接官眷，錦纜牙樯天上滿，輕羅綺縠何神仙？倚檻目斷西飛雁。西飛雁，十萬流民立江岸。

我將詩呈父親，父親卻回信說：「樂府當以白氏諷諫為旨，此等詩不作可也。」所以我的詩集裡很少怨誹，皆由父親的詩教。他又常說：「詩，我歡喜小翠的，她太像我。不歡喜小蝶的，他太不像我。」又說：「小翠的詩如蜜，中邊皆甜，小蝶詩如橄欖，入口苦澀，不能下嚥。」父親的文學、藝術，我都無法追及。父親嘗笑責我：「你到底哪一些像我？」我率而對曰：「只得其酒。」父親的酒量，少年時可與客長飲，數日不醉。晚年亦由此致疾。我從父親棄養，每聞風木之聲，輒為停杯不飲，但有素心良友，風雨對酌，還能盡「惠詩客」一瓶有奇，翠妹事事勝我，便是酒中賢聖，她是望塵莫及的。

我滯留宜昌，一直到陽曆年終，還未成行，父親卻從漢口撤退了鄂廠一切，由民生輪直接運送上游。船過宜昌，我上去見他，他執手笑說：「我們重慶見罷，明天你到江干來送我，也羨慕我們是神仙罷？」這次同船撤退，遷廠到重慶去的有胡西園的亞浦耳電器廠，胡組庵的中國窖業公司，程年彭的章華毛織廠，王延松的華華綢廠。等我到重慶，他們都已在大後方分別佈置，設廠就緒了。我們的家庭工業社則分設在小梁子棉花街和通遠門，這兩處廠址都被敵機炸成灰燼，通遠門的廠址，則改建為中央國貨商場，凡是到重慶的，莫不知道抗戰時期的中央國貨商場，卻不知道他是家庭工業社的原址。

父親並不放棄他改良手工造紙計畫的，他帶著李建新到銅梁，就地改良川紙，而出產了四川連史。抗戰時期公文旁午，需要紙量之多，十倍於今日的臺灣，銅梁的手工紙，卻有了絕大的貢獻。他又到自來井去因鹽井的便利，製造碳酸鎂，到巫陵因石礦的便利製造了碳酸鈣，這兩項便是無敵牌牙粉的命脈，直到勝利復原，牙粉原料一直依賴著它。勝利之後，上海原料高過於重慶自造者三倍有奇，本社曾經有一度，要派我重回重慶產製原料，運供滬廠。

在成都，我們原本有一個分社，由江鳳梧先生主持，鳳梧在杭州西湖建有別墅，這裡的分社也是他獨資建設的，臨江上市，五進廳院，全是楠木的。他在五年以前，即已建設這一所房子，要請我父親去住，無奈我父親是不喜歡出遠門的，鳳梧才到杭州來造他的鳳梧別墅，意在與我的蝶墅擇鄰，一切亭木全由我父親替他設計。還有許多對聯，也是我父親寫的，及我們到了重慶，鳳梧便乘飛機親自來接，一定要我到他成都去住，誰知一到成都，那座棲梧草堂，一切位置花木，竟和他杭州的一樣，板對刻著楹聯，是我父親的親筆。他說，這是他這幾年來，回到成都，為了思念我父親，而這樣改建的。如今使我父子住著，也就像住在杭州一樣。這一份盛情厚意，真比汪倫的潭水還深，所以我父親竟允許他在成都住下來，而派我先到昆明，再設昆明二廠，而其時漢口、宜昌、重慶的工廠，早已陸續被敵機炸毀，我們的渝廠已遷到巫陵去開工了。

父親在成都，住得很好，每天替鳳梧的朋友寫對子。他說飽食終日，無所用心，許多年來，這我才領會了樂趣。但他閒得也並不久，因為我到了昆明，雲南這時工業非常落後，大家都希望我父親去，有一個具體的組織，催著我寫信。父親的回信說：「成都的青豆蒸肉餅子，實在好，等我吃滿了一百蒸格，我便飛來。」原來成都有一家專門賣肉餅子的，父親平生嗜此，鳳梧每晨上街去買，每天一蒸，風雨無阻。父親的受人愛戴，到處皆然，每與人言，至情摯理，親若骨肉，但如鳳梧這樣誠懇的，也要算為天虛我生的信徒的第一人了。後來我父親在二十九年逝世，鳳梧在成都一慟成疾，民國三十年他也去世，遺命要還葬西湖桃源嶺，離吾父親的「蝶巢」而葬，可是戰禍連綿，人事邅迍，至今也沒有了他這一個長埋的心願。

父親任何處事，都極豁達，但他有一句口號：「譬如昨日死」，在他晚年的詩稿如《半畝園集》、《難中集》裡都常常看得見。他說，人不可有「極喜」與「極哀」，你要常持一念，「譬如昨日死」，則前事化為雲煙，更無得失的懊喪與懷念。但他又主張，人是有靈魂的，這是一種至大至剛的天地正氣，永遠生存於天地，而寄託於風清月白，山巔水涯之間。所以在民國二十年間，便在西湖桃源嶺自營生壙，他自題墓門一聯云：「未必春秋兩祭掃，何妨勝日一登臨。」這一副聯語，在當時不過一種達觀，到今日卻成了一種讖語。

我去年的寒食詩：

盡取繁華付一杯，客中惟怕值清明。
桃源丘墓悲終薦，竹里琴書役五兵。
上塚頻驚三夜夢，出遨偏少十分晴。
東都住住身將老，風木多時到枕聲。

這三夜夢雖是用的《春官．大卜》的典，但確有事實，我最近在《碧雞坊語》裡也曾記述過一部分。其時，我方與滇人組織西南興業公司，配合政府遷廠計畫，約林繼庸相會於安南河內。一夕，忽夢至一處，我父親方在小軒中握筆，窗外池塘中植白蓮一朵，倏爾凋萎。醒後，心甚不愉，遂乘飛機還滇。至則先君方遊黑龍潭，余追車而往，父親方倚池軒賦詩，時已冬季，池中獨有白蓮一朵，落而不落。余大惡之，蓋先君以誕於六月二十四日，故嘗自署別號曰「後荷花十日生」，回時又憶及離開杭州時，曾對周市長象賢指著荷池說過：「一泓清水，亦我之黑龍潭也。」由是更不愉快。父親卻笑著說：「琪兒，這幾天連夜夢見和你母親到桃源嶺，你母親手種的八十一松都已長大，梅花也盛開，還有你的三姨丈、三姨母和阿杜，都在那裡玩耍。」原來三姨丈姚滲愚先生是教我畫畫的第一個導師，他是湖南人，家庭工業社第一個經理，一家三口，全染肺病死的，父親替他們葬在桃源嶺，去蝶巢僅三十餘步。他這個夢，當然是日有所思，夜有所夢，但恰恰和我「白蓮池萎」的夢合掌，父親又取出他新作的一篇〈桃源夢〉給我看，這夢境歷歷如繪，後來的情景，無不應驗，此篇可算我父親的絕筆，因為他平生著作等身，而桃源一夢之後，更無筆墨留傳。是冬，先君得疾，苦憶思歸，時珍珠港事件尚未發動，港滬道通，余倚先君還滬，未幾即歸道山，則民國二十九年三月二十四日也。歿之前夕，夜半召吾及吾妹小翠至病榻，執吾二人手云：「吾明日十點鐘，去矣，我以名士身來，還為名士去，亦復何憾，但必葬我桃源嶺壙中，我的著作不可散佚，他年必為我刊印集。」竟不及其他。次日己正，竟含笑而逝，且微聲囑曰：勿哭，念佛。我們一家遵囑跪地，齊聲念「南無阿彌陀佛」。父親自幼好食鬱金香酒，臨終，口中微微有鬱金香味吐出，頃之，散佈滿室，而一代巨人，從此長逝。

父親逝世不久，我即被敵偽憲兵捕去，置蓬萊市獄，營救得免，但不許越境一步，乃改名定山，專以賣畫自給。越明年，母親亦棄養，雙柩在堂，更難捨去，亦埋名自隱，終於三十四年的勝利到來，我第一件大事便是舉柩還葬於桃源嶺故塋，而重慶來的親戚好友，竟覓訪陳小蝶不得，及見「定山」，始執手大笑曰：「原來是你。」

三十七年冬天，共匪再陷神州，吾弟叔寶自父親逝世後，即得心疾，終年樓居，不發一言，余既不能挈攜病弟同渡海嶠，乃留兒子克言，在滬陪侍叔疾，吾獨先赴臺灣，繼述吾親往日之志，一如民國二十六年，遂誓墓而去故國並為三十六韻以示翠妹，及言兒儀甥女，詩在《定山草堂外集》中，茲不覆載。

Do歷史58　PC0503

春中續聞
——老上海的風華往事

原　　著／陳定山
主　　編／蔡登山
責任編輯／李冠慶
圖文排版／周政緯
封面設計／蔡瑋筠

出版策劃／獨立作家
發 行 人／宋政坤
法律顧問／毛國樑　律師
製作發行／秀威資訊科技股份有限公司
地址：114 台北市內湖區瑞光路76巷65號1樓
電話：+886-2-2796-3638　傳真：+886-2-2796-1377
服務信箱：service@showwe.com.tw
展售門市／國家書店【松江門市】
地址：104 台北市中山區松江路209號1樓
電話：+886-2-2518-0207　傳真：+886-2-2518-0778
網路訂購／秀威網路書店：https://store.showwe.tw
國家網路書店：https://www.govbooks.com.tw

出版日期／2016年3月　BOD一版　**定價**／450元

獨立作家
Independent Author

寫自己的故事，唱自己的歌

春申續聞：老上海的風華往事 / 陳定山原著；蔡登山
主編. -- 一版. -- 臺北市：獨立作家, 2016.03
面；　公分. -- (Do歷史；58)
BOD版
ISBN 978-986-92449-6-1(平裝)

855　　104027747

國家圖書館出版品預行編目

讀者回函卡

感謝您購買本書，為提升服務品質，請填妥以下資料，將讀者回函卡直接寄回或傳真本公司，收到您的寶貴意見後，我們會收藏記錄及檢討，謝謝！

如您需要了解本公司最新出版書目、購書優惠或企劃活動，歡迎您上網查詢或下載相關資料：http:// www.showwe.com.tw

您購買的書名：________________________________

出生日期：________年________月________日

學歷：□高中（含）以下　□大專　□研究所（含）以上

職業：□製造業　□金融業　□資訊業　□軍警　□傳播業　□自由業
　　　□服務業　□公務員　□教職　□學生　□家管　□其它_____

購書地點：□網路書店　□實體書店　□書展　□郵購　□贈閱　□其他

您從何得知本書的消息？

□網路書店　□實體書店　□網路搜尋　□電子報　□書訊　□雜誌
□傳播媒體　□親友推薦　□網站推薦　□部落格　□其他__________

您對本書的評價：（請填代號　1.非常滿意　2.滿意　3.尚可　4.再改進）

封面設計____　版面編排____　內容____　文／譯筆____　價格____

讀完書後您覺得：

□很有收穫　□有收穫　□收穫不多　□沒收穫

對我們的建議：________________________________

____

____

____

請貼
郵票

11466
台北市內湖區瑞光路 76 巷 65 號 1 樓
獨立作家讀者服務部 收

（請沿線對折寄回，謝謝！）

姓　　名：____________　年齡：______　性別：□女　□男

郵遞區號：□□□□□

地　　址：____________________

聯絡電話：(日)____________ (夜)____________

E-mail：____________________